# 年代物语

## 明哲小说选

明 哲 ◎ 著

长春出版社
全国百佳图书出版单位

图书在版编目(CIP)数据

年代物语：明哲小说选 / 明哲著. -- 长春：长春出版社, 2025. 1. -- ISBN 978-7-5445-7571-3

Ⅰ. I247.7

中国国家版本馆CIP数据核字第20246T5N42号

# 年代物语——明哲小说选

著　者　明哲
责任编辑　叶　亮　周　济
封面设计　宁荣刚

出版发行　长春出版社
总 编 室　0431-88563443
市场营销　0431-88561180
网络营销　0431-88587345
地　　址　吉林省长春市南关区长春大街309号
邮　　编　130041
网　　址　www.cccbs.net

制　　版　长春出版社美术设计制作中心
印　　刷　长春天行健印刷有限公司

开　　本　880mm×1230mm　1/32
字　　数　240千字
印　　张　11.125
版　　次　2025年1月第1版
印　　次　2025年1月第1次印刷
定　　价　59.80元

版权所有　盗版必究
如有图书质量问题，请联系印厂调换　　联系电话：0431-84485611

## 目　录

### 短篇小说

气　味 / 2

喘　息 / 14

舞　蹈 / 25

鬼　巷 / 38

黑　伞 / 50

绝　活 / 62

宽宽的一条河 / 66

西村旧事 / 79

### 中篇小说

写字楼风波 / 90

采　风 / 193

世间情为何物 / 212

黑山屯传奇 / 303

问君酒醒何处 / 319

短篇小说

# 气　味

妹妹进屋时，我正在厨房炒菜。我让她到厅里坐，厅里摆放着新买的大屏幕彩电，屏幕上正播放赵本山的小品。大屏幕和赵本山的小品没有吸引住她，她瞅一眼就跟我进了厨房。她一边看我炒菜一边和我唠嗑儿，还忍不住纠正我："你炒菜怎么总后放花椒面？油热炝锅放花椒面香味才能出来。"

见我要炖鱼，她挽起袖子说："行了，你可炖不好鱼。我来帮你整吧。"

我就让给她做，在一边瞅她操作。

"小红，"尽管我妹妹已经四十多了可我还是习惯叫她小名，"买金项链了？"我盯着她已经有了褶皱的后脖颈子，用手摸了摸她脖颈儿上的项链。

妹妹答非所问："姐，我头上是有油烟味吗？"

下厨房怎么会没有油烟味？我笑了："这还用问吗，我们做家庭主妇的天天进厨房，头发哪能没味？"

"那——我姐夫嫌过你头发有味吗？"她又问道。

妹妹怎么了，我有点莫名其妙。我说："没有，好像没有，至少我没发觉。再说，他敢嫌恶我！他吃不吃我做的菜吧？"

妹妹眼里忽然有了委屈的神情，一边刮着鱼鳞，一边告诉我来我家之前她和妹夫去商店买项链的事。

妹妹今年四十六，已是半老徐娘，除了一头日渐枯黄的头发有点逊色，她看上去似乎风韵犹存。儿子已经上高中，家里暂时没有什么大的开销了，她现在有条件买点衣饰打扮打扮自己了。女人除了漂亮衣服就爱金银首饰什么的，过去没钱，看人家穿金戴银的老羡慕了；现在腰里揣上钱在丈夫陪同下走进金店，她说她心里还有点激动。

妹夫走进金店那会儿腰板也比平时直多了。他双手捂着小圆肚站在柜台前看着媳妇不厌其烦地挑金戒指、金项链，颇有些财大气粗的派头，虽然实际上他家连小康都还没达到呢。妹夫原也不大同意我妹妹买什么金首饰，可是两个人前一天晚上甜哥哥蜜姐姐的时候订下的"盟约"，早晨起来就反悔那也不叫老爷们儿呀！不过，妹夫反正心里有底：他们就带了三千块钱，超过这价码的金首饰媳妇只能饱饱眼福，肯定不能戴着回家去。

妹妹挑了一挂金项链，价格1500元。她要挂在脖子上让妹夫瞧瞧好不好看，她自己怎么也对不准挂到脖颈后面的锁扣，就让妹夫替她扣上。妹夫虽然天天夜里与自己媳妇同床共寝，可是他俩睡觉的姿势和亲热的习惯，不曾让他太贴近媳妇的后脑勺，闻到她头发上的气味。这会儿，他鼻子贴近媳妇的后脑勺，猛然闻到了她头发散发着厨房里的油烟味儿。照理他应当怜惜媳妇天长日久的炊事劳作所付出的代价——浸透了一脑袋的油烟分子！可他却嫌恶地皱皱鼻子，还说了句："满脑袋油烟子味，还戴项链呢！"这话很刺激妹妹，她回过头来瞪了一眼自己的男人："怎么？我就只配给你家当牛做马，一日三餐伺候你们！"

妹夫性情颟顸，脸皮儿薄，认为妹妹当众顶撞他驳了他的面子，就生气了，立马转身走人。妹妹更生气了，就可着兜里的三千块钱买了一挂两千八百八十八的金项链。

我说呢，妹妹赶该做饭的时候咋还到我这儿串门儿呢，原来是和她老公赌气，从商店出来还没回家呢。不怪妹妹生气，这事于情于理，她老公都说不过去。我这妹夫简直有点无情无义。当年，他和我妹妹在集体户谈恋爱我们家就不同意，因为他家庭太困难，他父母也都年老体衰，妹妹要嫁到他家定然要吃苦的。可在那个年代，为了爱情却能全然不顾一切！妹妹到底还是嫁给了他。

妹妹结婚那天，赶上个雨天。本来前一天还响晴响晴的，可妹妹结婚那天早晨，天突然阴下来，到了九点来钟就下起雨来，时断时续，一直沥沥拉拉下到午后三点钟。婆家七姨八婶私下里嘀咕："结婚下雨可不吉利，新媳妇怕是个不安分的女人，将来还不得给汉子戴绿帽子呀！"我当时听到这话气得不行，真想大骂她们一顿！可是在妹妹大喜的日子里，不好跟嚼舌头的女人计较，我只好装作没听见。过后我也没告诉我妹妹——没必要给她添堵。

那场始料未及的雨，给妹妹的婚宴蒙上了一层阴影。露天宴席是在妹夫家院子里办的。院子不大，人多，只好分拨儿吃了两起儿。人们在临时用塑料布搭起的遮雨棚下，热火朝天地大吃大喝。露天炉灶上雨点子迸得油锅里嗞啦嗞啦响，厨师也就彰显不出高超的厨艺来，所以第二拨人吃的菜就让他给省略一点儿——过油的菜比第一拨少了一道。于是就有细心人不满地嘟哝了两句。妹夫偏又是急性子人，心里正为天公不作美窝火呢，一句挑理的话点着了他的火气！他夺过我妹妹手里的火柴替新娘子使劲儿点烟，故意燎挑理的那矬个子的眉毛，闹得差点没掀翻了桌子，弄得挺不愉快。妹妹的公公挂不住脸儿了，急得团团转。可是想弥补也不成了，厨师已经拎着马勺走了。妹妹只好出来打圆场，替新郎赔礼，非常热情，一个也不落地为来宾点烟。结婚赶上雨天本来就不顺利，就更不好再生点不愉快的事儿了。妹妹一边点烟一边笑着招待大家说："大伙都慢用啊，还有一道过油的菜没上哪。"妹妹笑呵呵退下，径直进了厨房，扎上围裙就上灶炒菜！不多会儿，那道过油菜就端上来了，而且色香味都不比先前厨师所做的差！

新娘子在婚宴上亲自下厨，出奇制胜，一时间传为佳话。不过这也一下子把妹妹推到此后的家庭"劳模"位置上了。妹妹过门之后，除了午间，她在班上不能跑回家给公公婆婆做饭，全家常年的炊事都是她一人承担。妹夫从来一手不伸，婆婆也甩手自在。妹妹不免有点后悔，觉得当初自己太显能耐了，如果她饭菜做得难吃，恐怕婆婆也不会把一家人的炊事全推给她。妹妹单位里的女伴们，个个打扮得花朵似的鲜艳，手指都嫩得像莲藕，妹妹艳羡之余，一问才知道敢情人家不是丈夫做饭就是婆婆下厨房，根本不像她全陷在厨房里，手都变粗糙了。一样的年轻人，一样初为人妇，人家多幸福！自己不免觉得有点太劳累。妹妹心里就不大平衡了，有时跟丈夫嘟哝两句，也得不到抚慰，就暗自叹息，不知道如何改变独奏锅碗瓢盆交响曲的命运。没有办法，妹妹一直"忍辱负重"地劳作到婆婆公公都相继去世，尔后只为丈夫和儿子操持一日三餐，心里才任劳任怨，也没了不平衡。

　　我也和妹妹差不多，情愿给丈夫、女儿当牛做马，侍候丈夫的家人就觉得不甘心。当媳妇的是不是都是这样的心理！我们对自己的男人和孩子，做多少牺牲都不觉得亏。我想，我们的母亲乃至母亲的母亲，大概都是这么过来的吧？我们对丈夫、孩子无怨无悔地付出，从来不望感激，可我们的辛苦劳作，在男人那里是否得到尊重了呢？头发上有油烟味，手变粗糙了，就嫌恶了，这不是忘恩负义吗！妹夫是不是有移情别恋的苗头？我知道有外心的男人都是从不讲良心开始的。我不能不对妹妹说："这不对呀！我头发也不能没有油烟味，可你姐夫从来没说过什么哪。他这么嫌恶你，是不是有外心了？"

　　妹妹一笑，不相信我的话："就他那样，谁跟他呀！"

　　"也别这么说，你也不年轻了，现在细皮嫩肉的小姐有的是，有钱就有人跟。你得看住他腰包里的钱！"

　　"他倒不乱花钱。再说他也没那个精神头儿，跟我勤了点都不行呢——"

　　"那他还有什么傲的！你明个儿别做饭，让他做！让他也弄一身油烟味，看他还嫌不嫌你了！"

我留妹妹在家吃晚饭，吃饭时她有点心不在焉。吃完饭坐到厅里看电视，她叨咕说："这跟在电影院里看电影差不多呀！还是大屏幕好啊。我家啥时候也能看上大屏幕彩电！"妹妹总是很顾家的。说着，她看看表，起身给家里挂了个电话。听说妹夫和儿子还没吃晚饭呢，她就坐不住了，跟我说还有衣服没洗呢，就赶紧回家了。我知道，她是赶回去给他们做饭！

因为忙活女儿考大学的事，我和妹妹一夏天没怎么见面，妹妹打了两回电话，问我女儿考学的事。当时我正悬着心呢，也没细唠什么。我也不知女儿的老师帮着填的报考志愿是不是报高了，按分数线本来应当接到一份录取通知了，可是我家信箱里一直空空如也。我们甚至怀疑是不是有人给偷走了，直到有一天打开信箱见到日盼夜想的录取通知书。把喜讯告诉了妹妹，顺便请她到我家帮我做菜。女儿金榜题名，我得大摆宴席请客。为了省钱当然只能摆家宴，不能上大酒店摆阔。好在请的都是亲朋好友，大家只图个喜庆。

请客的前一天，妹妹就住我家，从早到晚切墩改刀，为次日的宴请做准备。我惊讶地发现，妹妹的发型变了，头发做得挺时髦。我们在一起择菜时，我闻到她头发散发出一股好闻的香味！我问她用的是什么洗发露，她说出一个挺高档的品牌，不禁令我惊讶："啊？用这么贵的！你发财了？"

"姐，你可别告诉他呀。他一点也不知道，我用的是高档洗发露！"妹妹是让我向她老公保密，这当然不能让我妹夫那个小气鬼知道。可是戴了一副金项链，也不至于非用高档洗发露

"标配"啊?

"姐,我想开了,该享受的就得享受,辛苦一辈子,不风流风流也太亏了!再说,你家招待客人,我不能给你丢面子啊。"妹妹笑呵呵地冲我挤挤眼。

妹妹从前不是这样啊?她总是把老公和儿子摆到至高无上的位置,自己怎么亏都不在乎。怎么突然像换了一个人似的?真有点让我看不懂了:一个几十年如一日,满脑袋油烟味儿的家庭主妇,突然间偏离了自己习以为常的生活轨道,要跟别样生活接轨,而且是自己解放自己的,这个变化有点陡!是喜是忧,我一时真弄不明白。但我还是劝妹妹:"赶时髦得悠着点,怎么消费应当根据自己的实际情况,别超前了。"

妹妹脸一红,不好意思地笑了笑,没说什么。

不过,妹妹看上去的确漂亮了,年轻了一些。我觉得这都是她头发的变化带来的新面貌!这么多年她从未如此精心护理过她的头发。从小她的头发就有点发黄,还很茸,不好梳理。我忽然想起妹妹小时候头发老长虱子,那时我们家生活困难,一个月全家人就只能用那么一块黄黄的肥皂,我们都省着使。有一回肥皂使没了,妹妹洗头时就只用水,她弄了满满一脸盆水,蹲在地上一遍又一遍地洗呀洗呀。她正把头浸在水盆里使劲儿洗着,身后冷不丁有人叫她,她一撅屁股闹了个前滚翻,一盆水全扣地上了,衣服也弄湿了,还把头皮磕破了,她哇地哭了,我们忍不住哈哈大笑。当时谁也没有想着及时给她上点药,不过家里也没有药。后来就发炎了,一个多月才好,头皮上留下了疤痕。

妹妹因那一头又枯又黄的头发，影响了她整体面貌。在集体户时，人家别的男女同学都谈上恋爱了，她还没人追呢。直到妹夫插进户里来，她才和别的女同学一样，也有了对象。此前，户里同学都已成双成对，下地干活，收工回来，都是出双入对，就我妹妹一个人，踽踽独行，挺寡淡的，她就自愿留户里给大家做饭。户里从此也就不轮流做饭了，就我妹妹一人围着锅台转了。天长日久，她做饭做菜越来越拿手了，大伙也愿意吃她做的饭菜。妹夫来到户里之后，常常帮我妹妹拎水烧火，因为他饭量大，总比别人饿得早，开饭前喜欢先抓挠点什么吃。妹妹受不了别人的好，人家总帮你，你得有点回报，她就有意给我妹夫事先准备点什么吃的，也就是灶坑余烬里埋几个土豆。如此一来二去，两个人就好上了。

不久以后，户里的男生老三和女生四妹，感情公开破裂。男生老三偷偷向我妹妹表示，他早就暗恋我妹妹，若不叫女生四妹追得紧，他就要跟我妹妹表白了。老三还劝我妹妹洗头用他的香皂，说她老做饭浑身散发一股烟熏火燎的味儿。妹妹已然有对象了，就是现在的我妹夫。所以，妹妹就没有用他的香皂。妹妹毫无保留地把事情告诉了妹夫。于是两个男生就发生了一场撕打，妹妹不知如何是好，躲在里屋呜呜哭。多年以后她还对男生老三怀着歉意，这事她跟我就说过不止一次。听说后来，人家老三比当年户里其他人都出息，做好几种化妆品销售总代理，发财了。今儿我请的客人里就有老三的弟弟——我女儿的数学老师。他来之前，我在电话里随口问了问他哥哥的情况，我说我妹妹跟你哥哥，过去在一个集体户待过。但我没好意思请老三，怕有高攀之嫌。

家宴办得很成功。客人们都夸妹妹的厨艺不错。席间我特地把女儿的数学老师介绍给妹妹，知道那文质彬彬的男人就是原来集体户老三的弟弟，妹妹浅浅一笑，没跟他说什么，只说句没头没脑的话："你哥那人挺好的。"

我送女儿去大连海运学院报到回来，给亲朋好友捎回一些珍珠项链，其中最好的一挂我送给了妹妹。妹妹很高兴，当即就把脖子上的金项链摘下来换上珍珠的了。我帮她戴的，贴近她身后，又闻到一股幽幽淡淡的香味，从她头上散发出来。我说："妹妹，你好香啊。"她嫣然一笑，竟有点少女的情态。我当然希望妹妹越活越年轻，虽然事实上那是不可能的。

当晚，我又看到了妹妹。地点却是在像她那样年龄的妇女不大涉足的地方——侬本多情酒吧。我不是在酒吧里面碰到她的，而是在霓虹灯闪烁不定的酒吧门前。更让我惊奇的是，她和一个男人双双从侬本多情酒吧走出来，那男人不是我妹夫。我警惕地闪到对面的商场里，透过大玻璃窗观察动静。只见他们二人一同上了一辆轿车。我不认识那是什么牌子的车，看上去挺高档，那男人亲自开车，大概是私家车吧。妹妹傍上大款了？这简直让我难以置信！可是一切又都清清楚楚出现在我眼前！我十分惶惑，竟不相信自己的眼睛了，忙掏出手机要给妹妹家打个电话，证实一下她现在何处。但我又打消了这个念头，即使有人和妹妹非常相像，我也认得出哪一个是我妹妹。况且，她胸前还挂着我送她的珍珠项链呢！妹妹怎么了？她是安分守己的好女人哪，她属于那种既无贼心又无贼胆儿的人，她忠诚于爱情，心地单纯，怎么会走上浪漫歧途？

回到家我没有跟丈夫说，家丑不可外扬，丈夫毕竟是外姓人，不能让他见笑。但我心事重重，翻来覆去睡不着觉。我担心妹妹的行为一旦被妹夫发现了怎么办？我不希望他们发生婚变，儿子都那么大了，再说他们同甘共苦走过那么多年，没什么大的磕碰，不能让多年的感情毁于一旦！我决定找时间和妹妹好好谈谈，晓以利害，劝其悬崖勒马，回头是岸！

还没等我抽出时间找妹妹谈，妹夫一天晚上突然打来电话。他轻易不打电话，看来事情非同小可！是不是妹妹东窗事发？我在拿起话筒那一刻心都有点发紧。妹夫告诉我的却是另一个消息，虽然也不是好消息，但毕竟能让我悬着的心缓解一下。

"大姐，小红病了，住院了——"妹夫语气沉重，声音有点沙哑。

"怎么了？她咋病了，住哪个医院？"我急切地问道。

"肿瘤医院——"

"肿瘤医院？她哪儿长瘤了？"

我听说妹妹住进肿瘤医院，心急如焚！撂下电话我就和丈夫跑到医院看望妹妹。

我来到妹妹的病床前，眼泪就止不住了。妹妹倒劝我了："姐，没事的，也许还有救——我还没活够呢。"

"怎么发现的？是良性瘤吧？"泪水在眼圈里转，我俯视病床上的妹妹，热切希望她的回答是肯定的！然而她黯然神伤，摇摇头。

"两个月以前发现的。我没跟你说。跟他也没说。"妹妹缓缓说。妹夫没在跟前,丈夫那会儿上走廊抽烟去了。可见最知心最知近的还是姐妹。

原来正是在她决定买金首饰之前,查出自己得了癌症!我心里十分震惊!那么,几天前与一个男人在侬本多情酒吧的一幕,是不是有情人的最后诀别?那个男人是谁?妹妹什么时候、怎么认识的?虽然我很想知道这些,可是向一个癌症患者探求隐私,未免不合时宜,也似乎没什么意义了。我的眼泪夺眶而出。

在妹妹住院治疗的日子里,我隔三岔五去医院护理她,陪伴她。由于化疗,她的头发全部掉光了,我安慰她说:"病好以后会长出新头发的,而且会又黑又浓。"

她好像相信了我的谎言,眼里有了一丝笑意:"姐,我这一生就希望有一头飘逸秀发!"

我抚摸她的头,把妹妹有笑意的、泪湿的目光理解为美好憧憬。

"我家柜子里还有好几瓶没使的高级洗发露呢!"说到此,她脸上倏忽掠过一朵淡淡红云。她瞅瞅我,犹豫片刻之后,对我说:"姐,我想告诉你一个秘密。"她盯着我,大概是看我感不感兴趣。我微微一笑。她接着说,"那也是我一生中唯一的隐私。姐,我告诉你,我可舍不得花钱买那些高档洗发露,那是老三给我的。就是我曾跟你说过的、过去集体户的那个老三。我还跟他去过一次酒吧——"她窃喜里没有一丝愧疚,那是很神秘也很明朗的心情,显然那是她内心里一份安慰和珍藏。

我能说我曾看见他们从侬本多情酒吧里走出来吗?如果我

说出我的偷窥，对妹妹肯定是一种亵渎和伤害！所以我什么也没说，只报以理解和欣赏的微笑，握紧她的手，意思是不用说下去了，我都懂。

妹妹稍事平静，轻轻说："姐，我知道不能长出新头发，我也知道我的日子不多了，所以我不能把秘密带走——"

一个月之后，妹妹撒手人寰。我给她洗脸穿衣的时候，依然闻到她光秃的头有一股幽香。我听人说，人往生之后，灵魂是有气味的，一时间还散发在亲近的人中间，暗喻死者留恋生命！而活着的人没有这样的慰藉。

我把浓密的假发戴在妹妹的头上，扑上去抱着她的头失声痛哭——

# 喘 息

许强那辆破自行车已经骑了二十年，其间多次更换里带、外带，飞轮也换了一次，辐条和车圈都换过新的，唯有那结结实实的车架子一直是原装。黑漆已剥落却擦拭得乌亮。

许强自身的零件这二十年来一直完好无损，没有修补过，只是又黑又瘦。

又黑又瘦的许强，骑着又旧又破的自行车，在街上闲逛。车子爬上一道缓坡，脚镫子直打空，许强就顺坡滑行，车速一点点加快，他下意识地捏着手闸，闸不灵了。车速一点儿未减，他有点慌，控制不住沿斜坡滑行的惯性。前面又赶上一个十字路口，他想下车却刹不住闸。正在慌乱之际，只见一辆的士也不看红灯横穿而过。许强眼看要和这辆的士撞上了，情急中他猛然骗腿儿跳下自行车，闹了个人仰马翻！他左胳臂抢掉一块皮，血珠立刻从肉皮处渗出来。

许强抬头寻望，那辆的士已经无影无踪。他想喊，想骂，又觉着无济于事。他只好自认倒霉，拍拍身上的土，沮丧地推车朝下坡走去。

人在无聊的时候，往往碰见什么事，都能引发一点儿联想。许强心想，没撞着我，算你捡着！若把老子撞进医院，医疗费、工资你就得全赔。工厂放假，百分之七十开支，家里老婆病着，两个女儿都在上中学，他正愁得发急呢。开出租车的，钱来得快，天天数钱，多要他点赔偿，兴许够交两个姑娘的学杂费了。他倒后悔，没被车撞成重伤。

许强觉着胳膊擦伤的地方挺疼，用手一捂，弄了一手血。他就从兜里掏出一张卷烟纸，贴在伤处。他又感到还是不出车祸、平平安安的好，要真是被撞死，或者撞得缺胳膊少腿的，也不见得就是赢家。脑子里那怪想法消失了，他上了车，却骑不动。下车一看，是车挡撞紧了。他四下撒目，瞧见街边有个修车摊，就推车走过去。

修车人是个瘸子，正忙着给一辆两轮朝天的自行车上外带。看样子挺费劲的，瘸子脑门儿上都出汗了。这么笨拙，还在这儿摆摊赚钱呢。许强心里不无妒忌。

"师傅，借扳子用用行吗？"许强上前搭讪说。

瘸子头不抬眼不瞧，没理他。

他又说："师傅，能借我用用扳子吗？"

瘸子不耐烦地说："自己拿。收费呵！"

许强愣了一下，心里骂道，这浑蛋，用用扳子还要钱！可是他不用扳子把车挡矫正好，骑不了车子。他从摊儿上捡起个扳子，只几下就把车挡调整好了。他撂下扳子，想从兜里掏出一毛两毛的，往摊儿上一扔就走。可他一摸兜，除了旱烟末子，连半个钢镚儿都没有。他想让瘸子通融一下,又觉着有点先斩后奏的嫌疑,为一两毛钱让瘸子误解不值得。正犯难,见瘸子也在难处:瘸子被那条钢丝带弄得手足无措,叽叽歪歪地自言自语:这带怎么这么不好上!许强凑过去毛遂自荐:来,我试试。瘸子瞅他一眼。放弃了自己的努力。让给许强去做。

许强平素常鼓捣自己的那辆破自行车。修自行车的活难不倒他。他没费多大劲儿就把那条钢丝带顺顺溜溜地上好了。

许强从容不迫地用抹布擦擦手,带点揶揄味道地问:"师傅。多少钱?"他是问使扳子要多少钱。

瘸子忙说:"不要钱。不要钱。爷们儿,抽支烟。"瘸子挺客气地递给他一支"红塔山"。许强受之无愧地接过来,瘸子用打火机给他点着烟。

"爷们儿在哪上班啊?"瘸子也点上一支烟,讨好地和许强唠起来。

"在印刷厂上班。现在放假呢。厂子效益不好……"

说这话时,许强就觉着自己比瘸子矮了半截似的,为了两毛钱扳子使用费,还得帮这瘸子上条外带。他心里不是滋味,就扯别的话题。两个人不知怎么唠到了大米、豆油涨价的事,两个人都狠狠地发了一顿牢骚。这期间,许强抽了人家三支"红塔山"。

打那以后,许强没事上街闲逛时,就顺脚到瘸子的修车摊儿,坐一会儿,也算找个说话的伴儿。活忙时,他就帮瘸子干点零活,混支好烟抽。

修车摊主瘸拐李,供许强好烟抽,有时还买点牛杂碎请许强喝顿小酒。瘸拐李看许强修车技术不错,有意让他帮长工,反正许强也是个闲人。他提出每个大活,按四六分成,分给许强大头儿。许强很乐意地接受了。人家瘸子有合法修车摊位,又有全套工具,他只出点力,出点技术,还分大头,是桩挺合适的"交易"。许强觉着沾了瘸拐李的光,就把抽好烟喝小酒的事翻了个儿:许强不时买盒好烟与瘸拐李共享,赶上活多就主动掏钱买酒买菜,请瘸拐李。瘸拐李心安理得地享用,许强也不觉着欠瘸拐李的情了,两人虽属雇佣关系,但你帮我我帮你,两相成全,互惠互利。扯平了。

许强在瘸拐李修车摊儿上打工,每天都有点进项。家里的日子就好过一些了。拿着厂子百分之七十的工资,放假在家挣外快,他觉得挺滋润。可厂子不能总没活,已经派人通知他,明个儿就得上班了。许强有点舍不得修车摊。上班之后,他就利用一早一晚的空闲时间,仍然去车摊儿帮工。虽说又上班又去车摊儿帮工,这么两头忙累点,但他觉得挺充实。

许强为了生计这么劳碌,老婆心里清楚,也挺心疼他。每天晚饭,都想法给他炒个下酒的菜。许强劳动了一天,喝上两盅儿酒,便心满意足。

许强的两个女儿却不容易满足。家里伙食改善了,又羡慕别人家孩子吃橘子、苹果。楼道里常见别人家的空水果箱子,她们就和爹妈叨咕。

小女儿说:"常吃水果皮肤白。"

大女儿也说:"长这么大,我们还没尝过富士苹果啥味儿。"

许强没好气地数落她们:"等你们毕业、有了工作,自己挣钱买!"

许强老婆却不愿屈着女儿。第二天,她就上街特地买回五斤富士苹果,全藏在两个女儿的房间里。当晚,许强喝酒的时候,见桌上只有一碟炒豆腐、一袋花生米,心里挺不悦,嘴上倒没说什么。自己虽说劳苦功高,可也不能天天搞特殊化。他默默地饮着苞米酒,觉得有点索然无味。有酒没菜,酒兴也就淡下来。他干巴巴地嚼着花生米,打开了电视机。《东方时空》,讲述老百姓自己的故事……他喜欢看这个节目。瞧着瞧着,心里就生出不少的感慨:电视台记者眼光还是有限啊,咋不拍拍我们是怎么过日子的?

两个女儿活蹦乱跳地回来了。她俩都穿着紧身裤,紧绷绷地箍着身子,像没穿裤子似的。他看不惯,烦她们俩一天总不知愁地笑。他老婆却是好性子,一见两个女儿回来抬头纹都绽开了。一扫整日晦气的病容,回光返照似的光泽起来。他老婆在两个女儿面前,像个奴婢似的,又是递毛巾又是忙着给盛饭。许强看着心里来气,工人的女儿,劳动人民的子女,怎么能像娇小姐似的惯着!

"别总让你妈盛饭!你们没长手啊?"许强教训着两个女儿。

两个女儿面对爸爸的呵斥,采取不反驳也不理睬的态度,不像对妈妈可以撒娇,也可以赌气。她们对视一眼,就都端起饭碗默默吃起来。妈妈做的大米饭就是香。

许强的老婆给两个女儿添了一碟菜,瓜片炒鸡蛋。她自己只吃丈夫剩下的那半碟炒豆腐。许强横了老婆一眼,想说怎么不给我吃瓜片炒鸡蛋?可他能和孩子争口吗?况且两个女儿比起别人家的孩子,她们确实苦了点,但也确实不懂事!怎么就这么心安理得地吃着瓜片炒鸡蛋？全不顾及父母，连推让一下都没有。许强怒从心生，火却向老婆发，责怪说：

"你看你把她俩惯的，吃东西只顾自己！"

两个女儿停住了。许强斥责她们："你妈有病，也需要营养，怎么就活该她总吃豆腐？"

老婆也不知好歹，还替女儿圆场："她俩正长身体，我一个闲人吃啥也白搭！"

真是贱骨头！许强剜了一眼老婆，起身出去遛弯儿了。

已经入秋了，晚上小风挺凉。可是电线杆子下边还聚着一伙打扑克的人。许强凑过去看热闹。

许强在厂子里，偶尔跟工友们玩红十。筹码不大，一中午下来输赢也就是一盒"白桂花"烟钱。这伙人玩大的，一块两块五块，输家一晚上一二百元不够付的。他玩不起，只在旁边观战。他总是替牌不好、又抓了两个红十的主儿，担惊受怕。人家被"捆住"了，他就马后炮瞎参谋，说两个八单扯好了，打双没回牌，回手让对方跑了两个小六，这牌出的！那人正输得叽叽歪歪，就没好气地斥他："一边儿去！就你妨的！贴树皮呀？偏蹲我这儿干嘛？"

许强面子上有点过不去，就回嘴说："你这人，怎么肚子疼怨灶王爷呀？"

对方腾地站起来，要打架，骂咧咧的："你这是给谁当爷？肉皮子发紧哪？"

许强自知惹不起这主儿，又不甘心在众人面前显窝囊，便也站起来："你要干吗？"只是身子不由自主地往后退一步。

"揍你！"那人撸胳膊挽袖子往前凑。

大伙就起来劝架、拉架。不想让事态扩大，怕搅了牌局。许强也就顺台阶蔫退了，讪不搭地离开了。

许强心里不痛快，觉得这个世界上的人都可憎。他在黄昏的老街，踽踽独行，感到很孤独，觉得生活很没劲。他渴望生活里有点什么变动，甚至希望发生天灾人祸，比如来一场大地震！"天不刮风，天不下雨"可真没意思，他更盼望在自己身上发生点奇迹，比如中个大奖什么的。他曾经买过各种名目的奖券，看到报上登出有人中大奖的消息，他也跟着中奖者一起惊喜，可他从未中过奖，连末等奖都没得过。他灰心过，但是仍然心存幻想。这会儿的他心里不顺，却突然想去再碰碰运气，幸运之神往往总是在你心灰意冷时，给你一份惊喜。他捏捏兜里仅有的 10 元钱，心头就有点躁动。这时街灯忽然亮了，一长串的灯光穿过暮霭。他觉得这可能是个好兆头，于是坚定地朝彩票站走去。

许强买了彩票，心情好一点，就想在街上多逗留一会儿。他从食杂店又买盒"白桂花"烟，叼着烟卷走到灯光通亮的报刊亭，随意翻翻书报，很内行地跟人说："这封面色彩套印不准，是盗版！"

报刊亭老板撵他离开。这时，一个少年凑到跟前，低声问他要不要裸体扑克。他吃惊地望着那张娃娃脸，把那少年瞅得直发毛。少年转身就混进人群里了。这时，又一个声音把他叫住了："这不是老许吗？"

许强回头见是过去的工友，就回身打招呼："李贵！你挺好吗？听说你干个体发了？"

"发什么哪,瞎忙乎。"李贵矜持地说,又关心地问:"咱们厂子现在怎么样?"许强不屑地说:"别提了,一年不如一年,现在都开不出支了,放长假呢。"

"这么惨?怎么搞的?"

"谁知道!"

"那你没干点啥?"

"没有,干待。"

"你技术那么好,在家闲着可惜了。你愿不愿意上我那儿干?"

"干铅印,还是干胶印?"

"你最拿手的——胶印机。"

"双休日临时干两天还行。最近,厂子又有活了。我得上班。吃皇粮嘛,就是官家的人。"许强强调吃皇粮,是想在个体户李贵面前,表现一点优越感。

李贵掏出一盒"红塔山",递给许强一支,用打火机给点着,热诚地说:"有份急活儿,正找不着好技工呢。每天我给你100元工钱,也就干个十天半个月,怎么样?"

许强立马爽快答应:"行!"吃皇粮的许强并非撑得不想吃野食。他见有外快可挣,急不可待。他想冲李贵说句感谢的话,转念一想,李贵找个像他这样会开胶印机的人,也不是件容易的事。他没说出感谢的话,倒先提出条件了:

"不过,平时我只能干夜班,晚五点到半夜十二点。白天我得给公家干,晚上到你这儿加班。双休日可以干整天班。"

"行!咱们一言为定。明天你就来吧。活儿很急。"李贵掏出一张名片,说上面有厂子的地址和他家电话号码。两个人正说话间，李贵腰间的 call 机响了，李贵就匆匆忙忙走了。

许强忙得脚打后脑勺，白班夜班连轴转，也就没有闲空儿再去瘸拐李那里帮工了。

半夜里，许强回来要吃夜宵，媳妇说："他李大爷在这儿吃的晚饭，自己带了瓶酒，还剩半瓶呢。菜也剩了，你热热吃吧。"许强有点不乐呵，挺生硬地说："他来干什么？我不在家，还在这儿吃饭，太不知深浅！"

媳妇说："人家来看你来了，想你，还请你去修车摊呢！"媳妇又说，"老李是个挺实在的人，赶上我和孩子们正吃饭，我留他的。他就在这儿吃了。人家还买了香肠，自己带的酒。"

"我不在家，你一个老娘们儿，留他在家喝什么酒？"

"你咋这么说呢，人家对咱有恩，在咱家吃顿饭，你有啥不乐意。"媳妇不高兴了，"再说，我也没陪他喝酒。两孩子也在家。"

"我不欠他什么！以后我不在家，别搭理他啊！"许强气哼哼地说，他把桌上的酒瓶子一蹾，有点儿醋意，嘟哝说："我不捡他的剩儿，给我煎两个鸡蛋！"

许强媳妇跟他赌气，没动地方，顶他说："你这人咋这样？一个瘸子我搭理搭理，还能有啥事啊？"

许强吼起来："老爷们儿不在家，你留他吃饭算咋回事？我说得不对吗？"

媳妇生气说："我不是为了你吗，你在人家那儿帮工挣钱，就一点人情不讲啊？"

许强说:"以后我不去了!老子不干那下三滥活了!一个臭瘸子,你还把他当恩人了!"

媳妇气得脸都白了:"你这人真不可交!"

"对,我不可交,你交瘸子吧!"许强耍起蛮来。

媳妇气得大骂道:"许强,你不是东西,糟蹋你媳妇有啥能耐!"

两个姑娘听不下去了,冲出来都指责父亲:"那个瘸子是找你来喝酒的,你不在家他不走,我妈有啥办法?你这不是欺侮我妈吗?"

女儿们向着母亲说话,许强媳妇气就消了许多,她不想因为这点小事,闹得家里不安宁,就退让说:"得了,别说了。"她见许强也不吱声了,就进厨房给丈夫炒鸡蛋。她觉得丈夫也不容易,为了养家糊口,这儿打工那儿帮忙的,指不定在哪儿遇到不顺气的事,这是回家找碴儿。让他一点算了,他一天也够辛苦的了。许强一看媳妇软下来了,他也就闷头喝酒了。他心里也知道,瘸拐李也没有歹意,媳妇也不是那种女人,完全是他自寻烦恼。喝完酒上床睡觉时,他就往媳妇身边凑,还把一只手故意搭在媳妇单薄的胸脯上。媳妇没躲他,也没迎合他。他本来也困了,不多会儿就打起鼾声了。

许强的厂子又放假了。临放假还压了职工一个月的工资,说是印刷物资材料马上要涨价,厂子挪用一下职工的工资,先购进生产用的物资材料,这样能给厂子节约很多钱。大多数职工都愿意分担一下工厂的困难,许强也理解,这是为了厂子的长远利益着想。个人克服克服困难,自行想想办法,就成全了工厂。他在李贵那儿干了十天，把那份急活突击出来了，李贵却没有及时付给他 1000 元工钱。现在厂子的工资没领回来，家里等着用钱花，他就去李贵那儿讨债。

他来到李贵那间旧仓库改修的厂房，觉得气氛有点不对头，怎么安安静静的，大门也关得紧紧的。走到跟前，他才看见大门上贴了封条。厂房里一个人也没有。前几天还热火朝天地赶印着书页子，怎么这么快就倒闭了？有人见他探头探脑地往里看，就告诉他，这儿被公安分局查封了。他们印刷黄书！厂长也被拘留了！许强大吃一惊，敢情他那几天忙忙活活印的是一本黄书啊！这个李贵不往好道上走，骗他来厂子印黄书，1000 元工钱现在冲谁要去？许强后悔也来不及了，现在又急需钱花，他真的有点苦不堪言。这下可好，还得另想辙了。

满街筒子搅着秋风落叶，许强推着破自行车慢腾腾地往家走。他不骑上车，是为了在路上耽搁些时间，好想个弄钱的办法。他家眼下一点存款也没有，一个月工资接一个月工资，这么一断档，日子可就不好过了。他左思右想，甚至胡思乱想，也找不出一个行之有效的应急办法。最后，他转念一想，想开了——他把兜里仅有的 30 元钱花了，买了瓶小烧和两根香肠，直接骑车来到瘸拐李的修车摊儿。

他跟瘸拐李装作很高兴的样子，亲近地说："李大哥，我最近在家小厂子干份私活儿，赚点外快。来，咱哥俩儿喝点……"许强说着把他那辆又旧又破的自行车就支在车摊儿旁边了。他一支车梯，车链子掉了。瘸拐李要为他上链子，许强说，我自己来……

## 舞 蹈

李苹总是在早晨五点刚过的时候，蓦然醒来。她的生物钟走时挺准。她睁开眼睛第一件事就是上卫生间。

她家的卫生间只有一平方米多一点，原来凹下去的便池让她丈夫老猫换上了坐便器，这样空间就更显窄小了，她又是个胖妇人，所以每每如厕就像蹲小号似的。其实，她并不知道，小号也不像她家卫生间那么小。

李苹屁股一塞在座便上总要拿张小报或者通俗杂志作消遣。自从下岗以来，她做什么事都不紧不慢，每每如厕更是一种休闲状态。反正有的是时间，干吗像过去那么忙叨叨地赶时间？她喜欢看小报上的社会新闻和通俗杂志里面的故事。她翻看着那份八开十六版的小报，看得津津有味。

李苹出了卫生间，洗漱完了，看到丈夫老猫还像猫一样赖在床上，不由心生怨恨——老猫这废物七八天也不和她亲热一回！她把做爱称为亲热。她忘了是谁给她丈夫起的绰号，她觉得恰如其分。又馋又懒的老猫看上去无忧无虑。仰仗多年前在路边盖起的一间小浮房坐吃800元的月租金，他觉得生活还过得去。老猫饭不做、衣服不洗、孩子不管，只管自己吃喝。他每月还能从厂里领回200多元下岗补贴，他拿到这笔钱必先去打10斤苞米酒。他认定喝苞米酿造的酒，不上头，不伤身体。此外还要买肉加工五斤香肠，买新鲜肉看着现场加工出的香肠，吃着放心。至于烟，他认为好烟也好不到哪儿去，次烟也还是烟，所以就可价钱便宜的买上一条。这是他一个月雷打不动的固定消费。有酒喝、有烟抽、有电视看，他想有这样的好日子过，你还想咋的？偷着乐吧！老猫把《祝你平安》改了词，自得其乐地哼唱道："你的付出已不那么多了，你的所得就已经不少了。"

知足常乐的老猫，此时一如既往地睡得那么沉实，而且鼾声大作，总是起伏有致、从容不迫，听不出半点不踏实来。这让李苹来气！一个大老爷们儿没心没肺，就甘心过紧巴日子？不想办法出去挣点钱，像死猫似的烂在家里，太没出息！当初她怎么就瞎了眼嫁给了这号人！李苹肠子都悔青了。她剜了一眼酣睡中的丈夫，真想一巴掌把这只"死猫"打醒，告诉他她多么想给他戴上一顶绿帽子，用男人最受不了的背叛行为报复他一下！其实，她会不会真的这么做，她根本没想过。她只是觉得心里这么狠一下，怨恨也就得到一点发泄。

婆婆屋里有了轻微的响动。老太太不像别人家的老人那样喜欢早起晨练。她起来就拾弄满屋子的芦荟。婆婆所在的那家老企业濒临倒闭，正盼着有实力的企业兼并。婆婆已经三个月没领到退休金了。当年与儿媳妇拌嘴时，还颇有底气的婆婆曾经理直气壮地吵嚷："我没吃着你们、没喝着你们，我的退休金够我一个人生活了！这房子还是死去的老头子留给我的！我怕啥！"现在婆婆也知道发愁叹气了。婆婆还有点人穷志短，竟教唆十六岁的孙子大圆儿夜里去偷小区花坛的花盆。婆婆栽培了许多盆芦荟花苗，指望它们能像当年的君子兰那样变成绿色黄金。家里所有向阳与不向阳的窗台上，都摆满了栽种芦荟的花盆。婆婆和大圆儿祖孙俩的卧室里，更是绿意盎然，满屋能插脚的地儿，都摆着一盆盆芦荟！幸亏儿子身体结实，不然也得像他奶奶那样患上风湿症不可。那屋子由于养花浇水潮得被子都增加了分量。李苹主动替婆婆开窗户晾门儿通风，总遭到婆婆的反对。婆婆还说她关节疼就是开窗风吹的，儿媳妇没安好心！李苹拿不懂生活常识的婆婆也没办法，可她心疼儿子，便给儿子买了张二手折叠床，让儿子把床支在饭厅里睡。她跟婆婆说儿子大了，得有自己的卧室，实际上是真怕儿子和婆婆睡一个屋得上风湿症。儿子睡在那张旧折叠床上，一翻身床就吱嘎吱嘎响。有回老猫半夜里喝酒回来，浑身热乎乎的，难得对她有点意思，她以为丈夫吃了啥灵丹妙药，就积极配合，可是还没怎么样呢，就被饭厅里的一声巨响打断了——原来是折叠床被胖儿子压塌了！婆婆心疼孙子，说什么也不让大圆儿再睡那张折叠床了。儿子又和奶奶睡一个屋了。那张旧折叠床也让婆婆给卖了，婆婆用卖床的钱又添了好几个大花盆！满屋子茁壮成长的芦荟只是看着绿莹莹的挺悦目，却一株也没卖出去。李苹比婆婆还着急，因为儿子又和婆婆睡一个屋了，那屋里的湿度让她担心早晚会损害儿子的健康，所以她早晨去公园晨练就跟人打听什么地方收芦荟、哪个想买芦荟。可是一直没找到销路。

差五分钟六点,李苹穿好衣服,刚要出门,看到窗外天阴得挺厉害,她就从晾台上找了把伞带上。她走出小区之前,还把晾晒在楼前空地上的茄子干儿收拢一堆,盖上了塑料布。她抬头望望天空。乌云正在聚集,看上去要有场大雨。可是这并没有阻止她去公园露天舞场。

可能是因为天气阴晦要下雨,来晨练的人比平日少了许多,偌大的露天舞场就十几个人慢慢悠悠地跳着慢四步。李苹一眼就望见了那个大个子男人。他在原地踏着节拍自己转着圈儿。李苹知道他在等她。她把随身带来的伞,戳在露天舞场中心花坛的水泥台旁边。待她转过身来,大个子已走近前来,邀请她跳舞。

李苹跟这大个子男人跳舞,觉得挺和谐。对方也总是单请她跳,她停下来歇会儿,他就自己转圈,不去请别人。两个人似乎成了固定舞伴。大个子看上去年龄与她相仿,不像是已经退休的人,瞧他腰板溜直,身体硬朗着呢。他没有老猫那股子熏人的烟臭味,衣着整洁,跳舞就是跳舞也不问三问四,举手投足显得很文明。他大概是个知识分子吧?李苹觉得自己之所以对跳舞越来越着迷,也因为她挺愿意和这个陌生的大个子男人跳舞。大个子男人对她有种奇异的吸引力,她心里有点兴奋,精神也饱满,天气阴晦的早晨也让她觉得清爽宜人。

大个子男人小眼睛里满是笑意和温暖。李苹就像登上了一条船,任随那无形的船载着她在音乐的波涛里徜徉——那感觉神秘而浪漫,如梦如幻。她这一生都不曾有过这么温馨美妙的感受。她24岁那年经人介绍和现在的丈夫老猫处了三个月就入洞房了,一年之后有了儿子大圆儿。回想起来,整个恋爱过程就是逛两次公园看一回电影,说几句不咸不淡的家常话,然后就是柴米油盐、琐碎烦恼,日复一日、年复一年的庸庸碌碌,一晃就过去许多年,大圆儿都十六岁了。如今,夫妇俩双双下岗,日子困难了,生活也更加无味。早晨来这个露天舞场跳跳舞,解解闷儿,锻炼锻炼身体,日子就过得轻松一点。再者,找个理由出来,还可以躲避让她看着就生气的丈夫和婆婆。每当最后一支舞曲终了,她都有点恋恋不舍。

此时,又一度曲终人散。李苹松开与大个子相握的手,抬眼瞅瞅大个子,他们彼此一笑,也不说再见,就那么分手了。她走到公园门口的时候,天上掉下几滴零星雨点,她忽然想起雨伞落在露天舞场的中心花坛了,就回身去找。

她的那把花布旧伞仍然戳在那里!

这时候,雨点骤然密集起来,打在树叶上发出沙沙响声。一些人躲到就近的树下,一些人跑到湖边船台的凉棚下挤作一堆。大家都在避雨。李苹撑开她的花布伞,从容不迫地走在公园的甬道上,呼吸着被新雨湿润的空气,心里特别惬意。还是自己有先见之明,早晨出来就带了伞。蓦地,她看见大个子男人从公厕里跑出来,望望天空又看看手表。可能是怕误了上班时间,不管不顾地跑起来。李苹迎过去,举着伞喊:"哎!哎!"她不知道他的名字,就这么"哎哎"喊着。

大个子男人闻声抬头一看,见是她,笑了。

李苹说:"来吧,一块走吧。"

大个子男人便弓着身子躲到李苹的伞盖下。李苹不得不高高举起伞来。大个子男人直起身子说："我来打伞吧。"李苹就将伞把移交给大个子男人。两个人打一把伞，又是一男一女，她想，他们大概会被认为是一对夫妻，在雨中并肩走着——她兀自笑了。笑了之后又隐隐有种莫名其妙的惆怅。

李苹和大个子男人打着一把伞走出公园不远，大个子男人就招手叫了一辆出租车。两个人就此分手，大个子男人只说句："明天见！"就钻进出租车走了。她也条件反射似的说："明天见！"然后，一个人撑着伞，独自往家走。雨都停了，她还撑着伞，慢慢地走，像悠闲散步似的。

她走到一个用大白铝盆烀苞米的小摊前，买了四穗黏玉米。本来是一家四口一人一穗的，可一路上她不知不觉就吃光了一穗，本来吃光的那穗是她的，她拿回家的三穗正好是儿子、丈夫、婆婆一人一穗，可她的食欲意犹未尽，就把老猫的那穗也吃了。吃了之后，她有点过意不去，回到家就给老猫多烧了一个菜。早饭老猫也要喝酒，哪怕只有大豆腐和咸菜。老猫见桌上多一盘平素早饭难有的荤菜，就比平时多喝了两盅，精神也似乎比平时振作一些。李苹就和老猫商量蒸包子馒头走街串巷卖钱的打算。老猫兴致不高，哼哈答应着。婆婆在一边泼冷水说："能挣几个钱？还得起大早！家里也不是揭不开锅了。"儿子大圆儿冲他奶奶说："芦荟不是可以卖钱吗？奶奶，咱们把那几棵大的芦荟卖了吧！"李苹接过儿子的话头："我打听了很多人，谁也不知道哪儿收芦荟，问谁谁也不买。"

李苹觉得这个家算没希望了！一家人都有两只手，可是都在吃闲饭，日子就这么一天天混下去？她在厨房里刷碗弄得锅碗瓢盆叮当响，发泄着心里的闷气。

吃过早饭，收拾完厨房，李苹去了楼下张家打麻将，筹码是一角钱。婆婆去后楼的老李家打麻将，清一色的老太太团队，输赢更小，还都各自带了饭盒，午间不能总吃人家老李家的饭，就是剩饭也不公平。儿子大圆儿和他老子在家看电视，大圆儿偷他爸爸的烟卷躲到卫生间去抽，老猫也就睁一只眼闭一只眼。到了晚上，一家人都显得很疲劳，而且晚饭又都吃得较多，早早就在电视机前打哈欠了。最先睡的是李苹，因为第二天她要早起晨练，也就是去公园露天舞场跳舞。最后离开电视机的当然是婆婆了，因为她觉轻躺下也睡不着。

次日早晨，李苹还是五点刚过就醒来了，照例在卫生间里消磨十几分钟。其中排便也就两三分钟，其余时间看小报。当她洗漱完了之后，忽然心血来潮，换了一件不大常穿的连衣裙。

一夜雨疏风轻，清晨天朗日明，可是入秋了，一场雨就增添一些凉意。凉风钻进她的裙子，透过补了又补的黑丝袜子，凉丝丝搔痒似的抚摸她粗壮的腿。因为她一直站在那里等人，没怎么活动，所以觉得有点冷。昨天与她"风雨同舟"的大个子没有来！都到最后一支曲子了，还是不见他的影子！李苹心神不宁，东张西望，在欢快的舞曲声中不免显得有点郁郁寡欢。

第二天，第三天，一连好几天，都不见大个子来公园露天舞场跳舞！他怎么突然不见了？是病了，还是出差了？李苹无从知晓。那大个子男人，只是她的一个陌生舞伴，连姓名彼此都未相问相告，怎么心里还生出这样的惦记呢？这几天，她打麻将心理状态也不佳,牌很背气,总是输。晚上睡眠也不大好,梦里还梦见了大个子男人。那个让她脸红心跳的梦,她都不好意思在心里重温一遍。她暗自羞愧,就主动和老猫亲热,可是中途还是让老猫嘴里的烟臭味熏得败兴而辍。

李苹突然不去公园跳舞了,老猫以为她身体哪儿不舒服,不过也看不出有什么毛病,他就没问。

李苹身体倒没什么不舒服的地方,只不过是想隔几天再去公园,她希望到时候就能看见大个子男人了。没有大个子男人伴舞,她对跳舞突然兴致锐减。可不去公园跳舞、不打麻将,心里又空落落的。一闲下来,她就不能不忧虑一家人的生活。她很想干点什么营生,赚点钱让日子过得好一点。她知道,老猫指不上,婆婆更指不上,可做她帮手的就只有儿子了。她寻思着做点小本生意——也烀苞米卖。但她不知道,街头那些卖烀苞米的小贩是从哪儿上的生苞米,这她可以打听,也可以让儿子去办这事儿。正是苞米收获的季节,买进生苞米不是难事。可是上哪儿弄个废油筒做个烧焦炭的炉子?焦炭上哪儿去买呢?还有,家里也没有大铝盆,用她家的小锅才能烀几穗苞米?还得买一个大铝盆。她一算计,也得二百元的本钱。她跟眼睛粘在电视机上的老猫,说起这打算。老猫不赞同。理由是家住三楼,屋子又不大,苞米往哪儿放?焦炭堆在什么地方?再有,烧焦炭的炉子难道每天还抬到三楼?放在楼下丢了怎么办?老猫讲的这些困难的确存在着,而且解决不了。李苹这才感到自己还是考虑不周,就有点灰心丧气,觉得下岗职工想干点什么真不容易。

老猫又点上一支烟,看看媳妇一脸阴沉,才从电视机上移开目光,解劝说:"不用愁,车到山前必有路。"

李苹没好气地剜他一眼。这是听天由命的话,自己给自己宽心丸儿吃。车都快撞到山墙上了,路在哪儿呢?跟老猫她也懒得认真理论了,他刀枪不入。偏在这会儿,楼下老张婆子来找她打麻将。她长出一口气,不打牌又如何消磨时间?她捧着保温杯就下楼了。那个保温杯是她临下岗前厂里给她的最后一次奖励!她习惯了用那个保温杯喝水,喜欢拿在手里不停地转动把玩那个不锈钢保温杯。

这一次,她输得一塌糊涂!上楼时,精神萎靡得直打晃儿。一进屋她心就堵得慌,天都快黑了,屋里也不亮灯,老猫还在看电视。儿子又不在家,不知上哪儿疯去了。她走进厨房一看,锅里还有半下子冷饭,菜板子上爬着几只蚂蚁,洗手池旁边的一捆芹菜有点打蔫了,婆婆、丈夫连个菜叶都不择!这是单等她回来做晚饭啊!她心里忽地来了气,立马转身走出厨房进卧室上床躺下了。

老猫问她:"都几点了,咋不做饭?"

"我就不行有个头疼脑热?你们都没有手啊?我若死了你们还扎脖儿吗!"

"行了,行了,别喊。我做。"老猫闭了电视,从沙发上站起来。

李苹感到身心俱疲,真不想吃什么东西,就想躺在床上休息一会儿。她一翻身听到婆婆的脚步声——婆婆进了厨房。

婆婆在厨房里叨咕:"行了,我做吧。人家那是说我没手呢!现在不都是老的侍候小的嘛!你去吧,这点活儿累不死人!"

李苹腾地坐起来，想冲出去和婆婆吵一架。可转念一想，她刚才说那话也真是捎带了婆婆，还不允许老人说句气话吗？她就又躺下了。不多会儿，就睡着了。

老猫叫醒她的时候，她觉得浑身不那么疲乏了。小睡之后，情绪也缓和多了，她就去厨房自己盛了碗饭，也端到卧室，坐在沙发上，边看电视边吃。老猫用遥控器选择着自己中意的节目。她觉得老猫什么事只顾他自己，太自私！她一把夺过老猫手中的遥控器，刷刷刷按一遍所有的钮，可是没有选出她喜欢的节目，一生气就闭了电视。老猫好脾气，只说一句："别闭呀！我还看呢。"就又打开了电视。

李苹觉得她也没理由和老猫较劲，老猫那语气也没有跟她生气的意味，她就不好再打横。她默默吃她的饭，她觉得婆婆做的芹菜炒土豆丝，真比她做得有味道，鸡蛋汤也好喝。是啊，若是她和老猫不下岗，婆婆现在退休了肯定会帮她做饭的，可现在两个人都下岗在家，是不该让老人做饭。她盛第二碗饭的时候，就在婆婆卧室门口停一下，笑着跟婆婆搭讪说："妈，你炒的芹菜土豆丝真香。我多吃半碗饭！"

婆婆不冷不热地回了她一句："那今后我就天天给你们做呗！"

李苹心又凉了，婆婆就做这么一顿饭还憋着气，婆媳真是天敌！她这第二碗饭吃得就不那么香。她嘴里吃着饭，眼睛有一搭没一搭地溜着电视。一段广告之后，是一档教国标舞的节目，她被吸引住了，也就忘了和婆婆的不愉快。

教国标的那个青年男子的面相，怎么瞧着有点像"失踪"

了的大个子男人？李苹专注地盯着荧屏，细瞧那青年，不过是影影绰绰有一点点像大个子男人而已，严格说只是脸部大致轮廓像那么一点儿。由此她又想到了大个子男人，想到与他共舞的幸福时光。她就撂下了碗筷，沉入美好回忆。她想到一些当时并未怎么在意的细节。比如转弯时他的目光和手同时给予她的暗示，传达的是一种心灵的默契；比如每一次有意无意的等待，每一次分手后尽在不言中的再见约定；比如最后的那次雨中行——在她忽然的回想中，都有了不寻常的意味。

教国标舞的节目播完了，她还盯着荧屏，呆呆的，老半天什么也没想。直到儿子回来，说有球赛节目，急急操起遥控器搜索，她才捡起碗筷去收拾厨房。

当晚她睡得很沉实，没有梦。次日一觉醒来，仍然是早晨五点刚过——她的生物钟一点儿没有紊乱。只是这一次，她并没有在卫生间里蹲十多分钟，却在穿衣打扮上多耗费了点儿时间。因为季节已是深秋，单衣薄衫不行了；她又胖了一些，实在穿不出苗条来了。不过，今天她精神格外饱满，好像去什么地方领奖似的。其实她的目的很明确，就是去公园露天舞场跳舞！就是要见到很久不见的舞伴大个子男人！她相信自己的心灵感应，她认为大个子男人该出现了！因为她的心在等待。在去公园的路上，她心里忽然又感到一丝羞愧，她心里从来没有过不可告人的秘密，现在居然有了。她在想念一个丈夫以外的男人，她是不是有点花心了？她是只为了跳舞么？跟别人跳不行吗？她在心里自问的时候没有找到答案。

李苹来到公园露天舞场，放眼望去，没有看到大个子男人的影子，她东张西望，寻寻觅觅，希望出现奇迹，但是没有。这个时候，她心情暗淡下来，有种失落感，就像丢了什么重要的东西似的，心里一下子空落落的。好几十男男女女都在那里翩翩起舞，音乐一曲接一曲，她觉得自己忽然与这些舞蹈者格格不入了，她的心神和那音乐也融不到一块儿了，整个人处于游离状态。舞蹈者们转哪跳啊，折腾了一个来小时才渐渐散去。她自始至终都没有离开舞场，自始至终也没有跳一步，她成了一个舞盲似的旁观者。她不知道自己心情怎么变得这么糟糕！她有点忘了自己的存在，直到那位负责音响的老者把录放机电线都收起来了，她才发现舞场已经空荡荡。就在这个时候，她眼睛骤然一亮，她看到了大个子男人！是他！在距舞场一百来米的一条甬道，大个子男人比比画画地正跟几个搞测量的人聊什么。她不明白那些人进公园里搞什么测量？公园已经被一些游艺设施和商业用房占去不少绿地，他们还要干什么！她更不明白，好久不见的大个子男人为什么以这种方式突然出现？她诧异地望过去，不知道该不该过去和他打招呼。大个子男人忽然转过身来，那几个测量的人也把仪器调到露天舞场这边来，大个子男人显然看到了她，往她这边瞅瞅，竟没有走过来的意思。李苹有点受不了这冷淡，她主动走过去，但是装作很随便的样子。

大个子男人见她走过来，先和她打招呼："嗨！是你呀！"

她冷淡地点点头。

大个子男人笑笑，问道："每天还来跳舞？"

她撒谎说："是啊，每天都来。"

她本来想问他为什么这么长时间没来，可是她忽然傲慢起来，什么也没说。

大个子男人瞅着她说:"以后就不能来了,这个公园要不存在了,下月就要破土动工了,这里要修筑立交桥!"

她瞪大了眼睛,不相信似的盯着大个子男人,然而却笑了一下,好像一切都无谓。

"没有公园更好。"她说,然后转身而去。身后又响起大个子指挥测量的喊话声,说的是她不大明白的测量术语。

## 鬼　巷

1

这条不到 200 米长的小巷，因先后有两个女人吊死在一棵树上，被人们叫作了鬼巷。后来修路，砍了那棵不吉利的树，把鬼巷延至繁华路段，横向也拓宽许多。于是，鬼巷两边的房屋先后被租赁，饭店、发廊、食杂店、药店、诊所——雨后春笋似的开门大吉，成了商铺一条街。鬼巷一扫往昔的阴沉，变得热闹起来。但是人们还是习惯地叫它鬼巷。也许因为鬼巷这个名字的缘故，巷子里开了好几家丧事用品店。

陈玉兰家是鬼巷的老户，也开了丧事用品店。地处鬼巷，仿佛有鬼魂相助，生意一直不错！一些丧家认可舍近求远，也到鬼巷来买陈家的丧事用品。特别是那种"冥府纸币"，好像鬼巷里的才是正宗"冥府银行"。人若迷信，真就邪了门了。

几年下来，陈玉兰家就"小富"了，但人家不"即安"。陈玉兰的老公王伟，在郊区买了一片地，盖起暖窖，雇人养起芦荟来。在奔富的路上又上了新台阶。但谁也不会嫌赚钱多，所以陈玉兰还守着她家的那个丧葬用品店，她没有和老公一道去郊区"芦荟基地"享清福。她老公王伟也总是借口管着那边的"企业"，很少回鬼巷这边。晚上，陈玉兰常往芦荟基地打电话，老公经常不在那里，不知去哪儿了。晚上打他手机一般总是关机，过后问他，他说手机没带在身边。陈玉兰心里明白：男人有了钱心就花，看也看不住。如果老公在外拈花惹草，她也认，她就担心王伟将来会遗弃她。他不是没有这想法，他放过这风，说分她一半家产两人趁早离了算了。陈玉兰对此很不甘心，当初王伟是穷光蛋时，她嫁给他，在她娘家房山头儿接出一间偏厦儿，安了个窝。也是她张罗用这个小偏厦儿先开个小食杂店。后来就租了门市房，开了丧葬用品店，是她打的根基、创的业，让这个没良心的席卷一半去？做梦！陈玉兰明确跟王伟说过："你在外边随便，离婚再娶没门儿！"

陈玉兰知道芳龄发廊的女老板杨柳和她家王伟打得火热，两个人已经有染那是肯定的了。陈玉兰只是怕他们真有了感情，王伟和她离婚娶那个小狐狸精！陈玉兰深知她和王伟的婚姻已经名存实亡。所以，她才不肯关店，她觉得一旦他们真的离婚，王伟很可能在财产上占大便宜。所以，这边的店她自己经管，有块根据地，就有备无患。

陈玉兰守着她的店，每日闲时居多，她隔着大玻璃窗无聊地望着街景，看着浓妆艳抹的年轻女子在鬼巷招摇过市，她心里就恨她们，诅咒她们都染上艾滋病！

这几天，陈玉兰的生意挺好，她一忙起来，也就暂时忘掉了心底的烦恼，也没闲心从芳龄发廊门口走过，察看杨柳在不在发廊里。平时，只要发廊里看不见杨柳的影子，陈玉兰就怀疑杨柳跑王伟那儿"送上门去了"。她在迎送顾客的间歇，无意间瞥见芳龄发廊门口停了一辆小轿车，从车上下来一个很有派头的中年男子，耳朵贴着手机大声与对方通着电话，一副春风得意的样子。只见杨柳笑容可掬地迎出来，和这位男子热情地打招呼。陈玉兰注意到两个人似乎是老相识，看上去非常熟悉，挺亲密。可她过去怎么没大见过这个款爷？她心想，杨柳这贱人指不定脚踩几只船呢。这事最好让王伟遇见，也好让他清醒清醒，他可不是卖油郎独占花魁。陈玉兰恨不得立马让王伟看到芳龄发廊门前这一幕，甚至比这更亲密更说明问题的情景，好让丈夫收收心，认识到唯有她这个糟糠之妻，才最可靠、最忠心耿耿。陈玉兰站在店门前，装作无事的样子，眼睛却盯着芳龄发廊的门，看着那辆小轿车。不多时，杨柳和那男人双双走出来。杨柳换了一身衣服，珠光宝气的，高高兴兴地钻进轿车和那男人走了。陈玉兰忽然有个想法，她立刻打电话把芳龄发廊的小工兰子，叫到她店里来，说要给她一件礼物。

兰子一进屋就冲陈玉兰笑眯眯地问："大姐，你今儿个气色不错！有啥喜事儿吧？"

陈玉兰应道："姐还行。还是兰子关心我。"她亲热地打量着兰子，"兰子啊，我买了件裙子，还没上身呢，我觉得太花哨了点，不适合我这年纪，你穿肯定又漂亮又合身。姐想送给你。"说着就进里屋，把裙子拿出来给兰子。

兰子高兴极了，立马试穿。她爽快地脱下身上的衣服，几乎光着身子套上那件花裙子。陈玉兰看见兰子的三角内裤居然是网状的，不禁讶然一愣。兰子凑到镜子跟前，前前后后地转着圈照来照去，连声称赞花裙子。还说："大姐，这裙子我要了。我得给你钱！多少钱？"

陈玉兰笑着说："大姐送你的！要钱我就不给你了。"

"好吧，大姐，这个人情那我就以后再还。"兰子乐得笑眉新月似的，"大姐，我这就穿上了，不脱了，反正这身衣服也该洗了。"

陈玉兰望着兰子，忽然探寻地说："兰子，我问你个事儿——"

"啥事？"

"刚才开轿车到你们发廊找杨柳的那个人，挺面熟的，他是谁呀？"

"他呀，我们都叫他赵哥，是海鸟洗浴中心的大老板，他想要我们老板在他那儿开个分店，谈几次了。杨柳有点儿动心了。今儿赵哥请客，特地来接她。"

"听没听说，他们去哪儿吃大餐哪？"

"好像什么'钓鱼台大酒店'，五星级的！"

说者无意，听者有心。陈玉兰等兰子乐颠颠地走了，就抄起电话拨通王伟的芦荟基地。接电话的是雇工："喂？——你倒是讲话呀！"

陈玉兰咳了一声，变变声调说："请你转告你们老板，杨小姐请他到钓鱼台大酒店吃饭。"她说完，也不听对方的问话，立马撂了电话。

陈玉兰为她的计谋暗自得意,她好像看到了杨柳跟别的男人卖弄风骚,被王伟撞见的情景。王伟该明白了,什么是水性杨花!老婆再不济,对他可是一个心眼儿。

陈玉兰正胡思乱想,看见一个卖假面玩具的老头儿,打她门口路过,身后跟着一群小孩儿。陈玉兰好奇地走出店门,正赶上老头儿手举一个面具,扣在脸上,是一张红脸儿关公的面具,转瞬间他换换手,就变出一张白脸儿曹操的面具。跟在老头后边的孩子们,连蹦带跳地叫嚷着:"再换一个!"老头儿真就拿出一个白骨精面具。陈玉兰心里琢磨,谁说鬼巷里看不见鬼?这老爷子给搬来了!大白天的看着都吓人,怎能让小孩儿玩这个呢?当夜,陈玉兰就做了个鬼叫门的梦,半夜吓醒了!

第二天,也不知怎么了,丧家盈门,生意特别火。陈玉兰也就暂时忘了昨天的事,直到晚上八点多钟,王伟突然回来了,她才心虚地问丈夫:"这今儿怎么了,太阳从西边出来了!我老公也想回家看看?是不是在外边遇见不顺心的事了?"她说着眼睛不由朝斜对面芳龄发廊瞥了瞥。她忙乎一天,也没注意到杨柳回没回发廊。她心里希望杨柳跟了那个赵哥好上!她想,王伟是不是真去了钓鱼台大酒店,撞见了?吃醋了?知道野花没有家花长吧?她不由得暗自得意。

王伟没吱声,径直朝里间走去,又摆出冷战架势。

老公好不容易回来一趟,可别把事儿弄僵了,那样的话就是上了床也没戏。陈玉兰忙改了口气:"喂,你吃了没呢?想吃啥我给你做!喝酒不?"

王伟应道："有什么现成的，给热点儿也行。"

陈玉兰不能给老公只热点儿剩菜，她立马出去打饭店要了两个炒菜，不到十分钟，那边的服务员就给端过来了。她又从食杂店买了两瓶啤酒，陪着老公喝酒。虽然两个人在一起时，话已经很少了，脸子也都挂着一层霜，但是只要王伟在家留宿，夫妻还得同床而眠。陈玉兰也还想着和老公做那事儿，到宽衣解带时，她不想主动，不想太贱，正宫娘娘可不能像妃子似的，一夜之欢就受宠若惊！她期待王伟主动，就像很久以前，他们刚做夫妻时那样急不可待。可是王伟竟没有脱去内裤，也没有看着她缓缓宽衣，躺下就掉转身子给了她一个后背。她心凉半截儿，也猛地翻身背冲着丈夫。两个人背对背，没句温情的话就睡了。

陈玉兰怎么能睡得着！她又气又恨，又不敢像过去那样，腾地坐起来抱起被到沙发上睡。那时，她还年轻，还有几分姿色，乳房也没有像现在这样松垂，王伟也只有她这一个女人可以搂抱，所以她能拿得住他。今非昔比，王伟不仅有别的女人可供他云雨，她陈玉兰也人老珠黄了。她拿不住这个没良心的了！她若起来和他怄气，也换不来他半点温柔。哎，算了！她失望地合上眼，就像男人不在家一样，拥着孤寂渐渐也进入了梦乡。

半夜里，陈玉兰觉着有一只手伸过来，摸索她身子。她意识到，这是丈夫求欢的举动。她期待着，一动不动，她想掉过身来迎合丈夫，甚至想猛然翻身扑到丈夫身上！可是她胆怯，徒有想法，而不敢付诸行动。但她还是感觉到了一种久违的温存，几乎要流泪了。就在这时，丈夫哼哼唧唧吐出了一句梦话："小姐，你好性感哪。让我摸摸——"

陈玉兰浑身触电般一耸，好像被最可恶的流氓强奸了一样，愤怒地给了梦中的老公一拳，接着又是重重的一拳，又一拳——冲他阴部猛烈打击！

从梦中被砸醒的王伟，发出尖利的怪叫，在深夜里穿透屋墙散布于寂静的鬼巷，如同鬼嚎。

## 2

王伟突然间远离了女色，连他倾心的杨柳都不沾边儿了。酒店洗浴中心夜总会那些地方，也看不到他的身影了。一向风流放浪的王伟，何以像换了一个人似的深居简出？这颇令被他搂过睡过的女人大惑不解，是不是舍不得钱了？还是被媳妇捆住了手脚？总之，让人诧异。

杨柳虽然有了赵哥，但是两相比较，她还是颇为依恋王伟。杨柳这几天打了几次电话，要去"芦荟基地"，都被王伟好言劝阻了。她好生纳闷，以为王伟另有新欢，气得不行，她也不服气！到底是怎样的尤物把他迷住了？她进行了一番秘密探查，没发现王伟身边有什么花啊朵似的女人。她不由往别处想，是不是风流过头了，染上性病了吧？杨柳想到此，打个冷战，复又宽慰，认为王伟还算是好人，不传染别人，也算积德。她还傻狗不识臭想着他,想往火坑里跳啊？杨柳想着想着，不禁心惊肉跳起来，他王伟若是早就染上了那脏病呢？她不是也在劫难逃吗！想到这层，她脸都白了。兰子莫名其妙地端详着她，关切地问她："杨姐，你怎么了，脸色这么难看！用不用去医院看看哪？"

兰子这句话提醒了杨柳，她立马就去了医院，而且是一个人单独去的。她谢绝了兰子的陪护。谢天谢地！她托人找的专家经过诊断，确认她没得任何脏病。回来的路上，杨柳就有了点儿想法，不想再和圈子里的臭男人鬼混了，想正儿八经地找个好男人结婚。可是在她的生活圈子里，好男人挺难找。甚至，连能说点真心话的人都没有。她不禁想，如果王伟若不是太滥情的话，她倒可以以身相许。如果他现在也没有得上脏病，还是让她留恋的。她希望王伟收敛放浪形骸，她也能做个好妻子，他们可以真心相守。可是，她又想到王伟是有老婆的男人，他老婆陈玉兰是不肯放弃王伟的，那残花败柳的女人若丢了原配，恐怕是再找不到别的配件，能不死死扯住自己的男人吗？所以她的梦想也难实现。还是另辟蹊径，再寻新交吧。她想到海鸟洗浴中心的老板赵哥，这个款爷也是个风流种，身边的女人也是成帮成串的。那天在钓鱼台大酒店吃饭，一进大堂就不断有漂亮女人和他亲热地打招呼，瞟向她的眼神分明流露出窥测和妒意。有些女人也真贱，见个有钱的男人，就都蚊子似的叮上去。这就让有钱的男人不能不花。而女人的成功，也在于是否能找到一个有钱或有权的男人，特别是像她这样做生意的女人，更得找个靠山啊。小品里"白云大妈"说得对呀，做女人难。算了，好在现在自己还年轻，再玩几年也不迟。她没想到，自己去了趟医院，虚惊一场之后，让她冷静地想了这么多理性问题。

打那之后，杨柳就没再给王伟打过电话，也没给赵哥打电话。可是，一天夜里，王伟突然打来电话，约她去"基地"过夜。她没好气地说:"你有病啊？半夜三更的,你怎么那么自信,你叫我,我就去？"

"别跟我斗气,我真的很想你！前段时间我有点阳痿——让我老婆打到要害处了。现在好了,你来吧。求你了。"

"我不去！你没权利这么和我说话。我可不欠你什么！我撂电话了！"她很来气,心想我又不是你包的二奶,凭什么叫我去我就去！

3

王伟那天突然回家看看,可不是因为去了钓鱼台大酒店,瞧见杨柳和海鸟洗浴中心老板在一起,心情不痛快。"基地"的雇工,压根儿就没告诉他那个没头没脑的电话。他是生意上吃了亏,心里郁闷,也不怎么就想起回家。回家又不愿和老婆诉说,就早早睡下,不想夜里竟做了泡小姐的梦,惹得老婆直捣他的"快活林",好几天都挺不起来。这可把他吓坏了,看了医生,内服外用的药一齐用,才渐渐恢复了性功能。

多日不做那种事,他当然想得很,就迫不及待地给杨柳打电话,遭到劈头盖脸的斥责,他简直蒙了,不知怎么回事。让他非常懊恼。

一件花裙子收买了兰子,兰子帮陈玉兰看着杨柳,其实兰子是双面间谍,两边传消息,两个女人对她都不时给点儿小恩小惠。兰子把杨柳接电话拒绝王伟的事,报喜给陈玉兰。陈玉兰暗自窃喜。

杨柳的拒绝，让王伟纳闷，百思不得其解。他想知道杨柳怎么一反常态？他就急着想回去，去发廊看看杨柳到底怎么回事。

王伟先回自己家，在家里吃过晚饭，假借去小卖店买烟，出门就掏出手机给杨柳打电话。他望着斜对面发廊通亮的玻璃窗，只见杨柳漫不经心地接他的电话。杨柳不知道王伟就在对面小卖店里，还以为他是从"基地"打给她的。她推诿说："顾客多，我脱不开身。"王伟看见发廊里一个顾客也没有。显然她不愿见他！王伟本想当即揭穿她，可又觉得那样没意思。他被本来喜欢自己的女人给甩了，心里有点失衡，他还没有厌倦杨柳，杨柳却要这么不了了之地与他拜拜了，他有种挫折感。他不甘心！他就给陈玉兰打了个电话，说"基地"那边有急事，他这就得打车回去，直接走了。其实他是去洗桑拿，要在洗浴中心过夜。

王伟要了通宵包房，他一边看录像一边喝茶，半夜里他给杨柳打电话，说他实在太想她了，他就在这条街的白花洗浴中心2号包房里等她呢。杨柳说她来例假了，而且已经躺下了。这又是撒谎，杨柳这么一再拒绝他，他不能接受。他坚持说，只是请她过来聊聊，不一定非得做爱。要是不方便的话，他就去发廊那边坐坐也行。电话那边未置可否，沉默有顷，"那你就过来吧。"看来她缠不过他了。

在同一条鬼街的洗浴中心，离杨柳的发廊很近。他就来到发廊，透过通亮的大玻璃窗，看到里面就杨柳和小工兰子。兰子已经穿衣要走，他没有直接进去，而是等兰子出来，消失在鬼街，才缓步走向发廊。虽说已是午夜，可亮堂堂的临街大玻璃窗，让他和杨柳的会面有着一览无余的透明度。他不由站在窗前凝望半天杨柳，心里发狠，今晚即使强暴也要和这个小婊子做爱！他冷冷一笑。

　　这个时候，陈玉兰则从梦中惊醒。她梦见王伟把个鬼似的女人带家来了，她又气又害怕，就吓醒了。她原以为丈夫今晚能在家住呢，她想和他好好唠唠，劝他为了自己的身体好自为之。不想他还是在这个家待不住，出去买盒烟的工夫就溜了！她感到可悲，老公那颗花心是收不回来了。她不由点亮灯，坐起来呆呆地望着墙上那面镜子。镜中的她虽然没有风韵，但还不是一个干瘪的老太婆呀。她突然脱光内衣，站到镜子前，照着自己的胴体，她前后左右地照，觉得自己的身体，除了乳房有点松垂之外，别的地方也还不算很缺彩儿。她找出加了海绵垫的乳罩扣在乳房上，效果确实不错。她又从衣柜底层翻出一套性感内衣。那是受兰子的启蒙，在兰子陪伴下红着脸买下的，买回来就塞衣柜下层了。现在她穿上又露又透的内衣，觉得自己好像个风尘女子。她不由心跳加快，心虚地忙关了灯。她觉得口渴，就那么光着身子走到店堂前屋，从墙角处的冰箱里取一罐可乐喝。从墙角的位置透过玻璃窗可以望到斜对面的芳龄发廊的窗口。陈玉兰在黑暗中啜饮着冰凉的可乐，妒恨地瞅着那扇通亮的窗子，心想是不是芳龄发廊，也有半夜里去泡脚的男人？如果这会儿有什么情况的话，偷着报告给派出所抓个现行，封了杨柳的发廊才好呢。她就回里屋摸黑儿穿上衣服，想悄悄出去看个明白。虽然夜半三更鬼巷静寂无人，她又在暗处偷窥，不会被在发廊里的人瞧见，但她还是戴上白骨精假面具出去的。一是给自己壮胆儿，二是万一让谁看见了，也认不出是她陈玉兰。

陈玉兰蹑手蹑脚地走到发廊大玻璃窗前，立刻愣住了——她看到王伟和杨柳在明亮的灯光下紧挨着坐在长条沙发上，两个人很亲密地说着什么。丈夫那副谄媚样儿，她从未见过。这使她非常震惊，原来这个花花公子就在老娘眼皮底下和杨柳幽会，还说回"基地"了。他们太疯狂了！她正想冲进去，却见脸转向大玻璃窗的杨柳，突然瞪大眼睛瞅着她，惊恐万状，张大嘴，尖厉地叫起来，随即昏厥过去！陈玉兰反应很快，忙从窗前撤到一边的黑暗中，并且在王伟还不知发生了什么事之前就三步并作两步地跑回家，紧紧地关上店门，躲在黑暗里兴奋不已地喘着粗气。

第二天，就传出鬼巷里闹鬼的新闻，说芳龄发廊的女老板半夜里看见了鬼，给吓昏了，吓病了。杨柳住了医院，出来之后，精神也时常恍惚，日渐消瘦，失去了往日风骚。大家都说这是鬼魂附体。后来，王伟觉得自己可能真如算命先生所说，是个灾星。他也日渐消瘦，整天郁郁不乐，没有精力料理他的"企业"了，"基地"于是衰败下去。而鬼巷里的发廊、酒店、洗浴行业竟也都日渐衰微。唯有陈玉兰的丧葬用品店生意越发兴旺，远近的丧家都到她的店里买丧葬用品。鬼巷更加声名远播。

# 黑　伞

　　天阴沉沉的，雨时断时续。阴天下雨，当然是很平常的事。可是李峰肚子疼，临下班时他疼得忍受不了了，就去附近的医院看大夫。一路上，他撑着一把黑伞。

　　如果李峰去医院那会儿，雨住了；或者，他离开医院时雨还在下；如果他单位配电室里，没有那把黑伞；或者，李峰没有丢三落四的毛病，那他第二天就不会再去趟医院。因为，那把黑伞是他师傅的。他要找回落在医院的那把黑伞。

　　李峰记得，他将黑布伞戳在处置室墙角了。当时，他打完针是空手走的，出了医院因为雨停了，他就没想起那把黑布伞。他从医院直接回了家。第二天上班，师傅问起那把黑布伞，他才恍然想起，把伞落在医院了。他懊悔自己粗心，也不知道能不能找回那把伞了？但他还是决定去医院看看，若找不回来，就到商店给师傅买把新伞。

　　李峰轻轻敲了三下处置室的门，里面传出一个女人的声音："请稍等！"

虚掩的门已被他的手碰开了,他就一脚迈了进去。进去之后,他尴尬地定在那儿了,脸也忽地红了。护士正给一位露出臀部的女人打针。那女患者肯定是不大会配合,她完全没必要露出差不多整个臀部出来。他看到女人肥白的屁股,那一瞬间说不清是种什么感觉,总之有点异样,也有点慌乱。他目光忙从女人的屁股移向墙角。

墙角空荡荡,一无所有。

李峰没有马上转过头来,他觉出那个让他看了屁股的女患者,从他身后走过去了,听到门咣当一响,才转过头来。

打针的护士有一双美丽的大眼睛!那双让李峰为之一怔的美丽大眼睛,忽闪忽闪的,瞅了他一眼。那双大眼睛下面,白口罩遮住多半个脸庞。李峰忽然想到,白衣天使这个称呼。眼前这个护士白衣、白口罩,跟他说话挺温和:

"请过来吧——把处置单给我。"

李峰心里还慌着,愣怔着说:"大夫,我不是来打针的,我是来找伞的。昨天我打针时落这儿一把伞。一把黑布伞。"

"那伞是你的?昨天有个患者拿走了啊。"

"那伞不是我的,是我师傅的。我昨天打着它来看病打了一针,不是你给打的针,是另一个大夫给我打的针。打完针我就走了,把伞忘这儿了。"李峰没觉得自己啰唆,认真解释说。

"可是,那把伞让人拿走了啊。真抱歉。"

关于那把失去的黑布伞,对方本来一点过错也没有,甚至跟人家一点关系都没有,可是人家还说"真抱歉",待人春天般的温暖。李峰觉得应该抱歉的是他,他说声"对不起,打扰了。"

便转身出了处置室,将门轻轻关上。他边走边想,女护士摘下口罩该什么样呢?蓦地,一句外国民歌蹦进他脑海:"你含苞欲放的花,一旦盛开更美丽——"他怀着一种莫名其妙的好心情,离开了医院。

  李峰走在人群熙攘的街道,脑袋里老想着那个女护士。想象着她口罩遮住的部分,会是什么样儿呢?她鼻子是光洁、挺括的希腊式鼻子吧?也许不那么有棱有角,但是与整个面庞其他部位的比例,一定恰到好处。他喜欢那样的鼻子。嘴该像中国古代仕女那样小巧丰满吧?不涂口红就如樱桃般鲜润。不过,若是性感大嘴,与她富有欧陆风情的长睫毛、大眼睛也匹配。欧陆风情,花园小区的楼盘广告上的词语,也不怎么就印在他脑子里了。那女护士的身材,属于魔鬼身材。还有那白净的纤纤素手,一瞥间就留下温柔触摸的美妙感觉。他忽然想到白衣天使的臀部,还联想到挂历上那幅世界名画《泉》。他绝不可能用目击女患者臀部的直观印象——肥白,来描绘梦中情人的性感部位。"世间溜溜的女子,任我溜溜地爱哟。"一句歌词又不由自主地涌上心头。是不是最初有了自己心仪的女子,都会有些情不自禁呢?也许这是上天的安排:小雨淅淅沥沥,肚子突然不适,需要去医院。一把黑伞,一把丢失的黑伞。这一切换来的是生活新感觉。

  李峰所在的单位,是个文化部门。知识分子居多,后勤工人只有十几个人。其中配电室的电工,就占了四个,都是男的。虽然李峰中专毕业,还经常读书看报,可跟人家正经八百的知识分子,还是两个阶层。他改变不了自己的工人编制。他从来不敢正视单位里的女知识分子们。不过，在他看来，那些女人其实也不可爱，对他也没什么吸引力。他认同"焦大绝不会爱上林黛玉"这个论断。他忘了这是鲁迅哪篇杂文里的英明论断。反正他确信这是真理。他在这样的单位里，工作虽说清闲自在，可他有种和这个单位不太融洽的疏离感。除了一直带他干活的师傅，他跟别人基本不说话，更没有任何来往。他不可能在这样的单位里，寻找爱情。他内心经常有点郁闷。他真是没想到，一个往往会败坏人情绪的阴雨天，对他而言却是个好日子。一个素昧平生的女护士，一双美丽的大眼睛，一种春风般从未领受过的女性温柔，让他不由期待美丽人生的另一种风景。因此，就是丢失十把黑布伞，也在所不惜！

但那黑伞是师傅的，丢了就该赔偿。李峰就在亚细亚商场给师傅买了把红伞——因为当时柜台里没有黑布伞。那把红色涤纶伞，质地上乘，还是折叠式的，开合自如。他一路上曾经反复打开合上，打开合上，想象着白衣天使在红色伞下人面桃花的样貌。

当他把隐形着一个白衣天使的红伞，送给师傅时，师傅却说："你这何苦呢？不就一把破伞吗，丢就丢了呗。我又没说让你赔。"

李峰说："师傅，我赔你一把红伞！希望它带给你好运。"

师傅不以为然："打红伞就走红运？我一直使那把黑伞也没倒运，活得好好的。"

师傅说的不无道理，打黑伞也不一定就不走运。不正是一把不起眼的黑布伞，让他差不多交上桃花运吗？他会心一笑。

接下来的日子，李峰总想找个什么理由，去医院再见那位白衣天使。没有理由再度找伞,黑伞已经丢了。没啥病就没理由瞧大夫打针。到医院门口去堵她?太冒失,还不到这一步,别搞砸喽。想来想去,只有患上需要打针的病,才能实现他的心愿。但他眼下没病。装病?不行。医生检查之后,你体温不高、血压不高,没有炎症,用得着打针吗?工作时违反操作规程,故意让电打着,弄出点伤来?这招儿倒是好办,但很危险。他不知道伤到什么程度好,既需要打针又没生命危险。对了,上回拉肚子发烧,急性痢疾打了针。他希望自己闹肚子,发烧——他就可以如愿以偿,再次看到那个漂亮女护士了。而且,这回她可能不戴口罩;去掉神秘面纱,她一定真如含苞欲放的花儿!

这天中午,单位食堂的米饭做夹生了,不少人没吃就把饭全倒垃圾桶了。李峰却勇敢地吃下夹生饭,还喝一碗凉水。出了食堂,碰到一个卖雪糕的,他又吃了两个雪糕。待到晚上,肚子就咕噜直响,有了闹肚子的征兆。李峰家附近虽然也有医院,但他舍近求远,非去他特别想要去的医院就诊。走在路上,内急了,他就急忙去寻流动厕所如厕。腹泻是喷溅式的,把裤脚都弄脏了。他又折回家去,换了条新裤子,才去医院看病打针。经过化验之后,大夫本来只给他口服药,在他要求之下,大夫才给他开了针剂药。

他缓步走向处置室,心里却紧张而激动。

进了处置室,却不见那位天使。给他打针的是一个胖胖的女护士。圆圆的脸上戴一副圆圆的眼镜,像一只大猫。一个精心策划的行动,没有达到预期的目的。他很失望。事先怎么不看看她当班不?太马虎了。他只好怅然而去。

过了几天，李峰又去医院看病。他坐在走廊的长椅上候诊，眼睛盯着处置室的门。长得像肥猫的那个胖护士出来了，门在她身后开合的瞬间，李峰努力向处置室里张望，却没看清楚什么。一直到诊室叫号，轮到他就诊，他才放弃了守望处置室。

这次看病的结果，让他心情沮丧——他被确诊为肝炎！李峰觉得自己之所以得了肝炎，与平时营养不良有关。他本来工资不高，又省吃俭用，现在可好，得了肝炎！可是他还得精打细算；他在医院开了药，到家附近的私人诊所打针。私人诊所的处置费比医院便宜一半！给他打针的，是一位退了休来小诊所打工的老婆婆。她手法还利索，只是太爱和患者唠叨家常，总是不厌其烦夸她的子女，如何出息得让人眼红。李峰很烦这个老女人。

一个疗程下来，李峰的肝疼有点缓解。他又去单位附近的医院复查，医生还是劝他住院治疗。他知道住院并非从医保里全额报销，自己总要负担一部分。所以他不想住院。大夫就给他开了一大堆药，让他回家吃药，慢慢调养，嘱咐他还要注意适当增加营养。李峰存折上有限的存款已所剩无几，哪里舍得买营养品。他人越来越瘦了，气色也不好。

李峰最后一次去医院，大夫警告说，如若再不住院治疗，他的病情将会加重。这一回，他精神有了负担，情绪也很低落，离开得匆忙，竟没有照例去处置室门口转一转。

外面下雨了。细密的雨脚，在医院门前雨搭垂落下亮晶晶的水幕。许多人站在雨搭下避雨。李峰也在其中。一阵斜风细雨扫过来，他低头看看裤脚，看见水泥地被冲刷得干干净净，还显出一排雕刻的连环图案。李峰细端详,那图案竟是一排小伞!他过去从未发现,那连成一排的小伞图案。这无形中触动了他,唤醒了他。他转身急忙走回内科疗区,来到处置室门前。门敞开着,他犹豫一下,就走了进去。

室内空荡荡,充满一股消毒水味。

李峰环顾的目光蓦地停在墙角,眼前不由一亮:一把黑伞赫然戳在那里!他拿起那把黑伞,就离开了处置室。他并没有看清,他拿到的黑伞,并非他丢的那把黑伞,只是大体相似而已。

李峰打开那把黑伞,出了医院刚走下台阶,身后气喘吁吁跑过来一个穿白大褂的人,一把拽住他胳臂,顺势就将他手中的黑伞夺了过去。他一愣,定睛一看,是那个长得像猫似的胖护士!胖护士气呼呼地质问他:"你这人怎么顺手牵羊?偷到医院来了!"

胖护士上上下下剥皮似的打量他,临走还狠狠瞪他一眼。李峰有点不知所措,但并没觉着受了多大侮辱。他刚才认定那把黑伞,就是他落处置室的那把。只不过是没跟人打招呼,就自行拿走罢了,因为当时屋里没人哪。他没顺手牵羊随便拿人东西!他走在雨中,渐渐意识到:他返身回去并不是去找伞的,而是为了另一个目的——希望能看到那双美丽的大眼睛。怎么就再也见不到她了呢?小的时候,捉迷藏最终总有意外的惊喜。现在,找一个人这么难。他有一种挺奇怪的感觉,就像走进一个小胡同,以为肯定能走过去,见到开阔的空间,可到头来,却发现那是个死胡同!他怅惘地走在雨中,好像走了很长时间才到单位。他把诊断书交给师傅。他一时恐怕上不了班。

李峰在家病休期间，师傅和配电室的同事们都来看望李峰。大伙给他买了许多水果。师傅问他："你还需要什么，尽管吱声。馋什么东西吃，师傅给你买！"师傅对这个孤儿徒弟，想付出一种父爱。这小伙子跟他学电工以来，还是挺不错的，就是有点发闷。

李峰很感激，眼圈有点红。他瞥一眼窗外，却对师傅说："天又阴了，我没有伞。我想要把黑伞。"

在场的人都很诧异，李峰犯癔症了吧？大家对他的病情，再次感到担忧。李峰的师傅甚至觉得，徒弟这话有点像临终嘱咐似的，让他心里不免酸楚。

大家出了李峰家门，边走边议论李峰的病情。天空突然飘下雨来。大家都感到事情有点蹊跷。有人说，人临死都会有点什么预兆；有人说黑伞不吉利，不如送李峰一把红伞，冲冲阴魂。李峰的师傅自责起来："可能是我那把黑伞惹的祸。"

大伙不明底里，就追问李峰的师傅咋回事。可李峰的师傅也说不出所以然，因为他不知道与那把黑伞相关的事情。他只知道李峰丢了他那把黑伞，还他一把红伞。李峰师傅心情沉重起来，他不能不满足徒弟这个并不过分的要求。他满世界寻找，最后在早市场卖旧物的地摊儿上，买了把黑伞，随后就给徒弟李峰送去了。

让同事们议论好些时候的李峰，也很快就让同事们淡忘了。一个文化单位的配电室，平时并没有什么工作，可是竟有四个电工，所以李峰来不来上班根本无所谓。何况李峰不会打扑克，配电室午休雷打不动的扑克游戏，临时缺手儿，大伙也不会想到他。所以,他的存在,对于配电室,对于同事们,可有可无。

李峰这一回病得确实不轻。但还没到卧床不起、生活不能自理的程度。虽然有电视有旧杂志可排遣时光,可没人守护、没人侍候,也很孤单寂寞。李峰偶尔出去,在家附近转转,带上师傅给他的那把黑伞。下雨就遮雨,晴天可以遮挡太阳光。阴天又不下雨的时候,带上那把黑伞也无妨,权当手杖拄着行走,也许在旁人看来还挺绅士呢。至少,他认为,有种未雨绸缪、先知先觉的气度,所以举步格外从容。何况,那把黑伞还能给弱不禁风的病体一个支撑和依仗。

李峰一个月的病假到期了。他应当去医院续假,再开一个月的诊断书,因为他身体仍然很虚弱。可他不想去医院,就为开个诊断书,挂号瞧大夫也没啥必要。再说,没有诊断书,单位也照样会算他病假。

两个月过去了,暮秋的冷雨送来了寒意,街树的黄叶全落光了。李峰给单位打了电话,说自己仍然需要休息,暂时还是上不了班。大家觉得事情有点不妙,这可怜的人是不是病情恶化了?李峰的师傅很难过,惦记徒弟。他当大伙面,不好意思掉泪,怕人家说他咒徒弟。

此后不久,一个雨雪霏霏的日子,李峰打着黑伞上班来了!同事们都惊讶地发现李峰简直像是换了一个人——他微微胖了一点儿,脸色也不错!身体和精神从来没这么好过!

李峰的师傅激动得掉泪了,跟大伙笑着说:"我送伞的时候,就知道我徒弟能伞(闪)过这场大病!"其实,他那会儿并不是这样想的,他这是顺情说好话。他那会儿,只不过是想满足徒弟的一个可怜的愿望。

有个爱开玩笑的同事,拿起李峰打来的那把黑伞,戏谑说:"这真是一把魔伞,可以祛病降妖!"说着就当宝剑那么挥来挥去比划起来。

李峰立刻沉下脸来,很不乐意地夺下那把伞,去更衣室换工作服去了。

"还真把破伞当宝贝了!啥魔伞啊,是人着魔了。病得不轻!"那人不屑地小声嘟哝。

同事们也觉得李峰别是真着了什么魔,因为不管阴天晴天,李峰总是带着他那把黑伞上下班。这人精神真出毛病了吧?

李峰的师傅不免为徒弟忧虑,回家就跟老伴唠起他徒弟李峰。

老伴说:"一个三十多岁的大小伙子,孤孤单单的,是不是想媳妇想的呀?"

老伴的一席话,提醒了李峰的师傅。他开始张罗给徒弟找对象。陆续就有一张张姑娘的照片,送到李峰手边。李峰相看照片时,总是用手挡上眼睛以下的面部,仔细端详眼睛。那些照片里也有眼睛又大又有神采的,和他未识庐山真面目的女护士的眼睛,相差无几。可一问职业——不是护士,对不上号,他就失望地摇头。师傅就问李峰到底要什么样的,李峰竟然说:"我也不知道。"

师傅觉得徒弟精神确实出了毛病,背地里直叹气,也不再积极给徒弟介绍对象了。他认定李峰得了精神病,进而又认定是神秘的黑伞惹的祸。他趁人不注意,就把徒弟的那把黑伞给扔了!

李峰下午二点多钟的时候,才发现他的黑伞没了。他问大伙谁看见了他的黑伞。问谁谁都说没看见。这可真是奇了,那把黑伞天天放在墙角,怎么突然没了?配电室又不是公共场所,人来人往保不准会有贼。李峰急得在配电室里团团转,像丢了魂似的不知所措。李峰的师傅不好明说,就谎说上午配电室卖旧报纸,可能让收废品的顺手牵羊拿走了。他把李峰赔他的那把红伞,递给徒弟说:"以后,你就用这把伞吧。"

李峰没有接那把红伞。他半信半疑地问师傅:"我咋没看见收旧报纸的呢?他们啥时来的?"

师傅只好顺水推舟说:"那会儿你没在屋,来了几个收废品的,我就把咱们配电室的旧报纸全卖了!他们可能顺手牵羊把那把黑伞给拿去了。"

李峰二话没说,立马跑出配电室,去追莫须有的收废品的人。

当然,李峰什么也追不到。

可是,李峰出去之后,就没再回来。直到下班也不见他的影子。师傅就想:李峰是不是顺道回家了?可是第二天,李峰旷工了,也没往配电室打电话请个假。第三天他还没来上班,师傅就派人到李峰家看个究竟。去的人很快就回来了,说李峰家锁门。这可怪了,无故旷工两天半,又不知去向,李峰怎么突然失踪了?

师傅因为扔了李峰那把黑伞,觉得好心办了错事,所以心里忐忑不安,唯恐李峰出什么事儿。

那么,李峰这两天干什么去了呢?他到底在哪儿呢?

那天，李峰出了单位就沿街寻找，一直追赶到长街的尽头，也没见有收废品模样的人。他返回来的时候，鬼使神差地就去了单位附近的那家医院。

时隔好几个月，李峰突然觉得，可能还会找回师傅原来的那把黑布伞。这一次他变得异常勇敢和坚定，他不仅要找回师傅原先那把黑伞，还要见到那个戴口罩露一对美丽大眼睛的女护士！

李峰走进处置室。屋里有三个护士，但是谁也没戴口罩，那个他想见的美丽大眼睛和他害怕见的像猫的胖护士，全都不在。他觉得没必要从伞说起，就直截了当地问："请问几个月前这里有个总戴口罩的护士，我找她！"

三个护士都望定他，其中年长一点儿的那个护士警惕地问："有什么事儿？跟我们说吧。"

李峰说："是个人的事儿，必须找她。"

另外一个年轻点儿的护士一挑细眉，问道："你是找白兰吧？"她盯着李峰上下打量着，"她实习结束了，回卫校了。"

她叫白兰，是卫校的学生。这个信息得来全不费工夫，李峰都有点不敢相信，事情这么顺利。他说了声谢谢，转身出了处置室，心中的喜悦让他激动不已。他知道本市唯一的一所卫生学校，在郊区三道岗子。他毫不犹豫地跑到郊线公共汽车站，登上了开往三道岗子的大客车。

李峰正在路上。李峰的师傅和同事们当然不知他的去向。

## 绝　活

在机关里给领导干部开小车是苦差,因为干部会多,你没资格旁听,就得在礼堂外边干等。干等的滋味很寂寞,就常常要花钱买张登奇闻逸事的小报消遣。王五就是这样一位司机。只要手机一响,若是领导叫的,他立马就得把车备好。

王五于是就很羡慕何六。何六给公司老板开车,经常出入酒店、洗浴中心什么的。何六跟着老板沾光,多数时候,他都能作为公司这边的陪客,人模狗样地坐在那儿吃吃喝喝。何六和王五都是复员兵,又曾是亲密战友——同在一个汽车连待过。所以,有空儿就往一块扎堆儿,凑足四位就打麻将。如果三缺一或者就他们俩,便是吃烧烤灌啤酒侃大山。王五知道何六过去是个木讷讷的人,哪个战友说句浑嗑儿,他总没有别人笑得大方、笑得尽兴,时不时还有点脸红呢。就这么一个老实巴交的人,怎么就能受公司老板赏识,贴身保镖似的走哪儿带哪儿呢?王五不大理解。对了,何六嘴严,可能是这个优点,让他从公司部门司机,干到公司经理的小车司机。公司下属都把给大老板开车的何六,当真正的白领对待。何六也衣冠楚楚,不苟言笑。王五为此而佩服何六。

有一回,就王五和何六俩人儿在一起喝酒,王五诚心诚意地请教何六,怎么在公司混得那么如鱼得水。何六莫测高深地一笑,半天抛出一句四字箴言:"投其所好。"王五觉得这太笼统,想要再细问个究竟,可是何六却怪怪一笑,劝他:"你呀,还是别学那一套好。"

王五挺犟:"现在不学那套不行啊,我也想得到我们领导赏识啊。你就点拨我一二呗,跟老战友还保守啊?"

何六喝了一大口啤酒,拿起一串烤肉串,用他那齐刷刷的小白牙撕扯着油汪汪的棒骨肉,慢条斯理地说:"你真想学?那好,我可以带你实习一下。可是,不知道你伺候的领导,喜不喜欢那一套。"

"阿谀奉承?"

"也算是吧,不过得曲意逢迎,更俗点儿!"

"不至于真得给人提鞋吧?"王五有点打怵了,他无论如何不想自黑地讨好上司。

何六说:"形式上还没那么严重。"他下决心地拍了一下王五的肩膀:"这样吧,明天北极公司请我们经理,我就说车得换个部件,请朋友开过来一辆够档次的车,送经理去宴宾楼。这样你就可以名正言顺地跟这些人同席共饮,开开眼界。"

"那你不去吗?"

"我当然要去。我不去经理恐怕都不会答应。"

王五闻听此言,觉得这何六在他们经理心目中的位置真可以呀。那么，何六到底有何拿手本领，让他们经理出去应酬，都撇不开他呢？王五想：真是不可用固定眼光瞧人哪，老实腼腆的何六怎么平添了公关能力呢？王五不禁急切盼着第二天的吃请，好让他看个明明白白、真真切切。

次日，王五也换了一身西装，扎了一条金利来领带。见着何六的上司，王五显得很谦卑，好像不是人家借他车请他开车，倒是对方恩赐他一次出席国宴似的机会。再看何六倒是挺轻松自如。待到宾主礼让一番，全都落座之后，美味佳肴陆续端上来，大家开始客套敬酒。气氛有点活跃了，可是也不过近似于"吃好喝好，喝好吃好"那类磨豆腐话儿，不见有高潮突起的迹象。这时候，何六的上司打着哈哈说："别光喝酒，咱们活跃活跃气氛，大家讲讲笑话怎么样？你们谁先讲？我保证谁讲一个，我们小何就讲两个！"

何六立刻笑容可掬地向大家点头，默认经理说的话，他是完全可以兑现的。王五瞟一眼何六，心想他什么时候成了故事大王了？

有人笨笨卡卡地讲了一个脑筋急转弯的小段子，博得大家出于礼节的浅浅一笑。该何六闪亮登场了！王五抱着学习的态度聚精会神地望着何六。何六饮了一口可乐，很从容地讲起来——听得王五初时目瞪口呆，继而也与在座的"同好"不时爆发出放肆的笑声！王五怎么也没想到何六讲起黄色段子，那样绘声绘色，一点儿都不怯场。而且在他们经理授意下，一个接着一个地讲下去，滔滔不绝。他居然每个黄段子都让人爆笑。原来何六的绝活就是这个呀！再看他们经理，就好像当场向大家展示出他们公司的拳头产品似的，一副得意扬扬的样子。王五虽然不是大姑娘，也不是清教徒，可是以讲黄色笑话为能事的人，且可深得上司的赏识，他实在觉得有点惊诧，难怪何六不让他学这套，可见他对此并不得意。那么，何六为了应付这类场面，平时得下不少工夫搜集这类浑故事吧？王五也说不清是不是很受酒桌上气氛的感染，反正他听到后来，真的笑出了眼泪。

## 宽宽的一条河

《彼岸》剧组选了大河镇拍摄外景,给小镇带来空前的热闹!下河打鱼的晒了网,上山采药的也歇了工,小镇的男女老少围着摄制组转悠,看不够新鲜、惊奇的事儿,人们像过年似的欢天喜地。

一些小孩儿和年轻后生,纷纷主动帮摄制组干些能插上手的活儿。石坚帮摄制组抬器械,导演送他一包口香糖。他把口香糖塞到女友小曼手里,小曼甜甜一笑。这情景让导演注意到了。导演觉得小曼的形象、神态,挺符合他下一部电视剧的一个角色,导演有意起用非职业演员,就把小曼请到剧组下榻的镇政府招待所。导演简单测试了一下小曼,拿出个剧本说:"这个你拿回去先看看。对了,你和家人商量商量,能不能离开家,去省城参演一部电视剧。好吧,就这样。回头咱们再谈。"

小曼走出招待所,石坚从背后冷不防夺下小曼手里的剧本。

"轻点!别扯坏了。"小曼嗔怪道。

石坚笑嘻嘻说:"先让我看看呗。我看得快。"

"不行，我看完你再看。人家导演还等我谈话呢。"

"呦，急着背台词啊？我跟你说，我是怕你看不懂，想帮帮你。我们在学校那会儿，我语文可比你强多了。"石坚话里带刺儿。

小曼没在意，诚恳地说："我肯定让你看。我先看完，不懂的我找你问。"

两个人有说有笑，沿着河边漫步。一个心中充满憧憬，一个心里隐隐不安。两个人离开河畔，走进一片林子。小曼停下来，想跟石坚在树下坐坐，满心的喜悦该与恋人分享。她提议："咱们在这儿坐会儿呗。"

两个人并肩坐在一棵大柳树下。树荫下一阵阵的小风挺凉快，树上鸟儿不停地唱着歌。石坚沉默不语，心想像这样紧挨着小曼席地而坐的美好时刻，大概随着小曼可能的离去将会越来越少，甚至不会再有。那么，何不抓住这个机会和小曼——生米做成熟饭，那她就是我的人了！她就跑不了！石坚用眼角余光瞄了瞄小曼，越瞅越把持不住自己，就冷不防搂过小曼，亲吻起来，就势将小曼按倒在地，急切地动起手来——

"住手！不许欺侮小曼！"突然从树后蹿出一个人高马大的小伙子，冲石坚大喝一声。

石坚见是小镇大沙河上摆渡木船的王大鹏，霍地站起来，怒斥道："你有病啊？"他很瞧不起这个靠摆渡过活的人。王大鹏也不是不知道他石坚和小曼的关系，他这不是多管闲事吗！

小曼脸红了，拽拽石坚的衣角低声说："算了，咱们走吧。"

"怎么？正大光明谈恋爱还要躲他劫道的！"石坚喊起来。他气不打一处来——王大鹏这小子搅了他的好事。

"正大光明谈恋爱我管不着。我告诉你,小曼是好姑娘,你不能欺侮她!她不愿做的事你不能强迫!"王大鹏说出他干预的道理。

石坚冷冷一笑:"你以为你是谁呀?你管得着吗!小曼愿不愿意你怎么知道?你是她肚里的蛔虫啊?"

这话很难听,激怒了王大鹏。他攥紧拳头逼近石坚当胸就是一拳,打得石坚闪了个趔趄。

王大鹏瞪着石坚警告说:"你听好!你不好好待小曼,欺侮她,我饶不了你!"说完,转身而去。

石坚从王大鹏的话里听出意外来——他从未放在眼里的王大鹏,分明有暗恋小曼的意味。他觉得好笑,却不以为然。整个大河镇小曼就看好他石坚,他人不土气,心气儿也高,他感觉到小曼认定他会有出息。不过,小曼一直还没答应嫁给他。石坚对王大鹏的态度,让小曼有点不悦,有文化的人不该这样粗鲁。小曼看看表,执意要回家。石坚没留住她。石坚望着小曼离去的背影,心里乱七八糟的。

小曼到了家,回身关院门的时候,觉得院外好像有个人影一晃。她回头一看,见是王大鹏,很不高兴地大声质问他:"王大鹏!你跟踪我干啥!"

王大鹏也不回答,抽身就走,头也不回。

小曼本来满心欢喜,可让王大鹏和石坚弄得心里有点烦。不过,在她吃过晚饭拿起剧本之后,那点不愉快就都烟消云散了。她被剧本吸引住了,看得很入迷,很仔细。母亲进她屋里,催她关灯睡觉。她不理会,还看,不时停下来,查《新华字典》……

后来，实在困了，她不知不觉睡着了。剧本从她手中滑落在绣花枕边。

第二天早晨，小曼醒来，伸手去摸剧本，发现剧本不见了。

真是怪事！小曼慌忙去问母亲收没收拾她屋里的东西。母亲说她没收拾，也没看见什么剧本。她又问母亲谁来过没有，母亲说一大早谁会来？谁也没来过。这下可急坏了小曼，她满屋翻个遍，没找到，快急哭了。母亲劝她好好想想放哪儿了，肯定丢不了。小曼慌里慌张，脑子一片空白，咋就不见了呢？出鬼了！小曼忽然想到是不是夜里进来贼了？不能吧？院门、房门她都上闩了,贼怎么进来的呢?蓦地,她目光落在窗户上——窗户虽然关了，却忘了擂下插销！窃贼可以从窗户进来！可是只拿剧本别的什么也没动，这样的贼不是让人匪夷所思吗？不像是小偷所为，那是谁干的呢？她立刻想到王大鹏，这人让她觉得有点莫名其妙！肯定是他！

小曼跑到邻居家借辆自行车，直奔王大鹏家，去找王大鹏兴师问罪。

很不凑巧，王大鹏一大早就摆渡去了。镇上有个临产的孕妇要过河去省城医院。小曼急于见到王大鹏，就风风火火骑车赶到河边。

船已经摆到对岸了，她站在这边的岸上，等王大鹏把船再摆回来。可是，她望见对岸的王大鹏也上岸了，正帮着抬孕妇，跟那伙人走远了。她望着对岸那条空船，心急神慌。万般无奈之下，她自然想找石坚分忧解难，便匆匆忙忙骑车去石坚家。

石坚没在家。石坚妈拉着小曼的手，一边替她擦汗一边说：

"你看你急得什么似的——石坚他上省城开什么会去了。走得很急。"石坚妈从灶台上拿起一张条,递给小曼。那纸条不是写给她的。

"妈:

我刚刚接到《关东青年》杂志社的邀请信,让我去参加笔会。信让人给耽搁好几天,我必须马上就走,再晚了人家笔会就结束了。替我转告小曼一声。"

小曼知道石坚往杂志上投过稿,可是从未被刊用过。功夫不负有心人,邀请他去开笔会了!她为石坚高兴。可这会儿,她多希望石坚在她身边啊,帮她分析剧本,替她拿拿主意。

小曼从石坚家出来,推着自行车,失魂落魄似的,缓缓往家走。迎面有人问她怎么了,她苦笑,也不回答,一副神情恍惚的样子——蓦地,她想到:会不会是黄鼠狼把那剧本叼去了?她知道后山有黄鼠狼出没。一想到黄鼠狼,她不禁惊惧起来,黄鼠狼上门可不吉祥!她心惊肉跳,疑神疑鬼,一脚走进家门时,差点迈空步子摔倒。

母亲问她找到本子没有,她摇头,霜打似的没精神,进屋就躺下了。一上午她都没吃没喝,这可急坏了母亲。母亲就去找镇上有名的阴阳先生四叔。四叔过来一问情况,斩钉截铁地断定是黄鼠狼在作祟!母亲按四叔的指示宰杀了五只鸡,其中四只还是正下蛋的母鸡,但为了女儿当然也在所不惜。鸡血让四叔满院涂抹,到处混儿画儿的。据说如此这般即可灭掉黄鼠狼的邪气。四叔口中念念有词,折腾了一个多小时,小曼仍然躺在自己屋里不出来,看上去神情恍惚。四叔说:"你们瞧,她蔫了吧？附在她身上的黄鼠狼已经没有先前那么猖狂了！我这法子灵着呢。"

可是，当天夜里小曼就发烧了，浑身滚烫。四叔也怕了，说他从未见过这么凶的黄鼠狼，五只鸡的鲜血都杀不住它的威风！他也着急了，建议："小曼发烧挺重啊，还是请大夫打针吃药吧。"四叔临走，母亲送他两只血赤乎拉的鸡。

小曼果然是急火攻心，又偶感风寒，得了重感冒，发烧三十八度。不过，在镇卫生院点了一瓶药，第二天烧就退了。母亲有点后悔错杀无辜，这才不相信是什么黄鼠狼在作祟。小曼心里还是想着剧本的事，她想来想去，认为是有人坏她！可她没得罪过谁呀，也没有宿敌，王大鹏和石坚两个人好像是情敌，可王大鹏跟她也没结仇，还呵护她呢。那么，是不是有谁嫉妒她？是小芳？小兰？她一下排列出十来个假想敌。她觉得有必要找导演说明一下，这剧本丢得蹊跷！小曼来到镇政府招待所，向导演说明了事情的经过。导演皱了皱眉头，沉吟片刻，安慰她："你别着急，好好想想，再找找，找不着也没关系。"

小曼心慌意乱，找不着怎么能没关系呢？挺厚的本子莫名其妙丢了，这样的马大哈还能出演电视剧吗？她抬头瞅一眼导演，想看看导演是不是后悔了。导演态度和蔼，没有埋怨她的神情。导演总算给小曼一点儿安慰。她生怕因为剧本的丢失，失去导演的信任，失去这次演电视剧的机会。看来导演原谅了她的疏忽。但她还是挺沮丧，早看完剧本可以早和导演交谈哪，不然剧组离开小镇，导演还会记得她吗？她心里又没底了，觉得当务之急仍是找到那不翼而飞的剧本！这个剧本对她太重要了，必须找到，掘地三尺也要找到攸关她前途、命运的剧本！

小曼告别导演回到家连饭都没吃，屋里屋外房前房后探地雷似的搜寻那个宝贝剧本。母亲也帮她找，鸡窝狗窝都翻个遍。娘俩弄得灰头土脸、满头大汗，也没发现一张有关剧本的纸片儿。小曼简直要被这个疑案折磨疯了，她还是有点怀疑王大鹏，她再次来到河边，望着对岸那条搁浅的渡船。怎么王大鹏还没回来？也不是他生孩子！

过了很长时间，小曼看见对岸那只船摆过来了！她立刻站起来，目不转睛地盯着越来越近的船。船上的王大鹏也看见了小曼，他撑篙的手更加用力。船靠了岸，王大鹏一个箭步跳上岸来。小曼问他：

"王大鹏，你昨夜是不是从我家窗户跳进屋里，拿了我的剧本？"

王大鹏丈二和尚摸不着头脑，愣怔半天，说话都结巴了："我……我，我没有啊。"

"你拿了就还我！不然我要告你盗窃！"小曼一脸冰冷，直视王大鹏。

王大鹏急了："你怎么诬赖人呢？谁拿你本子了！"

小曼压着火气，缓和说："你要那剧本也没用，还给我，咱俩无冤无仇的。"

王大鹏说："小曼，我若是拿了就还你。我没拿。"

"那就别怪我不客气，我去报案！"

小曼真去镇上报了案。接待她的人笑了，说一个本子也不是什么贵重东西，立不了案，让她还是回家好好找找，一定是自己放错了地方。小曼从镇上回来,有点像祥林嫂似的精神恍惚,逢人就说她丢失剧本的事。可谁都不大相信一个本子就那么不翼而飞了。特别是先前羡慕和嫉妒她的小芳小兰们,都怀疑她是被人家涮了,导演不想用她罢了。她为挽回面子才谎称丢了剧本。

过了一个星期,摄制组撤走了。临走剧组也没有找她,而那个导演前一天先走的,也没跟人打听她,更没有找她问那个剧本找到没有。小曼心灰意冷,认为她把剧本丢了,就把她的信誉、机会和前程全丢了。她在心里恨透了把她推向绝望的那个贼!

摄制组前脚走石坚后脚就回来了。小曼扑在他怀里,委屈万分地追问他:"你怎么才回呀!"

小曼就把丢失剧本前前后后的经过向石坚细说一遍。石坚少不得劝她哄她,天天来找她陪她到河边散心,给她讲开笔会遇见的笑话。小曼全仗有石坚这么呵护劝慰,总算从苦闷中解脱出来了。渐渐地,她也就忘了那个剧本的事,忘了那个摄制组。她觉得还是自己没有那个命,一个美好的梦破灭了,她不是还有心爱的恋人,还有沙河镇的湖光山色,还有将来自己和石坚的温暖小家么,好日子还长远呢。

半年后,一个天气晴朗的日子,小曼和石坚在小镇的一家饭店,举行了整个小镇最风光的婚礼。石坚兑现了向小曼的承诺,没有像左邻右舍那样在院子里搭灶起火办酒席,而是在镇上最大的饭店非常风光圆满地办了喜事。

婚宴上，有几个来宾喝多了，还有一个不速之客喝得酩酊大醉，酒后掉河里淹死了。

那个不速之客就是王大鹏。

本来石坚和小曼都没请他，他是听信儿自个儿来的，也送了随礼红包。王大鹏死后，人们清理他的摆渡木船时，发现了一个用报纸包了好几层的本子，好事者打开一看，原来是个挺厚的电视剧本。有人想起来了，小曼曾经因为丢了剧本错失当演员的机会，就把那已经泡湿的剧本送过去，让她看看是不是她丢失的那个剧本。小曼不看则已，一看触目惊心，捧着剧本就哭起来。

从此，小镇有了一个恶名远扬的小人被人传说着。但是被王大鹏摆渡过河的那个产妇听了不信。然而她一个人无法推翻大家认定的王大鹏的不义之举。她也没有证据给王大鹏平反。

王大鹏死后，小镇沙河上的摆渡人，换了一个新人。起初大家坐船过河时偶尔还念及从前的摆渡人王大鹏，后来就把他淡忘了。小镇的生活，人们的日子，一如沙河水那样平缓地流淌着。

二十年光阴流水般悄然逝去。石坚和小曼年轻气盛那会儿要远走高飞的志向，也被岁月冲走。他们安分守己，相依相伴，在故乡小镇过着温饱平静的日子，他们好像没有什么奢望了。可是他们的儿子却不安分，在手机朋友圈里常写鸡汤类的文字，还跃跃欲试要写都市武侠小说。他曾经的中学语文老师，外号孔乙己，问他："蜘蛛侠会出现在你的大作里吧？"

石坚的儿子像他父亲当年那样，也有个文学梦，还抱有一份眼高手低的盲目自信。有过文学梦的父亲对儿子不鼓励，也不反对，淡然处之。他从不跟儿子谈文学，他好像已经和文学彻底告别了。

有一天，石坚的儿子清理家里的旧书刊，在一本杂志里发现他父亲当年写给他奶奶的一张纸条。他挺好奇，就拿着纸条问父亲，你在《关东青年》杂志上发过作品吗？应该有样刊哪，我没找到。儿子发现父亲的记忆力不行了，问他什么都说不清道不明的。儿子就往省城作家协会创联部打了个电话，一个老同志接的电话，对方的话很出人意料——省城从来没有名叫《关东青年》的杂志！东北乃至全国，也没有过什么《关东青年》。

所谓《关东青年》杂志，纯属子虚乌有！

那么，父亲那张纸条又是怎么回事？儿子疑惑了，不明白他老子怎么给他奶奶写这么一段留言。奶奶已经故去多年，他只能问母亲。

小曼重睹那张纸条，想起二十年前的往事，可她听儿子说省里乃至全国从未有过一本叫作《关东青年》的杂志，如堕五里雾中。晚上，母子俩就拿着那张纸条问石坚。石坚半天说不出话来。事情已经隐瞒了二十年，他以为谁也不会再翻这个案子，万没想到，上天捉弄人，时至今日，他如何解释！说实话还是再编造谎言？他瞬间一阵晕眩，好像要中风似的，石坚脑海里往事重现——

那天，小曼从镇招待所出来，石坚迎上去，两个人边走边唠。小曼把导演让她拿回家看的电视剧本，宝贝似的贴在胸前，双手捂着。他要抢过来看，小曼不肯给他看。他觉得小曼不像平素那么温顺，心里略有不快。不过，他想小曼肯定读不大懂那么厚的剧本，说不定一会儿就得上门请教他。他们各自回家之后，石坚就盼着等着，可是天黑了，小曼也没来，这让石坚有点失落。他不由得后悔，平素太热心培养小曼了，总借她杂志看。若不是他有意熏陶，小曼阅读能力不会有所提高。石坚思前想后，心绪不宁，抽了半盒烟。他看看表——午夜十二点多了。小曼就是此刻有看不懂的地方也不能来找他了。他后悔自己在家守株待兔，不如主动过去，也急于看剧本，黏在小曼身边。她看第二页他可以看第一页么——他心烦意乱，难以入睡，就穿衣走出家门，去河边散心。每当他写不下去文章的时候，他总好去河边寻找灵感。

从他家去沙河边有三条道，他选择了路经小曼家的那条小路。走到小曼家院外时，他望见小曼窗户里隐隐透出灯光。小曼还没睡？还在看剧本！石坚狐疑地来到小曼家后院，稍微犹豫一下，便翻墙而入。他悄悄潜到窗下，透过窗缝儿看到小曼衣衫完整歪在炕上睡着了。炕桌上放着摊开的剧本！她是看累了不知不觉睡着了。石坚轻轻推推窗户，窗户没关死，他一时间意乱情迷，半夜里跳窗入室不好，吓着小曼怎么办？小曼也不能允许他半夜里进她屋。他思忖片刻，当机立断，小心翼翼地开个窗缝，伸长胳臂够到炕桌上的剧本。窃得剧本，石坚立马抽身离去。

石坚从小曼家院子出来也不去河边了，径直奔回家，进屋就坐那儿又抽了一支烟，才安心地躺下，不多会儿就迷迷糊糊睡着了。

石坚第二天醒得很早，他心里琢磨，小曼发现剧本丢了大概得怀疑到他。怎么才能打消她对他的怀疑呢？得想办法证明他没有作案时间！所以他故意给他母亲留个条儿。条儿上说他突然接到一封迟到的邀请函，请他去省城参加笔会，他必须马上就走，不然就错过机会了。他母亲那天去他老姨家串门儿去了，晚上回不回来不一定。母亲看了纸条就会告知小曼。如此这般，他躲出去几天，他就脱掉干系了。可是，怎么处置剧本呢？他忽然有个想法——把剧本扔河里，就此石沉大海。但又觉得不妥，还是让小曼能找回剧本为好。

送孕妇去省城，天也阴晴不定，眼看就要下雨，坐船的人挺多，船上一片混乱，谁都没留意石坚夹杂在人群中。鬼使神差，他悄悄把剧本塞进船尾的角落里。他暗自得意这个一举两得的计策，让王大鹏替他背黑锅，还能把剧本完璧归赵。真是一箭双雕，两全其美。

后来，也许王大鹏没有发现那个剧本，也许剧本被坐船的哪个人顺手牵羊拿走了。这事儿也就不了了之。

再后来，王大鹏醉酒死亡之后，有人在船上发现那个已被浸湿的剧本，小曼断定王大鹏是个恶毒的小人，石坚情非得已，心有余悸，只好隐瞒下去。他也曾有过良心不安，也曾从噩梦中惊醒过，但心一横就挺过去了。如今，往事来敲门，冤魂找来了，他慌悚不安，低下头，沉默有顷，最后还是从实招来。

接下来，并没有发生众叛亲离的事变。

小曼只是苦笑说："你真行啊，瞒了我二十年！"说完就扔下父子俩下厨房做饭去了。

儿子淡淡一笑:"有点悬疑——不够惊悚。"

此后,他们一家人谁也没有再提起那个王大鹏。

## 西村旧事

行期眼瞅就到了，青山仍不慌不忙，照常干地里的活儿。一清早，他就扛起镐，去地头刨冻粪。

青山懂得，打老蒋保卫胜利果实，是为乡亲们能过上好日子。可他心底还是不乐意当兵。当兵要真刀真枪打仗，打仗就免不了死人。当了兵，就得把脑袋别裤腰沿子上。

这回村子里征兵，抓阄儿本来没抓到青山头上，他是替锁柱应征。锁柱和小芹定了亲，锁柱舍不得离开小芹。锁柱身子骨单细，害怕扛枪打仗。青山壮得像牛，他还有两个虎生生的弟弟。

青山家里穷。青山爹妈整天愁眉苦脸。青山是老大，又很懂事，就想为爹妈分担忧愁。他当兵走了，家里就少个特能吃饭的，他两个弟弟，也顶他一个劳力。再说，锁柱爹还苦苦求到他，说是算命先生讲了，今年要是不给锁柱成亲，锁柱的小命儿恐怕就锁不住了。锁柱和小芹成亲，对他青山也是个刺激。小芹本来对青山有意，可到头来，还是听父母的，嫁了锁柱。

锁柱家日子比青山家好过。青山想远走高飞,见不着小芹,他也就静心了。起初,青山爹妈也舍不得青山,死活不收锁柱他爹送来的高粱米、大豆。锁柱他爹一狠心,把家里的一匹瘦马牵了过来,用马换人!只要青山顶替锁柱去当兵,马就给青山家。青山爹心活了,有了马,种地就不必用人拉犁杖了。青山爹就问青山,你看咋办?青山说,我干!人家送一匹马,这可不是小事,锁柱他爹仗义!村里人也说,锁柱他爹做事敞亮!青山觉得,能给爹妈挣来一匹马,也算尽份儿孝心,心里挺舒坦。青山心安理得,单等戴红花骑大马,参军入伍。他临走之前,要帮爹妈多干点活儿。大冬天的没啥要紧活,他就去刨粪。虽然离开春往地里溜粪还早呢。

　　天很冷。地里的粪丘子,冻得石头似的坚硬。青山甩掉破棉袄,只穿贴身布褂,甩开膀子抡镐刨粪。有那么一会儿,他觉着身后好像有人,他没在意,也没回头。他又刨了几镐,才停下手,回头瞅瞅。昨夜里飘下的小清雪,东一片西一片,撒在各处,在阳光下闪着刺眼的光芒。他往远处撒目,看见偏北方向有个人影,正向炊烟袅袅的村落走去。他定睛一看,愣住了,那不是小芹吗?他扔下手里的镐头,想追上去,想喊住小芹。但他只有一刹那的冲动,尔后就傻愣愣地站在原地,木头人似的。他既没有追,也没有喊。冰冷的天地间,也就什么声音都没有,什么事也没发生。他却没了力气似的,不想再举起那沉重的镐头。他挂着镐把,呆望眼前的一片清雪。望着望着,他眼睛瞪大了——那片沙尘似的清雪,除了刻有北风掠过的轻痕,还有浅浅一趟脚印。刚才打他身后走过的是小芹吧!小芹是不是有话要和他说?青山心慌意乱,又举目去望偏北方向,已经看不见小芹的身影了。无论如何,此时他是没心思干活了。他扛起镐头,就穿着小褂,手拎破棉袄,肩扛镐头,一步一步往家走。他的样子实在有点怪,可是没人看见。

冻了一道,到了家门口,青山才有冷的感觉。隔着矮矮的土墙,他看见那匹瘦马,被拴在光秃秃的老榆树下。他走近马跟前,摸摸马背,看着它把头拱进半截破麻袋里,专心吃干草。他忽然想到,该给这匹马钉个马槽。有了这个想头,刚才梦境般的事就全抛脑后了。他穿上破棉袄,钻进小仓房,翻找木板。

青山和小芹不声不响地割断了情缘。他连小芹放在他身后雪地上的新鞋,都没发现。小芹大概以为,青山是带上她做的新鞋出征的。他们都不知道,那双鞋已被路人捡去。那双丢失的鞋,日后的魂牵梦绕,也只能是小芹一个人的魂牵梦绕。

十年后,小芹和青山再相逢时,他们谁也没有提起那个寒冷的早晨。经历了南征北战的青山,复员归乡还是种地。他对过去的事,好像没有多少记忆。小芹呢,也不会特地向青山说起那双鞋。一双鞋怎么也穿不了十年。

青山复员回乡那年,小芹和锁柱一家人,早已迁到城里去了。城里搞大建设,缺劳动力,不少乡下人都跑城里讨生活。锁柱又有小学文化,进城就找到了工作。他们在城里,日子过得不错。

小芹的爹妈仍住乡下。小芹年年都要回趟娘家。那年,小芹从娘家带回一块马肉,包了一顿马肉馅饺子吃。锁柱说:"这指定是老马,肉丁都嚼不烂。"小芹告诉锁柱:"那块马肉是青山给的。"小芹说,"就是你家当年给青山家的那匹瘦马,它病了,青山给宰了,肉分给了左邻右舍"。她还说,"青山现在一个人过呢。他爹妈都死了。两个弟弟,一个在河套洗澡淹死了,另一个成家单过呢。青山一个人守个破草房,孤苦伶仃的"。锁柱问:"青山咋不成个家呢?"小芹叹气说:"哪那么容易碰上合适的。村里该出嫁的闺女都有人家了,只剩下是痴傻呆呆的。青山哥都三十多了,又一直是老实巴交的,不好找啊。"锁柱沉吟说:"复员兵在乡下不是挺吃香的嘛,咋的也能找到媳妇啊。"小芹说:"听说有人给他提老周家的二担。那二担从小就傻,不是坑青山吗?"锁柱说:"二担小时候的模样可挺俊的。"

小芹和锁柱是不可能忘掉青山的。特别是小芹,心里总觉着对不住青山。真心盼望青山能娶个好媳妇,能有个不错的家。锁柱也惦着看望青山,一晃十年了,怪想他的。

当年冬天,锁柱和小芹带着孩子,回乡下过年。锁柱进老丈母娘家,暖过来身子,就去看望青山。年根儿底,家家都在忙年。各家房顶上的烟筒,整日冒着炊烟。年糕要蒸出够一正月吃的,家家从早到晚都蒸年糕。唯有青山家的烟筒没冒烟。青山没在屋,屋里冷冷清清的,没一丝热乎气儿。青山哪儿去了呢?锁柱怅怅地转身往回走。他抄了一条近路,打算从积雪的大田里斜穿过去。他走着走着,突然愣住了。迎面走过来一个挑粪的人,那人好像是青山!走近跟前,看清楚了,果然是青山!他挑了一担冻粪。青山也认出了锁柱,撂下粪挑子,俩人亲热得互相直往对方胸脯擂拳头。青山还是那么有力气,手很重。锁柱说:"青山哥,大过年的,你还忙着捡粪?"青山憨憨一笑说:"闲着没事,捡点儿是点儿,聚少成多。"锁柱说:"青山哥,咱哥俩有十年没见了，得好好喝一顿！走，上小芹家去。"青山有点儿犹豫。锁柱拉着青山胳膊，说："要不到你家去。我回去拿酒和罐头，上你家去喝。"

锁柱和青山，盘腿坐在青山家的凉炕上。青山往灶坑里塞了一捆柴，熏熏凉炕，屋子才有了点热乎气儿。两个人一瓶白酒没够喝，青山从米柜里翻出半瓶六十二度，两个人又接着喝。青山喝上酒话多起来，唾沫星子直喷锁柱的脸。他讲起打仗的事，还翻出两个小铜牌儿给锁柱看，告诉锁柱哪个是打四平的，哪个是在朝鲜得的。

正说在兴头上，青山没过门的媳妇二担进来了。她端来一小盆热腾腾的黏豆包。这是二担妈让二担送过来的。二担胖乎乎的一副傻相，愣眉愣眼，挺厚的嘴唇子上边，挂了两条鼻涕。她看人眼神发直。搭眼一看就知道她缺心眼儿。二担坐进炕里，凑到他们跟前，伸手就抓罐头肉吃。她的手黢黑黢黑的。青山挺不好意思，劝二担说，去洗洗手再吃。二担嘿嘿一乐，仍用手抓肉吃。青山就顺手扯过一条毛巾，替她拧了几下手指头。二担把一盘底儿罐头肉全吃光了，就挪到窗子跟前儿，借着亮儿抓虱子。二担只穿件空心棉袄，脱了棉袄露出一对肥嘟嘟的奶子。锁柱忙把脸转过来。青山替二担害臊，捡起棉袄又给二担披上。锁柱端起酒盅说："来，青山哥，喝！"

锁柱从青山的破草房里出来时，身后传来青山和二担戏耍的笑声。锁住笑着摇摇头，心想，不管咋说，青山不孤单了。二担虽说傻，但身子又白又胖，年龄还不到二十呢。光棍儿汉青山也算有艳福。

锁柱还不知道,青山那会儿也不大明白,青山的福气也就仅仅是搂搂又白又胖的女人身子,却干不了那事。青山临复员时,大夫从他大腿根儿取弹片,不知碰坏了哪儿,打那以后他就觉着自己的家伙总是蔫的,不像从前尿一憋就硬。他没在意,寻思日后有了女人,大概就能挺实起来。待到有了二担,跟二担睡觉,他才清楚自己的家伙已成废物。傻二担对那种事,也稀里糊涂,不大懂。可正当壮年的青山,在那种事上力不从心,觉着实在背气。这,锁柱是后来听村里人说的。

又一年的夏天,发丧小芹她娘,锁柱和小芹在乡下多住了些日子。他们看望青山两趟。第一趟是锁柱和小芹一块儿去的。小芹她娘出殡那天,青山曾送过来了两刀烧纸。小芹说他们该过去看看青山哥。锁柱和小芹拎了一包槽子糕,去看望青山和二担。青山那间破草房,好像更破旧了,房上的青草当风抖着。锁柱和小芹推门一进屋,全愣住了,锁柱马上退了出来。二担光腚坐在炕里不知干啥呢?青山没在屋。小芹出来对锁柱说,你先到外面转转吧,我帮二担收拾一下屋子,造得不像样子了。

锁柱就一个人往西头大草甸子溜达。大草甸子天高地阔,风吹草低,有马儿散漫走动。这些年,西村生老病死,变化不小,大草甸子却依然生机繁茂。锁柱回想起小时候和青山在草甸子上逮鸟找蛋的往事,脑子里真真切切。他随手薅一把草闻闻,还那么清香。青草棵里,蚂蚱活蹦乱跳;野花丛中,蝴蝶翩翩起舞。锁柱身心舒畅,往草甸子深处走去,尽情呼吸清爽的空气。忽然,锁柱看见一匹马,跃起前蹄正往另一匹马的屁股上搭。嚯!儿马发情了。可那母马不顺从,尥着蹶子躲闪。儿马紧追不舍,身下的家伙又粗又长。这时从没膝的草丛里，站起一个人，甩着鞭子奔过去，狠狠地抽那匹儿马。儿马叫唤起来，可它身下的家伙不见收缩。那人的鞭子横扫过去，好像专门抽儿马的下身。他跟着那马直绕圈，发疯似的抽打着儿马。锁柱望着望着，愣了，那不是青山么？锁柱正要跑过去，听到有人吆喝青山："哎！我说青山，你别拿牲畜撒气呀！"青山没听他的，还在拼命抽打那匹无辜的儿马。那人也急了，奔过去夺青山手里的鞭子，还生气地吵嚷着："刘青山！这是队里的马，不是你家的。你撒啥邪乎气？"青山推开夺他的鞭子的干巴老头儿，给对方推了个趔趄。老头儿骂开了："刘青山，你祖宗的！你不中用，看见儿马发情，你眼气呀？你活该！"青山气哼哼举起鞭子要抽老头儿，老头儿也不示弱，伸出光头要和他撞头。两个人正要交手，跑过来一个人把他们拉开了。这情状挺尴尬，锁柱就没过去。他明白了，看来关于青山的传说不是瞎话。

　　临走那天晚上，锁柱又去看望青山。这趟是他自己去的。为了避免撞见上回那种尴尬情景，锁柱在窗外喊了几声，把青山先喊出来。青山好像不愿意让锁柱进去，开了半扇门，锁柱一眼就看到，西村有名的大神王二娘，盘腿坐在炕里，浑身哆嗦，嘴里磨磨叽叽念叨着什么。他就进屋观看。只见二神"屯不错"，盯着大神问话。"屯不错"见生人进来，就吓唬锁柱，你别吱声啊，冲了大神就糟了。锁柱过去听说王二娘"狐仙附体"，还真没看她"显灵"过。二神"屯不错"问大神："狐大姐，青山的阳气到底能不能找回来？""大神颠着屁股哼叽叽唱着说："不在西山，不在东山，丢在了一马平川。"二神认真追问，"是不是丢在西头大草甸子了？"大神披散头发浑身哆嗦，嘴里不知叽咕些啥。二神眨巴眨巴眼睛，对垂立一旁的青山神道道地说："狐大姐总算给你找到阳气失散的地方啦。一马平川就是西头大草甸子吗！大草甸子上是放马的地儿，我说青山你杀过一匹马吧？"青山点点头。二神一拍大腿："这就对了，你的阳气附在那匹马身上了。"锁柱听着有点儿邪性，真是那匹瘦马作祟？他心里有点儿发虚。他怕青山由马怨到他身上。锁柱恨不得麻溜儿逃开。青山对二神恳求说："你给问问大神，怎么破这个灾？咋找回阳气？"二神就问大神。大神疯疯癫癫，摇头晃脑，哼哼叽叽不知说些啥。二神好像懂大神的意思："她说今天恐怕不行，狐大姐出来时候太长了，她这就要回去了。改天再问吧。"二神喝了一口酒含在嘴里猛地往大神脸上一喷，只见大神立马往后仰，躺倒在炕上了。不多会儿，大神王二娘就坐起来了，"问二神，狐大姐走了？"二神说，"走了，说走就走了，还有话没问完呢。"青山木讷讷地站在地当间儿，没了魂儿似的。"屯不错"催促青山，还不快给王二娘端上酒菜来，你看她老人家累的。锁柱忙说："青山哥，我走了。我没啥事，寻思明天就回城了，过来看看你。"青山讷讷的，也没留锁柱。大神、二神巴不得锁柱快走，他们好喝酒。青山忙着给大神、二神端菜上酒，也没出屋送锁柱。

打那以后，小芹回娘家，锁柱就不再跟媳妇去了，他不想再回西村。后来，小芹爹也去世了。她爹死时，正赶上小芹有病住院，锁柱和小芹就没去奔丧。丧事是小芹她哥嫂办的。因此很不高兴，两家就不大来往了。这么一来，锁柱和小芹就和西村断了联系。

那几年，小芹一直病恹恹的。后来，查出是癌，晚期，没法治了，就干熬着等死。一天，小芹流着泪求锁柱说，我要回西村看看，你跟哥说说，让他套车来接我行不?

大舅子听说妹子要死了，没用锁柱多说，套车就跟他往城里赶。车从村西头大草甸子路过时，锁柱呆呆地张望着，心里翻腾起过去的事，不由问赶车的大舅子："哥，青山现在咋样?"大舅子说："死了。他指指草甸子上的一座坟丘，那就是他的坟。"锁柱心里咯噔一下子，头皮觉得发麻，问："他……他咋死了?"大舅子说："那年民兵演习打炮炸死的。"锁柱望着那座坟，心里不知啥滋味儿，猛地拽住大舅子的胳臂："哥，你停下车，我要下去看看青山。我俩从小一起长大……"锁柱觉得嗓子眼儿辣乎乎的，说不下去了。

大舅子停下马车，跟锁柱走到青山的坟前。坟上长满了草，蝴蝶和蜻蜓在四周飞来飞去。坟前立着一块不大的石碑。碑上刻着"刘青山烈士之墓"。锁柱不由自主地跪下去，给青山磕了一个头，泪水就从眼眶子里滚落下来。他想对死去的青山说点啥，又不知说啥好。他就一把一把地薅坟上的野草。大舅子蹲在一边卷烟抽，叹气说："青山这辈子挺苦啊。他连个傻媳妇都守不住。他下地干活，就有人打二担的主意。出事那天他和'屯不错'打起来了。'屯不错'的娘们儿也不是揍，还帮汉子骂青山——不中用怨不得别人! 青山心里憋屈。打炮时出了哑炮，本来队长要去排那颗哑炮，他非要去干那危险事儿。当时炸得连尸首都不全。人有啥毛病可别有那毛病，人前抬不起头……"大舅子这番话像扎了锁柱的心一样，锁柱觉得是他坑了青山这辈子。

大舅子本来也知道锁柱和青山的瓜葛，见锁柱哭得挺厉害，就劝锁柱，人就是命里的事儿，怨不了谁。

等他们回到家，小芹摸着她哥的手哭着说："哥，我不是不想你们，不是不想家，我不愿意回去呀。看见青山哥我心里难受……"她哥安慰她说："别说那些了，自己都这样了，还想那些用不着的干啥。"

夜里，小芹对锁柱说："锁柱，别怪我，我临死前就想再见一见青山哥。我欠他的情啊。锁柱，我给你养了三个孩子，伺候你一辈子，没有三心二意过。我就是老觉着对不住青山哥，当初他去当兵的时候，我真该把身子给他一回，那他这辈子也算做了一回男人。他一直委委屈屈地活着啊。"锁柱想告诉小芹，青山已经死了，可他不忍心。

第二天，套车上路的时候，锁柱心神不宁，不知道到了西村，小芹知道青山不在了，她会怎样。一路上他们默默无语，都不想说啥，心里都堵得慌。天阴沉沉的，大舅子一劲儿抽烟，锁柱呆呆地望着躺在车上、直往嘴里塞止痛片的小芹。小芹忍受着疼痛，瞪着眼睛望着天，喘息着。她忽然拉住锁柱的手，要说话。锁柱问她："咋的？疼啊？"小芹急得要坐起身，拼着力气说，回……回去，我忘了把鞋带着。我给青山哥做了双鞋。大舅子停下车，回过头来安慰小芹："都走这么远了，下回再拿着吧。"小芹哭了，"还能有下回吗？"锁柱掉过脸去，抹一把泪，冲大舅子说："哥，你往回赶吧，往回赶！"他想对于要临死的人，还有什么愿望不该满足她呢？大舅子掉转马车，又向来路缓缓走去。可是没走多远，小芹突然咽气了，那双空空洞洞的眼睛瞪得老大……

## 中篇小说

## 写字楼风波

### 第一章

1

朱悦把打印好的一份辞呈,轻轻放在池山经理的办公桌上。她站在一旁,不卑不亢,等待经理的反应。

池山经理正埋头整理案头的文件。朱悦的辞呈出现眼底,让他停下手来。他没有抬起头,只是抚了一下金丝眼镜框,认真地看着朱悦的辞职书。他好像在看一份重要合同,不敢有一丝疏忽。朱悦不知道,他是否对她的辞职感到意外。池山经理一直埋首看着那份辞呈,朱悦看不到他脸上的表情。

朱悦瞅着池山经理的一头浓密黑发,蓦地发现他头顶有两个"旋儿"。朱悦忽然想起一句俗语:一个"旋儿"楞,俩"旋儿"硬,三个"旋儿"打仗不要命。可不,池山平素跟人说话总是很硬气，很少有笑容，不过他处理问题，倒挺干脆利落。他这人，称得上是条硬汉。过去，朱悦对硬汉的理解有点概念化，以为硬汉都是经历坎坷满脸沧桑的那种老成人。池山才28岁，比她们这些给他打工的下属，年龄大不了几岁。他却已拥有自己的化妆品销售公司。一个28岁的化妆品销售代理商，又长得很英俊，当然容易引起女孩子们的倾慕。特别是他公司雇用的还都是漂亮女孩，这就免不了生出茶杯风波。朱悦是一个很自重、有自知之明的姑娘，她经过深思熟虑，决定离开池山的化妆品销售公司。

池山终于抬起头来，看着朱悦的眼睛说："好，要走人？我这就打电话给财务部肖娜，你去她那儿结算吧。"

说着，他就抄起电话吩咐财会肖娜，立刻给朱悦结算工资。撂下电话，他连一声再见都不说，也没有站起来目送朱悦的意思。好像朱悦这人，一下子就在他面前消失了似的，他该干什么还干什么。朱悦心里愤懑。这也太无礼了！太冷酷了！好像不是我炒老板的鱿鱼，倒是老板无情地辞了我。他的傲慢，伤了朱悦的自尊，把朱悦推到挺尴尬的境地。她真想向他大吼一声："你有什么了不起！是我炒了你的鱿鱼！"

朱悦心想：也许池山正想激怒她呢，她不能上他的圈套，她不能自失风度。朱悦非常礼貌地说了声："那好，再见，池总。"然后，把池山配备给她的苹果手机，放在他的桌上，转身离开了他的办公室。

离开池山的办公室，朱悦没有去财会肖娜那里结算工资。干嘛急着拿那两个钱儿，让人觉得也太小气了。再说，她也没走远,仍在这个写字楼大厦里办公,她改行做广告业务了。朱悦乘电梯直接上了18楼,走进808室,向她的新雇主——具象广告公司经理李薇报到。

李薇从写字台后边绕过来,热情洋溢地扑上前拥抱朱悦。李薇对朱悦这么亲热,这么欢迎,让朱悦有点感动。这多少抚平了她刚才离开池山办公室时的委屈和失意,让朱悦热泪盈眶。

李薇比朱悦只大两岁,看上去却成熟老练得多。她们是在去年五月里的同一天走进这座写字楼的,李薇在18楼租下一间16平方米的小写字间创办了自己的广告公司,朱悦则受聘化妆品代理商池山的公司做文秘。一个是创业一个是打工,她们本来是属于两个层次,可是意外地成了朋友。她们在电梯里,彼此打了照面,就留下挺深的印象。后来又在写字楼的顶层旋转餐厅,同桌吃过几次快餐,有了交谈,交换了名片,彼此产生了好感。用李薇的话讲,漂亮的女孩之间是容易一见如故的。朱悦自问:我漂亮嘛?我怎么没有李薇那样的自信?成为无所不谈的朋友之后,李薇就开始劝朱悦离开池山的公司,加盟到她的广告公司。姐妹俩共同奋斗,打出一片新天地!李薇挺高看朱悦,委以副经理重任。朱悦之所以能被李薇招去,倒不是冲着一个所谓的副经理职务,是李薇的知遇之恩打动了她。再有,朱悦也早想在写字楼里,努力打拼一番。此外,还有一个隐秘的原因,那就是她发现自己爱上了她的老板池山。朱悦只是一个仅有自考文凭的灰姑娘,不是所有的灰姑娘都能遇到一个白马王子的,她不想让自己陷进矛盾和痛苦之中,趁着还能自拔的时候,她想急流勇退。

朱悦加盟李薇的广告公司之后，业务上路很快，让李薇特别满意。朱悦还利用在池山公司接触过的化妆品供货商，拉来几个广告客户。几个月下来，连工资带提成，朱悦的收入较之在池山麾下时，已不可同日而语。她有了点成就感，觉得离开池山的公司，是正确的选择。

2

女人手头的钱宽裕了，就喜欢逛商店。过去从未涉足的卓展、巴黎春天，现在也敢进去瞅瞅了。但是，面对价格昂贵的名牌服饰，朱悦觉得她还是消费不起的。她内心颇为感慨，她自以为腰包稍微鼓了一点，可以从从容容逛逛大商场了，可是和那些珠光宝气一身名牌的女人擦肩而过时，她觉得自己仍是个穷人。没有钱就没有面子，就没有底气。她想只有跟李薇一心一意发展具象公司的事业，进一步拓宽业务，与公司一荣俱荣，才可能赚更多的钱！作为小报中缝的媒体代理商，具象公司虽然基本稳住了一小块阵地，但是发展的步子还是不大。朱悦决心一定要协同李薇，把具象公司做大！她在卓展皮草楼层边逛边想着心事。

朱悦正向扶梯走去，忽然看见池山的财会肖娜，她正在收银台付款呢。朱悦不由自主注意到，肖娜一口气点出的百元钞票，至少有几十张！到底是做财会的，数钱像点钞机似的。朱悦知道肖娜月薪也就两千五百元，她父母一个下岗一个病退，家境不是很好，她居然敢来这里买皮草！难道发财了？平素肖娜生活比较清苦节俭，她待人处事也很圆滑，朱悦对肖娜的高消费不由产生了一丝怀疑。可她已离开了池山的公司，肖娜可疑与自己又有什么关系？然而，她心里的疑惑却挥之不去。她没有走上前去，不想惊动肖娜。

回到写字楼，坐在电脑前，朱悦打了一页表格就走神了。她想着肖娜在卓展买皮草的情景，似乎还在担心着什么。她担心什么呢？她不是担心肖娜什么，她担心的是肖娜这个人，在公司里手脚是不是不干净！她怕池山公司里藏着硕鼠，她是为池山担心，她分明还关心池山。

朱悦坐不住了，她给肖娜手机打过去电话。

"肖娜，我是朱悦。我刚才给财会办公室打电话，你不在，所以才打你手机，你挺忙吧？"

"是朱悦呀，你找我有什么事么？我在——在外地呢，在九台。"

"啊，你在外地，那就算了吧。改天再说吧。"

朱悦手像被烫了似的马上挂了电话。

肖娜在撒谎！这说明她不想让人知道她去了卓展，不想让人知道她的高消费。显然她是有所顾忌的，她心里有鬼！

朱悦不由心慌意乱，不知如何消化处理这个事儿。她很想提醒池山，查一查肖娜出纳中有没有什么问题。一定要注意她！

下班的时候，朱悦特意下到17楼乘单号电梯下楼，希望能在电梯里碰见在9楼办公的池山。若能在单号电梯里遇见池山，跟他打招呼说话不就很自然么？那她三言两语就能巧妙地谈到在卓展遇见肖娜的事。朱悦清楚，池山这人看上去有点简单粗暴，其实，他心还是挺细的。他能明白她的意思就好。

电梯降到9楼时,上来5个人,但其中并没有池山。朱悦不免有点怅惘。

当朱悦走出写字楼时,她又在门前伫立好一会儿。从写字楼一楼门厅,不断有下班的人走出来。可就是不见池山的影子。他是不是早就离开大楼了呢?朱悦灵机一动,何不到写字楼地下停车场去看看,他的车是否还停在那里?

朱悦走进地下停车场,一眼就看到了第二排5号车位那辆奥迪,那是她所熟悉的车牌号!她转身退出来,站在停车场入口处等池山。正等着,手机响了,上面显示的是李薇的手机号。

李薇在手机里对朱悦急切地说:"朱悦,你下楼了?好,你等我下去,先别急着回家,咱们一块去喜临门大酒店。有个客户,我们得把他拿下!"

"薇姐,"朱悦有点犹豫,"我——我今晚不去应酬行不行?我有点别的事——"

李薇口气变了:"跟男人约会咋的?先让他一边候着去!公司的利益高于一切!"

这就是李薇的风格,说一不二,不给你退路。朱悦只好从命,她不能在停车场入口处再等池山了,只好以后找时间再和他沟通。

朱悦刚离开,池山就来到地下停车场,开走了他的奥迪。如果池山出了停车场向右拐的话,或许他还能看到路边的朱悦,可是他向左拐了。

李薇出了写字楼,就东张西望,她眼睛尖,看见了不远处的朱悦。她一边招手打的,一边喊朱悦:"朱悦!快过来!"

朱悦瞧见了大喊大叫的李薇，赶紧跑过去，随同李薇上了出租车。

李薇一脸兴奋的神情，有点喜不自胜，告诉朱悦："总算邀到了'乡音'栏目的制片，是个挺帅的小伙子。十分钟前才答应咱们的饭局，今天咱们得好好表现表现！把'乡音'这档节目广告代理拿到手，咱可就赢了！"

具象广告公司迎来送往的饭局，一般情况朱悦都有意回避。虽说李薇委以副经理职务，但实质她还是个打工的，不能拿自己不当外人。这次，李薇特地追回她让她去陪客，是需要她"好好表现表现"。她知道也就是主动热情，让唱歌就唱歌，说跳舞就跳舞，酒也得喝到份儿。其实，就是替主子李薇给客人当三陪！早知是这样的差事，她肯定找个充足理由辞掉，现在已跟她上了贼船，就得硬着头皮应付了。

值得庆幸的是，"乡音"电视栏目制片人关宏，是个挺礼貌的主儿。李薇敬完了酒让副经理朱悦也敬酒，关宏善解人意地说："朱经理，咱们点到为止，碰杯但不干，随意好不好？"

朱悦报以微笑，默许了，礼貌而又得体。

"不行，不行。"李薇希望掀起个小高潮，"我们朱经理是要干的，至于关老师怎么喝，就看你有没有绅士风度。"

朱悦有点为难，但她不能表现出来，依然微笑着，她看出关宏不是贪杯的人，她折中地说："这样吧，我喝三分之二，关老师随意。我们慢慢喝，多多吃菜。好不好？"

李薇微微皱了一下眉头，请人家喝酒，自家喝不到位，对方能"上听"么？照朱悦这么不温不火的状态，怎能喝出气氛来！

本来有言在先,一定要拿下栏目制片人。李薇以为朱悦心领神会,很好配合她。她以为朱悦能放得开,她要更热辣点才好呢。朱悦怎么还矜持起来?李薇不得不亲自出马了,她笑着说:

"你们两位这酒是怎么喝的?三分之二对半杯,正好是三心二意,朱副经理不是我挑你,跟谁三心二意也不能跟咱关老师三心二意!你得表示诚意,全干!"

李薇出面调侃,朱悦怎能看不出眉眼高低,只好冲上去了——朱悦故作豪爽举杯一干而净!关宏一笑,也干了。

李薇忙说:"我赞助!"她喝得急了点,有点呛了,赶紧用餐巾擦一下溢出嘴角的酒沫子。

"乡音"栏目制片人关宏,什么样的漂亮妞儿没见过?他对李薇出面搭桥、故意煽情这一套,并不怎么兴奋,他只是不得不应酬这个饭局。因为是台里政教部刘江主任给牵的线。李薇这小女子,给的价位也还能接受,他就顺水推舟送了两边的人情。李薇请了好几次,这次倒不是盛情难却,一个掌握电视节目制作权的人,推掉盛情也无大碍,不但得罪不了对方,还进一步令对方更想接近呢。偏巧今晚饭局出现了少有的空档!他已习惯天天吃请、夜夜笙歌。所以就来了,来了之后,还有这样真水无香的清纯女子,也就既来之则安之。他刚坐下时,就有两个饭局邀请,追进他的手机里。他都辞了。

关宏是个知道自重的年轻人,他从不主动对漂亮姑娘表示好感。他甚至在朱悦双手递他名片时,并没有回赠对方名片,虽然他衣兜里还有几张烫金名片。李薇注意到了这个细节,她要"助攻"一下,就提议唱卡拉OK。她了解朱悦的歌声特有魅力,一点不亚于二流歌星。李薇说："现在请我们朱副经理，献歌好不好？"然后就让服务员放出演唱难度比较大的《暗香》来。这本来是沙宝亮的原唱，男人抒情歌曲。女中音演唱，会别有一番风味。前奏一起，朱悦就已经进入音乐情景，接下来一发声，更是不同凡响。全曲演唱得行云流水，优美动听，声情并茂。关宏在内心里，对朱悦有点儿刮目相看。可他不表露出来，鼓掌也是轻轻地，一点不夸张。

　　李薇是善于公关的，她懂得掌握火候，适时地抛出朱悦，晃一枪震一下之后，就得改招子了。她知道不能怂恿尊贵的客人跟朱悦来男女声二重唱，那样会把对方演唱水平比下去。让对方没面子，岂不弄巧成拙。那就跳舞吧，跳舞她李薇拿手，快三慢四、华尔兹、国标，她样样通。若不是下海经商，她也许和她的初恋男友，成为省国标舞比赛的种子选手。不过，这个特长，在商海行舟中，有时也能派上用场。跳舞和唱歌不一样，舞跳得好主动引领舞伴，只能让对方努力协调，不至像唱歌那样太突出了会让别人自愧不如而退缩，有盛气凌人的味道。所以，李薇主动邀请制片人跳舞，关宏出于礼貌没有拒绝，但是看得出来意趣阑珊。偌大包房就李薇和制片人两个人有一搭没一搭地蹭着步子，有气无力地跳着慢四，气氛就不大和谐，也不热烈。李薇正觉得骑虎难下的时候，朱悦挺身救主，主动请了关宏手下、有点丑的小伙子跳舞。如此一来，气氛就活跃了，而且两对舞伴跳起来就有了推进和比较，使李薇和关宏显得飘逸，朱悦和丑小伙就成了绿叶陪衬。李薇心里很满意，觉得朱悦确实是她的好帮手，挺机灵。

酒过三巡菜过五味,歌也唱了,舞也跳了,气氛还算不错,天下没有不散的筵席,关宏举起杯中酒,说:"李经理,朱经理,我看今天就到这儿吧。"李薇说:"也好,来日方长,以后我们精诚合作,相聚的机会多着呢!"

制片人关宏带着自己的奥迪来的,因为喝了酒,就让没喝酒的手下丑小伙开车。关宏还客气地让了一下李薇和朱悦,问用不用分头给她们送回家。李薇、朱悦谢了关宏,赶忙招手拦了一辆出租车。李薇心想,以后公司一定得买部轿车,不然人家会怀疑你的实力。

3

李薇酒喝了不少,心里一直很兴奋,拿下了栏目广告代理,具象广告公司有了新的经济增长点。她的事业将会越做越大!人逢喜事,总希望有人分享喜悦和快乐。李薇在这个城市里,没有至亲好友,她的初恋男友跟她上过床之后,就一去不复返。如今在这个城市里,只有朱悦这么一个可以称作朋友的人,而且今晚朱悦又表现得恰到好处,让她非常满意。她对朱悦自然就格外亲热,她在车上靠在朱悦肩头,像是讨好、像是撒娇,说:"朱悦,别回你的女子公寓了,到我那儿住一宿,咱姐俩好好唠唠。"

朱悦答应了,她没有理由谢绝。在这个春风沉醉的晚上,在酒后渴望倾诉的时候,去一个独身女子的温暖小巢,说说心里话,相互慰藉,难道不是一件很惬意的事吗?这个时候,回到她暂住的公寓,面对凌乱狭窄架起两层床的居室,面对三个在饭店和发廊打工的女伴，多没意思啊。她们没文化，没格调，说话处事与她格格不入。她在公寓里，总是一句话也没有，谁也不理，也就特孤独、寂寞。她在那里就是晚上睡个觉，更多的时间是在写字楼里。她跟公寓里的人没有任何来往，而且还得时时提防着自己的东西被偷窃。她知道李薇在花园小区里租了两室一厅的房子，房子是房主装修的，很现代，很舒适，家电是自己购置的。她看过李薇拍的照片，心里很羡慕李薇有个属于自己的温暖小巢。跟李薇相比，她是一个孤苦无助的漂泊者，而李薇是成功者。朱悦感激李薇，榜样的力量是无穷的，她真的把李薇当成自己学习的榜样。她觉得是李薇引她走上了充满希望的道路。她们从出租车下来的时候，朱悦说："姐，你等我一下。"她抛下李薇，径直进了一家花店，捧回一大束鲜花，说是第一次来姐姐家，一切都太突然，没有准备，就献上一束鲜花吧！

走进了李薇的家门，一股温馨的气息让朱悦心底微微一颤，生出对生活莫名的感动来。舒适的沙发床和精美的现代风格组合沙发，都很有格调，客厅里是壁挂式电视机。脱鞋踩在光洁的地板上，感觉好舒服。有自己的家，有这么温馨的居室，多幸福啊！朱悦赞叹说："好温馨哪！"她羡慕得有点嫉妒了。

李薇说："这只是个临时住所，因为是临时租的房子，我只简单装修了一下，一个人住还行吧。"她到另一间屋找来一个大玻璃花瓶，把鲜花插进花瓶，又倒进些清水，然后当着女伴的面儿开始更衣，她的内裤是提花的，很高档的那种。她穿上半透明的睡衣，很飘逸地走来走去，取出喝咖啡的器皿，坐下来用电磁炉煮巴西咖啡豆。

朱悦心想，自己哪怕只有一小间属于自己的住所也行啊，和一些打工的蓝领女孩同居一室，度过一个又一个吵吵闹闹的夜晚，这样的日子快些结束吧！她决心跟定李薇，好好干。以她为榜样，在这个城市里站住脚跟！她喝着加了糖还嫌苦的咖啡，亲热得有点讨好地对李薇说："薇姐，你真行！你做广告代理才多长时间哪，就发展成这样！你太厉害了！跟着你一定会学到不少东西！"

李薇淡淡一笑："哪一行钻进去，用心做就不难了。一回生二回熟，三回你就有门道了，不过做强做大，可是不容易啊。"她不想细说自己打拼的往事，拿起遥控器打开电视。这时音乐门铃响了。李薇拿遥控器的手抖了下，电视画面切换出一台歌舞节目，好像是《同一首歌》。她瞅瞅表，已是夜里十一点了，她心里明白是谁来了，他怎么不事先打个电话呢！她故作镇静地走到门厅处，拿起电控门的对讲话筒："喂？你找谁家？"她倾听着停顿一下，"错了，你应当按504号。"她转过身笑着对朱悦说："找错门了！"

李薇尽管装得很像那么回事，可是她略显惊慌的瞬间表情，还是逃不过心细的朱悦。朱悦立刻意识到，李薇的私生活绝对有内容。大概是一个不约而至的男人，要来过夜。如果是这样，那她成功的背后大约会有个相助的男人，而这个男人不是有权就是有钱。

女人的窥测心理和好奇心，让朱悦灵机一动，她想进一步证实一下，就站起来装作悠闲地环顾房间里的陈设，"薇姐，你的窗帘太漂亮了，是丝质的吧？图案好像是南美洲的热带雨林。"她边说边走近窗子掀起窗帘的一角用手抚摸着，眼睛瞅瞅窗外。李薇住的是二楼，而楼前刚好是小区甬道的照明灯，灯光里果然有一个男子的身影！她装作挺自然地刚要转回身，却见坐在沙发上的李薇正悄悄用手机在发短信，朱悦借此机会就在窗畔稍微逗留一会儿。朱悦努力朝楼下望去，这一望不要紧，她好吃惊！在楼前徘徊的那个男人不是别人，正是她心仪已久的池山！他手里正拿着手机，不是通话，而是看短信，这是看李薇才发的短信吧？朱悦忽然觉得脸有点凉，窗子也没打开呀，她不由自主地摸一下脸，可能是脸色不好引起的感觉。她好不容易镇静下来，走回沙发的几步，她是用心度量的。一瞬间她觉得很滑稽，一仆二主，一男一女又是情人的关系，这么具有戏剧性，让她不敢相信的巧合！

朱悦不动声色地坐在沙发上，自己动手往杯子续咖啡，没有往杯里放方糖，她的遭遇真像一杯苦涩咖啡。她自以为不配的男人，在她面前显得那么高傲的男人，却是李薇的情人。看来，池山一定完全清楚她辞职之后的去向，难怪她交辞职书时，他一点不惊讶，也没有挽留她的意思。他们俩也许在床上打着滚儿笑过，她这个蒙在鼓里的傻丫头，有一种受欺骗被玩弄的感觉。她心里不由一阵愤怒，可是她压住了怒火。既然他们两个在玩她，最机智的应对办法不是戳穿，而是装作一无所知，跟他们玩下去。现在的处境不是他们在暗处我在明处，正好相反，那就等着瞧吧！

那一夜，由于心里藏着意外的发现，脑子里不断地想着事儿，朱悦一夜未眠。她与李薇同床共寝，不敢辗转反侧，闭着眼睛一动不动地挨到天亮。李薇倒是睡得很沉，中间好几次在睡梦中摸索过来，要偎向朱悦的腋下，朱悦反觉得不知如何是好，好在让她给顺势推回去了。

4

李薇和池山是在朋友的生日聚会上相识的。

主人在"恒河咖啡语茶"二楼的大包房里，举办烛光生日晚会。当时出席晚会的都是一对一对的年轻夫妇，或者未婚情侣，唯有李薇和池山是只身赴宴的。主人有意将他们两个安排在一张双人摇椅座位上，让他们看去也像是一对情人，使整个聚会没有不和谐音符，到处一片和美融洽，没有一个人是孤单的，更没有被冷落的。

也许他们看去真像一对新婚伉俪，不熟悉的客人跟李薇和池山就"您夫人""您老公"这么乱称呼，他们就分头向对方解释，他们不是一对夫妇。这么一解释，就有人用另一种眼光乜斜他们，意味深长地交换眼色。李薇明白了，他们把她和池山看成是关系暧昧的男女。池山也有这样的敏感。这是后来他们真正成为情人之后，谈到初次相见时的情景，两个人才说出了当时内心的共识。

李薇和池山既然坐在双人摇椅上，彼此若一言不发也太尴尬了，池山就主动跟眼前的陌生女士聊天。

经过简单交谈，池山发现这个叫李薇的女子同他一样，也是喜欢我行我素、独来独往的人，他觉得他们都是崇尚自由精神的都市白领。他们开始低语,专心倾谈。大家的歌笑成了他们的背景音乐,池山从来没有遇到过这么谈得来的异性。他们交换对某男或某女即席放歌的品评,以及对流行音乐的看法,池山感到两个人在理性上是那么一致,颇为知音。可是,这毕竟只是一次偶然相识,出了"恒河咖啡语茶"酒吧,他们道声再见,也就分开了。

这样萍水相逢的交际,在池山生活中很平常。让池山觉得有点特别的是,他和李薇都没有相互交换名片,或者留下手机号。可是他感觉出李薇下意识地望了他一眼,似乎有点惜别。

他们再次相见,是在闹市街头。在熙熙攘攘的人群中,李薇蓦然看见一个熟悉的背影,她在他身后两三米的距离,她不能冒冒失失地喊他,这很不礼貌,也显得没教养,所以就加快脚步撵上去。跟他脚前脚后的距离时,她不知该不该越过去,然后回头跟他打招呼。就在这时,他停在了一个报刊亭前,挑选杂志。她悄然跟过去,装作没看见他,也低头挑杂志,他伸手取那本最新一期《读者》,她刚好也伸向《读者》,他们很自然地彼此看一眼,相互认出了对方。他们就站在那里唠了一会儿。她拿了两本《读者》,付了钱,一本送给了他。他没有推拒,微笑说:"谢谢!"当时天气很热,她瞅瞅路边的露天冷饮摊儿,微笑说:"坐下喝一杯可乐怎么样?"

他们就坐在露天冷饮摊儿的太阳伞下,也就是在闹市的大庭广众之下,无拘无束地交谈起来。她想,过路的人会认为他们是一对情侣。他们两个是那么轻松惬意,谈笑自如。这一次的交谈,他们彼此才知道,双方原来都在那座18层的写字楼里,各自开着自己的公司。只是李薇刚起步，而池山已经基业牢固，占据着差不多一层楼的办公面积。李薇眯着笑眼，很欣赏地凝视着池山，池山眉宇间的英气让她有点心动，对方不多的话语和坚毅的神情，很吸引她。当他首先起身告辞的时候，他伸出手要和她握别，那一瞬间，她先是没有应合，没有伸出手，可是她内心深处所有的禁忌都沙器似的坍塌了！她不想放弃这个机遇、这个缘分，她猛然握住他的手，那是一双宽厚的手，她不由分说，掏出手袋里的一支笔，不容拒绝地在他手心写下了她的手机号，然后把笔给他，同时展开她的手掌，让他也写下他的手机号。他写得很轻，字迹很浅，以至于她回到家那十一个阿拉伯数字，竟有一半已经认不清了。

分别后，李薇一直等待池山给她打电话。可是他一直按兵不动，她有点沉不住气了，想主动约请池山，又弄不准他的手机号了。她怎么回想，也组不全那十一个阿拉伯数字。她清醒地意识到，池山或许对她并没有情意，只是这个男人欣赏女人出其不意的行动。李薇对这个可利用的男人，只能出奇制胜！他们同在一座写字楼里，她完全可以下楼去他的公司找他，可这有点没意思，或许还招人烦。设法认清他的车，然后在地下停车场堵他？这也很幼稚，没格调。想得脑袋都要爆炸了，李薇也没想出个好主意。她有点心灰意冷了。突然有一天，她在接手机电话时，听到池山浑厚的男中音："李薇，最近很忙吗？今晚有时间吗？我想请你去恒河喝咖啡。"

李薇抑制住心中的喜悦，把手机拿开一些做了个深呼吸，然后很甜地说："最近事儿是很多。不过今晚我有时间，九点钟怎么样？不见不散，好吗？"她故意把约会时间定晚一些。她有她的想法——

恒河咖啡语茶，是他们初识的地方。他约她到那里喝咖啡，可以说有点特别的意义。这是个好兆头。

果然，坐下来之后，池山要了啤酒，而不是咖啡，而且一下子就要了10听。李薇默默注视着池山，迎合他，与之默默对饮。她一点都不矜持，说干杯就干杯。看得出来，池山分明心情郁闷，李薇就关心地问："生意场上遇到不愉快了？事情严重吗？"

"不是生意出了问题，是爱情。"

原来池山是有女朋友的，那女孩是艺术学院的毕业生，人长得漂亮，也有才气。她两年前去了美国，自费留学，所有的费用都是池山出的。她到了美国，认识了更有钱的人，她告诉他，她不想回国了，让池山不必等她了。就这么直截了当。

"五年的相恋，让美元轻松买断！钱就这么有魔力！"

他们喝到半夜，池山喝醉了。她扶他出来，门前停着池山自己的车，可他醉得不能开车。她就打出租把他弄到自己家。两个人就这样睡到了一起。他不清醒的时候，他的需要没有选择。而她的需要却有很明确的选择。她感到这是天赐良机。早就有过性经验的她，在那一夜极尽云雨之能事，把此前还是处男的池山，弄得神魂颠倒。

事后，李薇要求和池山同居，池山婉言拒绝。很明确地说，他不再相信任何女人。他跟她的关系，可以就这么保持下去，直到彼此厌倦为止。当然，他愿意给她钱，愿意帮她拉客户，助她广告公司发展起来。他说："我们明确了两人是情人关系，就不会再谈爱情了。"

这正合李薇的心愿。她也是个不相信爱情的人，她也有不堪回首的往事。她现在期盼的就是池山这样的男人。不剥夺女人未来和自由,这才是有种的男人!因为他们同在一座写字楼里，所以彼此之间有个默契，那就是两个人的事，一定要严守秘密。池山又是同母亲和弟弟住一起，所以他们就只在李薇那里幽会。幽会也不是很频繁，因为两个人都是拼命赚钱的工作狂。晚上还常有应酬，总是很累，对性不是很狂热，可有可无。只是在偶尔特孤独的时候，才到一起。有一回，李薇给池山配了一套她家的钥匙，可池山忘了拿走。其实没钥匙也没什么不方便的。

池山除了李薇，那段时间真的就没有第二个女人。虽然他公司里的姑娘们对他都倾慕，但是他从来没有想染指女下属。他再谨慎，也免不了让女孩子们互相猜忌。他对朱悦很器重，朱悦又是公司里最有气质的女孩，其他女孩子明里暗里就常说些酸溜溜的话。池山本想找个机会，向公司里的女孩子们表明自己的态度，朱悦是凭能力和综合素质得到他信任的，而不是别的什么。可他又怕这样表态，适得其反，加深大家对朱悦的误会和嫉恨。就在这个时候，李薇提出要从他公司里挖走朱悦，打算让朱悦当她的副手。他本来有点舍不得朱悦这么好的员工，可是李薇的事，李薇公司的发展，他是不能不帮忙的，况且朱悦和李薇干广告也许更有发展前途。朱悦将来应自己做老板，她是个好苗子。当朱悦送上辞呈时，他什么表情也没流露。他和李薇有言在先，他们两个的私情不能向朱悦透露一丝一毫。李薇当然也不希望别的女人知道她和池山的私情，两个人都很遵守游戏规则。所以,别说一个写字楼里的人,就是同时跟池山、李薇关系较近的朱悦,也丝毫不知,完全蒙在鼓里。因为两个人都是未婚,将来的情感归宿,谁也说不准,干吗要早早把自己拴住?池山也好,李薇也罢,以至于这座大写字楼里的所有年轻人,不管已婚未婚,对情感生活都怀有自由心态。旧时代的婚姻围城,对他们而言,已经成为历史遗址。

## 第二章

1

随着十一长假的临近,肖娜对省城的繁华街市、来来往往的人,越发隔膜。她觉得自己毕竟是个外乡人,所有的繁华和热闹都与她无关。

在省城写字楼里工作,就职池山化妆品销售公司,担任公司财务出纳,月收入也不是很多,但好歹算是个白领。可肖娜家境贫困,母亲常年有病,所以她每月都必须往家里寄钱。她的个人消费,也有点入不敷出。她来省城三年了,一个子儿没攒下。肖娜不肯像乡下打工妹那样,住比较便宜的女子公寓,又没钱单独租房,只好寄宿在省城表姑家。

平时肖娜总早出晚归,尽量让表姑一家人感觉不到,她给表姑家添了麻烦。十一长假她不想回家,是因为家乡有好几门亲戚,十一期间都有结婚的,人家都知道她在省城是白领,随礼钱拿少了没面子,多拿她又承受不起,所以干脆躲避,不回家了!可是,留在省城里度假,能在表姑家干待七天吗?这对人家对自己都不大合适,都会觉得不舒服。所以,十一长假让她进退维谷,倍觉孤独、惶惑,不知怎么打发好。

公司里的本地员工,都乐呵呵回家过节去了,还有的举家外出旅游。节前肖娜并没有跟经理打招呼,她不想让人知道,这个长假她是在办公室里消磨的。肖娜整个长假的白昼,就全在财务办公室里度过。她用办公室的电脑上网聊天,浏览网页,身心放松,时间过得快,也就不感到孤独寂寞了。她每天都上网到天黑,恋恋不舍地关闭电脑,不大情愿地回表姑家。表姑看她一脸倦容,眼睛都红了,不免有些同情:"肖娜呀,假日加班还天天回来这么晚,看把你累的,眼睛都熬红了!"她只能淡淡一笑,正好假借疲倦直接进自己的房间,早早睡下,以免表姑看出什么破绽。

网上聊天,可以向人无保留地倾诉衷肠。可是虚拟的知心朋友,毕竟不在现实生活。肖娜每每下线之后,不由兀自叹息。不过,就是这样,她也不想家,不想乡下的三亲六故,连病恹恹的母亲,她也不惦记。她的心变冷变硬了。这些天,就连梦也只是网上聊天的事儿,而没有故乡和亲人的一点影子。

网上聊天室里,有个叫"王老五"的挺能侃。这个"王老五"不像是"王老五真命苦"那类的落魄者,更不大可能如他自述那样是个拾荒者,他倒像个浪漫诗人,或许是个有钱的闲人。潜意识里肖娜希望这个"王老五"是个钻石王老五!异乡漂泊女遇见钻石王老五,演绎出浪漫爱情——但这只是幻想而已,她知道网上尽是陷阱,她轻易是不会和"王老五"见面的。"王老五"

已经提出要和她见面,她断然拒绝了。

就在第七天假日,肖娜最终还是没有抵挡住诱惑,她答应和"王老五"见面了。她太寂寞了。她不满足于画饼充饥的网恋,她幻想通过网络找个可以相依的人。七天的网上倾谈,让肖娜有点欲罢不能,她接受了对方的邀请。当天中午,肖娜在写字楼后街的咖啡馆,如约见到了"王老五"。

"王老五"是个高个子中年人,看去三十出头,不过器宇轩昂,显得成熟洒脱,比在网上谈吐还机智幽默。

"王老五"左手中指戴着一枚钻石戒指。这表明他未婚,或者离异独身。难怪他的网名叫"王老五",这样直白,似乎有点打招牌的意味。"王老五"呈示一张带本人肖像的金卡名片,向肖娜表明了真实身份——朝晖化妆品经营公司总经理关朝晖。

这不巧了吗,也是搞化妆品的生意。现在一些私营老板都喜欢用自己的名字命名公司。关朝晖的公司肯定比池山的公司要小,肖娜觉得关朝晖这个经理名头,含金量不高。全省比较有规模的同类公司,肖娜了如指掌。池山公司与之大都有业务联系,作为公司出纳,当然走账时对公司的名头能没有记忆吗?这个朝晖怎么从来没听说过?肖娜对朝晖公司很陌生,那显然是个小公司,或许是皮包公司也未可知。

关朝晖这人却是不卑不亢,说话挺有水平,谈锋甚健,待人和蔼,彬彬有礼,出手也大方。所以,初次见面就给肖娜留下了良好印象。

肖娜也做了一番简单的自我介绍。

关朝晖一听对方是小有名气的同行业公司的"财务经理",

显出大感意外的样子,好像有点肃然起敬。他甚至欠了欠身,高兴地说:"真是幸会,没想到我第一次尝试与网友见面,竟相遇一位同道,真是缘分哪。"于是,两个人聊着聊着,就唠起化妆品业务上的事,双方不觉兴味盎然,越唠越有共同语言。

年届二十七、尚未有过恋爱经验的肖娜,是第一次放纵自己,大胆面见网友。她没想到,原来面见网友也不是什么危途,而这个"王老五"男性网友,也不是那种骗色骗财的歹徒。也许她是幸运的,也许她真可以通过网恋找到自己的另一半。她跟"王老五"这一次只喝了咖啡,也没有在咖啡馆里坐得太久,分别时相互留了手机号,她觉得这是一个挺自然又很不错的开端。

一周以后,他们又在写字楼后街的咖啡馆见面。这一次不仅喝了黑啤,还要了烤明虾和番茄里脊。关朝晖还点了蔡琴的怀旧歌曲,两个人很有情调地在那里消磨了两个多小时。这对一个公司经理来说,算是忙里偷闲。对肖娜来说,是有生以来高雅的享受,也是第一回有男人为她买单的高消费,让她感觉非常快乐。此后,他们每周都在写字楼后街的咖啡馆或酒吧里相会一次,每天都要发几条手机短信,互致问候。肖娜万没想到,她的爱情来得这样出其不意,这样浪漫温馨,让她喜不自胜。到了秋风落叶的时候,他们之间感情的热度已经升到彼此都想上床的程度。肖娜过生日那天,关朝晖约出肖娜,亲自开车把她送到卓展,塞给她1万元,让她自己进去购物,他说他不能陪她一块逛商店,他有一笔业务等着他会见客户。肖娜已被感动得不知如何是好,还在乎关朝晖在不在身边陪她购物吗?她就一个人兴高采烈、高视阔步地迈进卓展购物中心大厅。

肖娜简直像做梦一样,踩着祥云漫步在卓展商厦,乐不可支。但她毕竟是个性格内敛的老大姑娘,她承得住这份福,一点都不张扬,而且对一切人都守口如瓶,她怕招来嫉妒,不想跟人分享内心的喜悦。她从小就是个喜欢偷着乐的孩子。

肖娜走出卓展时,接了个手机电话,是公司朱悦打给她的。她竟然随口撒谎说她在外地九台呢。她也不知道为什么要把事情做得这么神秘,反正是不想让任何人知道她的幸福,怕随便什么人冲了她的好运。她当然不能把新买的皮大衣带回公司,也不能轻易穿出去。她从卓展商厦出来,就直接回表姑家了。她跟表姑说皮大衣是公司准备疏通关系送礼的,让她拿回来保管。表姑艳羡说:"这皮大衣还不得几千块呀!"肖娜支吾说:"我不太清楚,不过肯定很贵。"

2

公司里的同事们发现财会部的肖娜花钱不像过去那么节俭了。池老板又没给她涨工资,背地多发她奖金了?难道她有什么业绩,老板私下给红包了?大家发现,肖娜连手机都换新了,还总用手机收看短信。

这天财务办公室的气氛不大对头,特别肃静,好像要发生什么事儿似的。老板池山突然来到办公室,径直走到肖娜办公桌前,肖娜正聚精会神地用手机发短信,竟没有发现老板走过来。池山跟肖娜提出要看一下什么表格,肖娜猛然抬头,怔住了。

"你把本月货款清单报表,给我看一下。"池山又重复了一遍。

肖娜这回听着了，吓了一跳，脸立刻就红了，赶快关了手机，从桌面上找出报表呈给经理。经理注意地瞅她一眼，没说什么，但是觉得肖娜有点鬼鬼祟祟的。

池山经理只扫了一眼那张报表，就发现了问题，有个明显的数字错误，他点着报表上的一个数字，给肖娜指出："这儿，你是怎么打的，错了一位数！"

肖娜一看，可不，自己最近是乐昏了头，在打字时常走神儿。打错数字可不是小事！她立刻站起来道歉："对不起，经理，是我疏忽，我马上改过来，再打印一份新的。"

池山经理虽然语气平和，却严厉批评说："罚你本月奖金！再犯这样低级的错误，你就自动走人！"

罚掉150元奖金，肖娜并不在乎。她现在已不是过去那个手头总是拮据的人了。她有后盾，有人资助她。让她心气高傲的是，她并不是被人包养的二奶，虽然她和钻石王老五关朝晖，现在还没谈婚论嫁，可是她和关朝晖的关系已然明确，两个人也已有了性接触，用肖娜的话讲，已是事实上的夫妻。背后有个有钱的未婚夫，她还害怕老板炒她鱿鱼？她在内心里，对池经理威胁的话，嗤之以鼻。但她没有表露出来。现在她毕竟暂时还屈居池山老板的屋檐下。

当晚，肖娜和关朝晖在酒吧相会，向心上人表白说："——我无时无刻不在想你，今天正给你发短信，让我们老板撞见了，要炒我鱿鱼。"

关朝晖显然很在意肖娜这句话，非常关切地说："可别因为这个，把工作丢了，不值得。"

关朝晖居然不懂:工作诚可贵,爱情价更高!肖娜一时无语,稍有不悦。关朝晖即刻有所察觉,赶忙以一句玩笑话,巧妙掩饰过去:"两情若是久长时,又岂在手机短信?"

肖娜这才露出笑模样。肤浅的女人一哄就乐了。肖娜撒娇说:"人家就是想你吗!"

肖娜说着抓起关朝晖放在桌面的手,俯首亲了一口。

肖娜这亲昵的一吻,嘴唇碰到了关朝晖套在中指上的那枚硕大的钻石戒指。她含情脉脉,望定关朝晖说:"朝晖,我现在恨不得马上嫁给你!做你贤内助,帮你把咱们自己的公司干飞它!"

关朝晖眼睛一亮,迎合的双手拢住肖娜的小手,攥得紧紧的,热切地问:"肖娜,你真这么想吗!"

肖娜情意绵绵,凝视着对方,深深地点点头。

关朝晖满意地笑了。他又沉吟起来,像是在思考什么。他用吸管啜饮着冷饮,半响才说:"肖娜,你确实能帮我把公司搞火!你想,他池山除了年轻而外,哪儿比我强?只是他做得比我早,资金也比我厚;有钱铺路,发展就快,路就越走越宽!现在,他的市场信誉高了,做什么都顺手,把事业做大当然没问题。我起步晚,投入又少,在供货商这一块,就根本没有竞争力,销售也拉不到大客户。一切都很难哪!比如,人家在电视台打个广告,我们只能在电台报纸零星做点广告。人家是良性循环,我是举步维艰!"

肖娜第一次听关朝晖这么有条有理地跟她谈业务上的事儿。以前他们只谈风月,她还没发现关朝晖也很有韬略。关朝晖对池山的发迹很清楚,对池山公司的运作也似乎熟悉。这人了不得,深藏不露。看来,他认同我能帮他把公司搞火,好像对我早有期待。肖娜顺势试探说:"那我现在就辞了工作,来你身边帮你!给你管账。我可以保证,做账我是行家里手,肯定滴水不漏。"

关朝晖并不是缺个和他密切配合会做假账的会计,他不惜时间、精力和金钱,缠住池山公司的肖娜,虚与委蛇,可不是为了挖走肖娜,而是物色个卧底!他需要的是同行的商业机密!他的小公司要与大公司抗衡,就得做些小动作。巧妙探得池山公司的各类资源,并为我所用,神不知鬼不觉地掏空它!

关朝晖亲昵地抚摸着肖娜的手,故作感动地说:"肖娜,我们仿佛是今生有约,上帝把你送给我,就是要助我发达!我相信你的能力,就像相信你的爱情一样,坚定不移。我们的公司一定会腾飞!"他不说是否同意肖娜辞掉旧主、加盟到他的阵营来,而是先把志同道合的热烈情绪,调动起来,说得激昂慷慨,声情并茂,感染对方。关朝晖兴奋地频频举杯,到后来把肖娜都灌吐了,两个酒醉的人,恨不得把餐桌当床相拥云雨。当众过分亲热毕竟不妥,二人心领神会,就走出酒吧,急不可待地就近寻了家小旅店。

## 3

把省电视台"乡音"栏目的广告代理拿下之后,李薇的公司更忙了,李薇不肯增加员工,已有的员工工作量增加不少。虽然李薇不同程度地分别都给属下提高了奖金,但是大家毕竟很辛苦。特别是朱悦,既是副总又是李薇的好友,自然更要多付出。

她每天总是忙到晚上八、九点钟，才回她的女子公寓休息。自从上回朱悦在李薇那里过夜，差点没遇见前去幽会的池山，李薇就谨慎多了，不管多高兴，也不敢把朱悦邀到她住处过夜了。朱悦当然也不想妨碍李薇的隐私，晚上连电话都轻易不打过去。

这天晚上，朱悦埋头工作，太投入了，在电脑上起草广告创意文案。她离开写字楼时，都晚上十点钟了。当她乘坐的出租车停在女子公寓楼下时，朱悦隔着车窗看见了池山公司的肖娜，跟一个男人走进一家小旅店。朱悦立刻认定他们是开房幽会。这个老大姑娘也有情人了！朱悦不由心惊肉跳，好像是自己跟野男人钻进小旅店了似的。这世界怎么了？朱悦颇为惶惑。李薇租房留宿情人，而那个送上门的情人竟是她朱悦暗恋的池山！也许人生真如戏。朱悦躺在二层铺上，一时难以入眠。写字楼里的年轻人都没了规则，只有她还循规蹈矩。为了拿下电视栏目广告代理权，李薇恨不得让她朱悦当三陪！肖娜跟那个男人夜宿小旅店，偷鸡摸狗又是为了什么呢？朱悦想起曾亲眼看到一向拮据、节俭的肖娜在卓展购物！原来如此，肖娜当时在手机里谎称出差在外地，现在看来，她花男人的钱也不光明磊落。她曾警惕肖娜，还急着想告诫池山呢。真是瞎操心！

朱悦正翻来覆去想着她无意间所发现的这些隐私，觉得写字楼里的人都是假面人，好像天天都在上演假面舞会。突然门响了，摸黑儿进来的是比她还晚归的下床小玲，小玲最近总受骗，相继应聘三家饭店当服务员，都是在试用期未满就被解雇，所以拿不到工钱，白出力干活。据说这正是一些不法店主使用人的损招。

小玲这些天总是回来很晚，但每次她都躲不过去公寓老板娘，跟屁股后追讨房租。小玲肯定是因为欠着房租，特地晚回来的。今晚倒是没听见老板娘冲她讨租的声音。也许老板娘出去打麻将了。

小玲在朱悦的下铺弄出窸窸窣窣的声响，好像是翻弄床上的包裹找什么东西，又像是在数钞票。不多会儿，小玲冷不丁起来了，光着脚下地打开墙上的电灯开关。只有20度的日光灯亮得有点发贼，朱悦听小玲自言自语的嘟囔声："真缺德！臭男人不得好死！"

朱悦不知道小玲在骂谁，悄悄睁开眼睛，灯光有点刺眼，只见小玲站在地当间儿反复对着灯光仔细辨认手里的一张百元大票。"该死，真是假的。"她发现那是一张假钞，正为上当受骗而气恼。

朱悦翻了个身，故意把上铺弄出一点声响，提醒小玲，尔后才探头问道："小玲，怎么了？半夜三更的你开灯干什么？"

小玲以为大家都在梦乡，上铺翻身的响动她也没在意，朱悦突然的问话吓了她一跳。她马上镇定说："没什么，我看看这钱是不是假钱。"她把手中的一张百元大票递过来，"朱姐，你给我看看。"

朱悦接过钱也像适才小玲那样冲灯光照照，然后又用手细心摸摸钞票的质感，很肯定地说："是假钞！"

小玲掩饰不住被羞辱的愤怒，忍不住脱口又骂了一句："让他全身都烂，不得好死！"她马上又补充一句："明天我就找他算账！是我们老板夹在我工资里的。"

朱悦没再说什么，把身子翻向床里，装作事不关己、困极了只想睡的样子。

这个小玲也是外县来的，因为长得不漂亮，一直在省城小饭店里做面案活。她说老板发工资夹了假钱也不是不可能，黑心的老板啥事都干得出来。不过，朱悦觉得从小玲的骂人话和表情来分析，她这钱好像不是好来路。小玲最近总是回来很晚，嘴里嚼着口香糖，也能闻到她带进来的酒气。莫不是她也在做那种勾当？想到这里，朱悦不禁有点膈应小玲睡她下铺，上下铺这么近距离接触，她可别把什么细菌带回来满屋挥发啊！朱悦又悄悄翻过身来，轻轻伸胳臂够着她床头那扇窗子，无声无息地把窗户开了个小缝儿。

这一夜，朱悦几乎一点儿没睡，她一直闭着眼睛躺着，却翻来覆去想事情。想的都是她来省城后所接触的女孩子们的事。写字楼里的，女子公寓里的，这些漂泊在城市的女孩子让她费思量。一些事，尽管是发生在别人身上，也让她心神不安。她心性善良、温和、软弱，一件件让她深感意外的事，令她细思极恐，她对人生不由悲观起来。

早晨五点多钟，朱悦才迷迷糊糊有了睡意，又被室友出出进进的声音弄醒了，睁眼一看，快八点了！她忙起床洗漱，穿衣出去，在公寓附近的小食摊解决了早餐，在公交车上又补了补妆。待到走进写字楼时，她的精神，仿佛经过热身有些振奋了。上电梯的时候，她不由自主地拢拢头发，再次振作一下，但她还是出了点小差错：她上了单号电梯。上到17楼还得爬一层到18楼。她想，休息不好真是不行；她告诫自己，今天工作一定要格外小心，别出什么错。

电梯在九楼停下来开合的那一瞬间，朱悦瞥见肖娜在对着电梯的走廊匆匆而过。她从未发现肖娜的步态，那么精神抖擞。她那明显的翘臀，挺性感。朱悦不禁想到，她从书中看到过关于男人都喜欢风骚女人的说法。也许是这样吧。肖娜、李薇，全与男人有染，还都无事一样地装淑女！唉，说不上哪一天自己也会去找个男人。朱悦想到这里，心里不禁打个寒噤，自己怎么突然冒出这个念头，太可怕了！

电梯上到了17楼，朱悦才从胡思乱想中回过神来。

4

走进办公室，朱悦发现李薇居然没有像平素那样，早已坐在她的老板椅上。这个时候，她总是在阅读报纸或文案材料，桌上放一个喝光了的牛奶包装纸盒。这是她每日的晨课，天天如此，雷打不动。可今天怎么，难道生病了？生病她会打来电话布置工作，特别是会给朱悦说些必办的事，叮咛嘱咐一番。这是她自己的公司，她不在指挥的位置上，就什么都不放心。即便是最得意的助手朱悦，她也不会全放手。

又过了半个小时，还不见李薇的到来，也没有电话打来。朱悦这才打过去电话，李薇手机关机。李薇突然在公司员工的视听中消失了！五名员工全围在副总朱悦的办公桌前，十分关心他们的老板到底出什么事了。有人不无担心地猜测：李总一个人独居，会不会发生煤气泄漏什么的？有人心里还生出更可怕的猜想：是不是遭遇入室抢劫被杀害？这样的猜想是不忍说出口的。大家面面相觑，担心着李薇。

朱悦毕竟比其他人沉着，安抚说："李总不会有事的，大家工作吧。我去李总住处看看，有什么事，我会及时通知大家。"

朱悦打车很快来到李薇的楼前。她下车先抬头望望楼上李薇的窗户——窗帘没有拉开。朱悦不禁心里咯噔下，犹豫不决地来到电控门前，按了门铃，没有回应，她又按了，还是没有回应。怎么办？朱悦一时不知如何是好，她又打李薇房间的固定电话，还是忙音；再打手机，仍然关机。一定出事了！朱悦惊恐不已，先给公司其他同事打了个电话，然后就拨110报警！

警察用特殊工具打开了李薇的防盗门，富有经验的警员进屋之后，先打开所有的门窗，同时警察来到厨房察看煤气开关。开关关闭着，没有泄漏。查看卫生间，里面也没有燃气热水器。在卧室里勘查的警察，看到半裸的李薇横卧在宽大的床上，床头柜上固定电话的听筒摘了下来，垂在床边，显然她试图打电话，但力不从心，于是昏迷过去。李薇身上并没有明显外伤，也不见血迹，警察用手一试，李薇鼻翼还有呼吸。警察立刻打120呼叫救护车，同时采取了急救措施。

救护车把李薇送到医院紧急抢救。李薇得的是轻微脑出血，幸而发现、抢救及时，不然后果不堪设想。像李薇这样年仅二十几岁的脑出血急患，是比较少见的。

李薇需住院治疗一段时间，公司里的事就全靠朱悦打理了。

朱悦全力以赴，忙得不亦乐乎。就是再忙，她每天也必抽出一早一晚的时间，去医院看看李薇，汇报一下当天的情况。人家毕竟是老板，不能因为信任就拿自己不当外人。朱悦每天都给李薇病房里,换上一朵新鲜的康乃馨,让李薇很感动。更让李薇感激不尽的是,朱悦在关键时刻,替她撑住了公司,保证公司正常运作,真是帮了她大忙。李薇含着感激的眼泪,握着朱悦的手,表示等她出院之后,好好谢谢朱悦,给她提薪。朱悦微微一笑,劝道:"别想太多,好好养病,早点出院比什么都好。"

见朱悦不望感激,不图回报,李薇对朱悦更是感激不尽,心底更想报答。李薇心中有数,来日方长,她绝不会亏待朱悦。她要让朱悦买上新房,跟她同步开上自己的小车!

李薇自信这个目标,一定能够达到的。三年前她起步的时候,靠的是无法与人言说的屈辱、牺牲和辛酸。女孩子独闯天下太难了。她在认识、依靠上池山之前,就跟一个有权有势的老家伙做过权色交易。有了池山,她才在情感上找回自己,不再自弃,并在奋斗中有了勇气和信心,开创了新局面。她内心里很感激池山。池山和那些老色鬼们,截然不同,他即便对她没多少真爱,至少他们彼此需要,在一起时都很愉悦。就是池山不资助她,不帮她什么忙,她也会跟他好的。不管将来他们如何结束,至少拥有过跟自己喜欢的男人在一起的快乐时光。这就让她不后悔。李薇有了池山之后,就再没有在利益驱动下上别的男人的床,哪怕年轻一点的男人,她都没有动摇过。她倒不是为了池山而拒绝他人,她是为自己而拒绝应当拒绝的。即便私情也要有操守,这就是她的原则。现在,她的私生活里除了池山,就是朱悦了,私下里她把朱悦已经认作好妹妹,她要对朱悦负责,帮她致富。不让她在滚滚红尘中遭受伤害,特别是她所遭受过的那种无法与人诉说的伤害。她要为朱悦铺平道路,让她一生走好。

朱悦离开病房之后,李薇不由深深地吻了吻花瓶里新换上的康乃馨。她心底赞美道:"朱悦,你就是一朵含苞欲放的花。"

护士把输液针头扎进李薇手背上的血管,开始给她输液。这是一个晴朗的早晨,晨光充满了白色病房。李薇心情舒畅,她塞上耳塞听音乐。她喜欢苏芮和蔡琴的歌,这和她的年龄不大相近。实际上,她也真没有什么可怀旧的,从前的路不好走,但是毕竟很短,而且已经走过来了。她正听得如醉如痴,见邻床病友指指她床头,提醒她放在床头的手机响了。

李薇摘下耳塞,接听电话,是池山打来的。他终于知道她住院了。他说晚上他来医院看她,问她想吃什么?她突然觉得心里有点酸楚,眼睛立刻有些湿润。她忘了旁边还有病友,撒娇说:"想吃你。"

当晚八点钟,池山再次打来电话,先问他这个时候去看望她方便不。这句看似多余的问话,让李薇清醒感到他们只是情人关系,如果是恋爱关系,还用怕人吗?她不由暗自神伤。那么,他怕遇见的肯定是朱悦。此外他并不认识具象公司别的员工,李薇熟人里也没有认识池山的。他为什么怕见朱悦?是因为他们两个背着朱悦,把朱悦"过"给她了。池山对朱悦这么好的员工,肯定心有不舍。现在,她和朱悦情同姐妹,也该告诉她真相了。

李薇认为,池山不想公开他们的感情关系,一是他可能另有更中意的人,二是他不想把他们的关系升格。他留余地,是不想从一而终吧。这本来在他们一开始,李薇也不在乎这个。可是这时候,她却感到心里不大舒服。她突然病倒,在这个几百万人口的都市，举目无亲，她需要温暖需要爱，她对他有了更高的期望。她希望他们是情深意长的恋人，她希望让医务人员和同室病友都能看到，她有人爱着、有人关怀。而且，她的恋人是年轻英俊的成功者。她希望池山西装革履、手捧鲜花出现在病房里，吸引大家羡慕的目光。

果然，池山西服领带，一手捧着鲜花，一手拎着水果篮，一进病房就令满室生辉。李薇的虚荣心，得到了意想不到的满足。她笑得非常灿烂！一个女人即使事业获得巨大成功也未必这么开心，看来对于李薇来说，虚荣和感情重于一切！此刻李薇觉得非常幸福，她这三年来，开始不顺，大受磨难，可后来好事连连，大都梦想成真。这都是因为有了池山！他是她的恩人、贵人和情人，她觉得也许他们今生有约，她可能从此离不开他了，哪怕只做情人，他也是她的唯一。

病友们投来艳羡目光。李薇向大家介绍说："这是我男朋友。"池山很得体地向大家微笑。

李薇瞅着那一捧姹紫嫣红的鲜花，喜不自胜，她赶紧把花瓶里的康乃馨换掉，把池山的那束鲜花，小心翼翼地放进去，剩余几支不知如何处置，病友建议她先放水盆里。池山主动拿过水盆，去卫生间接水。

卫生间里的灯坏了，他又有点近视，水龙头放急了点，溅了他外衣许多水。池山端着半盆清水从卫生间出来一转身，碰着了一位女士，水差点儿溅了人家身上，他刚要道歉，抬眼一看，不由一怔，朱悦手拎笔记本电脑皮包，站在他面前。

"哟，池经理——"朱悦在医院里见到池山，其实并不怎么惊奇,她在李薇住处留宿的那天晚上,无意间知道了他和李薇的关系,但他和李薇却还以为蒙蔽着她呢,真正蒙在鼓里的是他们。朱悦明知池山是来看李薇的,可她还得装不知道,"池经理,是来看望病人的吗?我也是来看病人,看我们经理。"

池山并没有慌,他确实不希望在李薇面前与朱悦相见。他有种撞到枪口上的感觉,他笑了一下,他肯定自己笑得不自然,大概很难看。幸好他立刻镇定,保持既往居高临下的姿态,泰然自若地说:"我也是来看你们经理李薇的,我们很早就认识。我知道你现在在她那里高就。"

在三个人没有面对面挑明的时候,朱悦和池山单独对话,这是一个窥探和进攻的机会,朱悦含蓄一笑,凝视池山说:"其实,我也知道你是知道的,只是我不明白,大家都这么熟,为什么捉迷藏呢?"

池山被朱悦说得好不自在,就像被人撕下假面具一样尴尬,不过,他还算镇静,他想自己和李薇的事,她又能知道多少。李薇不可能告诉她什么,她是自作聪明,瞎猜测。池山装不懂:"什么捉迷藏?你到李薇公司做副经理不是很好吗?我还能不支持?你认识李薇,我也认识李薇,而且比你早。世界真是很小。"

到底是有城府的人,朱悦很佩服池山。不过她不明白,池山和李薇都是单身,两个人谈恋爱也好,同居也罢,碍不着谁的事,干吗要隐瞒,搞得特神秘?

朱悦感到从池山这里,她是探不出虚实的。还是三个人见面后,看看李薇作何解释吧。

朱悦和池山一道进了病房。朱悦发现李薇见了他们略显惊讶,突兀地问:"你们怎么碰见的?"话一出口,可能觉得不妥,马上面向池山装模作样说:"池总,本来挖了你的得力员工,我还一直瞒着你,挺不够意思。朱悦现在在我公司任副经理,你不会感到意外吧?"她又转向朱悦说:"你还不知道吧,我和池经理早就有业务联系,也算是老朋友了。再说,我们两家公司还同在一座写字楼——不过,我们具象公司可在最高层18楼!人往高处走嘛,朱悦跳槽也是情理之中。"李薇试图以玩笑口吻化解局面。

朱悦心知肚明,她倒没什么。池山确实有些意外,笑了笑,也没说什么。好像真正尴尬的只是她李薇。

朱悦不明白,既然都已经撞见了,她又和李薇是很好的朋友,对池山也不陌生,她就此把事情挑明了,不是更好吗?以后大家也好相处,省得还藏着掖着的,多别扭啊。再说,这也不是李薇做事的风格啊。他们怎么了?当今社会同居也没什么丢人的,两相情愿,又不是偷鸡摸狗,没必要背着她吧?朱悦觉得像现在这样装糊涂,挺别扭,缺乏真诚,没什么意思。她应酬一会儿就借故先走了。

5

电视台"乡音"栏目制片人关宏突然登门拜访,让朱悦有点紧张;李薇不在,她只好出面接待。

"关老师,您请坐。您喝点什么?饮料还是纯净水?"朱悦笑容可掬地问道。待关宏坐下来,她才与关宏并排坐在长沙发上,没回到办公老板椅上去坐。会见电视制片人绝不可以居高临下。

关宏要了纯净水。朱悦没有让办事员倒水,而是亲自给关宏接了一杯水,轻轻放到关宏面前。

"李经理不在,有个事,我不知朱副经理能不能做主?"关宏果然无事不登三宝殿,开门见山地说。

朱悦知道自己的副经理头衔,只是为对外开展业务虚设的,实际她就是给李薇打下手,不过是比其他员工待遇高点。具象广告公司是人家李薇个人的,当然什么事都得李薇拍板,她无权做主。可是为了维护公司的整体形象,她又不能事事都立即打电话请示老板李薇,谁也不愿跟一个无足轻重的人打交道。她毫不迟疑地说:"李经理住院期间一切由我全权处理,有什么事您尽管说。我可以做主。"

关宏见朱悦态度很明确,说话办事爽快,而那天晚上她的一曲《暗香》犹在耳边,既可以柔情似水,轻歌一曲;在职场中又如此果断敢为!他心里不禁很钦佩。

"我们'乡音'栏目,要搞个大型有奖竞猜活动。想请你们公司独家赞助,出钱和实物奖品都可以。"关宏说出了此次登门拜访的目的。

朱悦心里咯噔一下,她知道赞助电视台栏目可不是万八千的事,至少也得十万八万,但是公司不久前从人家那里拿到栏目广告代理权,干得好的话一年也能赚个二三百万,除了应给的回扣,再出点血也是情理之中的事,现在都讲双赢嘛。谁只用肉包子打狗?都是用诱饵钓鱼。朱悦觉得就是李薇在家,也不能拒绝,也不敢拒绝——人家放你一条财路,回头打这财路上捡点,你不认账?那就有你的账可算了。朱悦坚定地说:"我们出赞助。没问题！关老师您看钱需要多少？奖品出高级化妆品行不？"她之所以说到化妆品，是想到了池山的公司，她从池山公司的客户那里拉了一些化妆品广告，对方还都欠着广告费，不如来个"补偿贸易"，让他们还产品，然后转给关宏，一下子把两边都摆平，两全其美，而且这样对具象公司既省事又有利。

关宏一看具象公司这么开事儿，朱悦副经理办事这么干脆，想必她说了算，他就拿出事先准备好的合同书，请朱经理过目。"咱们就现场办公吧，彼此都很忙，讲点效率。这是一式三份，填上就成。"

朱悦拿过合同书，看得从容仔细，看后，她略微沉吟一下，就在赞助数额一栏里"实物奖品合计金额"上面添了4万元，在"现金或转账"一栏添了1万。如此一来对具象公司的流动资金没有大消耗。她这样做看似出手不凡，实则是一锤定音，避免对方加码。而关宏也基本认可这个赞助数额，双方一拍即合，办事效率实在很高。

关宏手下的人跑了好几天，跟多个企业、商家谈了好多次，也没落实下来多少。活动已经开始，赞助必须到位。他早就留一手，具象公司是他的底牌。果然不出所料，他亲自出马，一举成功！如此一来，不知底细的下属们自然会高看他，威信和权威在关键时候，就是要大树特树。关宏不禁很得意。他一看表快十一点了，就起身主动说：朱经理，为我们合作愉快，中午我请你吃饭！"

"关老师，您到我们公司来了，您是客人，我请您！"

"不,我做东,诚心诚意的。我的车就在写字楼停车场,我们走吧。"

"恭敬不如从命。对不起,请您先下楼在一楼大厅稍等,我处理点事,随后就到。"

关宏在写字楼一楼大厅里刚吸完一支烟,就见朱悦换了一身色彩淡雅的飘逸裙衫款款向他走来。关宏觉得这小女子很有品位,懂得尊重人,还挺讲究礼节,刚才在办公室是职业装,职业装严肃了点,不大适宜赴宴吃请,现在这身装束蛮不错,让人赏心悦目。和这样善解人意的女孩共进午餐心情能不愉快吗?

上了关宏的"子弹头"车,朱悦有一种要远行的感觉,她这是第一次跟一个男人单独出去吃饭。她不知道这意味着什么。反正总得有第一次。车里的音响很棒,沙宝亮的《暗香》飘起来,这是关宏有意无意特地为她选放的。关宏讨好漂亮女孩总是挺含蓄的,一点儿不俗气,更不直接献殷勤。今天请朱悦吃饭真被她真诚和爽快所感动,觉得朱悦对他们"乡音"栏目给予了很大的支持,应当对她表示一下谢意。

关宏把车开上大道,就征求朱悦说:"朱经理,我们去乐府大酒店西餐厅怎么样?那里的俄式西餐、法式西餐都很地道,还有钢琴伴奏背景音乐。"

朱悦到李薇的具象广告公司以来,在业务往来中虽然也常有饭局,但没有去过高档饭店,更没有吃过西餐。她倒是吃过几回麦当劳,那只是西式快餐,算不上真正的西餐。朱悦没去过乐府大酒店,说心里话她有点胆怯,吃西餐刀叉的摆放都很有讲究，若在关宏面前显出土气、出了洋相，丢份儿不说，也让关宏小瞧具象公司啊！公司堂堂副经理连西餐都没尝过，人家怎么看具象？但无论如何不能在关宏面前露怯，婉言谢绝建议去吃别的？她对川鲁粤菜生猛海鲜什么的也不在行啊，不是照样容易出丑吗？再说了，按常理也是客随主便，不然也太拿自己不当外人了，也不礼貌。朱悦决定去见识见识正宗的西餐，有什么了不起！到时候留心观察关宏怎么动刀叉，现学也来得及，不信就应付不了这么一顿西餐！"好吧，就吃西餐。"朱悦微笑说。关宏便把"子弹头"拐向人民大街一直朝北驰去。

  关宏好像认识乐府西餐厅的经理，经理对他很客气。朱悦忽然想起"乡音"栏目有一期访谈，背景正是这里的景象。服务员把印制精美的菜谱，拿给朱悦和关宏各一份，请他们点菜。吃西餐就是要各自点个人的。没想到刚坐下来，就面临一个小考，好在站在身边的服务员很殷勤，不失时机地为朱悦推荐。朱悦当然考虑价格，至于口味她完全不在乎。她要了法式牛排、水果沙拉、面包、红酒、加奶咖啡。餐巾是服务员代劳挂在胸前，刀叉勺也是事先摆好位置，她注意到坐在对面的关宏左手操刀右手使叉，她如法操作，原来如此简单。朱悦心里放松了，这才注意到这里确实很有格调，只是大厅里的那架钢琴无人弹奏，她望了一眼，有些遗憾。关宏似乎看出她的心思，放下酒杯，微笑着低声对朱悦说："想听音乐么？琴师大概没有来，不过我可以试试，为你弹奏一曲贝多芬的《致爱丽丝》。"关宏站起身朝吧台走去，他和吧台服务员也似乎很熟，取得同意之后，关宏从容不迫地走到钢琴跟前，转身向朱悦回眸一笑，然后坐到琴凳上，挺直上身，伸出双手，优美地弹奏起来。美妙琴声有如泉水叮咚，十分悦耳动听。

朱悦虽然不会弹钢琴，但是她喜欢音乐爱好唱歌，对中外名曲也有些了解，她知道贝多芬最有名的音乐作品是《命运交响曲》。她还真不知道恢宏大气的贝多芬还有这样一首《致爱丽丝》钢琴曲，她细心聆听，觉得这似乎是一首抒写爱情的曲子。实际上，关宏弹得不是很专业，演奏技巧比较简单。但是在朱悦听来，已经很有范儿了。她感觉电视台的人，大都多才多艺。

关宏弹完曲子，朱悦站起来鼓掌。整个大厅，就她一个人鼓掌，却一点都不尴尬，反而显得既很有个性又很浪漫，并且一下子吸引了在座客人们的目光，让大家恍然大悟似的，也鼓起掌来。大家以为他们是一对情侣，掌声是对他们由衷的赞许和祝福。服务员小姐还送来了一朵红玫瑰，插在餐桌的花瓶里。这一切都让朱悦感动，她从未来过这么高雅的场所，而且长这么大还是第一次吃西餐，她感激关宏，觉得这个男人很有情调，跟他在一起很高兴，心情愉快。她不由在心里拿关宏和池山做比较，池山的冷漠、呆板，还有他的虚伪，在关宏的细腻、含蓄和浪漫面前，立判高下。关宏让朱悦感觉到的是全新的别样风景！她暗恋池山的隐忍和自卑，以及后来的主动放弃和撤离，特别是在发现了李薇的私情之后，朱悦在这段人生历练上，有了新的认知。先前的痴迷和怯懦，随风淡淡而去。她有勇气面对复杂多变的生活道路，至于如何前行，她认为自己会走好的。

## 第三章

1

李薇出院之后，第一件事就是亲自查账，细致地问了财会赞助电视台"乡音"栏目的款项，并过目了所有折价化妆品的单据，但是没有看出什么漏洞来。

李薇有点不放心朱悦。朱悦怎么能够在她住院期间，自作主张先斩后奏，给关宏甩出五万元赞助！虽然第二天一早，朱悦就跑到医院向她做了汇报、解释了，当时她表面上夸朱悦办事果断，但内心却有点不满，还隐隐产生了防范意识。当时她之所以丝毫没责怪朱悦，一是怕自己为此事生气伤神对恢复脑血管健康不利；二是怕打草惊蛇，姑且让朱悦充分表演，看她还要做些什么！她虽然没有发现朱悦有什么图谋不轨，可她已经不能像过去那么信任朱悦了。

"乡音"电视栏目有奖竞猜活动正式启动了，栏目片头打出了"具象广告公司独家赞助"字样。由于"乡音"节目收视率一路攀升，许多商家和企业纷纷与栏目广告代理——具象广告公司，商谈在"乡音"栏目投放商品广告。具象公司空前忙碌起来，最忙的是朱悦。她非常兴奋，早来晚走，兢兢业业，为公司的兴旺不辞辛苦。她还借助关宏的关系，认识了当初为具象公司与"乡音"栏目牵线搭桥的电视台刘江主任。她和刘主任很轻松地就谈妥了借用政教部不时闲置的摄像器材，为具象公司独立制作电视广告片！仅这一项新业务，就能给公司赚来可观的收入。公司有了如此可喜的发展,李薇本应当高兴,重赏朱悦这么能干的助手,可是李薇却越发防备朱悦了。功高盖主,让她心生不快。她认为朱悦毕竟是给她打工的,什么事都敢自作主张,还多次单独宴请关宏和刘江,是不是有点忘乎所以、喧宾夺主啊?特别是朱悦与刘江的接触,让李薇非常反感。刘江是李薇先认识的,当初刘江很明显是垂涎李薇的美色,才握着她的小手,色眯眯地盯着她的眼睛说:"小薇妹妹的事,就是你刘大哥的事。肯定拿下。"这个刘江都五十八岁了,完全可以做她的父亲,却硬装年轻和她哥妹相称,他图的是啥还不清楚吗!李薇也会投其所好,顺水推舟,不久就半推半就地跟刘江上了床,之后就通过刘江牵线搭桥拿下"乡音"栏目的广告代理!现在朱悦后来居上,不仅跟关宏搞得火热,还和刘江套上瓷儿了,她到底要干什么?李薇心里很不安。

　　李薇把朱悦叫到办公室的里间,故意先不理睬朱悦,慢条斯理地清理着案头,让朱悦站在她的办公桌前等她发话。应当让她意识到她在具象公司的位置!她跟这里别的员工没什么区别,也是应当站着跟老板说话的人。什么朱副经理,狗屁!

　　朱悦以为李薇还像从前那样,急于交办她什么紧要的事。李薇从容不迫,半天不发话。当然,她不知道李薇的心思,问道:"微姐,叫我什么事?我马上得去电视台看片,关于乐乐酸奶的那个广告片,我有点新想法……"

　　"你不用去了。"李薇打断说,"你毕竟是外行,不要去人家电视台那儿,指手画脚。"李薇这种明显带有批评味道的说话态度,让朱悦感到挺突然。过去李薇从来没有跟她这样毫不客气地说话。朱悦不知自己什么地方做错了,她愣怔地瞅着李薇,一时无言以对,显得特别尴尬。

李薇故意轻描淡写地说:"朱悦,我想把你的工作调整一下,我们外边的债务需要个得力的人去追讨!你去最合适。没什么困难吧?"

李薇半商量半决断的口气,让朱悦先是惊讶,尔后脑子就快速地转动起来——李薇自出院以后,对她的态度明显有所改变,不像以前那么亲密无间了。是不是有人在李薇面前说她朱悦的坏话了?她也没做错什么哪?李薇不在公司期间,她朱悦掌门,一切运作都有条有理,还开拓了新业务,至于自作主张答应关宏的栏目赞助,也是从公司的利益出发才决定的,而且事后到医院汇报,她不是还夸奖我做事果断么?事实证明五万元的投入,换来了更大的效益。这她不是不清楚!想来想去,她一心朴实地给李薇卖命,换来的竟是卸磨杀驴!朱悦恍然醒悟了,李薇并不真心欣赏她的能力,只是利用她,而且是限制利用。看出来了,李薇怕她朱悦借助具象公司成熟起来,不想让自己介入李薇的社会资源,她要独享具象公司的社会资源。现在具象羽翼渐丰,李薇不需要她共同打拼天下了。朱悦心凉了,才几个月,李薇就从招贤纳士坠入武大郎开店的狭隘境地!个体老板也嫉贤妒能啊。朱悦觉得一盆冷水冷却了她的狂热,当初满腔热忱投奔李薇,以为在她这里可以释放潜能,大展宏图,与具象公司共享发展,还庆幸终于找到了自己的人生目标!真是一场白日梦!再联想到,李薇把她招进具象公司的前前后后,她感到自己简直是被玩弄了!李薇和池山两个狗男女,背地算计了她！以朱悦的率性，她本应立刻揭穿李薇，然后拂袖而去。白替她卖命了，自己一无所获不说，地位还下去了，被贬为到处讨债的外勤人员！这一切不公平的对待，所为何来？朱悦愤怒了，但没有表现出来，神情格外平静，心里却在斟酌如何应对这个局面。她不能就这么屈服，不能白白付出，便宜了恩将仇报的李薇！她不能像那些乡下打工妹，无助地忍受老板的欺骗和剥削！她也不会像秋菊似的，讨什么说法，她要不露声色，打算和李薇斗下去！

朱悦理清思绪，有了从容应对的精神准备，她便想到此刻，她如果逆来顺受，毫无怨言地接受李薇的调动，李薇会觉出她朱悦很有城府，日后指不定怎么防她呢。还是表现出直率好，朱悦装作惊讶的样子问李薇："薇姐，我干得正起劲呢，怎么调我去要账？我没做什么不利于公司的事呀？我也更没做什么对不起你的事。你这不是降职使用吗？不让我当你的副手了？"

李薇笑了，装作很亲昵地说："傻妹妹，我还不知道你的能力吗？好钢就是要用在刀刃上，这是我一贯的用人原则。你说，咱公司讨债这活谁能胜任？再说，你仍然是副经理呀。经理亲自出马讨债，才有力度嘛！朱悦——"她故意压低点声音，"讨债不白讨，给你百分之二十的回扣！弄好了你能快速致富！你不是一直想自己租房吗？我是想让你赚点快钱！我能给你亏吃吗？"

朱悦对具象公司一些外债是有所了解的，欠债户有的已经在人间蒸发，有的陷入三角债的怪圈，跑断腿你也理不出头绪来。明显这是一桩费力不讨好的苦差，李薇还蒙她呢！

朱悦只好装天真："微姐，真的？那我干！"

李薇见朱悦这么好糊弄，心中不由暗喜，总算既不伤和气又把朱悦的手脚捆住了。她看不得这个小能人儿，在她身边呼风唤雨。

朱悦出了李薇的办公室，回到自己的办公桌前，沏了一杯绿茶，拿着李薇给她的欠账一览表，好像是在琢磨先向谁讨第一笔债。其实，她心里很清楚，欠她最多的就是这个自私狭隘的李薇！她就应当向她讨债。

2

卸掉了原来的一大摊子业务，朱悦心里突然觉得空落落的，整个身心好像被搁浅在荒滩的小舟。她的青春正待高扬风帆，却被雇主无情地抛弃了！这个挫折，几乎伤她元气。她是硬撑着，才没病倒。她每天仍然上班，但现在不用早来晚走了，不用加班加点了，不必眼观六路，四面出击，她没有了亢奋，不再充满信心和希望。她排解不了满腹强烈的失落感。短时间内，她难以振奋起精神。

朱悦自从走进这座象征白领阶层的写字楼，就没有在天黑之前回过公寓。可是现在，她没有理由不按时下班了。她独自走出高耸在繁华街区的写字楼，有一种不知往何处去的迷茫。她站在写字楼前，看着街头人来人往，觉得从未有过的孤苦伶仃。才一年多时间，她在省城闯世界，曾经的一片蓝天下，她脚踏实地，从零做起，一步一个脚印。遇见池山、李薇、肖娜，曾经让她暗恋、信任和疑虑。可是收获了什么，是失望、懊恼、憎恨！朱悦踽踽独行，走向写字楼的后街，那里有几家酒吧，她选择了渡口酒吧，渡口正符合她此刻迷茫的心境。

时间还早，酒吧里没有几个客人，她在幽暗的角落坐下来，只要了一瓶啤酒。服务生替他开启瓶盖，斟满酒杯，用手指熟练地揭开瓶盖里的软垫儿，有点夸张地向她报喜："小姐，你好运气，中奖了！"

朱悦心里苦笑道："我运气好吗？差不多是出师未捷身先死。中一瓶啤酒就是好运？"她看了一眼殷勤的服务生，从那职业的笑容看到了——谁活得都不容易。她体谅地一笑，说："谢谢！我只能喝一瓶，中奖的那瓶送给你了。"朱悦忽然想和这个男服务生玩点交际艺术，便说："作为回报，我不知道你能不能给我一支烟。"她突然想抽烟，就像那种历练风尘的女子，也幽幽地喷吐一回沧桑。

"当然，请稍等。"男服务生赶忙回吧台，取来那种细长的女士香烟，用打火机替她点着。

朱悦深深吸了一口，好一股薄荷味儿！她一下子就有了轻松的感觉。她举起杯喝了一大口啤酒，凉凉的，感觉也不错。她沉静了一会儿，忽然想，抽烟喝酒，对于纯真女孩可以说是不良行为。朱悦不由惊讶了，难道自己要学坏了？不，不会的。比起李薇、肖娜，她不是非常纯洁吗！她没有做过任何过格的事。她对心仪的人感情纯粹而高尚。她不近男色，从不胡来。她对友谊忠诚，待人真诚，没有欺骗过任何人。可是她却让人伤害得很重。她满腔的委屈无人诉说，此刻她很想找个人说说话。她忽然想到了肖娜。肖娜有她自己的私生活，肖娜到底是怎样的人，跟她朱悦没什么关系，既不想与她共事，又不想和她交朋友，只是找她作伴聊聊，在酒吧里消磨一会儿，有什么不可？一想到肖娜，朱悦感到有点对不住肖娜，就为了对池山的一片痴情，要把肖娜在卓展高消费一事，告诉池山，差点充当可耻的告密者！朱悦想起这件事，内心挺愧疚，其实，人太重私人感情，一不小心就容易伤到与己并无利害的人。她掏出手机，给肖娜打了个电话。她要请请肖娜，以此释去心中惭愧。这里的西餐也许不错。自从她跟关宏在乐府西餐厅品尝到西餐后，她就喜欢上西餐了。今晚正好，可以和肖娜一块吃顿西餐。

不到十分钟，肖娜如约而至。肖娜刚好在公司里处理完一批账目，加班的另两个女孩子也都耗在办公室里不走，就想等老板池山发话犒劳她们呢。可是池山被一个电话给叫走了，大家不免很失望，只好散去自行解决晚饭了。就在这时肖娜接到朱悦的邀请，真是及时雨。她就乐颠颠地来了。

朱悦在肖娜到来之前，就把那盒细长的女士香烟还给了服务生。她不想让肖娜看出她情绪有什么异样。她给肖娜也要了一瓶啤酒，又要了牛排、水果沙拉和红肠煎蛋。两个人很悠闲地边吃边聊，亲近得像闺蜜。

"朱悦，搞广告赚大钱了？没忘了姐妹们儿。我早就看出你是有情有义的人！"吃人嘴甜，肖娜乐呵呵地吃着，笑眯眯地夸着从前的女同事。

朱悦忍住了苦笑，答非所问："肖姐，公司里还那么忙吗？效益也不错吧？"

"给私企老板打工,哪有闲的时候!你也不是不知道,一个人都顶两三个人使。不过,池山还不算黑,月月放点奖金,有时还犒劳犒劳员工,请大伙吃顿饭啥的。"

"老板没一个好的!只不过表现不同而已。"朱悦对池山也已没有好印象,所以故意这么说。

"朱悦,你在广告公司干得不顺吧?如果想回这边来,我可以跟池经理说。"肖娜瞅着朱悦的眼睛,她感觉朱悦今儿突然请她吃西餐,是不是有什么事儿要求她呀。"你放心,池经理对你印象一直不错。你离开公司他真的挺惋惜,有回我们在一起吃饭,他还说起你呢。对了,你还有12天工资,在我那里呢,你哪天去取都行。很方便的,坐电梯就下来了,有空下来聊会儿也好啊,咋就再也不回公司了呢?"

朱悦想,当初离开池山的公司,虽然是出于感情的无奈,是忍痛割爱,内心却有依恋。对池山,对公司,她都深藏着爱恋。可是,现在只有愤懑!她要把别人设计给她的陷阱,成为反击的埋伏!

朱悦嘴上却说:"谢谢你,肖姐,也谢谢池经理。好马不吃回头草,但我不会忘记池山公司,有机会愿意和池老板合作!"

盘子里的菜肴几乎吃光了,她们俩确实都有点饿了。西餐不实惠,若不是喝了两瓶啤酒,餐后又喝的咖啡,估计回去都还得吃点零食。肖娜住在表姑家,不好领生人回去。朱悦的女子公寓也不是朋友相聚地方。离开了酒吧,她们都有点无家可归的凄凉感。两个人后悔没在酒吧里多坐会儿,这会儿又依依不舍,于是就在马路上边走边唠。聊着聊着就谈到爱情,肖娜就说到自己的网恋。她说开始自己有点担心受骗,后来越和关朝晖接触越觉得他这人挺可靠的。他也有自己的公司,年龄也不大,还没结过婚,这条件不容易遇,她很快就坠入情网。朱悦并没有追问她什么,她就坦白了两个人之间该发生的都发生了。她讲到因为自己住在表姑家,表姑家境又很一般,她和关朝晖还没到谈婚论嫁的时候,所以不大好把关朝晖领到表姑家做客。她和关朝晖经常到小饭店吃饭,两个人想亲热就找个小旅店办事,也不怕老板娘误会他们是卖淫嫖娼。关上二人间的小门儿,就是他们温暖的爱巢!

　　肖娜生活的奇遇,让朱悦感到有点新奇。她知道这是可遇而不可求的,她的命不好,遇不到这样的人,连可以信赖的同性朋友都遇不到!想到这里她情绪就又消沉了。不再饶有兴趣地听肖娜抑制不住的讲述,便打了个哈欠说有些累了,想早点回公寓休息,两个人就挥手告别了。等肖娜消失在路口,朱悦就向一家网吧走去。她心里有种难耐的落寞。

## 3

　　最初几天,朱悦强迫自己在李薇面前不表现出情绪不佳来,可是她憔悴的面容无法掩饰她的萎靡不振。李薇当然看在眼里了,她隐约有点过意不去,也闪过收回成命的念头,可是随即她又断然打消了同情。具象公司毕竟是自己一手辛苦创建的,不能允许朱悦越俎代庖,左右具象干些什么,让外界以为具象要的就是朱悦;更不能让她借助具象扩大自己的社交。现在,即使朱悦一气之下离开具象公司,她李薇也不会惋惜,更不会挽留。莫怪翻脸不认人，这世界变化太快，朱悦的历史使命已经完成了。朱悦昙花一现，没有办法，公司是我李薇的，我不能给一个打工的提供个人发展平台，就像一个用完了的软件，我随时可以丢弃。李薇从办公室里间出来的时候，与朱悦打了个照面，那一瞬间李薇的思绪又复杂又简单。她并没有多瞧一眼朱悦，她甚至没理会朱悦从座位上站起来，恭敬上司的样子。她不知道，朱悦是否要和她解释什么，或者说什么讨好的话。无论怎样，她都不想面对朱悦，必须尽量回避朱悦。李薇从朱悦身边匆匆走过，她是去电视台关宏那里办事，但是现在没必要带朱悦去了。在她心目中，朱悦业已让她淘汰出局！

不用借一双慧眼，朱悦也能看得清清楚楚明明白白——李薇已然容不得她了。李薇对她的轻慢态度让朱悦心寒、气恼，但是朱悦忍住了。她决心已定，她暂时不会离开具象。她不甘心就这么让李薇给涮了！她告诫自己一定要能屈能伸，含而不露。为了能在具象待下去，她得"忍辱负重"，快些适应新的角色。朱悦坐下来，伏案细致地制作她的追款计划书，连出差行程都列在计划里了。朱悦做好了计划书，打印出一份，专等李薇下午回来递上去汇报。然后，明天就走，立马开始新的工作！如此这般，一是可以在李薇面前装作俯首听命，指哪儿打哪儿，让李薇认为自己是基督教徒，被打了左脸颊又把右脸颊送上去。让她认为自己是傻瓜才好呢；二是躲出去散散心，摆脱目前的尴尬处境，好好想想下一步怎么应付李薇，以便从长计议，早晚给小人点颜色看看！

看到朱悦失宠了，老板不重用她了，没权威了，大伙立马对朱悦也冷淡了。不知朱悦怎么得罪了老板，再像过去那么亲近她，老板兴许会不高兴，所以大家都故意躲着她，连中午的盒饭都没有人放在她办公桌上了，放在一进门的台子上。朱悦看在眼里，却能镇静自若。不过，心里愤愤不平，都是年轻人，怎么这么世故！朱悦不由愤懑地想："我一定要自强自立，干出名堂来！让所有小视她的人惊叹！"

朱悦站起来，正要去取那盒属于她的盒饭，她的手机突然发出短信铃声，她明知道可能是垃圾短信，但她灵机一动，从容拿起手机看了一眼，假装高兴的样子，马上当众拨个号回电话："喂，刘主任哪，我是朱悦，刚接到你的短信，可我不知道北海湾大酒店在哪儿啊？我没去过——好，我知道了，我能找到，我马上打车过去！"她关掉手机，走到门口时，顺便将放在台子上的盒饭扔进垃圾筐里了！她这是做给人看的，但是做得非常自然，然后镇静自若走出办公室。

走出写字楼，朱悦招手打的，但不是去北海湾大酒店，根本没有人请她，自己埋单是消费不起深水海鲜的。刚才，她只是当着那帮势利眼故意演戏，出口气而已。可是现在自己鬼使神差坐进了出租车，一时竟不知去哪里吃午饭好。她想自己请自己一把，去个好点的饭店。她爱吃油饼，那就去李连贵风味大饼店吧！

朱悦来到位于建设广场的李连贵风味大饼酒店，找了个角落坐下来，点了熏肉大饼，要了一盘凉拌菜，还心血来潮要了一瓶啤酒。朱悦心情平静下来，觉得用自己请自己的方式，宽慰一下郁闷的心，比躲在女子公寓二层铺上听CD惬意多了。

一个女孩子单独下饭馆，还自斟自酌从容不迫地喝啤酒，看上去就有点儿另类，挺惹人注意。若是再像那天在酒吧里那样，吸上一支细长的香烟，还不让人认为是风尘女子呀？朱悦心里又不自在了，这人若是倒霉，喝什么都苦涩，谁看着都不顺眼，躲了势利眼却躲不了好奇心。让人瞅去吧，她大嚼特嚼卷了熏肉的大饼，风卷残云，吃个精光。这可是她从未有过的饭量！啤酒却只喝了半瓶，她高估了自己一个人喝酒的兴致。酒是喝不下去了，她向服务员招手，要埋单。服务员笑容可掬地走过来："小姐，有位先生已经替您埋单了。"

朱悦很惊讶，忙环顾四周，没熟人哪？她半信半疑地说："是谁啊？人在哪儿呢？"

"几位在包间里消费的先生出来结账时，有个戴眼镜的先生让我把您的消费结在他账里。他不让我打扰您，就走了。您一直闷头吃饼，根本没注意到什么。"服务员说道。

竟有这样的事！戴眼镜的先生？关宏不戴眼镜，不是他。她又问："戴的是太阳镜吗？"她想关宏平素不戴眼镜，可是也许偶尔戴墨镜呢。

"不是太阳镜，是那种无镜框的很高级的眼镜，挺绅士的。"服务员进一步描摹道。

刘江主任戴眼镜，是他吗？她又问服务员："那位先生看去能有五十多岁吧？"

服务员笑了："不是，很年轻的，看上去年龄比你大不多少。"

池山？一定是池山！他看到我一个人在酒店吃饭，还喝酒！他一定已经知道李薇不用我当副经理了，逼我天南地北去讨债，分明是难为我。他怜悯我？我绝对不需要怜悯，尤其是他的怜悯！朱悦很气恼，起身就走，打算立马回写字楼还池山替她垫付的饭钱！

　　走到半路，朱悦又犹豫了，她若太在意这件事，池山会怎么想？如果他跟李薇一通气儿，那她在李薇面前的全部"伪装"便不攻自破了。让李薇知道她软弱的一面，是她很避讳的。怎么偏偏让池山看见，她一个人在饭店里喝酒呢！凭池山和李薇的关系，池山能不告诉李薇吗。若让李薇攥到笑柄，她朱悦在老板面前还站得直溜吗？还怎么在具象公司里混！那还不如断然离职。可是她是多么不愿意离开那座漂亮的写字楼啊。女孩子在写字楼里工作，就是白领阶层，稍有姿色，还有个称谓，叫作白领丽人。在饭店里干活，你就是长得像七仙女，也是打工妹，烦忧更多一些。两种职业，社会地位截然不同。朱悦已经在这座写字楼里，找到了奋斗目标，她现在既会做化妆品代理销售业务，也懂广告代理这一行，还涉足了广告制作，可以说学到很多本领，混得相当不错，大有作为，前途无量。这个时候，离开写字楼，离开她人生发展的重要的平台，她绝对不甘心！想一想，仅仅在一年多时间里，凭着要强的心劲儿、谦虚好学和不懈的努力，她在职场为自己打拼出这么大发展空间，难道因此就半途而废？本来败下阵来了，还要转身撤退？往哪里撤？还去拿一瓶纯净水，泡在人才市场，期待从头再来吗？不，不能撤退，没有什么大不了的！迎难而上，绝不后退！可以迂回前进！她沉思良久，决定面见池山，向他坦白一切，把所有的问题都和盘托出。如果能征得他的理解和同情，那就好办了,如果对方不理解,也让他知道,什么是坦荡胸怀!事不宜迟,她立即给池山打电话,她希望池山的手机号没有变。

4

池山在李连贵风味大饼酒店请客户吃饭。他们是在二楼包间里吃的。池山下楼埋单时,发现单独在一楼的角落里吃饭的朱悦。他了解朱悦平素是不喝酒的,今天居然一个人跑饭店里独酌独饮,肯定心情不好。池山不免有点同情朱悦,他已经知道了李薇不再重用朱悦。这个时候上前去劝慰,不大适宜,况且他脱不开身,他还得送那些客户。池山就没有打扰朱悦,跟服务员说明了一下,替她悄悄结了账,把她那一份饭钱算在他的账单上了。然后,池山就引客人们从另一边的楼梯,离开了酒店。

池山把客人送到宾馆,约定晚间再去接他们洗桑拿。尔后,他就直接去银行,想要查看公司几笔回款情况。车开到西安大路中行门口,他刚停好车,就接到朱悦突然打来的电话。朱悦问他是不是刚才在李连贵风味大饼酒店吃饭了,是不是他替她悄悄埋的单。池山解释说:"当时因为还有客户,我就没过去跟你打招呼。我刚好埋单,就把你那份也一块结了。毕竟曾经是我得意的雇员,碰巧遇见了,就当请你了。你现在忙什么呢?"

朱悦说:"谢谢你,池总。真的很感谢。我已离开公司,你还这样讲义气。池总,如果真如你所说,认为我在公司时是个让你满意的雇员,我感到十分欣慰。"

"真的，你很优秀。你去具象发展，我是支持的。天高任鸟飞。"

"谢谢你，池总。过去，可能我有点误解你——"朱悦声音有点哽咽，"对不起，你看到我一个人喝酒很奇怪吧？我太苦闷了，想找人聊聊都找不到个知心人——对不起，你是不是正在开车啊，我就不打扰了。"

"我刚好停车，要进银行办点事儿。"

"要很长时间吗？我能不能请你喝茶？我想和你谈谈。"

"有什么事吗？"

"有，事情很重要。当然，你可以拒绝，就当我没说。"

"半小时之后怎么样？到哪儿喝茶好？"

"就去博文茶社吧，离你办事的中行不远。"

"好，半小时之后，博文茶社见。"

朱悦松了口气，总算把池山约出来了。她唯恐池山谢绝，看来池山并非与李薇沆瀣一气。

半小时后，他们在博文茶社室内亭子间落座。两个人虽然都没什么变化，但还是比过去在一起共事时，显得陌生一点。就在同一个写字楼里，可是朱悦离开池山的公司之后，竟然一次也没回过公司看看，也没在走廊或电梯里遇见过池山。那天夜里，透过李薇房间玻璃窗她看到池山站在李薇的楼下，非常吃惊——从那以后，她就从内心深处抹去了池山的影子。现在这个自己曾经暗恋的男人，又出现在眼前，而且是第一次单独相见，还在这幽雅的茶室里，像恋人一样相对而坐。人生际遇真不可预测。

池山注视着朱悦。他从朱悦的脸上，没有看到特别明显的变化。他不知道朱悦急于见他，到底是有啥事。他确实没有更多时间，陪一个无关紧要的人悠闲品茶，就开门见山地说："朱悦，你说有重要事要和我说，是什么事啊？"

朱悦一时不知从何说起，她苦笑一下，说："你今天中午看见我一个人吃饭，还喝了酒，不觉得诧异吗？我的确心情特别郁闷。我没有想到李薇会卸磨杀驴——"朱悦也不想绕弯子，直截了当地说出她和李薇的矛盾。

朱悦就把她离开池山的公司、改换门庭到具象公司之后，如何打拼开创新局面的奋斗经过，以及李薇背信弃义、恩将仇报的事情经过详细说了一遍。说到伤心处，她禁不住泪洒香腮，梨花带雨。

面对朱悦带泪的倾诉，池山不免怜香惜玉。他把一方纸巾递给朱悦，朱悦已把自己的纸巾在手里揉成团了。

池山此前也知道一点朱悦和李薇之间的龃龉了，但并不了解真实情况。李薇轻描淡写地跟他说起对朱悦的不满，李薇是从她的角度看问题，未必公允。听了朱悦伤心的陈述，池山感到李薇做事不仗义。过去，他就品出李薇这个人，办事不大光明磊落。没想到她会这样对待忠心耿耿的下属，心胸那么狭窄！他相信朱悦的话，相信朱悦的为人。当初李薇从他公司里硬把朱悦挖去，他真有点惋惜，可是觉得让朱悦跟李薇干广告代理对朱悦也不是一件坏事，凭朱悦的能力和才干，她可能比在自己的公司更有出息。再者，李薇又跟他是那种关系，他就顺水推舟成全了她俩。哪曾想，到头来让朱悦受了委屈和伤害。虽然这不是他的错，但是他觉得他应当安慰和帮助朱悦。池山便劝慰说："我原以为你和李薇相辅相成，会合作得很好。没有想到会出这样的问题。既然如此，你也不要太想不开，不是一路人在一起也不愉快，你再找别的工作也并不难。真的，你很优秀；不过，要记住这个教训，吃一堑长一智。把以后的路走好，这比什么都重要。"

朱悦觉得池山说话很公道，并非跟李薇铁板一块，不是什么事都不分曲直全站在同一立场党同伐异。他们之间虽然有同居关系，但并非就声气相投。她过去没有看错池山，他是一个正直的人。至于为什么和李薇这种女人搞到一块，恐怕是李薇勾引的吧。朱悦心情平静下来，她担心的事看来不会发生，她相信池山不会是两面派，他或许不会对李薇回头就什么都如实相告。只要他能正确看待她和李薇之间的矛盾，不倾向于李薇，不和李薇穿一条裤子整治她，她就放心了，她就可以在这里站住脚，卧薪尝胆，暗中另谋发展。朱悦感激地对池山说："谢谢，池总，我就是觉得特委屈，又没人诉说，现在跟你说说，心里就敞亮了。我这人不计前嫌，和薇姐能合作还是要合作下去，实在不行再说。"

池山关切地说："朱悦，也别太勉强自己。如果你愿意回我那里也可以。"

朱悦很受感动，眼泪又流出来了，"谢谢你，池总。我不想来回跳槽了，这对你和薇姐都不大好。我还是想跟她磨合一段时间，再看看。"朱悦充满感激地望着池山："池总，我现在心里敞亮了。我没想到你肯听我说说心里话，你心地很善良。我永远不会忘记你在我最苦恼的时候,给了我安慰和关心。我无以表达我的感谢!"朱悦说到这里,深深埋首,泪如泉涌。

## 第四章

### 1

朱悦又像过去那样,早早就到公司,精神饱满地投入一天的工作。她处理案头事务,上网查看信息,把自己列出的讨债明细表,又进一步完善。她拿着讨债明细表,做了一个不被人察觉的深呼吸,径直走进李薇的里间办公室。当她和李薇面对面相视的瞬间,她觉得自己在精神上和道义上已经占了上风,她能坦然微笑,而对方却笑得很僵硬。李薇知道自己亏心,对方的大度让她一时还有点不适应。

朱悦相信,她和池山有了茶室一席坦诚交谈,即便不会让他就相信她的一面之词,也会有值得他分析思考的地方。她希望他对李薇的为人要注意点儿。他虽说和李薇有那么一层关系,以池山的为人也不见得就偏听偏信,不分是非曲直。他该知道人和人离得太近,有时反而看不清楚本来面目。至少,他不会把茶室的一席话告诉李薇,作为反击她朱悦的撒手锏。

此刻,朱悦见到李薇的第一眼,就从李薇的眼神和脸上的表情,得出了这个结论。李薇眼神里藏着愧色,脸上的表情是装出来的温和,她表扬朱悦说:"朱悦你做事严谨细致,这一点真的很了不起。你对具象所做的贡献,我心里是有数的,现在真是工作需要,讨债非你不可,希望你别误会我,好好干!我不会亏待你的。"

李薇这番话,证实池山没有对李薇说她朱悦什么。不然,以李薇的性格,就不会是这样态度了。李薇仍在装好人。池山还是分得清是非的,还是相信她的。这让朱悦很欣慰。

朱悦说:"瞧你说的,薇姐,有什么可误会的。我是在给你做事,你一直都很信任我,我也喜欢做新业务。不然,就不会从池山公司跳槽到你的麾下了,我这人喜欢对自己挑战。讨债能给我一个难得的锻炼机会,我已经整装待发。"朱悦笑望着李薇,李薇脸上的表情是满意加得意,很复杂。朱悦心想,人不顺的时候,就得自我控制,小心翼翼软着陆,才能保全自己,才能重新振翅而飞。

朱悦在向李薇汇报之前,就已订好了去大连的车票,她之所以把讨债的第一站选定在大连,主要并不是想去看海,而是她获悉关宏的"乡音"栏目摄制组,明天要前往大连做节目。她要借这个机会接触关宏。她冥冥中,认为关宏将会对她开拓自己的事业有所帮助,关宏可能是她人生中的贵人。如果有关宏相帮,再有池山相助,她就如同插上双翼,不信就干不过一个智商和心性都不及自己的李薇!

当天夜里,朱悦没有回女子公寓睡觉。最近同室的小玲,总是后半夜才回来,带着浑身的烟味和酒味。一闻到小玲从酒店包房里带回来的异味,朱悦就恶心,睡不好觉。她不想让自己一脸灰突突地上火车,见着关宏一行人,她应当是清清爽爽、非常靓丽!

朱悦带了简单的出差必需用品，买了点礼物便找到肖娜的表姑家。她打算在肖娜那里住一宿，因为肖娜表姑家离火车站很近。可是非常不巧，都晚上八点钟了，肖娜还没回来。朱悦一看肖娜表姑的冷淡态度和那一室一厅的窄小房间，她就打消了在肖娜表姑家借宿的初衷。可这时候，到哪里去呢？她不想去李薇那里，虽然李薇不会拒绝她，但她不想让李薇知晓她的困境。朱悦站在万家灯火的街头，有点为难了。还回公寓？怎么向室友解释？再说小玲说不准多晚回来，她还能睡安稳！朱悦此时备感没个安身的窝，确实不好受。她想，必须快些致富，才能在这个城市里安身立命！这无形中更激励了她的斗志，为了明天出行精神饱满一些，她绝不回公寓，宁肯花钱住一宿旅店。朱悦就在附近找了一家干净一点的小旅店，要了一个单间，虽然宿费贵了点，然而她还从未享受到一个人独处一室的清静。更主要的是，只有休息好才能工作好。她忘记了这是哪个领袖的名言。不过，明天出差，她可不单是为李薇工作。她是想顺便找到关宏和他们摄制组。

朱悦适才忽略了一个细节：她入住前问了有没有淋浴，店主也明确告诉她24小时都可以淋浴，

可是，40元一宿的单间没淋浴设施。店主说的淋浴是个公用的淋浴间，而且在一楼。真是一不小心就上一当！住在二楼的朱悦只好下楼去公用淋浴间洗洗，没办法，谁让当时自己没问清楚呢，也不能刚进来就退房，白扔40元钱！

朱悦进了女淋浴间，里面就三个莲蓬头，已经有两个女人在莲蓬头下冲洗头上的洗发露泡沫。朱悦试着放出温水，先弄

湿了头发,刚要往头上抹洗发露,旁边的女人惊叫起来:"呦,朱悦!怎么是你?"

朱悦也很惊讶,居然在这里跟肖娜巧遇!朱悦就把她今晚打算借宿的经过说了一遍,还说真是姐妹有缘,到底还是凑一起了。没等朱悦问肖娜什么,肖娜就半喜半怨地说出了她和男友没房子办事,只好住店过夜。还说觉得这样,也挺浪漫。

"我们爱到这份儿上了,每周不在一起睡一回就受不了。你有了男人就知道了。"肖娜边说边把香皂沫往自己的私处乱抹,朱悦忙转过目光去。其实朱悦曾经看见过肖娜和他的情人进旅店,应该说她不感到突然,也理解。朱悦告诉肖娜,她住二楼205单间。

"我一会儿上去坐会儿。咱们姐妹在这相遇也是缘分。"肖娜兴致勃勃地说,用苏秦背剑式抻直毛巾擦着后背。

肖娜先洗完了,只穿了短裤披着浴巾就回客房了。她回屋之后就跟关朝晖提到朱悦,关朝晖说:"你跟她说了我们的关系?让你们公司的人,知道咱们的事不大好吧?"肖娜不在乎:"有什么不好?我们也不是卖淫嫖娼。再说朱悦已经不是我们公司的人了,她做广告代理了。"关朝晖还是不放心:"还是少接触好。"肖娜白了关朝晖一眼,不屑地说:"也不是一回两回了,你今儿咋这么小心谨慎了!别吓阳痿了啊!"关朝晖不吱声了。肖娜临出房间,回眸冲关朝晖一笑:"等我啊,我待一会儿就回来。"

朱悦也不想跟肖娜唠很晚,她也想早睡早起。她明天早晨还想赶在上火车之前,去发廊简单做一下头发。可是两个人唠唠着唠着，就说到关朝晖。肖娜说关朝晖也是做化妆品代理销售的，他的公司比池山的公司有发展，肯定越做越大！他做广告有后门儿，他弟弟在电视台，是"乡音"栏目的制片人！你知道吧，制片人管钱管人，权大了。朱悦马上意识到肖娜说的肯定是关宏！朱悦随口问道："你见过他弟弟？"肖娜说："还没有。"朱悦神秘地一笑，故意卖关子说："我可见过，还和他一起吃过饭。"她没有说出她此次出差去大连，还会和关宏相见。她觉得应当留有余地。肖娜长相可并不怎么打人儿，还一脸雀斑。朱悦不由想见见关朝晖，但她不好跟肖娜提这茬儿。就在这时，关朝晖打进来内线电话，催肖娜回去睡觉。肖娜跟朱悦还没唠够，就和关朝晖说："那你也过来呗，这屋的电视没毛病，来看会儿电视呗。唉，我跟你说，小朱跟你弟弟还认识呢，你就过来吧。"

关朝晖就来到朱悦的房间。朱悦一眼望去，就看出关朝晖跟他弟弟关宏长得很像，但比他弟弟还帅！朱悦不禁内心里很佩服肖娜，她是怎么迷住这个关朝晖的呢？朱悦心里有点嫉妒，肖娜也好，李薇也罢，无论长相、气质，还是智商，都不如她，可是人家一个有财命，一个特别走运，自己却形单影只，一无所有，苦苦挣扎。老天真是不公平！

与关朝晖聊了几句见面客套话，才知道他是"朝晖靓女用品销售公司"的总经理，朱悦猛然想起记忆中可不有个叫"朝晖"的销售公司么，她在池山公司的时候就知道这个"朝晖"公司，还是中日合资的呢，注册资金据说早被合资方假洋鬼子提出去了，实际上那是个空壳公司。关朝晖再厉害也不大可能在这一年多时间里就把这个公司做得像肖娜说得那么辉煌吧？再细看关朝晖漂亮面孔的背后似乎掩藏着狡诈。不像他弟弟关宏一眼望去就是个雅士，有气质。这个关朝晖帅气倒是挺帅气，就是没他弟弟那气质。

朱悦跟他谈起国外的仙妮蕾德，他显然知之甚少，讲到一些国际化妆品品牌，他更是不知所云，至于马克思是德国人、法国的香榭丽舍也一无所知，一个搞化妆品的经理相关常识这么贫乏，不免让朱悦有点怀疑他是否是业内人士。虽说英雄莫问出处，可怎么也得卖啥吆喝啥，像那么回事啊。朱悦不想跟这人继续交谈下去，就转向肖娜说起电视正播的节目。

三个人在一起看会儿电视，肖娜和关朝晖就回他们的房间了。

半夜的时候，朱悦被楼下的人声吵醒了——原来是派出所民警来查夜！查到肖娜和关朝晖房间，怀疑他俩的关系不正常，肖娜临危不惧，说楼上有她单位的朱悦同志，可以证实她和关朝晖是什么关系。派出所民警就把朱悦叫醒了，朱悦当然比肖娜更镇静，有板有眼地证实了他们是一对登了记、正等着新房钥匙的夫妻。派出所民警也不怎么就那么相信朱悦，没再追究就走了。肖娜悄声对朱悦说："幸亏你了。你脑子来得真快！我们总住旅店，头一回遇见这事儿。真影响情绪。"末了这句，她是说给关朝晖听的。

## 2

第二天早晨，朱悦没有打扰肖娜和关朝晖，没跟他们打招呼就退房走了。她在站前一个小发廊里简单做做头发，去快餐店吃碗牛肉面；临上车买了份《城市早报》和一本《读者》杂志，准备在车上用以消磨时间。

火车启动的那一瞬间，朱悦刚好看到《城市早报》头版上的一条新闻："新时代写字楼昨夜失火！"朱悦心里咯噔一下子，这是她们的写字楼啊，出什么事儿了？她仔细阅读那条新闻——火起905号房间的电源插座，是短路引起电脑燃烧，幸亏发现及时没有酿成大祸，只烧毁了三台电脑。905房间那正是池山公司财务办公室，也就是肖娜办公的房间！朱悦知道，池山公司虽然占着九层楼的左首五个写字间，但是因为楼下有保安，公司并没有值班人员守夜。池山公司出了事，朱悦还是颇为关切的。她觉得当初的爱慕感情，并没有完全消失，她还爱着池山，但已不是那种思来想去的依恋，而是经过沉淀的爱恋，特别是那次茶室倾谈之后，她觉得尽管池山和李薇有那层关系，但也改变不了她对池山的最初爱恋。池山公司出了事，她心里这么惦记，说明池山在她心里的分量还是很重的。

朱悦本想打个电话慰问池山，但是又觉得这个时候可能池山正忙于处理事故善后，不便打扰他，再说，慰问别人的不幸、表示一下关心，实际上也没啥意义。所以她又收起手机，继续读那份《城市早报》。待到火车运行一段时间，车上的乘客也都安顿下来，推小车卖食品的乘务员也走过去了，朱悦才放下报纸去找列车长请求将她的硬座换成软卧。事情很顺利，软卧还真有空位。朱悦来到软卧车厢，并没有急于去找关宏，她觉得直接去找关宏有点不妥，显得太巴结了。她就一遍遍出出进进，还故意站在车厢过道看窗外风景，希望跟关宏造成一种邂逅，效果。这样才会显得自然。她自导自演的这一幕,还真活灵活现。她听到一间软卧门开启的声音,有个人从她身旁走过,她凭心灵感应,下意识地认为,这人便是关宏!她装作不经意地一转身,真的让她万分惊喜:"关老师!"对方也挺惊奇:"朱悦?"两个人就在过道简单唠了几句,尔后,关宏就邀朱悦跟他们电视台摄制组一块儿用餐。朱悦看出关宏是诚心诚意。如果只是关宏,那她是不会谢绝的,她正好借此亲密两个人的关系。可是跟他们摄制组一块儿用餐,让人认为她占便宜,脸面上有点过不去。她的头脑就是来得快,她想出一个不错主意,她要以具象广告公司的名义先请摄制组去餐车吃一顿饭,然后再和大家打成一片,到他们摄制组卧铺里用餐,如此一来,亍己于关宏于大家都好看。当然,这需要她自掏腰包,而此举壮的却是李薇具象公司的门面,当然对方也不知道更不领情,她回去也不能讲这事儿。但是为了能实现长远目标,她宁可吃点眼前亏。

餐车有小灶,炒菜品种花样也不少。朱悦尽拣价格贵的炒菜点,出手大方,热情款待关宏一行四人。酒足饭饱之后,又给他们每人要了一盒好烟。关宏的三个人,就对朱悦有了好印象。朱悦买单时装作回去能报销的样子,要了发票。她回到软卧铺位休息时,手捧《读者》,思想却溜号了,她在考虑由于这么一顿饭钱,接下来的旅程可就得节省了。她不经意间翻到刚才回来时,顺手夹在《读者》杂志的刮开式有奖发票,有一搭没一搭地刮着玩,刮开之后,上面清楚地写着"伍佰圆"!刚才请客的饭菜差不多齐了!意外收获,让她觉得财运来了,这可是个好兆头!她马上收好那张中奖发票,跟钱包里的钞票夹在一起。

朱悦正暗自高兴呢，关宏派人来找她玩扑克去。她便欣然前往，心情特别愉快。

关宏他们四人刚好占一个软卧包间的四张铺位，玩扑克也正好凑手，可关宏除了"炸红十"别的扑克牌玩法全不会，他们就把朱悦请过去，五个人正好可以玩"炸红十"。朱悦当然乐意凑这个五人牌局，这不和电视台的人越混越熟了吗？这正是她内心所求。平素朱悦在公司里午间休息也常玩"炸红十"，打一元的，输赢不大。但她技法娴熟，手气又好，所以总是赢多输少。可一听说打十元的，她心里不由咯噔一下子，敢情人家电视台工资高，还有灰色收入，当然不愿玩一元的了。这让朱悦有点始料未及，她心里颇为忐忑，很为难——不玩吧，一进来就已经承认自己会"炸红十"了；玩吧，一旦输多了，恐怕下车连住店的钱都没有！可她不能说出自己的难处，不能露怯，那会让电视台的人瞧不起。还广告公司的副经理呢，外强中干！虽然她中了五百元刮开式大奖，可不能马上兑现钱哪。她抓牌时心里都在打鼓，默默念叨千万别来两红十！因为抓到第五张牌时就来了方片十带黑桃草花3、5、6、4四张小眼牌，若再抓个红桃十，那可就惨了！正害怕着呢，真就抓到一张红桃十！接下来连个2都不来，她的心一下子凉透了，看来第一局就出师不利，死定了。由于心灰意懒她都没注意前头抓在手的牌里有个黑桃十，最后她抓了一张草花十也就没在意，她想挽回一点损失就马上摞牌"缴枪"，按游戏规则这样可以付一半钱。没想到，关宏竟说道："朱悦，了不得呀，出手就这么干净利落，快掏钱，每人50元！"朱悦这才低头扫了一眼自己的一手牌，可不四个十吗，按规定可不就是撂牌收钱！朱悦觉得真是上天助她，又让她中了彩！真是好运连连。接着她越打越顺手，虽然中途小有反复，但最后还是赢了四百多元，她想还给大家，转念一想那不是小瞧人吗，她就开玩笑说："到大连咱们用这赌资吃海鲜！"她没说请，显出极随意的样子，晃晃手里的票子。

3

海滨城市空气温润，让人感到呼吸舒畅。一处处街心花园，开阔整洁；大片大片的草坪，碧绿如洗；风格各异的城市雕塑，还有大型喷泉，给这座有生气的美丽城市锦上添花。

朱悦坐在街心花园的长椅上，观赏周围的景致，呼吸着清爽空气，心情非常愉悦。走出家乡省城，来到美丽的海滨城市大连，她觉得眼界开阔了，大海让她对生活充满美好憧憬，并对自己的未来也寄予新的希望。暂时所有的不如意、不顺心的事，都无法阻碍她追求美好生活。她凭海临风，心旷神怡。广场白鸽一步一点头地向她走来，她亲切地望着这些幸福的白鸽，觉得任何生命都是因自由而更加美丽！她想到在小县城里，邻居家豢养在铁丝笼子里那些鸽子，它们就不像眼前这些与人平等相处的同类，这么自由快活，无所畏惧。她蹲下身子轻轻抚摸一点都不退却的鸽子，心里充满了温情，瞬间她竟很奇怪地又想到池山，进而惦记他公司遭遇火灾的情况。她忍不住往池山手机打了电话。

"池总，是我，朱悦。我在大连出差。昨天我在报上看到公司失火的消息，很惦记。怎么样？损失不大吧？别上火，毕竟没有酿成大祸。"

"朱悦,谢谢你的关心。现在看来损失还不大,可是电脑里的许多重要资料无法恢复了——"

朱悦心里咯噔一下,她明白有关业务往来的重要材料,都储存在电脑里,丢失了会非常麻烦的!不过,重要的东西怎么不存U盘呢?朱悦就问:"没有备份存盘吗?"

池山说:"别提了,肖娜忘了把U盘从主机拔下来,结果与主机一块毁了。"

朱悦想到,肖娜肯定是急于和关朝晖去旅店幽会,乐疯了,丢三落四。这下给池山造成多大麻烦!多坑人!

朱悦不知说什么好。池山那边有些混乱的声音,朱悦就道:"好吧,我不打扰了,你忙你的吧。再见。"

朱悦挂机之后,心里还是有点放不下。她在公司时,曾建议池山把他案头的电脑跟肖娜办公的电脑连接"共享"程序,以便他随时查看。他没当回事,总以为他的脑子就是电脑,再精细的头脑也抵不上电脑管用。特别是重要数据,凭人脑记忆能行吗!这下可好,百密一疏!她觉得池山成熟自信,但也有点刚愎自用。

朱悦看看手机上的时间显示——差五分八点。大洋海产品代销公司的潘经理,如果没特殊情况,肯定已经到办公室了。朱悦事先没有打电话约见,怕潘总借故躲起来。就这么突然闯进去,让他措手不及、不好搪塞。务必抓住他的影子跟定他,讨债就得穷追不舍!李薇跟她说过:讨债的比欠债的还要厚脸皮才行。李薇在她临行前,还暗示她跟男人办事就得软磨硬泡、装作不识风月又像迷途羔羊，让对方对你敢于想入非非才好。美色就是用来吊贪婪男人的胃口的！李薇比她朱悦就大一岁，在迈进写字楼创业之前就曾经沧海，如今经过一年多的打拼，真的非常世故了。朱悦知道，自己即使不喜欢这套有失尊严的小伎俩，也得违心地去做。只要注意保护好自己，不吃亏就成。朱悦轻轻敲一下没有关严的办公室门，屋里有人说："请进。"她便应声而入。

一个满脸油光的胖子，小眼睛透出疑惑的目光，放下一杯冒热气儿的咖啡，瞅着进来的朱悦。他当然不认识朱悦，正等待不速之客自报家门。朱悦便自我介绍说："潘经理，我是具象广告公司的朱悦。"说着双手递上名片，名片上印的是副经理头衔。朱悦也没见过潘经理，但她认定这胖子就是她要找的欠债人！看他那狡猾的小眼睛，就知道他是贪婪而不吐骨头的手！果然这家伙盯着朱悦故作不相信状，追问道："具象公司？我好像没印象。再说我也不是潘经理，潘经理出差了。"朱悦不禁一怔，真是出师不利，恐怕大连之行要无功而返。潘经理出差了，也不能在此守株待兔啊。但朱悦还是问了一句："请问潘经理什么时候能回来？我有重要业务要和他谈。我可以等他，我住在中春宾馆。"

胖子轻描淡写地说："他出国考察去了，得一个月才能回来。"他莫测高深地一笑，"我劝你还是不要等了，潘总回来我会把你的名片交给他，说你来过。你放心吧。"

朱悦不大相信这个胖子说的话，再说她还不知道他到底是谁，就又掏出一张名片，递上，很礼貌地问："请问您怎么称呼？"

她希望胖子至少也回赠她一张表明身份的名片。可是胖子没当回事,只说:"我姓李。"再就不说什么了,显然是在下逐客令。

事已至此,朱悦只好告辞。可是当她转身走出经理办公室,上了电梯,遇见一位看上去像女秘书的年轻姑娘,一眼瞥见她手里拿的公函上有"大洋海产品代销公司"字样,朱悦便礼貌地问:"请问,大洋海产品代销公司是在这一层楼吧?"对方矜持地点点头,打量了她一眼。

朱悦又问:"我想问一下,潘总办公室在几号房间。"

"818。"

"他是不是不在,出国了?"

年轻姑娘探究地瞅着朱悦,警惕中分明潜藏着嘲讽,卖弄说:"据我所知,他此刻正在818室喝早晨的第一杯咖啡。刚才是我替潘总冲的咖啡,别人总是过滤不好老巴布咖啡的渣滓。"说到渣滓还盯了一眼朱悦。

朱悦像突然被开水烫了似的,特别意外,这胖子耍弄了她!竟然面对面就撒下弥天大谎!

她非常气愤,立刻想回去痛斥他。可转念一想,这样还是便宜了他,得让他当面道歉,如数还债!

朱悦立刻想到关宏他们。她觉得,出门在外,遇见熟人和朋友,就会增添战胜困难的勇气。有相助的朋友,心里有底气。尽管是电视台的,可是关宏他们也许能认识本地同行——总之,朱悦认为只要是新闻媒体出面,量他潘经理就不敢肆无忌惮地蒙骗人!朱悦决定去求助关宏。

4

　　拍摄专题节目，不像拍电影电视剧那么复杂，工作量也不是很大。所以，关宏他们一行人，还能找点时间找点空闲去海边游泳。

　　阳光，沙滩，海浪，让他们感到此次出外景做节目，就跟休假差不多，轻松愉快，一点儿没有工作压力。关宏戴着太阳镜，躺在租来的沙滩椅上，享受着日光浴和海风的吹拂。他欠起身从包里拿出手机，对着大海的背景，待三个走上岸来的伙伴走到跟前，拍下他们青春飞扬的别样风貌。关宏对他的属下工作、人品都很满意，这是个很有凝聚力的团队，不仅特别能战斗，还非常有创意。他们正谈笑风生，关宏手机上发来短信："关宏，你们在哪里？"是朱悦发来的。关宏立刻拨通了朱悦的手机："朱悦，我们在沙滩浴场游泳哪！你没事过来呗！"

　　半个小时之后，朱悦来到了沙滩浴场。她买了蓝白相间的泳衣，穿上肥瘦很合体。她一边用手机和关宏联络，一边穿梭在横躺竖卧的男男女女之间，寻着目标就来到了关宏他们身边。

　　四个男人将目光投向朱悦，不免有些惊艳。朱悦不是那种白嫩皮肤，而是浅棕色的健康肤色，全身肌肉丰满富有弹性，曲线却是柔美的。他们没有想到，一脸清纯的朱悦，看面部该是个清瘦女孩，原来竟如此健美性感。四个人总得有一个留在岸上，看护大家的随身物品，显然谁也不愿守护那摊子没生气的物品。都想陪朱悦中流击水，充当护花使者。关宏便拿出绅士风度，自告奋勇留守岸上。关宏望着朱悦奔向大海的背影，不禁回想跟朱悦前前后后的接触过程，觉得自己对朱悦的印象越来越深，感到有点喜欢这个可爱的女孩了。他沉思默想，眼前是阳光沙滩海浪一片良辰美景，心里漫过愉悦和温情，他思量着此次大连之行，会不会与不期而遇的朱悦，发生点什么故事？即使什么也不会发生，至少朱悦给他海边休闲时光增添了别样风情。

朱悦第一次在海中游泳，感觉确实不一样，开始还有点胆怯，渐渐就闲庭信步般自由自在，胸中便生出豪迈！朱悦从小在家乡小河里练就了一身好水性，蛙泳、自由泳、仰泳、蝶泳没有不会的。这会儿，她真是如鱼得水，大显身手，不断变换泳姿，让三个陪泳的小伙子佩服极了！他们一上岸就向关宏夸耀："头儿，小朱的水性棒极了，健将级！"

关宏递给朱悦一瓶矿泉水，笑道："是吗？那么厉害！一会儿我跟你比比。"他想单独和朱悦下水游泳，看看美人鱼是怎么戏水的。说着，就伸胳膊摆腿做着下水前的准备活动。

关宏和朱悦并排向大海走去。朱悦脚下一滑差点摔倒在浅滩，关宏忙伸手扶住她，顺势牵住她的手，一同继续前进，渐渐没入齐腰身的海水，这情景让关宏手下的小伙们羡慕得不得了。

"他们好像在演出生死恋，一对殉情恋人手牵手，从容走进大海深处——"

"瞅那架势更像中国版的《泰坦尼克号》。"

"你小子是想让咱头儿沉入冰海，然后你好和小朱快乐度过每一天。"

三个伙子在岸上谈笑风生。

关宏和朱悦已经劈波斩浪，融入大海。关宏十分佩服朱悦的水性，他自愧不如。关宏心中赞叹，年纪轻轻的朱悦确实很有素质，人长得好，歌唱得好，水性更好，工作能力也不一般。他努力靠近朱悦，可是游速太慢，渐渐有点力不可支，便冲朱悦喊了一声："朱悦！往回游！"朱悦答应道："往回游！"朱悦由仰泳转换蛙泳，很快就靠近了关宏。就在这时关宏脚抽筋儿了，手忙脚乱地划拉起来。他有点慌，放松身体试试水深，更慌了，沉下去就是灭顶之灾！他不由慌张地向朱悦叫道："我抽筋儿了！"

朱悦一边叫着："别慌！"一边伸出手臂营救关宏！"憋口气把身体浮起来！"朱悦很镇静，顺势就把关宏轻松拽到浅水区域。上了岸又毫不顾忌地帮关宏揉脚。关宏感动得已不知说什么好。上了岸他就向伙伴们称赞朱悦，坦言水中遇险幸亏朱悦沉着营救。

三个小伙子艳羡得嫉妒起来——

"头儿，有道是英雄救美，你行，硬是颠覆这句成语！"

"日后若忘了这救命之恩，我们都不能答应！"

"得好好吃个喜儿吧？上最好的海鲜酒楼，头儿请客。大不了从制片费里出呗！"

于是他们就来到了最富丽堂皇的海鲜酒楼。一顿海鲜吃得特别开心，大家谈笑风生，海侃神聊。期间关宏就问到朱悦讨债的事儿，朱悦如实相告，听说有人对朱悦如此无礼，关宏和他手下的小伙子们，都非常愤慨，表示要帮朱悦教训那个姓潘的狗东西！

第二天一早，关宏一行四人就和朱悦一道去了大洋海产品销售公司，把那个肥胖的潘经理堵在他办公室里。关宏他们带去一架新闻采访用的肩扛式摄像机，录音话筒也是带台标的。他们声称异地采访，要做一期清理三角债专题节目。那潘经理一看朱悦领来四个电视台记者，顿时惊慌失措，不敢当面撒谎说自己出国考察去了，连连向朱悦赔礼道歉。没费多少唇舌，只让摄像机空转了一会儿，潘经理就"缴械投降"了。他把财会叫到办公室结清债务，让财会东挪西拆，堵上了具象的欠款。还乖乖按朱悦的要求，把还款总数的20%转账到她指定的账户。这是她应得的奖励。她直接扣了下来，怕李薇临了说了不算数。

朱悦回到公司后，李薇果然提到大洋公司债款还差两万元钱没打过来，怎么拿回的是10万元收据呢？朱悦一脸正色，当着会计的面，不客气地说："你也太健忘了，不是有我20%的回扣吗？我直接扣下了，怕的就是你出尔反尔！"

李薇挂不住面子了，拿出老板的权威大声斥道："朱悦！你疯了，你怎么这么跟我说话？你以为你是谁呀！"

朱悦毫不示弱："我当然清楚，我是你雇的员工。曾经为你忠心耿耿卖命。现在我是讨债的，谁欠债都得还！你也一样！"朱悦面对这个事先她就料到还会涮她的可恶女人，按捺不住愤怒，直言不讳，痛快发泄憋闷已久的恶气！

"你简直是抢钱！算你狠。请你立刻给我走人！"李薇不讲理地吼起来。

"我当然要走。难道我还会傻乎乎地四处替你去要账！我不会再让人巧使唤啦。"朱悦说完，转身就离开了具象公司。她再也不想踏进具象的门槛儿,再也不想见到李薇了!她走出写字楼时颇为怅然,这座写字楼里已经没有她的位置了。池山虽然表示过随时可以接纳她,可是她绝不走回头路,何况池山和她的敌手李薇是那种关系,李薇会怎么想?不能让小人偷着乐,现在有了两万元,暂时找不到工作也能活一阵!再说,她相信自己会干出一番事业,让所有的人刮目相看!朱悦满怀信心走出写字楼。她不想再受雇于人,她要主宰自己的命运,她要向更广阔的天地寻求发展。

## 第五章

### 1

池山公司财务办公室里的电脑突然起火,电脑里所有的资料全烧毁了。财务肖娜就留了一个备份U盘,那天晚上居然也忘了从电脑上拿下来,公司全部财务重要数据彻底消失殆尽!一时间,池山公司的财务运营和大部分业务往来,几乎处于瘫痪状态!

一向处变不惊的池山,也惊慌失措了。他这些年在商海里的拼搏,基本上还是一帆风顺的,从来未遭受如此沉重打击。他真不知道公司如何渡过这一关,他极其后悔自己没有抽时间系统地学习电脑,后悔没有听朱悦的话,把自己办公桌上的电脑和财务办公室里的那台电脑联网。说到底还是粗放型管理,公司已经发展到一定规模了,可还按当初那套运作。池山觉得自己的能力和学识已经远远落后于形势。

池山这时候才想起，朱悦在公司时曾经向他提出过不少建设性意见。当时他都没怎么往心里去，现在看来，这个自学企业管理的函授本科生，还是很有远见的。并非名牌大学出来的就是人才，自学成才也不可小视啊。现在回味起来，朱悦这个女孩，确实挺优秀。她聪明好学，适应能力强，性格外柔内刚，办事认真，做事总是力求做到最好。她是个人才！难怪李薇把她给挖了去！可是，李薇只是利用，并不赏识朱悦，也嫉妒朱悦。时间一长自然难以相容，朱悦跟她受屈辱了。池山有点后悔，当初没挽留朱悦。如果朱悦在，她不会像身边这些人这样，事不关己，完全是观望态度。也许她会提出切实可行的建议。他现在感到还是应当有一个可信赖的帮手，共同打理生意好。他不是没想到过李薇，可是她太奸诈，心术不正，做情人都不能纠缠太久，他正在渐渐疏远她。他过去没有认真梳理感情生活，没有真情的性伙伴，让他越来越觉得索然无味。李薇不曾让他这么认真地思索检视自己的生活。他想念朱悦，心里油然而生萦回不去的温暖。他又想到朱悦得知公司出事后，还打来电话慰问。她为人处事有情有义。池山从未这么怀念过从他公司走出去的员工。池山忽然觉得，因想念朱悦，更觉得眼下自己特别孤独。他试着给朱悦打了个电话。朱悦的手机怎么关机了？他迫切想见到朱悦，两个人随便找个小咖啡屋坐坐，说说知心话。这是他眼下最渴望的事。

池山正要离开办公室，想去洗个澡，安安静静休息一下。他脚还没迈出门槛儿，李薇突然闯进来。他这会儿根本不想见她，就谎说有急事要出去。李薇不依他，硬把他按到沙发上，非让他听她自抱委屈地诉说朱悦怎么自作主张给电视台关宏赞助五万元钱，怎么出去要债还截留两万元钱，揣进自己腰包。"最终这小贱人还炒了我的鱿鱼，真是岂有此理！"李薇愤愤不平，十分委屈的样子，看样子是想让池山安慰她。

池山不露声色地一笑。他早就了解赞助"乡音"电视栏目那档子事儿了，本来是给她赚了，她得便宜卖乖！她还好意思说三道四。至于截留索债款，他一听就明白了。朱悦那是怕她不兑现提成，不得不采取措施。眼前这个让池山感到陌生的人，纯属恶人告状，心术不正的正是她李薇！池山故意说："那你现在是后悔要朱悦了？你跟我说这些，好像是我安插到你公司里一个心术不正的人。那我还把她收回来，行吧？"

"不行！"李薇喊起来，马上给池山做主，"你不能要她！让她流落街头！"

"流落街头？"池山心想李薇心够狠的！她怎么能恩将仇报呢？他看透了这个女人的心肠，他想揭穿她，可是又觉得与这样不讲道德的人理论，实在没意思。"有两万元在身不至于流落街头吧。"他故意捅她的痛处，她一定非常心痛朱悦揣走的两万元钱。

李薇果然气得不行，眼珠子都要气冒了，她突然瞪着眼睛冲池山不讲理地说："两万元你还我！"

"我也不欠你，为什么要我还？"

"我就要你还。我跟你睡了这么长时间，你光出'熊'不出血呀？"李薇说出如此不要脸的话，让池山感到震惊！

池山彻底认清了眼前这个女人，他对她曾经的一点情分，顿时灰飞烟灭。他觉得她侮辱的不只是她自己,她也侮辱了他,她这不啻是向他讨要嫖资!"好,我们关系早该了断了。你说吧,你想要多少钱?"池山平静地说,连瞅都不瞅李薇,眼睛盯着墙上一个刚才被他拍死的蚊子。

李薇怔住了,知道自己说错话了,想挽回:"我不过说句气话,你就跟我这么绝情?"

池山不为所动,仍很平静地说:"不是我绝情,是我们一开始就没什么真情。分手是早晚的事。再说,我的公司遇到了麻烦,我没心思了。分手吧。"

"好啊,池山,我算认识你了。分手可以,你得给补偿!"

"你要多少?"

"二十万!至少二十万。你有钱!"

"你趁火打劫啊?"

"你怎么说都行,少了我是不干!"

"我一分不给,你也没处打这官司!不过我不是那种没情没义的人。我给你十万。"池山不屑地一笑,"不过我得明确告诉你,就你这样的,绝对不值十万!但是我给!"他回身就开保险柜,取出十万现金,摆放在办公桌上。

李薇沉思片刻,坚定地走到桌前,把钱一下子就搂进随身带的拎包里。她感到意外,也感到满足,她明白正如池山所说,非婚同居根本不受法律保护,何况他们只是偶尔在她的窝里幽会,纯属情人关系,两相情愿,没有补偿一说。池山给多少都是偏得。所以她趁池老板意气用事,还没反悔,赶紧把钱搂到手,立马走人。她携款潜逃式地匆匆离开池山的房间。她在和池山之前，也和别的男人上过床，除了电视台刘江主任，完事后帮她拉了广告，大都是白玩，提上裤子不认账。像池山这么讲究的还真少见。她上了18楼，锁好那十万元，又给池山打了个电话："池山，我希望我们还是好朋友。我想告诉你，你什么时候找我都可以。就是将来我结婚了，也可以。"

池山明白她的意思，立刻回道："不，我们不可能再成为朋友！绝不可能！你走你的路吧，祝你好运！"池山不想再听李薇的废话，马上关了手机。

池山随手把手机丢进抽屉里，他不想再用这部手机了。他把朱悦临走时还给他的那部手机，找出来轻轻把玩着。他要使用这部无意中珍藏起来的手机。他给手机充了电，打开——彩屏上是一朵绽开的荷花。他用桌上的电话往手机打电话，手机响起泉水哗哗流淌的声音，仿佛林间溪水潺潺流过，非常悦耳动听！朱悦设置的手机铃声这么美妙！他不由自主地用这部手机给朱悦再次打了电话。这次她的手机开机了，但她没有接。她熟悉自己曾经用过的这部手机的号码，她不想接？为什么？他疑惑不解，他并没有得罪过她呀！他现在特别想见她，她却不理他。这是为什么？他忍不住又打，还是不接。如果再打，他怕她嫌烦关机，就发给她一条短信："公司遭遇挫折，想听听你的意见。希望你不会拒绝——池山发的求救短信！"

果然这招儿奏效了。朱悦马上打来电话，开门见山问他："池总，是不是电脑烧坏了，数据资料全丢了！"

"你怎么这么厉害！一下子就能言中要害。我现在焦头烂额，很想听听你的意见。我一直认为你很有见地。"

朱悦没有谦虚一番，而是立刻决断地说："半小时后，我们在卡萨布兰卡酒吧见！"

卡萨布兰卡这个爱情经典影片的美妙名字，这个二战时期人们走向新生的中转城市，寓意着命运的转折。朱悦选了这么一家酒吧，有没有特殊的含义？池山心情十分激动。他在办公室的洗手池洗了把脸，带上一万元现金，兴冲冲去和自己真心爱慕的女孩约会。他不禁有点惊诧，他怎么会突然爱上了朱悦？还是此前因为李薇这个可耻的障碍物，令他的情爱旁落，竟不知道择木而栖！他相信缘分，更相信真水无香，一切都会淡定！他来到地下停车场，开出自己的轿车，直奔卡萨布兰卡酒吧，他知道那儿，就在卓展购物广场后面。

2

卡萨布兰卡酒吧的确富有异国情调，就像我们在外国电影里常看到的酒吧场景一样，欧式酒吧总是氤氲着怀旧和忧伤的气氛。

池山是第一次来这家酒吧，他环顾墙上那些经典爱情影片的黑白剧照，希望自己能成为那些美好爱情故事中的男主人公，他希望在自己人生道路遭遇挫折的时候，得到爱情的温存。可是当他按约定走上酒吧二楼，在敞开式包厢座里见到朱悦时，他不免有点失望，无论如何他们今天是不能谈爱情了——因为朱悦身边坐着他的下属肖娜。

朱悦对池山开门见山地说："我事先没告诉你，我约了肖娜。她是公司电脑起火事故的始作俑者。"朱悦迅速瞥一眼低着头显得有些不安的肖娜，然后又转向池山，"肖姐她毕竟醒悟了，迷途知返。我希望在肖姐没有说出事情原委之前,你就向我们保证不追究她的责任,继续留用她。这是我对你的请求。"

池山是个聪明人,他立刻猜到肖娜肯定做了什么背叛的事,是她故意而为,让公司陷于半瘫痪状态?肖娜为什么这样做?他池山并没有亏待过她啊,而且可以说是很信任她的,不然怎么能让她管公司的账目!这样一条狼还能继续容留她?池山态度立刻冷淡下来,他不明白朱悦何以搅进这桩破事里?她和肖娜又是什么关系?他沉吟了,半天没吱声。

朱悦瞅着池山,又解释说:"我之所以这样请求你,是因为肖姐是我的朋友,她信赖我,把什么都告诉了我。她是被坏人利用的,受了骗,上了当。"

"好,我答应。"池山急于想知道事情的原委,他违心地答应了朱悦的请求。

朱悦便从头将肖娜和他的情人关朝晖如何认识的,之后关朝晖又如何利用他和肖娜的亲密关系,一步步了解到肖娜掌握池山公司的商业秘密,肖娜电脑里储存着重要数据和客户网络。蓄谋已久的关朝晖为了截获对他生意有用的东西,精心设计了两个人不在现场的假象,也就是朱悦在旅店里遇见他们的那天晚上,他把肖娜在床上弄得筋疲力尽,趁肖娜熟睡之际拿到肖娜身上的钥匙串,然后偷偷离开旅店潜入池山公司的财务办公室,复制一份存入U盘,然后,制造电路短路烧毁电脑。他以为人不知鬼不觉。

事后不久,关朝晖找小姐住宿旅店故意让肖娜撞见,两个人免不了一场争吵,关朝晖就此提出与肖娜分手。蒙在鼓里的肖娜，非常伤心，她不想失去关朝晖，就找朱悦给说和调解。因为熟人中只有朱悦见过关朝晖，肖娜也非常信赖朱悦，就把与关朝晖前前后后的情变经过全告诉了朱悦。朱悦边听边问，问得很详细，她疑虑重重，尔后肩负说和使命她又接触了关朝晖，并通过关宏进一步了解到关朝晖皮包公司的内情，经过分析朱悦觉得关朝晖跟肖娜的来往从一开始就是个阴谋！前前后后的事一联系，朱悦就怀疑关朝晖从中作梗，可是池山公司出事那天晚上，关朝晖确实在旅店里和肖娜幽会，他不在现场，他雇人干的？带着这个疑问，朱悦又和肖娜谈了一个晚上，终于解开了谜团——肖娜半夜里曾经醒过，好像觉得身边的关朝晖不见了，她当时以为他出去上厕所了，因为那小旅店只有一个公用卫生间。她就迷迷糊糊又睡过去了。再醒来时，却见关朝晖睁着眼睛躺在她身边好像想什么心事呢，她也没在意，翻个身又睡了。早晨起来时，肖娜发现，她的钥匙串本来放在手袋里怎么会压在了手袋下面了？也许自己记差了。朱悦问关朝晖那天晚上是不是骑摩托车，把摩托车放旅店跟前了。得到肖娜的肯定回答之后，朱悦猛然记起半夜里她曾被楼外发动摩托车的声音弄醒。为了侦破此案，朱悦不得不让自己临时充当私人侦探。她以其人之道还治其人之身，冒险潜入关朝晖的公司，打开他的电脑果然查到了被关朝晖存入电脑的池山公司资料内容！迅速拷贝到自带的U盘上，然后将对方电脑里的此项内容格式化。当她把U盘在网吧里打开给肖娜看时，肖娜才清楚自己原来一直被关朝晖所利用和欺骗！

朱悦把事情的来龙去脉跟池山原原本本讲过之后，池山不由十分佩服朱悦,她的智商和情商都很了得,她是一个让男人女人都不由自主亲近和信赖的人。写字楼里藏龙卧虎啊。池山非常感激朱悦,他立即打开皮包拿出没打捆的一万元要酬谢朱悦。朱悦微微一笑,拒绝了,她说:"说好了,我只有一个请求。继续留用肖姐,但是要不计前嫌,还像从前那么信任她啊。这就算是对我的酬谢了。我现在感到,在今天的社会,人与人之间信任比什么都宝贵!没有这个什么都没有意义。"

肖娜在一边已经泪眼婆娑。

池山也特别受感动,他觉得跟朱悦这样的人相处,是可以纯洁灵魂的。她这人特别讲情义,她不想因为破获这起案件,而把无辜的当事人肖娜,作为牺牲品供奉出来,她出于善良和正义帮助池山,不望感激不图回报。但是他不知道朱悦人格的另一面,那就是对于真正的恶人她也狠得下心,下得了手,绝不姑息迁就,比如对李薇。

三个人在卡萨布兰卡消费三百多元,当然是池山埋单。肖娜将功赎罪似的想抢着买单,让朱悦止住了,朱悦开玩笑说:"肖姐,其实你是有功的,毕竟给池总挽回了损失!就应当他来埋单。也算吃个喜儿吧。"

朱悦真是个讨人喜欢的女孩。她的和颜悦色,她的从容淡定,她的善解人意,她的智慧和果敢,都是现今职场中无往而不胜的法宝。她将来肯定能成就大业!池山心里这么想着,对朱悦更加爱慕,也更加钦佩。但他知道成功的女人,往往会吓退爱慕者,在爱情的天平上,如果女性砝码重了,男人心理就会失重,他希望在朱悦困难的时候,向她表白,而不是等她成功时再拜倒在她的石榴裙下。当他送朱悦到她住宿的女子公寓楼下时，一个别出心裁的计划突然在心中萌生。他想在处理完公司的当务之急之后，就向朱悦表明心迹。不管她是否接受他的求爱，他都不想再缄默。因为朱悦现在已经离开了写字楼，不知她会不会还在这个城市里做事，如果她去南方，去沿海城市发展，他能抛下眼前的公司去追逐她吗？首先必须留住她！何况他有爱的权利，"花开堪折直须折，莫待花落空折枝"，他不由想起这句古诗。

送别了朱悦之后，池山把肖娜带回公司，他们一块在新买的电脑里做了备份，还另存两块U盘里，这样就万无一失了。然后，池山才开车送肖娜回她住宿的姑妈家。

池山公司很快就恢复了正常运作，肖娜比过去工作更卖力了，她觉得她还是很幸运，遇见朱悦和池山这样的好人，不然让人卖了还替人数钱呢。关朝晖发现电脑出了故障之后，多次打电话约她见面，都让她断然拒绝。她一心一意在池山公司里做事，休息时就约朱悦逛商店或者到咖啡店小坐，两个人已经成了无所不谈的朋友。

3

朱悦去了几次人才市场，没有找到可心的工作。肖娜建议她回池山公司，既然池山表示过随时都可以接纳她，她还犹豫什么哪。大家彼此都很了解了，在一起做事不是很好吗。可是朱悦脾气很犟，她说她不想再做化妆品了，她的长项是做广告代理，她一定要找适合自己的工作去做。池山得知她的想法，几次打电话给朱悦，主动要借给她钱，帮她创办自己的广告公司。朱悦非常感谢，表示需要时不会客气的。直到秋天过去大半，朱悦的工作和计划都一点着落没有，人也显得落寞寡欢，有时也进网吧消遣。她也有脆弱的一面。肖娜不免关心朱悦，常常主动去女子公寓找朱悦，一块出去逛街吃饭。有一天，肖娜在办公室里接朱悦的电话，说着说着，就掉泪了，因为朱悦跟她说要离开本地去南方做事。她很舍不得朱悦妹妹，在写字楼里混这么久，就交下朱悦这么一个好朋友。池山看见她打电话直哭，以为她老家出什么事了，就关心地问她，她说："朱悦要去南方！她一个人要去南方！"

池山当时没说什么，可是晚间他主动给朱悦打了电话，希望她别走，即使不愿意回他的公司，也会找到适合工作的。朱悦说她不能就这么一直待业，不能坐吃山空。她开玩笑说她都到了山穷水尽的地步了。朱悦的一句玩笑话，使得池山不得不加快实施他暗中正进行的计划——

在一个天气晴朗的好日子，池山突然开车来接朱悦，请她参加一个朋友聚会。朱悦问："都是你的朋友？我不愿意见陌生人，谢谢你的好意，我不去了。"

池山喜滋滋说："今天你是主角，你怎么能缺席！我想隆重推出你！我想问你，如果只是为了让我高兴，你可不可以参加这个聚会？"池山热切地凝视朱悦。

池山这么一说，朱悦觉得盛情难却了，就答应了。她笑问池山："干吗要隆重推出我？等让你的宾客们失望了，你就不这么兴奋了。"她想池山在朋友面前，指不定怎么瞎说呢，可别把她太理想化。为了不至于让池山丢份，她得认真对待这次聚会。她对池山说："那你先下楼等我吧，我换身衣服。"

池山出去之后，朱悦对着镜子照了照。人的精神实在太重要了，这些天由于情绪低落，脸色暗淡许多。她拿出化妆盒，匆匆化了化妆。她总是化淡妆，她平素也不希望引人注目，只希望让人看着清爽还有些气质就行。她翻出刚进写字楼工作时定做的那身深色西服裙装，佩以洁白衬衫，往镜子面前一站，立刻就显得精神饱满了。她冲自己淡淡一笑，人生历练还不多，青春活力一点都没有损失！她又找到了自信，想到即将参加的不是什么应聘会，而是一次休闲聚会，精神也放松了，心情也愉快了。来到楼下钻进池山的车里，她已经像赴圣诞节狂欢夜那么兴致勃勃了。

坐在车里，她才注意到池山今天有些特别，开PARTY本是休闲活动，干吗西装革履还打了漂亮领带？他这身是庄重场合的打扮哪。然而，转念一想，自己不也没有穿休闲装吗，两个人都太在意这个聚会了吧，难道有什么重要人物参加？

朱悦以为聚会安排在哪个酒店的包房，因为池山住房很狭窄，还有母亲在家，不便在家里开聚会。可是池山却把车驶进了一处高档花园小区，在一栋全是大飘窗阳台的楼前停下了。池山先下了车，很绅士地替朱悦开了车门，还笑着说了声："请。"

朱悦心想幸亏自己重视了这个聚会，这肯定是池山的一个大款朋友办的聚会，若是马马虎虎跟他来赴会就糟了，还不给池山丢面子呀。她跟在池山身后上到五楼，池山没有敲门，却掏出一把钥匙打开了门。朱悦愣怔了，很诧异，莫不是池山按揭了新房？他是不是庆祝乔迁之喜、宴请宾客？朱悦下意识地摸摸手袋，她心里琢磨该随多少钱的份子。池山怎么事先也不告诉一下，她一点准备都没有，她手袋里平时也就装二百元零花钱，若上街逛商店临时决定买东西，便就近找个取款机先取钱。在女子公寓里住独身，钱还是存在卡里比较安全。前些日子小玲就在屋里丢了钱，她谁都怀疑就不怀疑朱悦。但朱悦仍然觉得一个屋住着的姐妹，出了这样的事，谁心里也不能平和。她就跟同室的几个打工妹说，不办卡办个活期存折也行啊，可别粗心大意，公寓往来的人挺多的，老板一再叮嘱个人的钱财个人保管好，丢了一概不负责。所以，朱悦手袋里总是不超过二百元钱，今天手袋里只剩一百二十元钱了，这点钱怎么拿得出手啊。她正不知如何是好呢，池山站在门里催她进屋，把拖鞋给她摆在玄关大理石地面上。

　　朱悦心神不安地脱了皮鞋换上松软舒适的拖鞋，小心翼翼地走进屋里。好大的客厅啊，装修得富丽堂皇，沙发、彩电、音响一应俱全。还有吧台！玻璃酒柜里摆着各种形状大大小小的玻璃杯，却只有一瓶红酒。她又去欣赏飘窗上粉红色丝织大窗帘，欣赏墙上的壁挂和风景装饰画，最后目光掠过一扇又一扇门，据此她看出这是一个三室两厅的至少有140平方米的大单元！朱悦回头问跟在她身后的池山："这是你的新居？新买的？"

　　池山微笑着点点头。把朱悦让到沙发上坐下之后，他去餐厅从冰箱里取来冰镇可乐，"砰"地打开一听，送到朱悦手边："先喝点饮料。"

　　朱悦接过来可乐放到茶几上，抬头又问："你约了几位朋友啊？他们什么时候到？你事先没告诉我你乔迁新居，我什么礼物都没带来，幸亏我捷足先登，没遇到其他客人，不然你我都没面子。池总，如果你不介意的话，我以后补。"

池山拿出几本时尚杂志，还把电视遥控器放在朱悦跟前，然后神秘一笑，说："你休息一会儿。我下厨去！"

朱悦客气地说："用不用我来帮厨？"其实，她只是出于礼节才说这么一句客套话。她不会做饭，平时不是吃女子公寓的份饭，就是吃写字楼里外卖的盒饭，再不就是泡方便面。

朱悦独自坐在沙发上看一本《意林》杂志。她挺喜欢这本杂志，正像杂志封面定位语所说那样，里面的文章篇篇体现出"小故事大智慧，小视角大境界"很吸引人。

朱悦看了一会杂志，忽然觉得厅里很安静，她这才想到怎么其他客人还不到？她知道，在一些场合的聚会上，姗姗来迟的人往往都是领导或重要人物。她觉得自己可能是一个次要客人，不过主人亲自去车接的，也算盛情了。池山还在厨房里忙什么呢，怎么没听到炒菜的声响呢？她好奇地站起来，想去看个究竟。她一边向饭厅的玻璃拉门走去，一边大声说："池总，你还在忙什么，客人怎么还不到啊！"池山在里面应声道："好了！盛宴开始了！"他说着哗地拉开了玻璃拉门，朱悦大吃一惊！只见饭厅里椭圆形餐桌中央摆放着一大捧红玫瑰！花瓶是方形雕花玻璃的，花的周围摆放了六碟冷荤小菜，餐桌两端只摆了两张靠背椅。朱悦正感到奇怪，池山瞅着她的脸说："朱悦，我要给你一个惊喜！今天的聚会只有我们两个人,我没有邀请别人。"

朱悦似乎明白了池山的心迹，但她还是要证实一下，她瞅着池山的眼睛说："你为什么要这么做？"

池山动情地说:"朱悦,这一切都是为了你,玫瑰花也是为你而开放!它们代表我的心,我郑重向你求婚,嫁给我吧!"

朱悦很感动,她不由自主地落泪了,然而却轻轻说:"池山,谢谢你。可我一点准备没有,我不能马上决定是否能接受你的好意。请你原谅,对不起!"她忽然转身仓促回到客厅,拾起茶几上的手袋再次向池山道歉:"真的很对不起,我不能留下来吃这顿玫瑰盛宴!太隆重了,让我回去认真想想好吗?"

池山慌忙说:"等等,你听我解释——"

朱悦打断他的话:"不,应当解释的是我,以后我会告诉你我的想法。今天我太激动了,真的说不清什么,我不能草率对待你的真诚厚意。"她说完匆匆离去,留下惊愕的池山不知自己做错了什么。其实他什么也没做错。而是朱悦太珍重这份感情,她从暗恋到主动离去,以至于后来又自行改为友谊,都是她朱悦单方面的情感历程。池山现在突然提出求婚,让她有点措手不及。她必须清醒一下头脑,梳理一下情丝,以后另约时间再谈这个攸关两个人一生幸福的大事。

4

朱悦从池山那里回来的第二天一早,就结算了女子公寓的食宿费。到省城打拼以来,她第一次想回家看看,想回到那个面貌虽有所改变,但依然落后的平安县,回到被岁月风雨侵蚀得有些破旧的乡间小屋,也算她这片还绿的叶对根的牵挂和情义。她从未像现在这样想念家,向往重温疏离的亲情。她要体验一下远离都市喧嚣,远离写字楼人事风波,远离那个突然要闯进她生活里的人，看看自己回到起点之后，到底想坚持什么。她认为只有回到起点，自己才能想明白。

她走得匆忙，没有跟肖娜打招呼，也没有告诉池山。甚至没有和在一间公寓里同居的室友们说声再见，她走的时候小玲她们挂在床头的油渍麻花的工作服都不见了，她们早上班去了。她只好在她们每个人的床上放了一双新袜子，算是一份小小的礼品，更是一种衷心祝愿，她祝愿她们这些来城市打拼的姐妹，走好脚下的路！

朱悦把手机关掉，静静地望着车窗外飞逝的景物，陷入沉思默想。

这个时候，她可曾想到池山在一遍遍往她手机里打电话！池山由于打不通朱悦的手机，气急败坏地跟肖娜因为一个报表大发雷霆，弄得肖娜不知所措，可自己回办公室一核对——没错。

有个人在朱悦的对面座位上悄然坐下来。朱悦没有察觉这个人正在注视她。

这个时候，朱悦也不曾想到母亲正在把她精心饲养的鸭子赶往水泡子里。因为它们刚刚下了蛋，可以下水找食吃去了。朱悦的母亲春天时抓了几只鸭雏，她想给在外打工的女儿腌一坛子咸鸭蛋，送到省城去好给女儿下饭。可她不会想到，此刻正往家赶的女儿，旅行袋里塞了很多松花蛋。朱悦母亲爱吃松花蛋。

这时候朱悦想的是，她曾经以一片纯情暗恋池山，以为冷冷冰雪似的池山也和他一样有着冰清玉洁的心地。可是她看错了，池山竟然和李薇关系暧昧！这给了她极大的伤害，以至于让她悄悄掩埋了自己的感情。现在池山又把那份深埋的最初情愫挖了出来，逼她正视，让她决断，可她既不愿正视又做不了决断，所以逃离省城，去乡下回避一下。她不想让选择改变人生，她认准了个人奋斗目标才是自己的真正人生。她不想靠男人生存，也不想帮别人成功事业，她只想自己创业！还没有回到田园，她已经想通了，这次回乡探亲，可以缓解一下疲惫的身心，权作战略撤退吧。她想到这个比喻时，抿嘴笑了。

这时，坐在朱悦对面那个人，忍不住开腔了："朱悦，想什么哪？连对面的朋友都视而不见！"

朱悦转过脸来，一脸惊讶，唤道："关老师！怎么是你？"

关宏笑道："我都坐这儿好一会儿了，你理都不理。那么专注，是不是在冥思苦想广告创意呢？"

朱悦说："什么广告创意呀，我早不做了。我不在具象干了。"她微笑了，轻松道："解甲归田了。"

关宏问道："前些日子，你不还为具象讨债吗？怎么，不好干？还是另有高就？"

"给李薇那样的人干事确实不好干，我想单干。"

"我过去就觉得你替别人做有点可惜。你太优秀了，干吗不自己干！"

"关老师尽夸我。其实我现在连工作都没有了，只是有个想法，能不能实现还是未知数。"

关宏对朱悦的想法很感兴趣。他认准朱悦是个做广告的人才!他也一直想做点什么,现在有路子的人,哪个不想搞点额外收入,白放着电视台的资源不利用,多傻呀。他若是办个广告公司,还愁揽不来活儿吗?但他公职在身,不便出面主事,最好有个可信赖又确有能力的合作伙伴一起干!那就有大钱可赚了!他相中了朱悦。

于是,两个人就谈论起广告业务来,一路就没停下来说话,大瓶纯净水每人喝了一瓶。车到平安县,朱悦临下车时,已经和关宏达成初步商定联合创办广告影视传媒公司的意向!

朱悦走在月台上,关宏还从车窗里探出头来叮嘱她:"回省城就和我联系!"

"好的!"朱悦向他挥手,大声应道。

没想到这次回故乡之路,会意外地遇见关宏!朱悦感动关宏是她的贵人。她第一次考验个人智慧的决策行动是关宏促成的,那次在李薇住院期间她自行做主的栏目赞助是她小试锋芒。她在大连讨债期间也是关宏侠义相助,才有了两万元的回扣,让她聊度这段没工作的困难时期。现在,在她工作无着落、情感又陷入彷徨的时候,她绝处逢生般地看到了照亮她心智的风景——一次人生难得的机遇!像关宏这样的人,无疑是她的贵人。李薇是她初涉社会所遇到的第一个小人,池山是她情感历程上第一个遭遇者,现在她绕过这两个人,走近关宏,将走上一条新路!

## 第六章

### 1

朱悦在乡下只待了三天就匆忙回到省城。回来之后，她没有住女子公寓，也没有去找关宏想办法解决住处，更不想去池山那里求助，她暂时把自己安顿在一家旅店里，然后就打电话和关宏联系。关宏急着约她去电视台洽谈开办广告公司的事。朱悦也想及早促成此事，关了手机就准备去电视台面见关宏。她从皮箱里拿出那身西服裙职业装，她很喜欢这身衣服，每当去办重要的事情，每当赴重要的约会，她都要穿上这身衣服。这身职业装可以把她干练、庄重的气度，完美体现出来。她住的旅店，离电视台不远，步行也就只需二十来分钟。

时候虽然已近深秋，幸而她西服裙下穿了密织的连裤长袜，还抵得住秋日的凉意。她走在街上，秋阳正好，心情也很好。她如约来到电视大厦，款步走进接待大厅，就像第一天走进写字楼那样喜悦、兴奋、充满信心。

收发人员替她给在18楼办公的关宏打了个通报电话。不多会儿，朱悦就看见关宏从电梯里走出来。关宏看上去精神饱满，步履矫健，风度儒雅。朱悦从大厅候客沙发上站起来，两个人相视而笑，关宏急走两步迎上去和朱悦握手，轻声说："我们出去找个清静的地方谈，另外我还约了两个合作伙伴。"

朱悦跟随关宏来到电视台门前停车场，见关宏向一辆崭新的红色奥迪按了一下手里的遥控器。朱悦微笑说："换新车了。"她没有坐副驾驶座位，坐在后座了。

朱悦看看车上的电子表，已经上午十点钟了。他们要到哪儿去商议？她不希望用两个小时来务虚，首先她想弄清楚双方究竟能达成一个什么样的合作协定。如果关宏雇佣她主持广告公司的全面工作，除了财权应由出资方关宏掌握而外，其他权力必须归她执行，否则就免谈。至于佣金，少点她也乐于接受。朱悦打算向社会招聘广告策划和文案写作，亲自审定所有从业人员，才能和素质都要兼顾，特别是财务主管，可不能要肖娜那样容易被利用的、头脑简单的人。她要兢兢业业把广告影视传媒公司做大做强！她相信只要业绩骄人，她的付出是会有回报的。因为关宏不会像李薇那样小家子气，这一点她还是相信自己的直觉的。她瞥一眼后视镜，关宏刚好也在瞅她。朱悦笑了，两个打算合作的人，免不了要揣测对方。车开到十字路口，遇到了红灯。关宏停车等待着，回头对朱悦说："我们去绿色生态园，中午在那儿吃饭。"

朱悦没吱声，心想男人们谈生意，也要整到饭桌上，关宏也不能免俗。她不喜欢这种谈生意的方式，她暗下决心，即将创办的宏大公司必须改变这种运作方式，她会慢慢向关宏渗透，办公司做生意一定要务实，高效！

车驶进绿色生态园，朱悦下了车，环顾周遭，觉得这里倒是比其他酒店有特色，至少具有真实的田园风味，满眼生机。朱悦是第一次来生态园，她在关宏的引领下，来到事先预订的雅座。已经有一男一女坐在那里等候。关宏像藏着什么秘密似的笑了，冲朱悦说："你认识他们。"

他的话音刚落，那一男一女已从藤椅上站起，转过头来冲朱悦小心地笑了笑。朱悦十分惊诧！她以为是在梦中，这怎么可能？肖娜和关朝晖不是反目分手了吗？他们怎么会双双出现在这里？她把疑惑的目光转向关宏：这是怎么回事？

关宏很文雅地向大家做了个请坐的手势。他也坐下来，转向朱悦说："我哥也是出资方之一，肖姐懂财会，他们的加盟，会使我们运作起来快一些。大家都是自己人，又都各有专长，可以说是强强联手！"

朱悦一瞬间脑子里一片空白，她望着冲她微笑的肖娜，茫然不知所措。好半天，她才回过神来，她至少想听到肖娜的解释，她怎么这么快就杀了回马枪？

肖娜知道朱悦对她疑惑不解，就和关朝晖换了座位，把椅子往朱悦跟前挪挪。这样跟朱悦单独说话方便些。

"朱悦。"肖娜有点不好意思，低声下气地说，"姐对不住你，你是个好人，我利用了你。因为我和老关做错了事，我们怕池山看出其中破绽，一旦报案被公安局查出来就坏了，我协同老关技术盗窃！性质严重！会被判刑的。我们就巧妙地中止了犯罪。这事儿，只有通过你去跟池山说，才像真的一样，不会引起池山的怀疑和追究。反正他也没啥大损失，一台旧电脑两百元都不值。朝晖不打算做化妆品生意了，那 U 盘也没用了，可对池山很重要，我们就完璧归赵了。老关说过找机会让我好好谢谢你，今天借关宏的酒，正好向你道尽这事，我们特别感谢你。以后跟你和关宏办公司，大家就是一家人了。"

朱悦忽然感到心灰意冷，真是知人知面不知心！她来省城才两年多，在写字楼里与人相处关系较近的就李薇和肖娜两个人,可她们都欺骗了她,利用了她,虽说人无完人但也不能像她们这样为人处世啊?朱悦忽然感慨地想起李白的诗句:"海客谈瀛洲,烟涛微茫信难求!"人心不古,世风日下,商品经济社会,人都这么自私自利不择手段吗?而她一直坚持忠实地生活,正直地奋斗,可她得到了什么?凭能力凭心气儿,她的生活境遇,怎么会在李薇、肖娜之下!可是现实就这么明摆着不公正,好运就总不待见她!她不愿与小人为伍,她不愿寄人篱下,她一直洁身自好,她寻求平等合作,尊重有识之士,可是最终还得和肖娜、关朝晖这样的人共事吗?还有关宏,她是不是也看错这个人了?他难道不清楚所谓"自己人"可不是正确的用人之道!朱悦在心里翻来覆去地思考着,她没再听肖娜又絮叨些什么,也没理会接下来大家都说了些什么客套话,就餐时更没吃出味道好极了的感觉,至于关朝晖的夸夸其谈,肖娜的"夫唱妇随",她就更是听而不闻了,谈及创办宏大公司,她也迟疑了,她不想加盟关氏兄弟的公司了,在酒桌上不好让关宏扫兴,就没有明说。

从绿色生态园出来时,肖娜和关朝晖也坐进关宏车里,朱悦不便当着他俩的面说什么,就一直沉默着。车路过池山那个高档花园小区时,朱悦想起了几天前,池山向她求婚的情景,心里说不清是什么滋味,她觉得好像那已经是很遥远的事了。目前,她也不想搭顺风船,也不指望关宏,她决定快些给关宏明确的答复,也快些给池山明确的答复。好像在省城的生活,已经走到尽头。或许,她一开始就找错了地方,她的生活在别处。

2

因为下午关宏要回台里编辑带子，他们没有在绿色生态园耽搁太长时间。关宏也感到酒桌的气氛不大融洽，回来的车上朱悦又一直沉默不语，他就觉得朱悦对肖娜和他哥的加盟有抵触。关宏想和朱悦好好解释一下，他的公司不能全用陌生人哪。他编完节目带之后给朱悦打了个电话，说中午太匆忙没谈到实质性问题，约朱悦单独再议，见面地点定在了乐府西餐厅。

晚上六点钟，朱悦如约而至。在门前她就认出了关宏的那辆新车。走进西餐厅，还是他们初次相聚时的情景，只是顾客比上次多了一些。上一回关宏还即兴弹奏了钢琴曲《致爱丽丝》。现在那架钢琴旁坐着一位长发披肩的女子，弹奏的曲子朱悦没听过，朱悦对钢琴曲所知很少，她不知道那是一首什么曲子。关宏就坐在距钢琴很近的一张圆桌旁，他冲朱悦举一下手，微笑地向她打招呼。朱悦走过去，坐在圆桌旁，把手袋放在她和关宏之间那张空椅子上。

关宏笑着说："中午我看你也没吃什么，好像情绪不高。晚餐补偿一下，你想吃点什么？"

朱悦笑了，关宏毕竟会讨女孩子喜欢，总能从小处体现呵护。她觉得，在和关宏接触中，总能让她感到他的细心和耐心。不像池山，要么淡漠，要么就一步到位热忱难当。池山好像看重结果，关宏似乎在意过程。这两个人的优点如果能加在一起，她就会感到完美得世上无所羡慕！

朱悦抱歉说："真对不起。最近可能心里有火，食欲不振。

现在我也不饿。"她微微一笑,"要不,我们喝一点什么吧。"

"好,你想喝点什么?"

"红酒,白兰地也行。"

关宏为之一振,女孩子主动提出喝白兰地,一是证明有酒量有豪气,二是证明亲近热忱。但他有所不知,其实还有更多证明,比如郁闷,比如失望,比如不知何去何从。

关宏要了两杯白兰地、两杯红酒、两份牛排,还有面包丁、水果沙拉。喝白兰地还是吃点肉食好,他想得很周到。

朱悦确实心情郁闷,陷入了生存困境。她已经决定回乡下去度过今年的秋冬,来年春天再考虑做点什么。今天这顿最后的晚餐,怎能没有离愁别绪,喝酒是情之所至。

他们相视一笑,举起盛着白兰地的酒杯。

关宏兴致勃勃地说道:"朱悦,为了预祝我们合作成功!为了宏大公司在你掌管下,大展宏图!干杯!"

朱悦苦笑了一下说:"非常抱歉,我已决定退出。"面对关宏一脸惊诧的神色,她低下头慢慢说道:"我有我的想法,我做事要按我的想法行事,恐怕这难以实现——我不愿因此伤害到任何人。如果你在没有决定之前,就和我商量,也许不是这个局面,那时我可以直言不讳,表明我的态度。现在已经迟了,我也就别无选择。"

关宏愕然了,他放下酒杯,问道:"为什么我不能用我想用的人?为什么你容不得他俩?"

朱悦半天没吱声,她眼里有了泪水,她不得不说出原因:"做人要有原则,做人要讲情义。我最恨背叛的人,关朝晖和肖娜阴谋诡计算计过池山!回头又让我替他们遮掩,把大事化小、小事化了。这么两个人,一个是你哥哥,一个可能是你未来的嫂子,你也为难,所以不如我退出。我绝不能接受他们!"

关宏凝视着朱悦的眼睛逼问道:"你是怕有负于池山?你很在意他?是吧?"

朱悦愣了一下,略一沉吟,坦然承认:"是的。这是我退出的根本原因。"

关宏举杯喝了一口白兰地,慨叹道:"难得!"转而伤感地说:"看来我们是无缘合作了。不过,还可以成为朋友吧?"

朱悦诚恳道:"我们一直是朋友。你还是我的贵人,你帮了我不少忙,我一直心存感激。也愿意和你共事,可是天不作美。"朱悦也举起酒杯,"来,为友情,为宏大公司早日开张,干杯!"

关宏笑了:"好,为友情,干杯!"

关宏因痛失中意的合作伙伴,因失去和这个他越来越觉得不寻常的女孩进一步相处的机会,而深感遗憾。让他心里隐隐不平的是,这么好的一个女孩居然被并不怎么优秀的代理商俘获了芳心,而且朱悦居然还如此忠诚不渝,甚至可以说有点愚忠。现在的女孩真是让人琢磨不透。他并非嫉妒,只是很不理解,因为他毕竟还没有坠入情网,他只是欣赏朱悦,觉得她有许多让男人敬佩和喜欢的地方。他不能确定,若与朱悦相处长了,是否就会爱上她。现在看来,这种假设已没有意义。他也知道,他们是在吃最后的晚餐。他甚至想到朱悦和池山将来结婚时,他会不会帮忙去录像,或者应当拿多少随礼钱。他听说过池山这个人,但是没有见过,是不是很酷的一个好男人呢?如果不是,可枉费了朱悦的一片痴心!

两个人都是明白人,好沟通,也很友好,两个人都不是那种非要改变对方的说服者,都是不勉强对方的人,所以就不必在这个事情上再纠缠了。他们就换了别的话题,关宏问及朱悦今后的打算,朱悦说:"我很迷茫,原来一直想自己干点什么。想开自己的广告公司,可是白手起家,谈何容易!太天真了。关老师,再找您这样的合作伙伴,恐怕很难。"

"那你为什么不可以向自己的原则做一点妥协呢?"关宏还是想留住朱悦。"如果池山同情你的处境,他也会理解你。如果他也像你在意他那样在意你的话,他应当能接受你的选择。"

朱悦笑了,没有正面回答,却说:"你误解了,我不是绝望,只是偶尔有点悲观情绪,很快就会过去。"

关宏真诚地说:"朱悦,恕我直言,你是不是把感情的东西,看得太重了?"

朱悦笑而不语,她举起酒杯掩饰说:"来,不谈这些。我们喝酒。"

两个人喝了两杯白兰地、两杯红酒,但谁也没有醉意。他们发现彼此都是有些酒量的。

从乐府西餐厅走出来的时候,朱悦说她住的地方离这不远,不用送她。关宏说:"等一等,我送你个小礼物。"他从车里拿出一个漂亮的易拉罐。

朱悦问:"这是什么?八宝粥吗?"

关宏笑了,告诉朱悦:"这是魔豆。你按上面的说明去做。肯定有意外的惊喜。"

朱悦不知道什么是魔豆,道了谢,就和关宏挥手告别了。

关宏一个人走了。

3

朱悦心事重重地走在华灯初上的街道，她觉得自己匆匆从乡下赶回来，本来追寻的是一种新生的感觉，认为能有一个全新的开始，到头来却又是一个波折，一个戛然而止的结束。突然她的手机响了，来电显示是她熟悉的一个手机号，是池山曾经以公司名义送她的那部手机号码，她离开公司时已经还给他了。池山现在特地用这部手机给她打电话，她实在不能接。在这个时候，她怕自己撑不住，所以她立刻挂掉电话，没接这个电话。对方又发来短信："朱悦，你在哪里？为什么不接我电话。"她只好回一条短信："对不起，请给我时间。我会说清楚的。"

回到小旅店之后，朱悦觉得不能再在省城久留了，也不想在这里找工作了，她卡里还有两万多元，她想去南方转转，想到沿海经济发达地区，看看自己能做点什么。第二天，她到商场买了几件衣服，还买了个新的旅行箱包。当晚，她就毅然乘夜车南下。她的行囊里，还装进关宏送她的魔豆易拉罐。她想到了新的地方，安顿好了再拉开那个魔豆易拉罐，看看里面到底有什么。可是在旅途辗转中她却不知怎么把魔豆丢了。一周之后，关宏给她打来手机，问及魔豆，她答非所问，不敢说那魔豆让她丢了！

朱悦却不知道，她丢失的魔豆，现在仍在车上，一位女列车员拾到了它，看着罐上的说明文字，好奇地打开来，放在列车员休息室里,每天都给易拉罐里的咖啡色培养土浇几滴水。

不久后,易拉罐培养土里长出两枚豆瓣!让人惊奇的是小小豆瓣上居然隐约现出一行英文字:I LOVE YOU!

# 采 风

1

女记者琼、青年作家峰和浩,应邀赴偏远的肖县采风。三个人坐的是夜车卧铺,两张相对的下铺一张中铺。二位青年作家让女记者挑选铺位。琼说她登高不方便,就睡下铺吧。她穿的是过膝长裙。峰和浩当然愿意睡下铺——舒服,行动方便。但两个人挺谦让,都要睡中铺。琼说:"你俩谁不打呼谁睡下铺。"峰就上了中铺,浩自然欣喜。

浩斜靠在左下铺靠窗的角落,和琼聊起当下正上映的美国电影《真实的谎言》。浩说他要写篇影评。琼说:"若给我们报副刊用,别超过两千字。"

琼坐右下铺居中位置,背靠着板壁,津津有味地听浩讲他崇拜的施瓦辛格。躺在左中铺的峰,瞅一眼对面中铺那个秃顶中年男子,觉得那人好像不怀好意地盯着他,这让他感觉不舒服。他不愿主动和对方搭讪，也不好探出身子加入下面琼和浩的谈话，不免有点无聊，就拿出本杂志看。他看了两三页，又翻回去重看，不是想研读那篇小说，而是走神儿了，看了两三页脑子里却是一片空白。他好生奇怪：一个娇小的琼，此时让他对浩居然凭空生出一丝醋意。峰翻了个身，脸冲墙，下意识地想进入小说情景里。可是，下面琼的笑声、浩侃侃而谈的话语，一劲儿往他耳朵里灌。他索性放下杂志，想小睡一会儿。但他睡不安适，不时翻身。下边的琼和浩谈笑风生。峰眯缝着小眼睛瞧一眼下铺的琼。他瞅见了琼衣领敞开处雪白的肌肤，不自觉地又瞅一眼，即刻收回目光。

夜间行车，车窗关了。时令刚进末伏，车厢里有点闷热，浩和琼的话语渐渐少了。峰向下边又瞄一眼，见他们各自扯了毯子盖在身上，都不作声了。峰听着车轮滚动的声音，感受铺位的轻轻晃动——也渐入梦乡。

一觉醒来，天已大亮。

峰睁开眼一瞅下铺——两个人都不见了。他忙翻身跳下中铺。对面中铺那个秃顶中年男子，也斜他一眼。峰没大注意，拿了手巾、香皂、牙刷、牙膏，奔车厢连接处去洗漱。

在那里，他看到了琼和浩。浩这烟鬼早晨也吞云吐雾。琼一个人占据着洗脸池，仔细往脸和脖子上抹着洗面奶。峰凑过去，先冲抬头照镜子的琼打招呼："早上好！下铺睡得舒服吧？"

琼用手巾轻轻擦着脸，露出晨光般清新的笑容："挺好，我还做了个梦。"

浩上前逗她："梦见我了吧，离你近在咫尺的我？"

琼说:"梦见谁也不会梦见你!"她笑着揶揄浩。

峰凑趣一笑。

琼说起她的梦境,不过是一个很普通的梦,没一点浪漫,也不惊悚。

回到铺位时,琼的面容看去新鲜如朝阳,浩也神清,峰也气爽。峰跟琼坐琼的铺位,浩坐他自己的铺位。三个人经过一夜睡眠,新鲜出炉,开始东拉西扯。他们说到四大天王的同台重唱,讲到足球世界杯巴西的战绩,谈到那本疯传的翻译小说《廊桥遗梦》……三个人聊得兴致勃勃。他们共同的感受是,1994年八面来风,赏心乐事,让人目不暇接。他们都分享到了生活里的喜和乐。他们对个人的事业,也都满怀信心。娇小志大的琼,兴奋地说他们报社又增办一张子报,现在完全可以整合为报业集团。她打算竞选晚报总编辑!两位青年作家,也谈到他们雄心勃勃的创作计划。三个人光顾高谈阔论,错过了餐车上的早点,只好买面包、香肠吃。

## 2

早晨八点二十分,火车正点到达肖县。

三个人走出站台,琼就望见了高举接站牌的县文化馆小张。身材瘦长的小张,正站在台阶上东张西望。琼来过肖县,小张给她当过下乡采访的引路人,琼指给峰和浩看:"瞧,文化馆小张来接咱们了!"

他们向小张走过去,琼把峰和浩介绍给小张,大家握手寒暄。

小张挺精神，热情洋溢，他张开双臂，拥着娇小的琼和壮硕的浩，回头微笑，也兼顾了峰。落后一步的峰，不禁有点怪琼对他和浩的介绍太求平衡，怎么不提他作协理事的头衔？他摸摸裤兜里的名片，犹豫一下，没往出拿。其实，小张也知道峰的名气比浩大。但也正因此，他大可不必在意峰，这样才显得不势利。再者，写小说的峰没有比写报告文学的浩，对他们文化馆更有价值。至于琼，对于肖县文化馆乃至整个肖县，更是重要的"代言人"！

小张挥手叫了辆出租车，把琼让到前排副驾驶座位，他和两位作家挤在"夏利"的后排座。车至多跑了五六分钟，就到了文化馆。峰和浩都想说早知道路这么近，不如步行了。但他们没说，心领神会，明白这是一种接待礼仪。小县城的出租车就是"夏利"一款，等而下之便是罩了塑料棚的人力三轮车。

小张上楼向他的领导——郑馆长通报记者、作家驾到。郑馆长正忙着案头工作，自觉有失远迎，慌忙拿出好烟好茶招待三位贵客。郑馆长问小张客人的食宿都安排妥当了吗。小张给了郑馆长满意的回答。郑馆长转向三位客人殷勤地说："三位老师坐了一夜火车，一定很累了，上午就在县招待所充分休息休息。中午吃点便饭，晚上我们文化馆在宴宾楼给你们正式接风。"

肖县文化馆凭借一间录像厅和一间台球室"以商养文"，有点活钱儿，但也不富裕。大头儿都让承包人得了。事前，郑馆长和两位承包人说明了情况，让他们两位出点血，好好招待记者、作家，这对文化馆、对他们都有好处，一荣俱荣嘛。

宴宾楼年内重新装修过，就是跟市里的饭店比，也不逊色。

小张引领客人走进包间。除了小张，作陪的还有孙副馆长、文化馆会计和两位承包人。郑馆长笑容满面，请记者作家点菜。两位承包人也满脸堆笑，眼神儿却有点漂移，心里好像还是希望见过世面的记者、作家，最好换换口味，多点物美价廉的农家菜，给他们两个赞助人省点银子。

峰和浩毕竟是搞文学创作的，猜透几分在座的不同心理，漫不经心地浏览一眼菜谱，随便点了两个价位低的家常菜，然后就把菜谱推给了琼。琼对鸡鸭鱼肉不感兴趣，她只点了个拔丝白果。小张是机灵人，尽地主之谊不能手软，他接过菜谱点了浇汁鱼。郑馆长更上层楼，追加了个油焖大虾！酒水和香烟是会计从办公室带过来的，是以往招待客人剩下的"存货"。

席间，郑馆长这方面的人频频举杯，两位青年作家来者不拒，展现出非比寻常的酒量。女记者琼也受到酒桌气氛的感染，另辟蹊径，以歌代酒，为大家唱了时下正流行的歌曲《祝你平安》。一片叫好声中，孙副馆长起身向两位作家一拱手，说要在作家面前献丑，念一首他临时写的九言诗——九言古风诗留传下来的极少，孙副馆长不作五言、七言诗，剑走偏锋，一派大先生气度。

孙副馆长吟诗之际，小张抽身出了包间，很快拿进来笔墨和宣纸。小张事先早有准备，要趁记者、作家来此做客之机，展示一下他们文化馆的文化水平。两位馆长，一个即席赋诗，一个现场泼墨挥毫。小张自己倒是没什么好展示的。尽管他在县《农民报》上发表过几篇小小说，毕竟在大作家面前不值一提。然而有道是强将手下无弱兵，推介两位馆长的才艺，文化馆的整体素质也便略见一斑。

小张叫服务员搬进来一张条桌,替郑馆长铺好宣纸,把瓶装墨汁倒进食碟少许,闪开身子,恭敬地请他的领导留下墨宝。

浩对小张以及两位馆长印象不错。他此番下乡采风重点就是农民书画活动。看来,县文化馆无疑发挥了旗帜作用。

峰不以为然,他撂下手头正在写的一个中篇,跟浩和琼来此地本不是采什么风,他对书画也不感兴趣。他是因为有这么个近距离接触琼的机会,才与琼和浩结伴而行,来到此地。几次作协开会,琼都全程跟会采访,峰也不怎么就看好了小鸟依人的琼。

酒足饭饱之后,在小张的操持下,又上了个果盘儿。小张忙着调试卡拉 OK 音响。校准了音,就鼓动身边的浩先唱一首。浩却把话筒递给峰,让峰唱。峰清楚浩五音不全,乐意替他混过去,便当仁不让,起身开唱。峰先唱了一首刘德华的《忘情水》,用琼文艺报道中常用的词儿"声情并茂"来评价,还真不为过。琼的掌声收束得慢半拍,显得赞赏有加。峰喜不自胜,俯身笑着邀请琼跟他来个二重唱。大家热烈鼓掌。琼盛情难却,小脸儿潮红,人面桃花。峰把歌本递给琼,让琼点歌。琼翻着歌本。峰说:"别找了,就唱你在作协联欢会上唱的那首《萍聚》吧。"于是,二人又一番"声情并茂"——

从宴宾楼出来,小张把记者、作家送到县招待所。临别才告诉他们,很不巧,县委宣传部的头儿上市里开会去了,办公室主任说等部长回来,一定好好补偿。听小张这么一说,琼对宣传部没出面接待他们,心里的小郁结才释然。毕竟是她带来的两位青年作家,她要这个面子。峰和浩倒不大在意这个。他们睡前就想进客房泡泡澡,解解乏;有浴盆有热水就行。

## 3

招待所条件一般。伏天里,也不能只为三个客人烧锅炉,所里的热水是现用食堂大锅烧的。所里早就提出要安装电热水器,但是县里决定先改造小学校供暖设备,不能让孩子们冬天上课时再挨冻了。

宣传部办公室主任指令招待所,尽力招待好记者、作家。硬件不行就在软件上下点功夫!客房里的应季水果和红塔山烟、真空小包装滇红茶,就是招待规格的体现。

峰和浩住进二楼206房间,琼自己住进205房间。205房间也是两张床,也备有时令水果和红塔山烟、真空小包装滇红茶。琼不吸烟,但这不影响她临走一并收进背包,带回家给她嗜烟的老爸享用。

琼用里间靠窗的一张床,另一张床靠近玄关、卫生间一侧。琼在酒桌上只喝了少许啤酒,一滴白酒都没沾唇;后来唱卡拉OK,倒是又喝饮料又吃水果。她眼下不渴,更不想进浴缸泡澡。她用暖水瓶里的水洗把脸,就上床睡了。

后半夜三点多钟,琼懵懵懂懂醒了。她想小解,打开床头灯,猛然愣住了——对面床上竟然躺着一个人!什么时候安排进来的?简直莫名其妙!不对呀,床头、衣架都没有衣物,玄关处也没多出鞋来,琼很诧异。

那人脸埋在被子里,侧身向墙里蒙头酣睡。蓦地,那人睡梦中蹬了一下被子,露出了双腿。琼定睛一看,粗壮的双腿毛茸茸的,分明是个男人!琼吃惊不小,差点没叫出声来!那男子在睡梦中翻了个身,头转过来了,仍昏睡不醒。琼惊讶地看清了,这男人不是别人,竟是浩!他什么时候进来的?何以躺在对面的床上?琼慌乱不知所措,也忘了去卫生间。她紧张起来,下意识地抱紧前胸、搂住乳罩,可她下身是蕾丝内裤,她慌乱得不知怎么遮掩好,同时怒从心生,要喊醒浩,质问他!她凑近床边,战战兢兢,没叫出声来。

半裸的浩祖露着强健的肌体,换了个睡姿——平躺着,仍然沉睡不醒。这倒使琼的慌乱稍微平复,她想不管是怎么回事,此刻大喊大叫都不妥。她想穿好衣服到 206 房间把峰叫来,证明一下什么,可她想证明什么呢?她心慌意乱。莫非浩有夜游症,或是——图谋不轨?

这时,浩忽然睁开眼睛,莫名其妙地看着琼,眼里满是惊诧。琼看到浩这样的表情,心里明白了,浩大概有夜游症!不然不能一脸懵懂。浩的错愕情态,激起琼一脸愠色。

浩腾地坐起来,把目光从琼半裸的身子迅疾移开,惊慌失措地问:"这怎么回事?你怎么在这儿?峰呢?"

浩慌急的疑问,让琼稍微镇定,毕竟错在浩的方面,她正色质问浩:"这是我的房间,你什么时候溜进来的!"

一个溜字让浩不寒而栗。他愣怔了,眨眨眼睛,手摸脑袋,醒悟到他误入 205 房间的过程:

他让峰打呼噜声半夜里弄醒了,不巧的是招待所所长百密一疏，忘了上午206号房间修好的便池暂时不能用。水暖工用胶带给马桶盖封了个十字。浩和峰晚间回来洗浴时，发现这情况，就找服务员，服务员说明天一早白水泥就能干，今晚就委屈他们二位了，只好用走廊的公厕。浩半夜如厕回房间也没开灯。另外，更碰巧的是，琼睡前忽略了拧好房门的弹子锁。种种巧合铸成了阴差阳错的一幕。

浩结结巴巴地解释："对不起，太对不起了。我绝对不是——我去走廊上厕所，回来走错门了。两个房间紧挨着——"他把事情的前因后果，细说一遍。

浩一脸委屈相，这和他强健的体魄，和他平素的谈笑风生，反差太大了。琼讨厌他的解释。还没有什么说不清的呢，就这么害怕，真要哪个女人委身与他，怎能指望他勇敢担当？琼板着粉团似的小脸儿，严正指出："如果不是我醒来发现这一切，天亮时你我还睡在一个房间，怎么向人解释？我的名誉怎么得了？"

琼没有意识到她自己没锁好门的疏忽。浩张口结舌，毫无姿态可言，和他在火车上的谈吐风度判若两人。他近乎乞求地说："你别生气，我立刻走，立刻走。"

浩就这么一走了之，抛下业已愤怒的琼。琼真想大骂浩，但她控制住了，没太冲动，觉得小题大做也不算上。琼从心底开始鄙夷浩，如果浩适才无所谓地哈哈大笑，轻描淡写地解释一下，她也不会这么气恼。可是浩这个样子，令她沮丧。体格壮硕内里虚弱的浩，让她感到无趣。她进卫生间小解之后，照照镜子，洗洗手，擦把脸，回床又睡了。

浩回到隔壁206房间，见峰沉沉地睡着，松了一口气。他悄悄躺下，却睡不着了。让琼这小女子数落一顿，到底心里不是滋味。幸好事情没闹大，不然太丢份儿了。浩又想到明天将如何面对琼。琼会不会跟峰说，他是不是该先跟峰说说？他心绪不宁。睡不着就想抽烟，他走进卫生间坐在马桶盖上抽烟，连抽两支，起身时让封马桶盖的胶带粘了一下，出来就没关好卫生间的门。这样，烟雾就顺门缝溜进房间——

天亮时，峰一睁眼就闻到满屋烟味。他问浩："你啥时抽的烟，没睡好？"

浩本想把夜里误闯琼的房间告诉峰，可又一想，还是先不说为好，这事该当着琼的面说，单独跟峰讲，怕倒会引起峰多想。他故意说："卫生间便池还坏了，真不方便——"。这么敷衍、铺垫一下，之后再说起昨夜的事，就不突兀了。

峰出门在外适应能力较强，能随遇而安，他昨夜睡得挺好。他洗漱完就出去了。无论去哪儿，住什么地方，他从不耽搁晨练。他的晨练也简单，就是遛遛弯儿，吸点新鲜空气，伸伸胳臂撂撂腿儿。

峰回来时，浩装作随便地问："琼起来了吗？"

峰说："没看见，女人梳洗打扮总是要费点儿时间。"

浩打开剃须刀刷刷地刮着连鬓胡。这时，有人敲门。浩猛然回头，进来的不是琼，是文化馆小张。

小张关心地问他们昨晚休息得可好。峰说挺好的。浩什么也没说。小张坐下来，先递给浩一支烟，浩只顾给自己点烟，还马上吸了一口。小张没在意这个细节，他自己点着了叼在嘴上的烟卷。小张坐浩的床边，兴致勃勃地跟他们说："今天上午咱们先参观本地的文物展,下午去大树乡见一位文化站长。他的事迹非常感人,琼姐过去采访过他,在报上发过专访。"

浩常给报纸副刊撰稿,所以也就时常看报,他对琼的那篇专访有印象,那篇文章可能限于篇幅写得不太充实,思想开掘得也不够深。当时他就思考过,想抽空和琼聊聊,一块儿下去见见那位乡文化站长,或许能写篇报告文学。后来就把这事儿忘了。这次他要零距离接触一下大树乡文化站长。浩正和小张提这个话头,琼敲门进来了。

琼和浩打个照面,就猜到浩没有说昨晚的事。如果她现在提昨晚的事,就有点刻意表白了。峰和小张再有其他联想,就没意思了。还好,浩还算明白事儿。

琼跟三个男人随便聊着。她故意面对浩说:"你们昨天都喝不少啊——"但她没有往下说,转了话题。浩不由对琼平生感激之情。浩感到琼有种忍辱负重的气度。他倒惭愧了,自己遇事怎么那样慌乱,好像真有什么罪过,让琼占了上风,像善待一个闯祸的小男孩那样原谅他。在这个小女子面前他洒脱不起来,有点窝囊。琼越是谈笑自如,浩心里越不自在。峰和小张不明就里,当然看不出什么来。他们四人又唠了一会儿,就下楼去餐厅吃早饭。

4

去文物展馆所坐的车,是小张从当地制鞋厂借来的"半截子"。琼和司机坐驾驶室,小张、峰和浩坐在后面。车挺破旧,跑起来不时颠簸，大约跑了四十分钟，就到了文物展馆。馆舍是青砖平房，也像历史文物那么陈旧。馆里陈列三个玻璃柜的石针、石斧之类的原始工具，是不是远古时期的真品，大家都相信那必是经过考古专家鉴定的。但是，它们对一般参观者而言，却没什么吸引力。

一行人随便浏览一番，出了文物展馆直奔大树乡文化站。

车开出县城抛锚了。司机钻到车底下鼓捣一个来小时，发动机才重新发动起来。这段时间，峰、浩和琼一直听小张讲述大树乡文化站长的事了。浩很感兴趣，打算好好采访采访这位历尽苦难痴心不改的乡文化站长。峰只是听听而已，没多大兴趣。小张讲得太笼统，具体的都是成果数字，以及获得省市乃至全国的各种奖励。创作小说不是写报告文学，峰听不听无所谓。可他也不好一个人下车看看周边风景，活动活动身体。小张正处于最佳言说状态，浩和琼也不时逢迎，他俩是带有使命的。琼听得很专注。浩也聚精会神，以至于忘了抽烟。峰却恹恹欲睡。

重新上路，已是十点多钟。小张心里琢磨，照这样，赶到大树乡正是午饭时间，乡里没有准备，文化站就站长一人和另外一兵一卒。站长还没正式编制，站里也没多少活动经费。大家的午饭咋办？制鞋厂那边不知这边的情况，过了饭时不见客人们回去，把招待宴撤了咋整？小张这个时候，忽然恨起老婆舍不得给他配备 BP 机。其实，此时 BP 机对他也没用。倒是乡路上若有公用电话亭就好了。肖县街里都没公用电话亭呢，空旷乡路又怎能那么奢侈。小张思绪发散，心神不宁。他看看手表，问司机："师傅，中午十二点以前能赶回制鞋厂吗？"

司机显然不大情愿这趟公差，特别是刚才害得他趴车底下修了一个来小时的车，还蹭脏了他的白背心儿，这会儿情绪不佳，说话也生硬："我送你们到大树乡马上就得返回去，下午一点我还得去车站拉料。"

琼建议说："小张，那咱们现在就往回返吧，大树乡文化站改天再去也成。来回匆匆忙忙的，采访时间也不够，还耽误制鞋厂那边的饭局。"

峰附和说："时间太紧，文化站今天不去也罢。明天不是还要参加县里的民俗文化节么，恐怕得去一天吧。"

他对民俗节更感兴趣，因为他正在写个中篇小说，其中有关民俗方面的细节，他特别想多了解些。民俗节才是他此次采风的重点。

在三比一的表态情势下，浩表面不置可否。但他对采访大树乡文化站长，确实很重视。他觉得写篇乡文化站长的报告文学，有典型意义，也是主旋律。他瞅瞅小张，看他怎么安排。

小张挺懊丧，他本来把当天的活动安排得井井有条，时间也充裕，可中途出岔子了，让个破车给打乱了计划。他满心期待记者、作家，重点写写大树乡文化站长的事，宣传好乡文化站，就是主管单位县文化馆的成绩，年终总结他再条分缕析出三个突出、四个抓实什么的，他这个馆长倚重的笔杆子，职位上升便大有希望。孙副馆长眼看就要退休了。他踌躇满志，神经绷得很紧，每项工作恨不得立竿见影，马上出成绩。

小张正犹豫不决，浩说："要不这样，你们先回制鞋厂，别误了那边人家定好的饭局。我搭个拖拉机去大树乡采访，也别让文化站那边空等。"

司机插话说:"前边不远就有路过大树乡的长途汽车站,招手就停。"他很佩服这个两全其美的主意,到底是作家,考虑问题就是周全。司机左手稳着方向盘,右手冲背后的浩伸出大拇指。

小张心都开花了——这样,两边的事都兼顾了。他觉得浩这人有担当。他对浩说:"回头我给乡里打个电话,让乡政府安排你和文化站。"末了,他补充一句:"安排不周的地方,你多包涵。我就不陪你过去了——分身无术啊。制鞋厂的宴请我们馆长也去,我不能不在场。"

如此这般,小张心里踏实了。他觉得自己命好,不顺的事也能理顺,尽遇见贵人。难怪北街的金大仙说他家宅地风水好,说他还有官运。他媳妇却说他官迷。他义正词严地教训媳妇:"拿破仑说过:'不想当将军的士兵不是好士兵!'"

浩一个人去了大树乡。峰暗自欣喜,他想午宴之后,有的是时间和琼厮混闲扯。

制鞋厂的午宴,程序简化了不少。小张没张罗吟诗书法唱歌。郑馆长也明白,制鞋厂能赞助一桌酒席,是小张与厂长有点远亲关系,人家才应承下来的。厂长对企业与文化馆联谊并不积极,也不想扩大宣传,厂子生产能力有限,几十人的作坊,还用不上"吹鼓手"。小张所谓的午宴,也没什么档次,他也不怎么兴奋,不到一个小时就结束了。

饭后,就没什么活动安排了,小张也就没去招待所打扰琼和峰。琼和峰回客房休息一阵子,然后两个人就出去逛街,还去附近的公园小河边坐坐。两个人整个下午就这么自由自在，轻松愉快。峰有种和妻子谈恋爱那会儿的新鲜感。他心想人生真该多谈几次恋爱，晚点结婚才好。两个人并排漫步在异城小街上，又没什么可顾虑，不必担心碰见熟人。

峰装作不经意地把手搭一下琼的肩头，他比琼高一头，这个动作在走下坡时并不唐突。琼没什么异样反应，坦然接受峰的靠近，显得落落大方。越是这样，峰倒止步不前了。他想对琼亲近，想揽住琼的肩膀，就像情侣那样亲密无间、名正言顺地相拥着漫步。但是直到他们走回招待所，峰也没做出这个举动。临近招待所时，两个人的间距还不由自主地拉大了。

峰回到客房，没有浩与他同在，浩那张空床像板着面孔的脸子，似乎盯着他的一举一动。他坐也不是，躺也不是，就打开电视机。电视接收效果不好，调试不出稳定图像。这时，响起敲门声。他以为是小张来了，反应不大积极，说声请进，就拿起遥控器在茶几旁的椅子坐下来。

进来的是琼！琼刚洗过脸，头发也认真梳理过，看去容光焕发，洋溢着青春气息。峰后悔适才没打理一下自己，他拢一下头发，没有镜子照，也不知自己的小分头儿顺溜不，这会儿也不能去卫生间照镜子梳头呀。他没想到琼会主动来他房间。他本来想过一会儿去她房间找她聊天呢。峰忙说："你先坐，我沏点茶。我自己带绿茶了，这个季节还是喝绿茶好。"

琼说滇红茶可是极品，四季皆宜。她指了指茶几上没开封的真空包装茶。琼屋里的极品茶，她已经收起来了，打算回去作为小礼品送人。琼想在峰这儿尝尝极品茶到底啥味道，就随口这么一说。峰毫不犹豫地撕开真空包装，立马沏滇红茶。

玻璃杯里，琥珀色的茶汤，像活水那么轻盈，晶莹剔透。两个人隔着茶几，近在咫尺，品着茶，聊着文学。后来又说到电影。进而谈到国外电影的分级制和情色内容。峰说起不久前看片观摩会上，看了未经删过的外国电影《远雷》。这部影片，琼也看过。琼是个聪明女子，她感觉峰的谈话有几分挑逗意味，奇怪的是，她并不排斥，也不反感。她不由想到，昨夜闯进她房间的如果是峰，事情会怎样呢？但是峰看上去没有浩那么富有雄性魅力，他瘦高，没有宽胸厚背，没有浓密汗毛。峰像一只仙鹤，给她一种仙风道骨的感觉，只宜神交。她对峰的作品看过不多，仅就看过的《风尘》而言，她觉得有点飘忽、浅显。总体上，峰还算不上一个成熟的小说家。峰虽然比浩更健谈，认知能力、表达能力都在浩之上，但峰还是不能让她特别心动。

身体出轨和精神出轨是两码事。有一段时间琼曾抱定独身主义，又一段时间她想有个家，更多的时间耐不住寂寞。她不由重新审视峰，峰当然不是仙鹤，也是肉体凡胎。她不经意间，溜一眼门把手挂着的"请勿打扰"牌子，这个牌儿挂到门外，就有可能是此地无银三百两了。就在这时，轻轻的敲门声让她和峰愣了一下，还没等她说出"请进"二字，服务员就直接把话隔着门扔进来："206李峰，长途电话！到服务台接电话！"

长途电话得接，峰条件反射地冲门外回答："好的，我马上去接。谢谢啊。"

峰出去接电话。

长途电话是青年作家协会打来的。两年一度的新锐文学奖颁奖大会会期提前了。作协创联部小宁通知他明天务必到会。小宁说会期突然提前，他也不知什么原因。他说给峰往家打电话总占线，昨天才得知他外出采风去了，今儿个总算查到肖县招待所电话。小宁欣喜地告诉峰："你的中篇《风尘》获得一等奖！主席让你会上发表获奖感言。"

这已是峰第三次获奖了，这次终于拿到一等奖。他抑制不住内心的喜悦和兴奋。什么琼啊，什么民俗节呀，都可立马放弃。与颁奖会的风光相比，此行一路的种种都已退为背景。他撂下电话就仔细看服务台玻璃板下面压着的列车时刻表。这一看，他慌了。开往省城的列车明天只有上午九点四十分的一趟车次。显然明天上午走是赶不上颁奖会了，他只好乘坐今晚五点三十五分的车了，现在就得动身！

峰急忙回到房间。琼站起来笑着问："这么急慌慌的，女朋友的电话吧？"

峰说："不是。是作协来的，通知我开会。真抱歉，我立刻就得动身，明天的会。"峰把他急迫回去参会的实情说给琼，神情很无奈，不舍地看着琼。

琼微微一笑，直截了当地说："祝贺你！我送你去车站。"

峰很感动，蓦地用双手握起琼的一只手，说："我开完会就赶回来。一定！"

琼轻轻抽出她的手，催促说："你快准备一下吧。时间挺紧的。"

峰感觉琼的小手特别柔软，真想吻一下，但他控制住了，向琼交代说："那就拜托你了，替我跟小张和浩说明一下。"

峰开始收拾他的东西。琼回她房间换衣服。

二十分钟后，他们双双走出招待所。峰越着急越等不来"夏利"出租车，只好叫一辆带塑料棚的三轮车。好在离车站不远，三轮车夫年轻力壮，来得及赶火车。

琼钻进三轮车的塑料棚，很好奇地看着塑料布围起的逼仄空间。他们坐下，才直起腰。她和峰相对而坐，两个人挨得很近，不像在房间里还有个茶几相隔。这种情状倒像促膝谈心。峰说："谢谢你，给了我一个愉快而难忘的下午。你性格温和，善解人意，谢谢你送我。"

琼笑了，坦诚说："我没你说的那么好。"

峰心头不由掠过一丝惭愧，本来有个难得和琼单独在一起的机会，就为赶回去开颁奖会，就为人前那一场风光，他便仓促离去，不顾及琼的感受。但转念一想，又自我安慰，这样或许更是良好的开端——他觉得自己在处理男女感情方面越发成熟了。他沉吟不语。

琼不知峰在想什么，两个人忽然都一言不发了。但琼知道，他们之间不是千言万语不知从何说起的沉默，也不是难舍难分，不是心动，只是试探。

三轮车夫不负所望，比峰预测的时间早到十多分钟。进了售票室，峰愣住了——售票室里蛇形队伍曲折蜿蜒，见尾不见首，这得啥时排到窗口啊？他脑袋轰一下，万分焦急，竟忘了身旁的无冕之王——琼这个后盾。琼说："我拿记者证给你买吧。"峰舒了口气，琼真是他的大救星，他忙掏钱给琼。

当琼把票交到他手上时，琼突然问他："如果我让你留下来，你能把它立刻撕掉吗？"

峰惊愕了，一时说不出话来。

"跟你开个玩笑，"琼一笑，"我来送你，不就是想帮你吗。好了，你走吧。开始检票了。"她没有说再见。分手时不说再见，这是她一贯的风格。

第二天，第三天——峰并没有重返肖县。

第四天，浩和琼离开肖县，途中两个人在市里的人民影院看了场电影——《真实的谎言》。浩是陪琼看的，琼没看过，因为那片子马上要下院线了。

## 世间情为何物

1

伊兰坐在侬本多情酒吧情侣包厢里,有点云里雾里的感觉。轻柔飘忽的背景音乐,在朦胧烛光里弥漫着。那曲缠绵悱恻的电影《人鬼情未了》主题曲,此刻让她有点迷离恍惚。一个见多识广的女记者,一个15年婚龄、38岁的成熟女子,面对曾让她颇不以为然的男人,怎会有所迷失?她想抽回被刘旬突然握住的手,却感觉软弱无力。

她的手被刘旬手里的温暖裹住了,而她的整个身心,仿佛中了巫术魔法似的被慑住了。她心慌意乱,躲避着刘旬热情的目光。她好像失去了防御能力,想说不,却发不出声音。

刘旬注视着伊兰的眼睛,不失时机地把爱慕之意,通过眼波频频发送给她。同时,又以得体的赞美和关切,简短而适度的含蓄语言,轻轻摇晃葡萄美酒夜光杯的优雅举止,和目不转睛的注视，将一支支丘比特神箭，射向伊兰。刘旬知道如何试探着、小心翼翼地亲近对方。他很自信。他能把女记者伊兰约到酒吧来，就能把握时机突袭，攥住她柔软的小手——

伊兰没有挣扎，也不推拒，这就是说至少她对他的亲昵不特别反感。也许，她喜欢男人的温存，包括除她丈夫以外的男人的温存。刘旬信心倍增，原以为不可小觑的无冕之王，也没能让他望而却步。他处之泰然，微笑了。

伊兰虽说接触过各界人士，其中也不乏风度翩翩者，更有对她美貌垂青者。甚至，与富甲一方的钻石王老五，也有过采访之后的随意长谈。然而，都没有让她心旌飘忽过。刘旬在她所结识的男性中，也并不是什么出类拔萃的人物，而他的形象绝对是在她丈夫阿黄之下，谈吐也不是那种机敏幽默的智者，为什么就让她没有断然拒绝呢？她暗自在心里叹了口气。她折服于眼前这个男人。她想：刘旬是一个不动声色的黄雀。他对女人有一种极大的耐性，他不是那种无所顾忌的生猛男人，也不是那种屡试不爽仍一意孤行的纠结者，更不是小有挫折就退避三舍的怯懦者，他是一个成熟稳健、善解人意、以柔克刚的绅士。对，他具有绅士风度。他不同于一般的肤浅的男人。她在刘旬有条不紊、循序渐进的进攻下，放弃了尖锐抵抗。

一支轻柔的舞曲，沉醉春风般拂面而来，红烛的灯花神秘地忽闪了一下。刘旬没有松开伊兰的小手，微笑地征求说："我请你跳舞，可以吗？"这样一来，就给了伊兰顺水推舟的台阶，消除了可能出现的尴尬，让她不必下意识处理被刘旬握住的手。她觉得，开始没有推拒，现在抽回，便有点小儿女情态，会显矫揉造作。她抬起眼睛,看到刘旬温暖的笑意,感受到一种被呵护的熨帖。她点点头,顺从地与他手牵手步入舞池——

刘旬很有节制,亲密而不失庄重,大方而不显拘谨,投入又不迷失,因此他的领舞技术很高超。两个人跳得有律有韵,很和谐。一曲终了,刘旬很礼貌地微笑着做出一个得体的感谢手势,请伊兰先坐下之后,他才落座。刘旬谦和地说:"我想吸支烟,可以吗?你若是烦烟味,我就不抽了。"

伊兰微微一笑,说:"我不烦。也给我一支,好吗?"

刘旬从烟盒里弹出一支香烟,把过滤嘴冲着对方,笑容可掬地递给伊兰,然后替她用打火机点着。

伊兰吸了一口,不大熟练地吐出一缕烟雾。她笑说:"我不会吸烟。不过有时抽一支挺有趣的。"

一个不会吸烟的女人,心中又没有愁闷,主动要吸支烟,这是善解人意,是有意营造宽松随意的氛围,也是视对方为知心的朋友。刘旬有种春风拂面的感觉,仿佛漫步在花前月下。他来依本多情酒吧之前,那种试探的心态,都被滤出杂质,他们彼此不由自主以诚相见。此情此景,有一种甜美的意味。他心底有点愧疚,他觉得自己错了。伊兰不是他的猎艳对象,而是一朵空谷幽兰。这意外的发现,让他的举止言谈,不由自主地升华到更高层次。

刘旬默默吸着烟,觉得有很多话要对伊兰说,但又不知从何说起。他弹了弹烟灰,用空着的左手端起那杯红葡萄酒,向伊兰示意一下,但并没有邀请对方与自己对饮,只是礼貌地表示他要不客气地喝一口。他把杯子放下之后,很真诚地对伊兰说:

"今晚我非常高兴。真的。"他是想说今晚我跟你在一起感到非常高兴。他当初那种只是猎艳的意绪缓和了,转而生出一丝倾慕。

伊兰凝视着刘旬,她觉得他的眼神、他的话语,以至额头上的皱纹,都透着真挚。他不浮浅,也不故作深沉,具有绅士风度。他虽然是商人,但是很有修养,有一种似是而非的与众不同。看来一个男人不在学识是否渊博,也不在从事什么职业,最能吸引女人的是他的气质和底蕴。

"我也很高兴。"她说。

话一出口她就有点羞愧:我怎么了?他真的这么好吗?我对他毕竟不很了解,干吗把自己的真情实感这么直率地告诉他?当初和阿黄谈恋爱的时候,都没这么快就渐入佳境啊。我这样不轻浮吗?一个有夫之妇不该对别的男人心动的,如此下去还了得吗?她不由心慌意乱,把目光从刘旬脸上移开投向别处。然而,视野在这幽暗的酒吧里是有限的,她的目光即刻触到另一情侣茶座,闯入眼帘的是一对恋人接吻的情景,她忙收回目光,低眉顺眼地瞅着眼前的红烛,像做错了什么事似的,不敢抬起头来。

刘旬一直亲切地望着伊兰。他看出她的慌乱、羞怯和逃避。眼前这个中年女人在别的方面也许是成熟的,但在情感方面她还不会做游戏,不像他过去所接触的女人,都有点虚伪和狡黠,肤浅得自以为看破红尘,对什么都不在意。她虽然不能说是清纯,但是确实挺纯真。他感到认识她很幸运,滚滚红尘中所要寻觅的,正是伊兰这样的红颜知己!刘旬不禁有种幸福感,喜悦于内心深处花一般悄然绽放。他像发现了稀世珍宝,只能窃喜、珍藏而不能向外人展示,更不可把玩。显然他是真的爱上了她。这种爱将是心灵的、精神的,既会是有限的快乐又将是无边的痛苦……

伊兰被烟呛了一下,她抱歉一笑,在烟灰缸里摁灭了大半截烟头儿。她端起放了冰块的雪碧饮料,喝了一口。一个看上去只有十七八岁的男服务生走过来用白毛巾垫着那个短颈长身的酒瓶,先给她面前的半球型玻璃杯里,斟些葡萄酒。酒液水平面刚好距杯口一厘米高。然后,又给她那只圆柱形高脚杯里斟了雪碧,并躬身殷勤问一声:"小姐,加冰块吗?"伊兰微笑地点点头,她觉得这个小男孩儿挺惹人怜爱的。一个本该天真活泼的小男孩儿为了生计,也可以学得如此恭顺乖巧,假如不是单纯的表演,不是职业本能,那可就是一种自戕和扭曲!那小男孩儿又为刘旬照例程式化地服务一把。小男孩儿冲他们谦恭地说:"二位请慢用,有什么吩咐请按铃唤我。"然后躬身退下。

伊兰饶有趣味地望着那小男孩儿瘦弱的背影,微微一笑。她转过脸来刚好碰到刘旬凝视的目光。

刘旬瞅着她的眼睛说:"你怜惜这孩子。你心太软。"

伊兰又是微微一笑,半开玩笑半认真地说:"可我无法把所有问题都自己扛。这世界弱者太多,仅有同情是不够的。"

刘旬抿嘴一笑,他用雪白的餐巾擦了一下嘴唇,蓦地问道:"你看我是不是也是个弱者?"

这个问题很突然,她不明白刘旬是什么意思。他不可能假装天真自比不谙世事的男孩儿,他不会那么无聊吧?那么他想以这样巧妙地问答式对话,来向我剖白他的软弱一面?想让我更深地了解他吗？不过，一个男人敢于主动承认自己在某方面也是个弱者，比硬充好汉让人感到真实。

伊兰谨慎一笑，答非所问地说："每个人都有软弱的一面。世上绝对的弱者和绝对的强者都不存在。"

刘旬情不自禁地说："绝对是哲理。跟你谈话我觉得有点跟随不上你的思维。"

伊兰说："我可不是那种自我感觉良好的人，你可别误解我。"

刘旬说："不，我说的是真心话。我挺佩服你。"

"我没有什么深奥的思想呀。"

"那就是我太肤浅。"

"别跟我斗智。"

刘旬宽厚一笑，甘拜下风地说："你们当记者的总是能把握对话的主动权。想把对方逼到什么份儿上都可以，你们最有发言权。"

伊兰缓和一笑，主动提议举杯："别介意，来，我们喝酒。"两个人轻轻碰了一下杯子，各自抿了一小口葡萄酒。

这时，刘旬的手机响了。刘旬不像有些人那样在餐桌上接到电话，旁若无人地对话，而是先向伊兰抱歉一笑，说声不好意思，然后起身走出包厢座到大堂里去接电话，显得从容不迫，一派绅士风度。这个细节也让伊兰心悦诚服。

刘旬回到座位时，伊兰瞅瞅他的表情，没看出像有什么急事的样子，但她还是很礼貌地说："你大概有事情要去忙吧？我们也该走了。"

刘旬又歉然一笑,坦率说:"真抱歉,我的确有点急事——生意方面出了差错。"

"很严重吗?"伊兰不由自主地关切刘旬的事情,情绪和语调都让她自己有点惊讶。

"弄不好也许我会破产。真的。"刘旬苦笑一下。

"可是绝处逢生也是常有的事。"伊兰说。

"非常感谢!"刘旬伸出手去有力地握了握伊兰的手,这一次握手的感觉不同刚才,他觉得自己真的握到了一只友谊之手,相见恨晚。

两个人离开侬本多情酒吧的时候,对面商厦的露天大屏幕电视上正播放中央电视台的天气预报。未来24小时本市阴有大到暴雨。

伊兰回到家,不见丈夫和儿子。宽敞的两室两厅空荡荡的,挂在厅里的猫头鹰造型的电子钟发出的走动声音,此时此刻显得清脆而有节律,屋子里很静,很静。她心里有点空落落的,脑子里慌慌的,丈夫儿子都上哪去了呢?阿黄为什么不打电话告诉我他们上哪儿去了?也许他打过电话——她忙从手袋里拿出她的手机,看是不是自己无意间关了机。没有关机呀。伊兰有点坐立不安。她下班之前,接到刘旬的邀请电话,在她决定赴约之后,就给丈夫阿黄打了电话,告诉他今晚不回家吃饭,还嘱咐他给儿子做拔丝苹果。儿子昨天就想吃拔丝苹果,她答应今晚给做,可是自己却鬼使神差地跟刘旬去了酒吧。

是不是丈夫看到她和刘旬在酒吧的情景了?阿黄生气了带着孩子走了?她惊慌四顾,目光紧张地落在写字台上——不见有阿黄的留条。因为以前阿黄一和她生气就不说话，有事就给她写条子放在写字台上。她因此稍微镇定了些，并且觉得自己好笑，她和刘旬并没有什么出格的呀，怎么如此心虚？她从冰箱里拿出一罐饮料，"砰"地打开，喝了几口，心情稳定下来才想到给丈夫打电话。打过去半天没有接听。她刚要再打一次，电话铃响了。她马上接电话："喂？阿黄吗？你在哪里？儿子呢？"

"我们在电影院看电影。怎么了？出什么事了？"

"没什么事。我回家见家里没人，不知道你们到哪儿去了——你们吃饭了吗？"

"我们吃了，在饭店吃的。你不是在外面吃饭吗，回来这么早？我以为你会回来很晚，我们回去也没意思，就顺便看场电影。我们一会儿就回去。"

伊兰撂下电话，心里轻松了。她换上在家穿的宽松衫，开始收拾房间。她一边干活一边想心事。她觉得这个三口之家是温暖的，从几何学的三角形的稳定性来讲，这样的家庭应当是稳定的。她感到她在精神上情感上对阿黄和儿子小城是很依赖的。在外边工作奔波的时候，她可以单枪匹马，无所依傍，也能勇往直前；可是一旦回到家，丈夫和儿子不在身边，她就觉得孤单，空虚。也许女人是离不开男人的。是不是男人也一样呢？我回来晚不在家，阿黄不是也觉得没意思嘛？也许这就是爱。的确，说也说不清楚。可是，为什么我还会跟别的男人约会？刘旬对我分明有意，为什么我不反感，不拒绝？为什么我会觉得很愉快呢？这是不是有点不对头？伊兰在心里拷问自己。她停下手里的活儿，坐到沙发上不安地思索着。

她忽然站起来。她被自己头脑里的思想弄得坐立不安。她想，阿黄回来我该不该坦率告诉他今晚我是和刘旬单独在酒吧坐了一会儿？说出来也无妨，这样我心会更坦荡些——不行，我能把一切都和盘托出么？阿黄会怎么想？再说，我不能为了向丈夫表白忠诚，背地伤害刘旬。刘旬又有什么可指责的呢？他举止谈吐有礼有节，颇有绅士风度。两个相识的男女相约酒吧，谈谈心，跳跳舞，这能算是不轨行为吗？别想得太多了，事情没有那么复杂。可以说什么也没有发生，什么也不会发生。她抬头看见穿衣镜里自己那副心绪不宁的样子，觉得自己有点好笑，不禁兀自摇摇头。

当晚，和丈夫同床共枕时，伊兰不知怎么对丈夫有种下意识的温存，比平素主动一些，也更投入热情。

## 2

天气预报挺准——早晨阳光普照，未到中午，天说阴就阴了，云聚集得很快，雨一洒下来就急骤，不多会儿暴雨倾盆而下。

伊兰本来要去西苑大酒店参加开业典礼，可是雨这么大，她就有点犹豫。要是有车来接，她也就去了。一个朋友的朋友是这家酒店的老板，朋友相托，又赶上有空儿，去应酬一下也罢。可是对方突然来电话说，车去电视台接电视台记者去了，请报社记者打车去，到酒店统一给报销。最可气的是，对方还特地告诉一下，除了丰盛午餐，还有丰厚的纪念品。什么意思啊？以此作诱饵，这不是侮辱人吗？她立马决定不去捧场！她在食堂吃午饭的时候，手机又响了，她以为是西苑酒店那边又催她，便不想接这个电话，刚想关机，看到来电是个陌生号码，就接了这个电话：

"喂？你好！"

"你好！伊兰，我是刘旬——"

"……"伊兰有点紧张，她觉得刘旬不该这么急迫。这很没意思，再说这也不是他的风格啊！

"伊兰，不好意思，我有点事想求你帮忙。事情很急迫，除你之外我真没别的朋友可以帮这个忙了。你能不能马上到我这儿来一趟？我用车去接你。"

"什么事啊？在电话里说不行吗？"伊兰心里有点不悦。心想：你以为你是谁呀，怎么就这么自信我会帮你呢？

"伊兰，事情三言两语说不清，是一起损害了许多无辜者的诈骗案。他们急需帮助，当事人就在我这里。他们是县城中学教师，来省城里找到我告状——"

伊兰觉得刘旬讲的事也许是个不错的新闻线索，她不想拒绝。但她想让他知道她之所答应他，并非因为他们之间有什么情分，而是出于职业本能，出于新闻敏感。

"也许你说的事有新闻价值，我可以去采访。其实，你打我们的新闻热线电话，也会有人去。"

"谢谢你！我马上去接你！不过到报社得半小时。"

伊兰不明白，从刘旬的公司到报社也用不了那么长时间啊，他赶老牛车来接我吗？

车到报社门前，刘旬给伊兰打了电话，然后钻出车，打开特地带来的雨伞,走到门口去迎接伊兰。伊兰也拿了把伞,他见刘旬撑着伞走过来接她,心想刘旬毕竟是刘旬,就是细心周到,尽显绅士风度。

伊兰钻进轿车里,发现没有司机。只见刘旬替她关上车门,又绕过车头打开车前门,坐到了驾驶座上,他熟练地启动了轿车。

刘旬亲自驾车来接伊兰,当然是一种礼遇,这让伊兰觉得刘旬很会办事。白色捷达轿车在滂沱大雨中急驰。雨幕中车辆行人寥寥无几,天地间混沌迷茫,刘旬和伊兰坐在车里,就仿佛驾一叶扁舟漂泊在大海上。伊兰忽然有种与人风雨同舟的感觉。车窗上的雨刷器紧张地工作着,刘旬从容不迫地掌握着方向盘,车速很快但也很沉稳。伊兰从反射镜里瞅瞅刘旬,问他要她来采访的案子,到底是怎么回事。刘旬放慢了车速,简要地向伊兰讲述了事情经过。原来,他过去认识个叫徐友的朋友,徐友为生意上的窟窿免于贪官司,骗到刘旬身上了。虽然徐友没有得逞,但刘旬损失已造成。徐友还骗走好几台索尼电脑。交了预付款的客户,拿不到日本原装索尼电脑,极大地影响了公司的信誉。刘旬已经告到法院。法院也受理了。他就是想通过媒体报道催促一下,要知道,法院的经济案卷太多,一时半会儿排不上号。而他的公司会因此资金周转不开,弄不好都有破产的危机!还没有谁这么狠地骗过他刘旬,刘旬非常恼恨!他一定要把徐友这个王八蛋送进笆篱子不可!他请伊兰报道这件事,就是想通过媒体引起有关部门的重视,以期快些处理这个案子。也好对那些交了预付款而没有得到电脑的客户,有个交代。

伊兰和追讨电脑的几位受害人，谈了一下午，调查清楚了事情原委。临了，刘旬请大家吃了一顿肥牛火锅。回来的时候，天已经黑了，雨还在下，刘旬开车把伊兰一直送到家门口。

待到伊兰把稿子写好，准备在法制专版上刊出时，她又接到刘旬的电话，说是徐友那小子还有别的诈骗行径：他冒充省电视台记者从北山市酒厂骗了一车皮杂粮酒，在运往他处过程中被另一个受他骗的公司截获，顶了欠账。徐有就是用骗刘旬的索尼电脑，到处行贿，搞非法活动。伊兰又把这材料补充到文章里了。伊兰、刘旬都没料到，临时补充进去的这些情节，日后会给他们带来很大麻烦。

伊兰那篇文章见报不久，刘旬打来电话告诉她徐友已被抓起来了。被徐友骗去的电脑也追回一部分。刘旬问她有没有时间，想约她出来吃个饭。伊兰有点不悦，心想怎么连句感谢话都不说，你以为你是谁？我们不过是一般朋友，把我当你的御用文人啦？

伊兰语气很平淡："抱歉，我没时间。"

刘旬试探地问："另有应酬？"

"没有。我得回家，我得给我丈夫和孩子做饭哪。"

"那好，改天再请你。如果你丈夫能赏光的话，改天我想请你们全家吃顿饭。哦，现在已经是下班时间了，我的车就在报社门前哪，我送你回家！"

"不用，你忙你的吧。"

"我今晚没事儿，是特地来请你的。很遗憾，不过来日方长。我能理解，你大概早晨答应家里人，晚上回去给他们做什么好吃的吧？真是位贤妻良母。"

刘旬如此洞悉一个女人的家事,实在让她佩服。她早晨的时候,的确答应了丈夫和儿子晚上回来给他们烙丝儿饼吃。这是她新近到饭店采访时顺便学会的。此刻,伊兰又不由自主地油然生出对刘旬的好感。她语气缓和了:"承蒙夸奖,那我更得快点回家啊!我马上下楼,搭你的车回去!"

刘旬开的还是那辆白色捷达。正是人来车往的高峰时段,路上车很多,十字路口不时堵车。刘旬一边从容不迫地开车,一边和坐在身旁的伊兰唠家常。他跟她谈到写文章的事,还问到她儿子的学习情况。当车开进了伊兰家所在的花园小区时,刘旬才跟伊兰说:"伊兰,我想送你一件礼物。真诚感谢你,我代表所有在这起诈骗案中的受害者们,感谢你!你无论如何得收下。"

伊兰感到很突然,同时心里也有点愧疚,刚才那会儿,还在怨人家不知感谢呢,真是太小心眼了。而她还因此回绝了刘旬的邀请,实在有点小家子气。其实,她可以答应他明天或者后天,跟他出去吃饭嘛。

伊兰不知怎么脸就红了,微笑说:"我无论如何不能收。你别让我犯错误。"

刘旬也笑了:"我不送你钱。对见义勇为的记者送红包是辱没人。你是出于友情,出于道义,才帮了我这个忙。所以,我非常感谢,我送你一台索尼电脑,对你写作、对你孩子学习都用得上。电脑我已经带来了,就在后备厢里。原想吃饭时向你解释,然后给你送到家。"

伊兰不由一愣,这礼物,她不能接受。伊兰认真说:"你的心意，我领了。但电脑我不能收。"

刘旬让车慢慢滑行，准备靠边停下。他侧过脸瞅着伊兰说："我知道你不图回报，但我若是毫无表示，你能看见我的心意吗？说千恩万谢的话和做实实在在的事，哪个更真诚？我送你一台电脑，只是做了一件我愿意做的事。而且是从实用的角度想的，你需要一台高品质的电脑，其实，你不替我办事，我也打算送你这台配置高的原装电脑。"

伊兰有点感动，一时不知说什么好。两个人无语相视的瞬间，彼此都感觉到了对方的真诚。这让伊兰很为难，她不愿拂他一片心意，收下又的确让她有点不安。尽管这不是什么违反职业道德的事，而是纯属私人感情问题，但她仍然不能心安理得。她求刘旬说："我希望我们彼此都别太难为对方，我答应收下，不过你也得答应我——我给钱，给我个优惠价就行。好吗？"

刘旬沉吟一下，和蔼地说："好吧，我能理解。"

两个人相视而笑，好像在某个问题上终于取得了共识，达成了口头协议。刘旬把车停下了。

伊兰手握着车门把手，临下车时对刘旬说："我想请你在我家吃晚饭，作为我今晚爽约的补偿。"

"谢谢！"刘旬的眼神露出喜悦的微笑。

当他们把电脑抬进屋，伊兰将突然领家来的男人介绍给丈夫阿黄时，阿黄有点不知所措。怎么事先连招呼都不打，又是买电脑又是请客，这到底是怎么回事啊？好在两个男人都会抽烟，相互敬烟点烟的瞬间也就把尴尬冲淡了。在出版社当编辑的阿黄，虽说经常要与作者交谈，语言表达能力是很强的，知识面也挺广，可是跟一位自己根本不熟悉的私营公司经理谈话，就不知说什么好了。伊兰进厨房去了，客人就得他来招待，烟也抽上了，茶也沏好了，初次见面的客套话也说过了，他怕接下来是冷场，就打开电视，说这时候正有一场足球甲级联赛直播。有助男人之间进行交流的媒介，除了烟酒就是足球了。果然，两个人很快就围绕着这场球赛，你一句我一句地交谈起来。每当两个人英雄所见略同时，彼此就会心大笑。

球赛进入尾声，胜负已定。这时候，伊兰的丝儿饼、羊肉丸子冬瓜汤，也热腾腾地端上来了。伊兰打开两盒鱼肉罐头，又炒一盘鸡蛋，拿一瓶干红葡萄酒，对刘旬说："挺抱歉，如此简单不成敬意。"阿黄心想这个私营企业家跟伊兰肯定有过码，不然能拿出价值200多元的干红，招待这个暴发户？他最不欣赏的就是女人用公关手段，掏男人的腰包。这台电脑就是从这个老板手里搞来的吧？他觉得，媳妇不是那种人哪。当了多年的记者，她没有干过有偿新闻的勾当，也就是开什么新闻发布会时，拿回点纪念品啥的。当着这个人的面，阿黄不好马上证实他的猜想，也不好问三问四的。但是他心里有点别扭，家里遭灾受穷了？我们买不起一台电脑？用得着这个暴发户来救济吗？干吗要把自己处于受人恩惠的地位？也不和我商量一下，就把这个施主请到家，当座上宾来招待。阿黄心里不大痛快。尽管这个男人举止言谈，倒还像个儒商，但也看不出来多有修养。当然，他一点都不会想到，他的漂亮妻子对这个男人能有好感，更不会相信两个人已相互信任，彼此吸引。

妻子做事欠妥，做丈夫的没有理由怨人家对方，所以，他还得装出点客气的样子,主动举杯和这个显然挺有酒量的男人应酬:"来,我们再干一杯!"

"好,谢谢。"刘旬无论与谁喝酒都是来者不拒。这一点往往给人以实在豪爽的印象。

初次来伊兰家做客,与女主人的丈夫这么随和,让伊兰也觉得高兴,如果显得拘谨就不好了。伊兰吃饭的时候,没有提到刘旬送电脑,她用半价收下的实情,她觉得当刘旬面说这事,有点俗,好像为这才请人家吃饭似的。而且,阿黄事先不知道这事,突然提出来,让他说什么好?阿黄最受不得别人的馈赠,他这人不愿欠人情,连跟妻子都丁是丁卯是卯,很怕沾了妻子的光。邻居有谁提起他时,若说女记者她男人怎么怎么,他心里特不舒服,回头都不愿跟人家说话了。所以,当刘旬提起话头,刚要向阿黄表达对他妻子的感谢,伊兰便巧妙地把话题又扯到足球上去了。伊兰也是个球迷,侃起球来挺在行。一旦找到令人兴奋的共同语言,谈话也就渐入佳境,饭桌上的气氛自然也就挺融洽。

待到送走刘旬之后,伊兰收拾完厨房里的残局,进卫生间放了一池子热水打算洗澡时,丈夫阿黄才跟她说句话:"怎么,是洗却铅华的时候了?"

伊兰听出这话挺不对味儿,她还没腾出空儿来向他解释今晚的事,死阿黄这就冷嘲热讽上了。她回过头瞪一眼站在卫生间门口的阿黄,挺反感地问他:"你什么意思啊?"

"你突然请家来这么一个阔大爷儿,事先也不言语一声——我犯得上跟这么个陌生人演戏吗?"

"你怎么这么说话!他是我的客人,我并没有在乎他穷富;我觉得他待人很真诚。"伊兰转过身来,直面阿黄说,"我的一篇报道,帮他索回十多万元损失,他真心实意地要感谢我,开车到报社门前去堵我,非要送我一台电脑。当然我不能要人家的,这台电脑我只享受一个优惠价。他开车来送电脑,我能不让人家进屋坐坐,吃顿饭也算不了什么吧?我还以为,你对我领家来的客人,很尊重呢。你真虚伪!但我可没演戏,我是真诚待客的!"

"咱们不是已经定了,托个明白人买电脑吗?你也不和我商量商量,就是买也不买他的!他的电脑能否货真价实,还是个问题!"

伊兰没想到,阿黄对这件事的态度会是这样,特别是他对刘旬的看法,这么不公正,让她很生气。简直是小人之心小人之口!简直是冤枉人、侮辱人!伊兰皱着眉头,不大认识似的瞅瞅她熟悉的那张国字脸,冷冷地扔给他一句:"你不能以小人之心猜度别人!"

这话很刺激人,阿黄立马火冒三丈:"你有没有搞错!你说我以己度人,你忘了你跟谁是一家人吧?你相信他胜于相信我吗?"

伊兰怒气也越发不可遏止:"你怎么这么狭隘!我就是相信他,不相信你!因为你无聊至极!"

阿黄脸白一阵红一阵,气得半晌说不出话来。两个人已经对峙起来,火药味儿越来越浓。就在此时他们的儿子小城回来了,本来是兴冲冲地进屋的,一见父母乌眼鸡似的,愣怔了:"怎么了，吵什么哪？我在楼道里都听见你俩高声大嗓地嚷。"

小城真是一辆及时赶到的消防车，来得正是时候。伊兰和阿黄在儿子面前，一直是恩爱夫妻的好好形象，他们当然不愿让孩子看到这样有损形象的一幕，两个人立刻刹车，都没事儿似的各干各的去了。阿黄又坐到电视机跟前，一边按频道键一边和儿子聊天，显然是想立马忘掉刚才的不愉快。伊兰在卫生间里清理一下洗漱用具，把洗涤用品牙具等都归归位，用手试试水温，就慢慢脱了衣服，躺进浴缸。肌肤接触到热水，感觉有些温慰，但心里不知怎么还隐隐地有点委屈。她闭上眼睛，不觉眼窝里一热，泪就流了出来。

自从那天夫妻俩吵架之后，伊兰隐约感到他们俩这么多年同居一室，朝夕相处，但是在思想感情上沟通交流得不够。他们平时各忙各的，晚上不是她回来晚，就是阿黄回来晚，双休日也很少一同出去逛逛街，更不用说外出郊游了；空闲时间里两个人总是看书看报，有时晚饭后没什么事，倒也常坐在一起看看电视节目，但是往往一个要看电影频道，另一个却要看电视连续剧，只有新闻联播是两个人必看的。在电视机前，两个人总有一位或迁就或拿本杂志离开，却没发生过争吵。那是因为彼此对这种不大和谐的事，已经习以为常，也就漠然处之。上床之后，两个人还要看一会儿书，有时阿黄不知不觉先睡了，伊兰就得忍受他的鼾声搅扰，久久不能入睡。至于床笫之欢，阿黄这几年也少有激情，每每做那种事他总是关掉所有的灯，闷声不语，气喘吁吁——你都不知道他到底在做些什么。这样的夫妻生活怎能不单调乏味？声气相投两情相悦的情爱怎么丢失的呢？要知道他们两个还都不到40岁！造成这种状态的原因，恐怕就是他们习惯于这种淡漠的日子了。这可不行！两个人必须谈谈心了，交流交流思想。再不能这样一天天挨下去了！伊兰忽然想到，她最近在报上开辟的"两人世界实录"专访栏目，她在采访中曾经遇到过许多三天两头一小吵、十天八天一大闹的夫妇，但他们既不离婚，也没因此影响到夫妻生活，并且一旦夫妇俩谁有了病有了灾，那种爱的关切和忠诚依然如故！大概喜欢吵吵闹闹的夫妻，吵架对他们来说也是一种思想感情的交流吧。而且，这种交流直率单纯。她和阿黄平时也吵架，但是不激烈。遇到意见不一致时，最后总是阿黄表面退让，他心里却打了结子，就长时间不跟妻子说话，有事儿写条子往桌面上一放。心里作劲儿，有话不愿晾在桌面上。这一点伊兰特反感。这一次争吵倒是比较火爆，两个人都有所爆发，却潜伏着某种陌生的东西，并不属于那种直率的交流。当然，即便如此，她也知道，他们之间绝不可能因为一件小事而产生多大隔膜，只不过两个人因此而不大愉快，只不过两个人好像不那么由此及彼、由表及里地相融相谐了。可是普天下有多少对夫妻，始终如一心心相印？日子还要过下去，爱也还在，那么还是主动一点吧，有空和阿黄多唠唠，多交流，家庭生活要和谐美满，就得双方往好了处。毕竟，那天请刘旬到家做客是有点太突然，留下电脑也是一时感情用事，并不是明智的做法。何况，自己和刘旬还单独出去吃过饭，如果阿黄都知道了，会作何想法呢，就是阿黄有所猜疑，也不为过呀。为刘旬这个突然闯进她生活的外来者，值得搅乱自己的生活秩序吗？伊兰这么想的时候，是在下班的路上。冷不丁有个人迎面拦了她一下，她一愣，原来是送她一张街头广告。

那张广告是推销男性性保健品的。她后悔接了这张广告，打算往前走几步扔进街边的垃圾桶里。现在也不怎么了，到处都在经营这类东西，好像满世界的男人都在退化，野广告更不像话——简直是对女人的侮辱，好像所有的女性都非常亢奋似的，弄得男人们都必须借助外力不可。她把那张广告揉作一团，就近扔进一个脏兮兮的垃圾桶里。这时，她的手机响了。是一个陌生的电话号码。

"喂？哪位呀？"她问。

"是我，你现在在哪儿呢？"是阿黄的声音。

"我在街上，正往家走哪。"

"你立刻打车到湖北路大富豪酒店来，有人请咱们吃饭。"

"谁请啊？必须我去吗？那小城呢？能不能也带着他？"

"我给他买了速冻水饺了，都送家去了。你快点来吧。"

"阿黄，到底是怎么回事儿？什么？——不行，一个新开业的洗浴中心怎么报啊！这类消息发不出去！这你还不懂吗，这事你怎么乱答应！我不去！"

"人家也不一定非要你见报！朋友托朋友的事儿，你过来应酬应酬，给个面子，让我也好说话呀。"

伊兰犹豫了，阿黄还一劲儿催她。她挺无奈的，只好说了声："好吧，我去。"

伊兰走进大富豪酒店三楼"仙客来"包房，眉头就微微一皱，满屋子烟雾腾腾的，电视荧屏上放着卡拉OK的影像，四男一女正坐在沙发上抽烟喝茶闲聊。显然大家在等她。阿黄给她一一介绍那三位男士：一位是阿黄他们日月出版社文艺编辑室的老李，她认识；一位是新开张的"出水芙蓉"洗浴中心老板，姓牛，满脸油光，大腹便便，挺牛气的；坐在他身旁的却是一位干瘦的男人，看去比在座的年长一些，但没有长者风范，那谦卑的样子像个打工的外乡人——可他竟然是个处级干部；那个女的年轻漂亮，不过一眼就可以看出是个傍大款的女人——果然让她猜中，原来是牛老板的得力助手，"出水芙蓉"洗浴中心的领班。但她那双涂了紫红色指甲的手，递给伊兰的名片上却是总经理头衔。

除了那个处长和伊兰，没有出示名片，在座的都交换了一番名片。在陆续上菜的间歇当中，阿黄才悄声跟伊兰说清楚：原来是牛老板认识处长，处长认识老李，老李求到阿黄，阿黄就把她逼来了。伊兰心里挺不高兴，这个饭局太不应当来了。堂堂处级干部，出版社文化人，怎么也都充当商人的捐客？再说，这一干人吃了人家牛老板这顿饭，回头怎么向人家交代？首先坐蜡的就是阿黄，处长是中间人稀里糊涂好搪塞，老李也可以推给阿黄。可你阿黄怎么跟人说？是你妻子无能还是办事没信誉？她心里恨恨的，觉得阿黄简直是个白痴！有功夫不多钻研业务，他们出版社那么不景气，就在于大都是像阿黄、老李这样不务正业、不知进取的庸才！占着茅坑不屙屎！她剜一眼阿黄，阿黄居然轻松愉快、心安理得。伊兰心里不禁觉得有点悲哀。适才路上的自我反省，想要和阿黄重修旧好的满心愿望，也随之烟消云散。只是出于礼貌、碍着面子,她才如坐针毡地在那儿挨时间,吃什么都没胃口,一句话也不想说,别扭极了。

四个男人推杯换盏,喝了白的喝啤的,渐渐地就有点兴奋不已了,云山雾罩地侃起大山来。那个女领班一劲儿提议唱歌跳舞,伊兰本来什么兴致也没有,但是干待更没意思,她就接过那女人递过来的麦克,轻轻唱起来。荧屏上显示的那首卡拉OK歌曲《萍聚》,让她有所触动,想起了另外一个人,想起依本多情酒吧的温馨一幕,她于是唱得很投入——

> 别管以后将如何结束,
> 至少我们曾经相聚过。
> 不必费心地彼此约束,
> 更不需要言语的承诺。
> 只要我们曾经拥有过,
> 对你我来讲已经足够。
> 人的一生有许多回忆,
> 只愿你的追忆有个我。

一曲终了,很自然地赢得了大家的掌声。但伊兰并不是唱给在座这些俗不可耐的人,包括她丈夫阿黄!可是阿黄很高兴,妻子唱得不错,给他争光了。那个领班分明不甘落后,主动展示才艺,且歌且舞。牛老板就像放出个宠物似的,一种把玩和炫耀的得意笑容,浮现在他那油光光的胖脸上。瘦处长率先在不该插入掌声的地方带头鼓掌。老李觑一眼牛老板,眯着眼笑了。

阿黄挺放松，点上一支烟，无所谓地看着女领班挺矫情的表演。伊兰觉得与其在这儿无趣地耗着，不如索性唱唱歌自娱，不用在乎这些与她无关的人。她离开酒桌，躲到沙发角落里，捧着歌本查找曲目，然后用遥控器点歌。

伊兰在那边自顾自地唱着，酒桌这边唠得热热乎乎，不时发出由酒精挥发出的笑声。在这个封闭的包房里，你无法完全游离酒气熏天的氛围之外。老李不怎么就先扯到了找情人的话题。

老李笑嘻嘻说："我是有贼心没贼胆儿。"

瘦处长故作坦荡状，叹道："我有贼胆儿可是没贼款儿！"

牛老板朗声笑道："那么我就是有款儿没身板儿的了！"他别有意味地瞟一眼他的女领班，"没身板儿不要紧，可以找'伟哥'！"

女领班说："这世界太不公平！什么都可着你们男人享乐。"

四个男人不由哈哈大笑。阿黄对这种庸俗的侃谈，能够出淤泥而不染吗？

伊兰无法充耳不闻，她已忍无可忍，这个无聊的聚会要耗到什么时候？她放下手里的麦克，看看手表，起身告辞："不好意思，我得先走一步，报社里还有点事要处理。各位不用起来，谁也不用送！"说着从衣架上取下风衣，坚定地走出了包房。

伊兰走出大富豪酒店，夜幕已垂空，眼前繁华一条街，霓虹灯闪烁。她招手打了一辆的士。坐在车里，她在想过去人们很忌讳谈性，现在可好成了酒桌上一碟小菜了！当然，自己绝不是那种谈性色变的封建女子，性是人生平常事，也该用平常心去看待,然而太贫太滥地谈论,就是亵渎了。她对那个牛老板肆无忌惮地对待他的女领班,也很气愤。有钱的男人对女下属就这么不知尊重!很奇怪,她突然想到刘旬,他也是个有钱男人,也是私企老板,可他怎么不一样呢?或许他在我面前是装的?他生活中肯定少不了这种应酬,他在类似的场合会是怎样情态?也许此刻他就在某一家大酒店的包房里呢!想到此她不由很想见刘旬,再次面对他的时候,她要仔细留心他的举止言谈,看能不能瞅出点虚伪和破绽。她这么想的时候,心里慌慌的,好像进一步证实刘旬的真伪,对她有多重要似的。她竟不由自主拿出手机,打给刘旬。

"对不起,您所拨打的电话,暂时无法接听——"这句电话录音,让伊兰心里虽然有点怅怅的,但又觉得没能接通更好,不然她向刘旬说什么呢?

车拐进小区里,她刚要付钱下车,伊兰的手机响了,是刘旬打过来的。

"你好,我在回家的路上。"她回话说。适才还急切地想听到刘旬的声音,想知道他此刻在哪里、正在做什么,可是对方突然打来电话,她又镇定了。

"明天你有时间吗?中午或者晚上都行。我有点事——"刘旬语调有点软弱,听起来好像有求于人,不像他以往,富于磁性的男中音声线那么有魅力。

"现在不好说——明天上午再定,好吗?"伊兰的回答留有余地,她怕明天有什么采访任务,现在答应了,临时不能赴约。

"那好,明天我听你电话。明天见。"

"明天见。"

伊兰关了手机,付了车钱,推门下车,抬头望一眼自家的窗户,心里惦着儿子自己煮速冻水饺能不能煮涝汤了。

## 3

第二天一上班,伊兰就忙着处理案头工作,把要发的稿编好,签了稿签交给主任,然后就给刘旬打电话,告诉对方她中午有时间。她不想晚上出去,她不愿回家太晚。

刘旬在电话里问她想吃什么。伊兰说随意。

刘旬说:"那咱们还去侬本多情吧。"

"好啊。"伊兰喜欢侬本多情酒吧里的情调,那里的法式西餐也不错。

中午,酒吧里人很少。他们选了上次坐过的座位。两个人对这个不约而同的选择,不由会心一笑。刘旬点了可能是侬本多情酒吧里最好的红酒——法国干红。

"怎么,发财了?喝这么好的酒?"伊兰开玩笑说。

"我要出远门。"刘旬心事重重的样子,"想找个最值得信赖的朋友,说说心里话,告个别。"刘旬眼神里满是忧戚。

"你要出国?"伊兰目不转睛地注视刘旬的眼睛,心想这是好事啊,他干吗一脸忧伤?

"不是出国。只是到南边什么地方暂时躲一躲。我遇到麻烦了——"

"是躲债吗?"

"比躲债还不名誉。"

"怎么了？出什么事了？"

"说来话长。我今天就是想告诉你这件事。不管你能不能理解，我都想告诉你。"

服务生把法国干红拿来了，小心翼翼地给伊兰和刘旬斟酒。两个人沉默了一会儿，静静地看着那服务生倒酒。服务生离开之后，刘旬说："你饿么？先吃点东西。"

"不饿。"伊兰瞅一眼法式面包，她急于想知道刘旬要跟她说的事，就率先端起酒杯说："来，我为你饯行。"她主动举过杯子和刘旬碰了一下杯，轻轻啜了一小口。

"谢谢！"刘旬喝了一大口。

刘旬放下杯子，瞅着伊兰的脸说："我妻子和我离婚了。原因在我。"

伊兰瞠目无语。

"手续已经办完了。根据协议我给了她500万。"

伊兰心慌起来，她不懂刘旬为什么告诉她这个，有没有搞错呀？我们只是很一般的朋友，我不过对你有一点好感而已，我可不是你想象的第三者！你要移情别恋，与我没有任何关系！她坦然直视着刘旬。

"离婚的起因是我有了外遇。三年前我认识了一个女孩，她叫小曼。我们一同坠入情网，后来我俩发生了关系。"刘旬低眉顺眼，瞅着酒杯，自顾自地讲述着：

"过后，我很后悔。我发现她是一个好走极端的女孩子，她把青春赌在我身上了。我感到是我做的孽，我害了她。我开始慢慢疏远她。有一天她不辞而别,去海南闯世界。我以为她离开了这个城市,随着见识和接触的人增多,她会忘掉我。她年轻漂亮,会有好小伙子追求她的。"刘旬说到这里,取出烟盒,但没有抽烟,他接着说:"可是她突然回来了,先找到我妻子,把我们的事和盘托出。为了证明她说的一切都属实,她还向我妻子讲出我私处的特征。我妻子非常震惊,她不能容忍我对她的隐瞒和欺骗,我跪在她面前求她宽恕我一回,她不肯。我们只好分手。现在,这个女孩要嫁给我。我认为我们一切早已结束。她说没有那么便宜的事,说我若不答应她,她就雇人杀我。她什么事都做得出来。我想,我还是出去躲躲好——我挺丑陋,让你很吃惊吧?"

说实话,伊兰确实很吃惊,但她不能说别的。尽管她没有想到刘旬是个这么复杂的人,但他有真诚的一面,何况他也有难处,她不想就事论事地对他进行道德评判。当然,她也并不同情他,只是想他如此信赖她,作为朋友她只能倾听,若能减轻他一点痛苦。此外,她所能做的就是从旁观者的角度,替他理智地分析一下,寻求一个比较稳妥的解决办法。

伊兰认真地说:"躲出去恐怕不是一个积极的解决办法,你还是应当找她谈,把事情谈开,晓之以理。躲避不行,你们之间的事只有你们两个能解决。所有的恩恩怨怨,都能理出头绪,要有耐心,要有信心。而且,恕我直言,我觉得小曼这个女孩儿,也挺无辜,你这样对她是不公平的。现今世界里能以死追爱的人,真的很罕见,你应当慎重考虑。"

刘旬非常认真地听着,他觉得伊兰的确气度不凡,分析问题说明道理都让他服气!他在这个正直善良、真诚圣洁的女人面前,一时间觉得有点无地自容。他不由自主地落泪了。

伊兰不免非常失望。刘旬的龌龊,内心的软弱,让她反省自己,怎么会被他这样的人所迷惑呢?这个世界,太缺乏优秀男人了!伊兰忽然觉得有种失落感,她低头默默地用刀切割盘子里那块半生不熟的牛排。

刘旬有点后悔了,他在伊兰面前完全暴露了自己的另一面,她会瞧不起他的,她肯定不会同情他,这会影响他们以后的交往。可是他确实把她当成最可信赖的朋友,当成唯一的倾诉对象,如果她都鄙视他,他在这个世界上,可真就孤苦伶仃、举目无亲了。

刘旬望着低头切牛排的伊兰,深切地反省自己说:"伊兰,我太自私了,这样对小曼也不公平。我也对不起我妻子,甚至也对不住你。你对我一直很信任,这我能感觉到,不然你不会和我来往,也不会帮我那么大的忙。我肯定让你失望了,如果就此失去你的友谊,我会很痛苦。说心里话在我的生活中,能遇到你是我的幸运,没认识你之前,我对生活没有多少热望,日复一日,很平淡很乏味。我的婚姻是失败的,事业也没多大成就,跟小曼也是不负责任的、只是寻找点刺激。我活得很不快活!"刘旬停顿一下,喝了口酒,接着说下去:"我跟你交往是认真的,我不敢有什么奢望,只是觉得跟你在一起很开心,只是觉得生活里有你的存在,一切都变得挺美好了。我之所以跟你坦白我的隐私,之所以有什么为难的事愿跟你说,就是把你当成我精神上的支柱。你是我的信仰。"

伊兰被刘旬这番话感动了,她没有想到刘旬对她如此崇信,如此依赖,她对于他来说,真的那么神圣吗?她抬起头,极认真地审视着刘旬的神情。刘旬一脸真诚,眼里盈满了泪水。伊兰沉吟说:"别这么说,太言重了。我觉得你把我理想化了,我很平常,也是个常人罢了——"

她没有告诉他,她此前也把他多少理想化了,但她失望了。不过她此刻不像刚才那么认识问题了,她不会拒绝他的真诚和友谊。金无足赤,人无完人。何况他即便有不洁的过去,能够坦白追悔也难能可贵。

而刘旬呢,已然把心赤裸给对方,便毫无顾忌了,他也不去擦眼泪,一任泪珠在脸上书写真情诗行。他凝视着伊兰急切地问:"你不会因为我这些事不认我这个朋友吧?"

"不会。"伊兰微微一笑。

"谢谢你!"刘旬非常感激,他诚恳地说:"伊兰,我就是想一次性把自己的污浊,全处理掉!以一个全新的人面对你,就像面对圣母!真的,这样不管我走到哪里,我都不会觉得孤独,都有一份福佑伴随我。"

伊兰也凝视着对方,很认真说:"我没有想到我对你这么重要。我会很珍重这份信赖的。"

刘旬激动得猛地去抓伊兰的手。伊兰手里握着餐刀,一哆嗦划破了刘旬的手。刘旬顾不得疼痛,俯首将嘴唇深深地印在伊兰的手背上。

两只紧紧握着的手在餐桌上传递着尽在不言中的相互理解、相互信任。刘旬的手出血了,鲜红的血液由他的手指漫上伊兰的手背，在那雪白的肌肤上点染一朵小小的红花。

伊兰欲抽回被刘旬攥着的手，但是他攥着不放松。伊兰有点心慌，忙劝他："手出血了，快松开吧。"

刘旬听话地抬起头，松了手。

伊兰温和地望着刘旬，递给他餐巾纸擦手。她自己却不忙着擦手背上的血。她凝视着手背上的血迹，心头掠过要吻那朵血花的冲动，但她又觉羞愧：适才当刘旬刚说到与妻子离婚的时候，她还误以为刘旬的表白是对她有所用心，因此而惊慌、退缩。她分明是怕陷入泥泞，此刻他涉过泥泞，向她走来，她不是并没有断然拒绝吗？她觉得自己也是个矛盾体，也是俗人一个，总是处于一半清醒一半醉的状态。而且她内心深处是渴望醉一回的。

刘旬低头擦着手，伊兰用手指轻轻涂抹着手背上的血迹。两个人都沉默着。这时酒吧里响起了音乐，像轻柔的春风飘来，拂过他们的心头。还是那首电影《人鬼情未了》主题曲。

4

刘旬离婚之后，净身出户，自己临时在湖东小区里租了一处两室一厅的单元，暂时住下。这个住所，他公司里的人谁也不知道。小曼找到他原来的住处，被他已经离婚的妻子，一顿臭骂给轰出来了。小曼就一遍遍地打电话，追问他现在住在哪儿。他说无家可归，没处可住。小曼不信，偏在下班时来公司门口堵他。

刘旬从公司楼后面的一个便门走出来，拐过街口，回头看一眼公司的正门，他看见小曼在门口徘徊呢。他知道他躲得了初一躲不了十五，而且要是让她跟踪上，找到他的住处，就更难缠了。他于是赶忙又从原路返回到公司里，然后从正门出来装作蓦然发现了小曼，冲他友好一笑："在等我？"

"你怎么把房子都给她了！"小曼劈头就是不客气地质问，好像刘旬是她老公似的。

"我们做了十多年的夫妻，最后因为我的过错分手了，我得给她留个住处吧。人得讲点良心！"

"那我哪？你对我讲良心吗？你把我怎么办？我们露宿街头吗？"

"你别在街上乱喊好不好！请到我办公室里谈。"

"不！不去办公室。去你住的地方。"

"我就住在办公室。"

"你骗我。"

刘旬无奈地望着小曼，不知如何摆脱她。

"那好，去你办公室。"

两个人进了办公室，情绪都略有缓和。刘旬给小曼倒了杯热水。自己点上烟，坐到办公桌后面的大班椅上，心平气和地跟小曼说："小曼，我知道我对不起你，我也很感激你对我的这片情意，可是感情是一回事，婚姻又是一回事。我们两个不可能生活在一起，我不适合你，真的，我们不是一对儿。"

"你还是老猪腰子？我问你,你当初玩我的时候怎么想的？"

"你让我说实话？"

"当然。"

"那我不得不承认——当时什么也没想,只有一股冲动。"

"我可想了,我把身子给了你,你的一切也得属于我!你的一切!懂吗?包括你这个人,你的一切财产!"

刘旬惊诧地瞅着小曼,觉得这个不可理喻的小女子,简直是个专制魔王。

"我不能只当你的小姘!现在你已经离婚了,你可以名正言顺地娶我!"

"我从来没有向你做过这样的承诺。"

"不错,我这样要求你也没有什么法律依据。可是你必须答应!不然就是两条人命!杀了你,我也不活!"

"你别这么极端好不好?这个世界上比我好的男人有的是,你为什么偏缠住我?"

"我也不知道为什么。其实没你,我也一样活。可我就这么想了,就要这么做!"

绝对不可理喻!刘旬绝望了。他想他只有逃跑,销声匿迹。不然他得让这个女人折磨死。可是他又想到伊兰,他觉得他和伊兰的相识相知,才是他今生情感生活中最宝贵的,他们刚刚开始,他舍不得离开她。他恨不得天天能见着她才好。摆脱一个走近另一个,这是他坚定的选择!

"小曼,要是我死掉呢,你就甘心了吧!"刘旬气急败坏地说。

"你想自杀?可以。你写个遗书吧,把你名下的存款留给我就行!"

原来她以死相威胁的目的只是为了钱！

"原来如此！你何不早说？我给你。你想要多少？"

"1510万。"

"你怎么查到我公司的账的？是谁帮你这么干的？"

"这你就别管了，谁还没有几个铁哥们儿呢！"

"我把所有的钱都给你，你让我怎么活？喝西北风！还有，我公司的员工谁管他们？"

"我只不过是吓唬吓唬你，你给我100万就行。"

"好吧，我认了！但不是因为怕你，我是想尽快和你了断。其实我完全可以告你讹诈！"

"是吗？你敢？那你就离死不远了！"

"我并不怕你，我只是可怜你。而且这么解决对你也算公平一些。但是我手头没那么多现金。我先给你50万。"刘旬回身去开保险柜拿钱。

小曼就像绑票的歹徒，步步紧逼："其余50万你写个欠条吧。"

刘旬猛然转过身来："你不要逼我！不然你一分钱也得不到！你愿意怎么解决我都奉陪！"

小曼赶紧往回收："开个玩笑，何必当真。50万就50万吧，余下的你给不给、何时给，全凭你良心了！"

"你放心，我不想欠你！"刘旬把一大捆百元钞票摔在桌面上。

摆脱了小曼，刘旬感到内心里彻底轻松了。过去他的生活太沉重，老婆和小曼都不是省油的灯，只能给他心理带来负担和烦恼，从来没有给过他真正的安慰和体贴。现在，阴郁的日子已经结束，可以说云开日出，眼前阳光灿烂！一切都将重新开始！回想起这么多年公司的创业，个人的私生活，可以说是很不顺，很疲惫。现在好运降临了，公司有望在年内收到较好的效益，个人情感生活里也有了温暖和慰藉。能有伊兰这样的异性朋友，他感到幸福。有什么烦恼，有什么不顺心的事，甚至不可随便与人说的隐私，都可以毫无保留地向她倾诉。因为有了她，他在这个世界上才不感到孤独。她是那么真诚善良、富有同情心，而且她特有女人味，和她交往相处，他能感受到似乎他这一生缺失的母爱、兄妹同胞亲情以及情侣恋情，一切都从她那里得到了补偿。他从小就失去了生母，又是独生子，没有姐和妹，他和前妻、小曼从来没有倾心相恋过，所以他把伊兰视为他今生的至爱！尽管伊兰在生活里并不属于他，而且大概他也没有占有她的心，但是他的心确实已然被她占据了，也许将是永久被占据！他觉得倾心爱一个人，比被人爱的感觉还美好。他对生活又充满了热望，他的起居饮食有了规律，他早起早睡，每天都抽出一点时间锻炼身体。他很有魄力地与南方客商签了不无风险的交易合同，他变得无畏而有信心了。知道他和妻子不和睦与小曼也不和谐的人，都说他摆脱了这两个女人之后，才成了一个真正的男子汉。他听了这话不禁意味深长地一笑，心想：你们错了，男子汉是由女人塑造的，我不过是摆脱了应当摆脱的，而遇到了想要的。是伊兰重新塑造了我！

这些天，他与伊兰通过多次电话，他的精神状态很好，两个人彼此相告的都是令人高兴的消息。但是伊兰谨慎地谢绝了他的约请,她在电话里跟他说:"过段时间不行吗?最近我很忙。现在你没有烦心的事了,要好好做事。"

可是今天,他必须见她!因为下周一他就要出国考察,是随同市里组织的私营企业考察团去日本访问。出境手续、机票都办好了。他想和她告别,因此迫切地想见她,而且他还想问她穿多大号的鞋、身长腰围什么的,他要从日本给她买点东西回来。

电话一通,他就跟她说今天中午无论如何请她出来一下,他有要事相告。她略微沉吟一下,还是答应了。她说她刚好也有点事要告诉他。他们还是约定去侬本多情酒吧相聚。

他们差不多有一个多月没见了,相见时两个人都很高兴,相互端详着对方,眼睛里含着笑意。因为时候已是深秋,天气有点凉,所以他们先要了热牛奶,暖一下户外奔波的浑身冷气。两个人情绪都很好,说了嘘寒问暖的话之后,伊兰笑着问刘旬:"你电话里不是说有事相告么,有什么事要告诉我呀?"

"我要出国,去日本。下周一就走,要去很长一段时间。"刘旬注视着伊兰说。

"要移民东洋?真是彻底解放了,可以独来独往——"伊兰跟他开玩笑。

"什么移民哪,我只是作为民营企业家去日本考察。"

"要去多久?"

"半个月吧。"他想说,半个月见不到你,这对他来说就是很长时间。

伊兰笑了,笑得很温暖。她举起酒杯:"真不错,走出国门了。祝贺你!"

两个人碰了杯,又相视一笑。刘旬凝视着伊兰的眼睛问道:"我出国半个多月,你不觉得时间很长吗?"

"你怎么变笨拙了?没了绅士风度!倒像个小男孩儿——"伊兰含蓄一笑,回避刘旬的凝视,低头用羹匙儿轻轻搅动又上的咖啡。

刘旬这才觉出他的话,未免有点自作多情,不由地脸上发热。他真想知道,她在不在乎他离去多久。

"我不知道日本什么东西好,你想捎点什么?"

"什么也不捎。我所需要的在国内都可以买到,而且质量并不比日本的差。现在不像过去了——"

"我是说我想给你买点礼物,不知你喜欢什么。"

"不用,不用这样客气。"

刘旬觉得感情太热烈的时候,人确实倒变笨了,怎么今天尽说些蠢话!离别在即,怎么就讲不出点儿意味深长的话?他缄默了,不知说什么好。他忽然想起伊兰在电话里说,她也有事要告诉他,就问:"你说也有事要告诉我,什么事啊?"

刘旬一问,伊兰才想起她的事:今天一上班,总编就把她叫去了,给她一份法院的传票和原告的诉状。她当时一愣,待到看完诉状,才明白,是她那篇揭露徐友等人诈骗的文章,惹出的麻烦。

原告起诉人是北山市酒厂厂长方向明。这个方向明,她根本不熟悉,也不了解。她文章中有一句话:"徐友用骗来的电脑,贿赂北山市酒厂某领导，骗取一车皮精装礼品酒。"没想到这一笔，触到酒厂厂长的痛处。对方告她诬陷！而且诉状上说酒厂是当地明星企业，方向明厂长是有声望的企业家，由于她伊兰这篇文章中的话，致使方向明个人名誉和精神受到极大损害，企业和企业产品受到极大损失，目前厂子生产混乱，人心浮动。诉讼状上明确要求被告文章作者伊兰赔偿方向明个人名誉和精神损失200万元，赔偿酒厂经济损失1000万元。

从来没有贪上这么大的官司，总编辑作为法人代表，又惊慌又气愤，他勒令伊兰停止一切工作，必须把问题搞清楚。不能把报社也弄到被告席上去，如果是伊兰报道失实，报社不能负责赔偿对方的损失！文责自负！

伊兰心里有底，她在采访中了解到：酒厂厂长方向明的儿子一直想买高品质的电脑，刚巧徐友从刘旬处骗得索尼原装电脑，他就给送厂长方向明一台。方向明就是想买个质量可靠的，价格没怎么考虑。可是没想到徐友一分钱不要，说是他们厂子的一个客户托他送的，只求快点把精装礼品酒发过去。当时，徐友带着一个客户经理和购销合同，陪同他们的还有一个电视台的编导。编导在酒桌上许诺厂长方向明，给厂子拍个专题片。厂长的办公室秘书是厂长最信得过的"私人参谋"，这个人好大喜功，"文革"期间就是个搞宣传的，所以对电视台能给拍片非常感兴趣，就撺掇厂长答应先发货。一车皮酒就这么被徐友等人骗走了。东窗事发之后，徐友被捕，电脑作为诈骗使用的赃物被收缴。酒厂厂长方向明，给厂子造成巨大损失！伊兰认为酒厂以此状告她，是转嫁祸端！

她来之前，原想把这事告诉刘旬，也只是想和他探讨一下这个厂长，是出于怎样的考虑想否认事实，反咬一口。可是面对即将出国远行的刘旬，她改变了主意，她觉得还是先别告诉他为好，等他回来时，事情大概就水落石出了。别让他为这事分忧。

　　伊兰就说了一件别的事："我想告诉你，我有个存单到期了。那台电脑我得给你钱；你呢，也得给个发票。"她开玩笑地补充说，"以后万一咱们这儿，也搞廉政公署，调查时我好有交代。"

　　"你执意要给我钱，也不用这么着急呀。发票我什么时候都可以给你开出来。"刘旬说。

　　刘旬这话无形中启发了伊兰——可不，发票可以后补嘛！一个酒厂厂长弄张电脑发票还不是件很容易的事吗？要是这样，事情可就不好办了！伊兰不由陷入沉思。

　　"怎么了？这点事儿还用老想着吗。"刘旬察言观色地问道。

　　"不是，我忽然想起别的事了。没什么——工作上的事。"

　　伊兰抱歉一笑，忙转换一个轻松愉快的话题。

　　星期一法院开庭。所以伊兰不能前往机场给刘旬送行。当然，她不能告诉他这个原因，她说临时有个重要采访任务，实在脱不开身，非常抱歉。到时候，只能用电话道一声一路平安了。伊兰本该前一天晚上给刘旬打电话，可她只打一次没打通便伏案准备第二天的答辩状，一直弄到半夜。半夜三更在家里给刘旬打电话她又怕丈夫阿黄听到了不好。

　　伊兰坐在出租车里，心想刘旬可能此刻正在候机室里盼着她匆匆赶去呢。可她却不得不去法院！她为了平静心情，以应付一场从未经过的法庭辩论,她决定不给刘旬打电话了。等他回来再解释吧。

## 5

伊兰从容走进法庭,可一看到虚席以待的被告席,她又有点难以接受的排斥心理。怎么自己成了被告?一个铁肩担道义的记者,一个为无辜受害者伸张正义的人,居然坐到了被告席上!她强迫自己镇定下来,扫一眼原告——酒厂厂长方向明。这是一个土头土脑的矮胖男人,一看就知道是个城府不深的人,瞧他那六神无主的样子!不过,他的辩护人,却是一个年轻英俊、看去很干练的律师,让人不能小觑。不然,方向明这个人不会有胆量打这场官司。要知道,他确实接受了徐友的贿赂,并给厂子带来巨大的损失!他没法向全厂职工交代他的严重渎职,所以才用推翻受贿事实的伎俩,孤注一掷!伊兰鄙夷地横了他一眼,这个人居然为了推卸自己的罪错,不惜诬陷别人!但她正义在手,认为胜券在握。她要让诬告者自食其果!她这也是在维护法律的尊严。

法庭里一片肃静。控辩双方在法官的询问下交替进行法庭辩论,唇枪舌剑,气氛十分紧张。那位年轻律师果然能言善辩。首先,他以发票实物为证,说明他当事人的那台电脑是花钱买的,而非受贿所得。然后,他阐述说,虽然伊兰在文章中,没公开点名,使用了不确定指代词"厂长","厂长"前冠以北山市礼品酒厂字样,就具体确定了所指,该厂法人代表即是方向明。被告文章中具体所指明确。他层层推理，逻辑严密。他还展示一组北山市礼品酒厂车间半停产状况的照片。最后，要求被告承担法律责任，赔偿北山市礼品酒厂直接经济损失1000万元。这个口若悬河的年轻律师，虽然英俊潇洒，但是由于他帮助了邪恶，所以在伊兰看来他比牛魔王还可恶！不由牢牢记住了他的名字——丁铁。憎恨归憎恨，但伊兰心底却有一点相识恨晚的感觉，自己此前不知道他的威名，不然她会请他做自己的辩护人。

伊兰由于无法证实那发票是后补的，她要求对发票做技术鉴定。原告辩护人丁铁，对此提出异议，他认为发票是当时开的、还是过后补的，对本案无关紧要。只要有发票，就证明当事人没有接受徐友的贿赂。伊兰唯一有力的证据就是，让行贿人徐友能出庭说出事实真相！可是,徐友从看守所逃跑了,不知去向。当事人未能到庭作证，所以伊兰的反驳无法被法庭取信。第一次开庭，她就失败了。

她从被告席上站起来时，先看到了已经走到门口的总编辑的背影。她猜想，特来旁听的总编辑，这会儿脸上会是什么表情？报社同事们会怎样议论？她给报社惹大麻烦了！也给同仁们丢脸了！她无地自容，又异常愤慨！难道正义会败给邪恶？这不可能！本案并没结束！谁笑到最后谁笑得最好！伊兰给自己打气，强令自己镇定走出已然空荡荡的法庭。她走到门口时，蓦地一愣！她看到旁听座席的最后一排坐着一个人。见她走过来，那人才慢慢站起来。她很惊讶，以为是自己的幻觉，不由眨眨眼睛——那人确实是刘旬！

刘旬眼睛里满是复杂的神情，其中有关切、同情和与她同舟共济的坚定，也有不平、愤慨和歉疚。伊兰一眼就洞悉了他眼神里全部内容。她心头一热，眼睛湿润了。刘旬迎上一步，伸出双手紧紧地握住伊兰的双手。

"你怎么没走？你是怎么知道的？"伊兰眼里闪着泪花，问道。

刘旬说："你不该瞒我。是我给你惹来的麻烦——徐友他们和原告串通一气，蓄谋报复！"

"我事先有点轻视这个案子了，取证准备不足。不然，不会是这样。"

"我相信！但今天你也不错。要知道，你面对的那个律师是很厉害的。你一点也不弱，我替你感到骄傲！"

"谢谢你！"

"不，应当感谢的是我。我真的很抱歉——"

"你也不可能想到案子会节外生枝。再者说，我既然想伸张正义，就不能在乎什么！只是你没必要因为这事耽误出国。"

"我放心不下。我已经知道是怎么回事了，有些事需要我去弄清楚。我们能在不利的处境中共同为正义而斗争，比出国还要让我振奋！真的！"

伊兰感到非常欣慰，在她最需要帮助和支持的时候，他竟奇迹般出现在她面前！适才她在法庭辩论时，精神太集中了，竟没有发现他坐在旁听席。她以为，他正在蓝天白云间"飞翔"，离她远去，原来，她就在他关注的目光里，经历了一个多小时的法庭辩论。他看到了她的失败，但他也看到了她的大义凛然！他们彼此理解，真诚相助。

他们走出法庭的时候,天下着雨,风也很大。冷雨秋风扫过来,伊兰不禁瑟缩着把身上的风衣裹紧。刘旬忙伸出左臂从背后揽住她的腰,引她快步走向停在街对面的白色捷达。刘旬是自己开车来的。

车沿着这座城市最长的一条街道行驶。前方的路风雨凄迷。这是他们又一次同车在风雨中前进。这一次是真正意义的风雨同舟!

"明天我就去请律师。请最好的!"刘旬跟伊兰分析了一下案情,觉得要调查方向明电脑发票是怎么开出来的,作为被告当事人很难取得被调查对象的合作,必须请律师出面。所以他决定快些请律师。

伊兰不知道能不能请到比丁铁还好的律师,她觉得除了请律师之外,他们自己也应当行动。要找到徐友!

雨刷器有节奏地划来划去,似乎也在帮助刘旬和伊兰梳理思绪。他们都在头脑里认真思索着如何打好这场官司。

刘旬觉得事情不是一下子就能解决的,适才在法庭上伊兰已经弄得很疲惫了,这会儿应当让她的神经松弛一下。他打开车上的收录机,交通文艺台正播放那首歌曲《朋友》。刘旬沉稳地把握方向盘,伊兰把头仰向后靠背,两个人静静地听着那首歌,心中不免有所感触。他们都于内心珍重着一份友情。刘旬更加珍重伊兰的无私和高尚。她不像他过去所接触的女人,那么自私、势利。她是在他遭受挫折和困顿的时候,出现在他生活里的,真诚相助却不望感激。他感到社会主流意识,认为人外表美不及心灵美,放之四海而皆准!伊兰虽说不是他所认识的女人中最漂亮的，而且也不很年轻了，但是她身上闪烁着他理想的光芒，魅力四射！他不止一次对她深深动情，又唯恐因此而失去她。他觉得今生能有这么一个异性朋友，真是一种幸福！他也遗憾，这么好的一个女人却不属于他。她的阿黄好像并不知道，自己有一个多么令其他男人羡慕的妻子。今天，他居然没来法庭旁听，他太不关心妻子了。或许，阿黄出差了？刘旬侧过脸来瞅瞅伊兰，温和地问道："直接回家吗？"

伊兰看看手表，沉吟说："时间还早，——你要是没事的话，我们可以去喝杯咖啡。"

刘旬心里自然对这个提议很高兴。他想问是不是还去侬本多情酒吧，但忽然想起那里的咖啡不够正宗，那种速冲咖啡淡薄无味。要喝咖啡还不如他自己家的好，而且他还有一听亲戚从国外捎回来的咖啡豆，还有烹煮咖啡的成套器皿。但他不知道该不该请她到自己临时住处去，更担心她会拒绝，那岂不尴尬。他小心地问："咱们去哪儿好？"

她想说还去侬本多情酒吧，但又怕总想去那里，刘旬会不会认为有什么意味。她只是因为那里是他们友情的起点，很吸引她。她便随口说："哪儿都行。"

"要不——到我的住处去？"刘旬鼓足勇气说，马上又补充一个理由："我那里有正宗的咖啡豆。喝咖啡还是自己煮的好。"他直视前方，不敢侧脸瞅伊兰一眼。虽然他只是非常想单独和她在一起，享受只有她在身边的温馨时光，并没有什么奢望，但他仍然有点心慌。

伊兰对刘旬这个提议，确实感到有点突然。他现在已是单身男人,又是独居,一个女人于风雨黄昏走进他的住处,难免有瓜田李下之嫌。她觉得他也应当想到这一点哪,怎么就随口向她发出这样的邀请?拒绝吧,显得自己想得复杂,心地不坦荡;接受吧,又觉得不是她这种庄重女人所为。而且她又必须马上回答,停顿和沉默都会无形中增加复杂成分。就这么瞬间她就急出汗了,幸而一个喷嚏来得及时——阿嚏!她忙掏出手帕捂住鼻子。

"你要感冒,喝点热咖啡好!"刘旬关切地说。

伊兰借助一个及时的喷嚏绕过了那个不好直接回答的难题儿,而刘旬也善解人意,没有不识时务地再问一句,只是不失时机地强调一句:"用咖啡豆煮出的咖啡,比速溶咖啡好喝。也治感冒,好像报纸登过。"

刘旬感觉到伊兰对他的邀请,并没有拒绝的意思,他悄悄加快着车速,生怕伊兰突然说出推拒的话。而伊兰此刻觉得自己已经失去了主宰,好像不随他去就没别的路了。刚才没有拒绝,现在再说不去,就显得有意回避,有点造作。她不知说什么好,可这时候缄默不语更糟糕。她就像个被老师提问而答不上来的小女生,直揉鼻子,煞有介事掏纸擤鼻涕。伊兰手袋里总有取之不尽的香味纸巾,此刻帮了她大忙。

在彼此缄默的时间稍显长了一点。两个人尚未意识到应当打破沉闷时,车到目的地了,停在一栋四层小灰楼前。

"到了。"刘旬只说了两个字。两个人就顶着小雨下了车,一前一后地紧走几步进了楼道,上了三楼。

刘旬掏钥匙开防盗门,又开了房门。进了屋伊兰才看出没有女人的男人居室倍显凌乱、冷清。看得出来,家具是临时购置的,床、沙发、彩电都是新的。

"你坐,我马上煮咖啡!"刘旬没脱外套就开始忙着找咖啡豆,清洗煮咖啡的器皿。

伊兰坐在沙发上,拢拢头发,她左顾右盼,想找面镜子照照自己,可是刘旬的房间里,居然没有镜子。她没有化妆的习惯,手袋里从不带化妆盒。她不知道此刻自己头发是否有点乱,脸色是否挺憔悴。她忽然想到卫生间里大概应当有面镜子。她站起来说:"我去一下卫生间。"

卫生间里真的有面镜子,在洗手池的上方。伊兰看到镜子里的自己,虽然说不上是蓬头垢面,但也确实脸色暗淡,头发也不像平时那么有型有款。她忙放点冷水洗洗脸,又用水池旁边的梳子梳理一下头发。

她走出卫生间,又坐回沙发上,心情平和下来了,找到了初次到朋友家做客的温暖感觉。这时,刘旬已把精制的不锈钢电热咖啡壶放到茶几上,喝咖啡的瓷碟瓷碗也都摆好了。咖啡还没有煮好,他们就坐在沙发上边看电视边聊。

"在单位里,是不是挺有压力的?听说停止你工作了——"刘旬点着一支烟,很歉疚地说,"是我给你惹的祸。这事儿,你丈夫也知道了吧?"

"没什么大不了的,我会打赢这场官司的。"伊兰没直接回答刘旬的问话。

伊兰不想提阿黄对这事的态度,阿黄居然认为他妻子是受人利用了,是接受人家的好处才摊上这么一场官司。阿黄当然也真的替她担心，但是言语中多有埋怨之意，还说她什么因小失大，要接受这个教训。她觉得丈夫太不理解她了，怎么居然不分是非曲直一味埋怨自家人？跟阿黄共同生活这么多年，他就没有给过她真正的安慰。上次评职称，她受了那么大委屈，他居然不闻不问，这回也是事不关己的样子，连法庭都不去。她不明白他为什么对她总是这么粗心，或者说这么不用心。她现在越来越觉得阿黄不会好好爱一个人。此刻，刘旬问到阿黄，她虽然不便向他道出自己对丈夫的不满和失望，但是她确实是因此不想早早回家的。

刘旬见伊兰回避谈她丈夫，而且情绪有点不对头，便及时把话题引开："哟，我想起了，冰箱里还有鲜牛奶呢，咖啡里兑点牛奶好喝。"他起身去取牛奶。

伊兰拿起遥控器搜索频道，不知想看什么节目好，而此时全都在转播中央电视台新闻联播。蓦地，一条国际航班的空难新闻吸引了她，令她分外吃惊！那正是刘旬今早要乘坐的航班！她情不自禁地喊起来："刘旬！你快来看！"

刘旬拿着软包装牛奶进屋来，两个人注视着电视荧屏。他们看到了飞机残骸的镜头，听到播音员讲道："——机上乘客和机组人员全部遇难！"刘旬惊得说不出话来。半晌他才回过神来，冷不丁拉过伊兰的手，紧紧地攥着，激动不已地说："是你救了我的命！你是我的神灵！"

伊兰舒口气说："不是我，是你自己的福祉！"

刘旬攥着伊兰的手不放，拿到唇边热烈地吻着。剖心地说："你是我的福星——"

伊兰一动不动地任凭刘旬亲她的手。她也很激动,她觉得是上苍感念刘旬的一片真情,让他幸免于难。和刘旬相处时间并不长,却能一见如故,越处越觉得相识恨晚。他这个人真诚义气,勇于承担责任,这是男人最可贵的品质!机票都买了,出国本来已经成行,他临时毅然放弃,为了责任,为了情义,他如此仗义,所以善有善报。

伊兰提醒刘旬:"咖啡煮好了。"

刘旬这才松开伊兰的手,给她和自己倒咖啡,又往冒着热气的咖啡里加奶加糖。

刘旬心潮起伏,他很想直抒胸臆,向伊兰明确表达他的爱。他对她的爱情可以说至真至纯至圣,甚至不望回报,哪怕只是他一厢情愿,他也无怨无悔!他虽然觉察到了伊兰的婚姻,并不很美满。但是,她也难以走出一座平安无事的围城。她更不会与人共谋,里应外合攻破城池。她的善良本性,她的做事原则,都是不好逾越的护城河。可越是不可企及,越是难以实现,刘旬的梦想反而越丰满!他甚至在心里设计过携她外逃私奔的情景。而他这次之所以能死里逃生,完全是因为心里有了对她的爱和牵挂!那么,为这份情这份爱他也是完全可以付出他的生命的!只是他无论做什么,以及怎样做,他首先考虑和顾及的还都是她。他一次次抑制自己的感情冲动,生怕伤害她丝毫。他在这种苦恋中尝到了爱的深刻与甜蜜。这一切,或许她并不知道,但是只要他能经常见到她,和她保持来往,保持友情,他就觉得这便是他今生所求的一种幸福。

刘旬动情地说:"能活着真好!想你的时候还可以给你打

电话。有时，我们还可以小聚，就像现在这样坐在一起喝咖啡。如果我没能逃脱这次空难，这一切美好都变作遗憾，是多么可惜呀！"这番话所表达的爱意已经很清楚，他自己都有点吃惊，怎么就这么自自然然、轻轻松松地说出来了！再看伊兰，已然人面桃花。他想，她和自己是心有灵犀的，她明白我的心。

伊兰低头啜了一小口咖啡，微微一笑，说："挺平常的事，你叙述得这么优美——我都受感动了。"

刘旬压抑不住内心的激情，他猛然抱住伊兰，颤巍巍地说："我——我觉得我们今生有约——我们——是天造地设。"

伊兰轻轻挣脱着刘旬的拥抱，满脸绯红，乞求说："别这样，别这样——我们不这样不行吗？我们就永远做好朋友，不也很好吗？"

刘旬从忽然间的陶醉里醒来，他无力地放开双手，很羞愧地说："对不起——我有点冲动。"

"不，别说对不起——我能理解你。我想你也能理解我。我们都是成熟的、有责任感的人，在这个世界真情固然难得，可是珍惜真情更难。你明白我的意思吗？——我们可以说情投意合，我们能相遇就是缘分了，不能所求过多。古往今来，真情总有缺憾。美好的东西都不可能圆满。"

"不，事在人为！我有信心创造圆满。"刘旬热切地凝望着伊兰晴空般的明眸。

"我愿意相信你。可是世界上不存在圆满。"

"你太深奥。"

"我不是深奥，我只是现实。面对生活现实我们才能体会到人生总有许多无奈。"

刘旬感到他和伊兰之间在思想、学养、各方面素质上，都存在着差距，他只有一声叹息。

"别不高兴，我是为我们两个好。这样不很好吗？坦坦荡荡的坐在一起，无拘无束，有什么心里话都可以说出来，相互信任，真诚相助，这种友情不比现实生活中的一般爱情更美好吗？"

"我没不高兴。是我不好，想得太简单。"刘旬检讨着自己，"原谅我，我很孤独。"

"刘旬，咱们是以心发现心的，完全坦诚相见。那么彼此有什么话直说最好。作为知心朋友，我想劝你，以后遇见合适的还得找个人生伴侣，成个家好。一个人生活太孤单。你是一个好人，你该享有一个好妻子。"

刘旬想说：有你我就不孤单！我的生活只想享有你！但是这些话只能留在心底了，不能让热情点燃明火，他知道她担心失火。

"你像母亲又像姐姐。我感到你的呵护很温暖。我现在很好。但我听你的，以后会考虑的。"刘旬微笑说，又给伊兰倒点热咖啡，"都凉了——再加点糖吗？"

"好，我自己来。"伊兰夹了一块方糖，很愉快地说："今天我很高兴，一是法庭上我虽败犹荣。二是你化险为夷。三是我们的友谊经受了考验。"她说的考验含义也有三层——一是刘旬知道事情之后，宁肯放弃出国也要与她共担责任。二是她拒绝发展他们之间的感情，他能正确对待。三是在刘旬的热情冲击下她没有意乱情迷。

伊兰又认真说:"我把心里的话都说透了,以后我们相处就不难——我不愿把自己和所喜爱的人,弄得都很累。真的,我从来不相信死去活来的爱,不相信海誓山盟。好像有位作家说过——爱是有时间性的、有新鲜度的。所有文艺作品中爱情故事都是理想化的、虚构的。当然我这么说,不是不相信人间还有真情在。恰恰相反,我觉得真情就在于它的超脱世俗,在于无所企求,在彼此间都能恪守一种若即若离的距离。一旦太靠近,一旦合二而一,一切美好的东西就都会渐渐消损陨灭——所有的婚姻都可以佐证这一点。我这半年来采访了很多男男女女,他们的故事引起我的思索和研究兴趣,最近我要写一本书,我的这些观点,都将在这本书中展开来谈。如果出版,我一定送你一本。"

刘旬对伊兰这些他从未听过的、独特而深刻的思想观点,一时间还不能全部理解,但是他的精神、心灵和灵魂,的确被眼前他所倾心热恋的女人罕见的理性光芒所照亮。他至少认识到了——缺乏深刻思想的感情是不是迟早要患贫血症?没有理性之光,情感生活是不是会慢慢显出苍白?他觉得跟有思想的人在一起,自己也会变得勤于思考。他从内心深处佩服伊兰,崇拜她,信仰她,爱她。

他们的谈话越来越深入,彼此的思想都好像有涌泉似的灵感。他们谈得很兴奋,很愉快。咖啡也好喝,挺助谈兴的。不知不觉间,他们已经唠了三个多小时。外面天已经黑了,雨还在下着。伊兰临走时,环顾一下刘旬的房间半开玩笑半认真地说:"以后我来做客,希望看到你屋子里很干净整洁。不然我就不来了。"

刘旬开车送伊兰到小区的大门口。他本来要把车开到楼跟前，但是伊兰要求停车，她显然总有点顾虑。刘旬没有马上倒车开走，他望着伊兰走进楼里，点上一支烟，吸了一会儿，在蒙蒙雨幕中仰望伊兰家亮着灯光的窗子——好一会儿，他才开车离去。

6

一个月以后，法院再次开庭审理伊兰报道中涉及侵犯名誉权的案子。这期间伊兰和刘旬虽说做了大量调查工作，但处处得不到应有的配合，连原办案人都不愿出庭说明情况，私下还认为伊兰随便给人家扣一顶受贿的帽子，是该负法律责任的。刘旬为伊兰请的辩护律师在庭审中提出，在他当事人的关键性证人未到庭的情况下，本案核心情节无以判定。对方辩护律师丁铁认为关于电脑发票，虽然从发票本上查出的确是后来开出的，但是在商场之外交易先付货后付钱，尔后补发票也没有不合法的依据。而被告证人再次缺席，虽然有客观原因，但是，即便证人到庭，其人的话就可以认定他和原告有行贿受贿的事实吗？目前是，原告的名誉损害，关键在被告白纸黑字的一句明确语句。双方经几番交锋，仍然僵持不下。此案再次宣布延期审判。

## 7

刘旬眼下也撂下公司的事情,全力以赴协同伊兰打这场费力耗神的官司。他宁肯什么也不干了,也要讨回公道,也要为伊兰洗雪不白之冤!

伊兰因这个案子给报社带来麻烦,还让总编辑作为第二被告上了法庭,而且判决结果报社承担赔款的大部分,所以伊兰已经被弄得焦头烂额,威信扫地。她身心疲惫,已无余力应付报社里的日常工作,实际上已经等于自动离职。

在这个特殊日子里,又正赶上伊兰儿子面临考高中,丈夫阿黄出差云南开出版工作会议。这一切,让伊兰感到焦头烂额。陷在官司里的伊兰,不仅没有更多时间给孩子跑择校的事,报社内外还传出她将被调离报社——而远在云南开会的丈夫阿黄却浑然不知,没心没肺,只在飞抵广州那天给她打个电话,此后就没消息了。她也不知他住在何处,离没离开广州,到没到昆明,还要在昆明转悠多少日子。这个时候她是多么盼望他马上就回来呀,她需要他的帮助,需要他在她身边,需要一个完整的家作为奔波一天之后的避风港湾。可是他却远在天涯海角,似乎无牵无挂地在游荡。倒是刘旬形影不离地跟着她跑东跑西,风雨同舟,全力帮助她。好不容易通过徐友的一个亲戚了解到徐友可能的去向,刘旬要陪她到外地追寻徐友的踪迹。一个女人只身在外,有个男人在身边就有安全感。伊兰也就没有谢绝。

追寻到千里之外,大海捞针一样寻找重要证人徐友,他们的心情可想而知,绝不轻松。对伊兰关怀备至的刘旬,特地带伊兰去趟当地的国家森林公园，忙里偷闲，放松一下。在森林小木屋里，他们暂时忘掉案子。伊兰也暂时忘掉儿子、忘掉阿黄，忘掉人世的一切烦忧；眼前只有怜惜她、温存她的刘旬，只有童话般的幽静和宁馨。她的心从未有过的宁静、安恬、温慰。她真希望世界就这么一片绿意葱茏的森林，生活就这么一个小木屋。她满怀柔情，不由自主地拉过刘旬的手，说："此刻我们已超脱尘世，放松一下，躺下歇歇吧。躺在我身边。"

刘旬温暖一笑，顺从地在她身边躺下来，顺手抽一根细草棍儿叼在嘴角。他内心里感念这件节外生枝的案子，觉得徐友虽然先是骗他而后又与人合谋加害伊兰，但是如果没有徐友的从中作祟以及他的失踪，他和伊兰能意外获得如此惬意而浪漫的童话世界吗？他侧过脸瞅着伊兰说："这小木屋多有情调。等我将来老了，就在城郊买块地盖个木板小阁楼！一个人独守宁静岁月——可是，有一天，突然有人敲门，我开门一看，原来是你，带着简单的行囊——"

伊兰对刘旬描绘的这个童话般的未来，不禁怦然心动，露出甜美的微笑。

刘旬沉浸在幻想中，继续说："那时我们都已经老了，还有什么可顾忌的？我们就在远离尘嚣的木板阁楼里，平平静静安度晚年，过一种世外桃源的生活，我担水来你浇园……"

刘旬的叙述深深打动了伊兰的心，她因为他的痴情而感动，但也不无伤感，为他中午就盼落日而伤感，为人生的种种无奈而伤感。她的眼窝有些温热，她默默无语地仰视着屋顶。那些朴拙而未加雕饰的檩木，还保留着小树的嫩枝，隐约茁出几片绿叶。离开了土地被用作小屋的檩木,即使残留一些水分的滋养,可是又能青绿几时呢,最终必得枯败。植物和人的情感,恐怕都经不起挫折!我们不能因为自私的爱恋而不计是否会挫伤到别人,一旦受了伤害,就无计可回生。她这时突然很强烈地意识到她的丈夫阿黄虽然不能给她满分,但也仍是她的一份牵挂,她扔不下他,说不清为什么,还有儿子小城,都是她感情无法随意放牧的天然屏障,足以阻止她逾越的冲动。她只有叹息,轻轻坐起来,她适才还萌生出的超脱尘世的感觉,让她深入的思想惊跑了。她不敢沿着很吸引她的神秘小路心惊胆战地走下去,她必须在理智的返折点找回自己,她装作坦然的样子,以应该绯红但苍白的笑容,面对刘旬说:

"你讲了一个很美的秋天的童话。"

刘旬想说我不是在讲童话,我是要实现我这一生最后的一个梦想。我要把童话变为未来的现实!难道你不相信我会等你到地老天荒吗?他情急地刚想把这些心里话,一下子都说出来,而且还要说得更明白更清楚。可是,伊兰目光里有一种制止他倾诉的暗示,他便克制住了,忧郁地一笑。伊兰有意岔开这个话题,她机智地用一句玩笑话把刘旬拉回现实:

"刘旬,咱们可都是食人间烟火的俗人,我饿了,是不是该吃点东西了?"

"你想吃什么?这里山菜野味都有。我们按一下门旁的按钮,就可传唤服务员。"

刘旬明白了即使他们远离省城,远离人群,两个人单独在这个小木屋里,内心的情感也不可以完全袒露。只为保持一份纯真吗？因为伊兰现在还不能,乃至害怕两颗心贴得太近。也许,自始到终都是他一厢情愿。伊兰不能超越的东西太多了,以至她什么也战胜不了！刘旬只有在心里深深叹息。他起身轻轻地按了木屋门旁的按钮。

## 8

没有寻找到徐友。伊兰和刘旬怅怅而归。

伊兰回家进屋就收拾房间。她临回来的时候,在车站往家打电话没打通,以为阿黄出差回来了占着电话呢,她又打他手机,回音是不在服务区。她走的时候,把儿子小城托付给母亲了。她又给母亲打电话。母亲数落她："小城升学的事,你们怎么不着急不着慌的？偏赶这节骨眼儿上俩人都出差,什么事非得这会儿往外跑？"母亲一腔埋怨。伊兰安慰一番母亲。她怕母亲为她瞎操心,一直没把摊官司的事告诉母亲。她觉得母亲的指责是对的,儿子上高中选择什么学校,对他将来考大学至关重要！她恨自己无以分身,恨那个失踪的徐友,恨那个叫方向明的厂长,也恨那个叫丁铁的律师,是他们把她的生活搅乱了,让她顾此失彼,焦头烂额。尽管有刘旬这么忠实侠义的朋友,跟她始终不渝地战斗在一起,可她还是偶尔觉得挺孤独。特别是一回到家里,她就感到心里有一层隔膜,想消除却在与日俱增。没有来自家庭的安慰和支持,没有丈夫的理解和帮助,就没有进可攻退可守的强大后方啊。与自己命运最紧密相连的,应当是家里人哪,而不是任何别的人。想到这里她不能不对丈夫阿黄心怀幽怨。阿黄这次不去云南开会有什么不可？不就是想顺便游览丽江、大理、西双版纳吗？自己的妻子孩子都面临着迫切需要解决的难题，他怎么就能拔脚便走？她忽然意识到丈夫岂不是一点同情心都没有吗！不要说什么责任感了！

伊兰习惯于独处时思考问题。她停下手中的活儿，坐在沙发上一个人静静地思前想后。她觉得作为妻子，她和阿黄朝夕相处这么多年，虽然没什么大的矛盾，没有发生过特别伤害感情的争吵，偶尔小有龃龉很快也就烟消云散，但是他们的确忽略了认真交谈、彼此深入交流，没有在感情上的深耕细作。这大概是他们实质上未能心心相印、合二为一的根本原因。阿黄心里不装事儿，她一直认为是性格使然。其实，也许这里面存在爱的深浅问题。而她对他的依恋不舍，对他的宽谅也许只是女人一种本能的依赖，而非真情荡漾。她想到这次和刘旬单独出差，在森林小木屋里她突然那么强烈地意识到阿黄的存在，那么理智，不给刘旬一点示爱的机会，完全把握住了自己，也许正是心里发虚，害怕必将发生什么意外的一种自我挣扎。她大概不是因为爱而害怕自己的背叛，是因为道德约束，是因为背叛本身让她望而却步。是因为时间、地点、环境、情绪和心境还不具备呈现真情自我。她想到这里，不禁心有余悸地望一眼紧闭的房门，此刻，不论是丈夫阿黄突然归来，还是刘旬推门而入，她都会情不自禁地投入其怀抱——

门真的开了。但进来的却不是这两个男人其中之一，而是儿子小城。小城亲热地唤了一声"妈！"但没有像小时候，向她奔跑过来的欢天喜地。（难道成长的标志，就是失去天真活泼而学会含蓄？）长大了的小城，不再和妈妈有说不完的话了，多日不见就说了一句"我听姥姥说你回来了，我就回家了。"他像卸掉重负似的，把书包扔到沙发上，进自己房间找什么东西去了。

伊兰跟进儿子的房间，关心地问小城："小城，中考考得怎么样？"

小城没有停下手，一边在壁橱里翻找着，一边回答母亲的问话："考得还行吧。"

伊兰看小城找出放在壁橱里的网球拍，就叮嘱儿子说："你拿球拍干吗？现在不能贪玩。"

"我不玩，我们班主任老师要借。"

"冯老师要借网球拍？"伊兰有点疑惑，冯老师娇小瘦弱，她打网球？但小城是从来不说谎的。

小城说："冯老师给他爱人借的。我们冯老师她爱人特帅气，我见过。冯老师说他爱人打网球也就两天半新鲜，所以不同意他花好几百元买球拍。借个球拍，让他过把瘾就得了。"

伊兰对冯老师一直印象不错。冯老师那张娃娃脸，总是笑眯眯的，有点清纯劲儿。她也知道有事就求自己的学生。当然，借网球拍倒没什么。冯老师大概也是个挺仔细、会过日子的妻子。

伊兰又问儿子："小城，进重点高中，有没有把握呀？"

小城嗫嚅说："我数学不好，就怕数学分上不去。"

伊兰心里责备自己关心儿子不够，怎么没想到给儿子请个家教，重点补习一下数学呢。原以为利用自己的职业优势，疏通关系把小城办到重点高中没什么问题，可是现在却遇到了困难，没有人愿意帮她这个听说已被调离记者队伍的"下岗人员"。

仅仅是摊上了一起难缠的官司,而且胜负还没有盖棺论定,人们就另眼相看了,这让她油然而生世态炎凉之慨。她想无论如何,也得把小城送进重点高中,实在没办法就得做"议价生"了。想到这里,伊兰很焦急,她立马给一所重点高中打电话问询"议价生"的有关事宜。不料对方说现在办已经晚了,"议价生"名额爆满。她又问了其他两所重点高中,回答都是名额已满。这使伊兰心里更加慌乱,不知所措。她想来想去也想不出什么应急办法,只好给报社政教部打电话找路子。接电话的是主任老乔。老乔给她出了个主意,让她托人把儿子的户口弄到重点高中的学区,这样只要孩子的总分数还过得去,入学就没问题了。这倒是一个办法,虽然是舞弊营私,但现在不弄虚作假还想走捷径是没门儿的。伊兰觉得这办法是最后的出路了,所以也就顾不得别的了,只有赶紧运作才有希望。

次日,伊兰马不停蹄地跑了一整天,人托人嘴上都答应了,但实际上还什么也落实不了,而且据中间人给开的价码至少也得三四万。花点钱她倒不在乎,担心的是一旦落空耽搁儿子的前途可咋办?这个时候,阿黄还在游山玩水,撂她一个人在家愁苦不迭,她心里对丈夫的怨恨可想而知。她恨恨地想等丈夫回来之前,就领儿子回娘家住去,和他分居!让他也尝尝一个人孤独无助的滋味。

当晚,伊兰仍不停地四处打电话联系,想找到更直接的人、更可行的办法。十点多钟了,她还在一个接一个地打电话。上床之后,她心里也放不下这件悬挂的事儿,竟毫无困意,顺手拿本杂志看,但精神难以集中,一点儿也看不进去。她揉揉眼睛下意识地想睡觉。忽然,她闻到一股特殊气味,不由得恍然大悟——她在煤气灶上烧了一壶水呢,有半个多小时了吧!她惊骇得腾地跳下床,跑到厨房一看,水早烧干了。她赶紧把煤气灶关了。她站在那里,心有余悸,若是沸水溢出水壶熄灭了火,煤气弥漫开来,她和儿子恐怕就得煤气中毒!若是她的嗅觉不灵敏的话,煤气就那么烧一夜,厨房也可能着火!她越想越后怕,她立刻打开所有的窗子通风,又奔进儿子房间看看儿子熏着没有。

小城睡得很香,对母亲有惊无险的疏漏显然无知无觉。因为他第二天要考试,比平时睡得早。小城向左面侧卧睡着。这种睡眠姿势对心脏不利。伊兰凑到跟前轻轻替儿子翻过身来,让他仰卧着睡。安顿好儿子,她悄悄出来回到卧室。当她瞅见床头上方她和阿黄那张相拥而笑、十分开心的合影,不免觉得他们的爱情已成往事,如今怎么没了那样开心的笑了?没了那样甜蜜的幸福感了?但是她依然依恋丈夫阿黄,也很在意他,在她需要丈夫在身边时,他不在,就让她非常伤心。她觉得阿黄还是不会爱、不会关心人,为什么不在夜间给家里打个电话呢?夜深人静时,通过电话,身处异地的夫妻说说绵绵情话也好啊!难道他们之间连这都觉着多余了吗?难道她和阿黄之间就只剩下不咸不淡的庸常生活内容了?她在内心里追问着,叹息着。就在这时,她隐约听到了电话铃声!她奔向厅里的电话机,兴奋不已地操起听筒。传来的却是莫名其妙的忙音。她又把听筒放好,盯着电话机期待着它再次作响。不对,响声不是发自这部电话机,而是从她放在沙发上的拎包里传出的。她走过去从拎包里拿出手机，显示屏上出现的是刘旬的手机号。

"喂，是我。"伊兰低声说，深更半夜屋子里很静，她不便大声说话。

"睡下了吗？"刘旬也是轻轻地问。

"是的，我睡了——"伊兰不想在丈夫不在家的夜里，和刘旬说更多的话。儿子还在另一房间里睡着，万一小城醒了，听到妈妈半夜里悄悄打电话，会怎么想？要知道，一个花季少年，又有言情的电视剧，又有校园里的早恋等等——他什么不懂？

"对不起，吵醒你们了。"刘旬挺抱歉的。

显然刘旬不是因为我单独在家才打这个电话的。他以为我身边睡着阿黄呢。这说明他要说的事没什么可瞒人的。而且可能是急事，不然明天可以说。伊兰这么想着，就换了语气说道："没关系。有什么事你说吧。"

"我现在在'出水芙蓉'洗浴中心，我出来买烟把钥匙锁在屋里了，所以不得不到24小时全天营业的洗浴中心过一夜。真是'踏破铁鞋无觅处，得来全不费工夫'。我在这儿发现了徐友！我就是想把这个好消息马上告诉你！"刘旬一口气说出了这个特大喜讯。

伊兰兴奋地大声问："真的？"她唯恐这个害她好苦的徐友再度失踪，叮嘱刘旬说："千万别让他跑了！我马上过去！"

"你不用过来，他跑不了！派出所民警会帮我的。"

"不，反正我也睡不着。我过去或许能帮你什么忙，你一个人盯不住他怎么办？而且我想和他直接对话，我揣着微型录音机去，趁他不备把证言录下来！不然，到法庭他胡说怎么办？"

刘旬觉得伊兰的想法有道理,像徐友这种人很有可能见风使舵,到法庭出尔反尔是有可能的。有力证据必须尽快拿到手!刘旬说:"也好,那你和你爱人一块儿来吧。"

"我自己去。我打车过去。"

"你一个女人半夜里独自打车不安全,不行!让我和你爱人说两句话好吗?"

"他不在。他出差还没有回来。"

"那你就不要过来了。我不能离开这里去接你。"

"不,徐友的证词对我们很重要!事情再不能有疏漏了,我马上去!"

伊兰挂了电话,立即穿衣服。她看看表,已经是午夜十二点四十分了。这个时候,一个女人打车确实不大安全,只好自己多加小心了。她又给儿子留了个字条,告诉他妈妈有急事必须出去,嘱咐他早晨自己料理早餐吧。

伊兰赶到出水芙蓉洗浴中心时,派出所民警同志已经赶到现场。徐友虽然是保外就医,但毕竟是犯罪嫌疑人身份,而且在此期间他也没停止其他诈骗活动,心里当然发虚,见着警察显得惊慌而畏惧。此情此景对取证是十分有利的。伊兰出示了记者证,和民警简单说明了情况,便直接向徐友问及有关问题。当问到与他一块儿到北山市礼品酒厂行骗的同伙——那个冒充的电视台编导时,徐友说他上了那家伙的当,什么好处没捞到还搭了一台电脑。伊兰说不对,人家给你电脑钱了,你后来也给了人家发票。伊兰故意煞有介事地问他那车皮礼品酒他们怎么分的赃。徐友急急地辩解说,他没有得到过一分钱、一瓶酒,当时那个电视台编导答应事后给他两万好处费，其中一万是还他电脑钱的。可是那家伙很快就无影无踪了，他连那人的真实姓名都不知道。伊兰又追问一句，问他得没得到电脑钱，没得到钱为什么给人家开发票？徐有肯定地说既没得钱也没给过发票。事实真相不出伊兰所料。她衣兜里的微型录音机已把徐友的话全录下来了。

伊兰有了徐友的录音带，觉得这回稳操胜券了，不由舒了一口气。这个案子害得她好苦！再不能拖下去了，太牵扯精力和时间了！就像长跑运动员终于跑到终点，一下子全身都松弛下来了，她感到又乏又困，马上就想睡觉。刘旬便开车把伊兰送回家。

第二天，伊兰就给法院负责案子的审判员打电话，催请法院尽早开庭审理。可是法院自有安排，着急也没有用，伊兰全天开着手机随时听候法院的通知。与此同时，小城进重点高中的事，也得抓紧运作，伊兰觉得仍然难得轻松。好在阿黄从昆明打回电话，他后天就坐飞机回来，小城的事儿可以交他去跑。

阿黄从南方抓回一个紧俏选题，心里很兴奋，回来就忙着向主编汇报，策划出版丛书，拟订方案。他虽然也把儿子进重点高中的事儿放在心上了，但心有余而力不足。伊兰交办的事没一件是顺利的，费点事费点唇舌也行，绕来绕去的依然是钱多钱少的问题，这就让他很来气，有种挨宰的感觉。他遇事不会变通，直来直往，连句好话都不肯说，所以把伊兰此前业已打通的环节，也给弄拧了。阿黄跟伊兰一说，伊兰就后悔不迭，还不如自己去跑了。阿黄除他自己的那点儿业务之外，别的事儿什么也不行！这事儿要是搞砸了，不耽误儿子的前途吗！清高只能是清高者的墓志铭，为了儿子不能不向世俗让步，她决定还是自己亲自出马比较保险，而且事不宜迟！她翻出家里活期存折，打算取出现金，带上这个现今最管用的撒手锏！做母亲的都有一股即使为儿子杀身成仁，也在所不惜的劲头！可是她一看活期存折，就剩7000元了！阿黄说，他出差时从存折里把钱都取走了，折里就剩个零头了。

"出差不是可以向单位借款么，你为什么要动存折里的钱？那是以备不时之需的！你心里怎么一点儿数都没有？"伊兰非常生气。

阿黄不以为然地说："回头就可以报销嘛。"

"可是我明天就用钱！不耽误事儿吗！"

阿黄觉得伊兰是让那个难缠的案子弄得焦头烂额，才耽搁了儿子择校的事儿。现在到处碰壁就怨天怨地，乱发脾气。他心想，为了那么一台破电脑，惹了麻烦值得吗？因小失大！他心里不悦，就拿本书躲屋里去了。他总是以消极回避的态度，来对待伊兰，这让伊兰更生闷气。

伊兰尽管生气，也得给丈夫儿子做饭吃。她一边闷闷不乐地淘米择菜，一边想着到哪儿临时借钱。想来想去，就又想到刘旬，觉得唯有大老板手头有足够的现金。可是她心里也有点儿为难，不好意思向刘旬开口。然而，除了刘旬她现在真没有太知心的朋友了。朝母亲借，恐怕也得现到银行去取，还大概是定期存款。再说，母亲会不会认为，她是在朝母亲要钱，给小城上学用？当然，母亲为外孙肯定会慷慨解囊，而且绝不能让她还钱，也正因此她不想朝母亲张口。她不愿意让母亲从养老金中拿钱资助她。她决定还是跟刘旬借。

吃饭的时候，伊兰把要向刘旬借钱的事跟阿黄提了一嘴，阿黄未置可否。伊兰心里明白，他不愿意让妻子朝男人借钱，不同意吧，说不出什么道理，而且还显得小心眼儿，他自己又一向不愿求借别人，所以他定然很无奈。伊兰瞧不起这种既无能又无气度的人。男人心胸狭窄，最让女人受不了。她故意当着丈夫的面，马上给刘旬打电话。

刘旬很坦诚，他没问伊兰干什么用、借多少钱，只说自己手头就10万。问她够不够，不够他还可以去别处想办法。

"不用那么多。我也是准备不时之需，也许用不上。"

"明天早晨八点以前，我给你送去。"

"不用，我到你那里取。我有事刚好也从你那儿路过。"

说者无意，听者有心，伊兰的话让听得一清二楚的阿黄，心里直打鼓。他想：伊兰知道刘旬的住处！他们之间绝不单纯是因为案子而结成了的临时同盟，好像存在友情，或比友情更深一层。阿黄不禁觑一眼看上去已不像适才面对他时那么冷冰冰的妻子。他内心深处紧张起来，他想是不是应当留神门户防野狗？

伊兰来到刘旬住处，还不到八点钟。她抬头望望刘旬的窗子，拿出手机给刘旬打电话，告诉他她在楼下等他呢。

刘旬很快就下来了，把钱交给她，关切地问："10万够吗？"

伊兰感激地一笑："够了。谢谢你！"

"不用客气。不够就吱声。"刘旬微笑着说，"能告诉我你急需钱,做什么用吗?"

伊兰笑了:"当然能告诉你了。给儿子找学校用,想给他户口迁到重点高中的学区。我也干起这种勾当了。"

"我理解,生活里总有许多无奈,让我们不得不做违心的事。"

"谢谢你的理解。"

"你现在要去哪儿?我开车送你。"

"谢谢。"伊兰总能从刘旬那里,感觉到备受关爱的温暖。

刘旬转身去提车,她望着他的背影,心想:这样的男人才是女人梦寐以求的。

伊兰跑了两三天也没办成事儿。她焦急万分,一筹莫展。小城很懂事,还安慰妈妈说:不一定非上重点高中就能考上大学,也不一定非上大学才有出息。

"不对,"伊兰严正地说,"没有高学历你将来工作都找不到!你知不知道,现在进我们报社编辑部,起码得是研究生,大本都不要。我们那里硕士、博士成群结队!"

小城不服气:"我们老师她爱人也没上过大学,人家自学成才,当上了律师,还是很有名气的律师呢!"

"你们老师的爱人和你不是一代人,那种补偿式机遇绝不会再有!"

"真不公平。"小城嘟哝说。

"不公平?你知道得太少!像我和你爸爸,工作这么忙,还得挤时间读研呢!我们没赶上好时候,小学中学时都没正经上过课、没学到多少文化知识,尽搞'革命'了!你们这一代多幸运！难道你愿意也有一大段蹉跎岁月？"

小城这一代孩子对父母的过去，从来是不感兴趣的。他们成长在一个全新的时代，没有人强加给他们不喜欢的东西，从物质到精神都是丰富的，生活里充满着从未有的自由气息。父母那一代人所经历的物质和精神上的饥馑与匮乏，对他们来说是不可重现的历史，与他们似乎毫无关系。遥远的过去，只属于那些回首可及的人们。伊兰觉得，她对儿子这代人生逢盛世，自由奔放，真有点艳羡和嫉妒！

伊兰换一种语气，平和地对儿子说："小城，你确实得努力。大家都想进重点校，角逐很激烈，你们的家长什么招数都在用，但是还是学生自己凭成绩，才是最把握的终南捷径。"

妈妈的教诲，只要不是不着边际的唠叨，孩子总是能听得进去的。小城说："妈，我知道。我一定努力！"

伊兰满意地笑了，爱抚地揉了一下儿子的头发。她忽然想到适才儿子说到他们老师的爱人是个很有名气的律师，她便问小城："你刚才说你们老师的爱人是律师，你知道他叫什么名字吗？"

"他叫丁铁。我听我们老师这么叫他。挺怪的一个名字。"

"哦，丁铁？"

"妈，你认识他？"

"我认识。"伊兰想，这真是太巧了。早知是儿子老师的爱人，一开始就找冯老师请丁铁做她的辩护人多好啊，大概就不会有这么多麻烦了。

"是吗？那我们老师咋从没跟我说过呀？"

"我知道丁铁这个名字,也见过他。但他不一定就知道我是他爱人学生的家长啊。这很自然。"伊兰对儿子解释说。

她想,丁铁肯定是一个素质很好的律师,如果他回家把自己办案的事儿,什么都讲给妻子的话,冯老师还好意思朝小城给她爱人借网球拍吗?冯老师是认识她的,毕竟全班同学家长中就一位是当记者的。

"妈,我忘了,这个周五我们学校开家长会。"

"妈妈可能有事脱不开身,还是让你爸去开家长会吧。"伊兰说,"不过,我到时若有空儿的话,我一定去。"她忽然极想接近冯老师。

她不明白一个身材娇小而长相又很普通的女人,怎么就博得了一位英俊洒脱、富有才气的丁铁的爱?旋即她又暗自好笑,自己怎么变得这么好嫉妒人呢?是不是人受了挫折,不是更加气度宏阔,就是越发气量狭小?

伊兰不由又想起她的案子,她祈祷一切都快些结束吧。不然她可真有点受不住折磨了。明明有理却被颠来倒去,纠缠不清!不过,通过这次经历,她确实懂得了法律的无情,法律只认证据,单是理直气壮不行,忽视证据真就吃亏!现在,终于掌握了有力证据。想那丁铁就是再能言善辩,在事实面前,他也定然无力回天!她拉开床头柜,想看一眼可以推翻冤案的铁证——那盘录有徐友供词的录音带。她大吃一惊!用订书钉封着的那个牛皮纸信封,不见了!那盘盒带就封存在里面。她慌急地胡乱翻找,床头柜里放了几盒烟,一瓶散发气味的药水,漏得满哪儿都是。瞬间,她简直要气昏了,阿黄怎么这么坑人!

她立马操起床头柜上的手机，拨打出版社的电话！接电话的正是阿黄。伊兰压不住火了，连珠炮地向丈夫猛烈轰去，给阿黄弄蒙了。

待到阿黄弄明白了，妻子找的是让他挪了地方的纸口袋，却说："不就是个牛皮纸信封嘛，里边装的什么封着呢，我也不便拆看。"

"我的东西，你怎么不告诉我就给乱挪地方？"

"啥重要东西呀，动都不能动？"

"那是我打官司证人的录音！非常重要！"

"我以为你采访什么录的带呢，我放磁带柜子里了。肯定丢不了。"

伊兰生气地挂断电话，急忙找到那个纸口袋。谢天谢地，里面袖珍磁带还在！她拿在手中想找一个保险、安全的地方存放好。蓦地，她发现纸口袋换成大信封了，还闻到磁带上有股药味，这才看清磁带有污迹！分明是阿黄造的孽！她不由再次怒从心生，脸色都白了。多危险！若是药水浸进磁带可怎么办？她不放心把磁带放进录音机里按下播放键，还好，徐友断断续续的声音还挺清晰。她轻轻取出磁带用手帕包好装进一个塑料袋，站在那里，不知道放到什么地方好。最后，她决定放进自己的梳妆台抽屉里。阿黄和儿子从来不动她这个抽屉。

晚上，丈夫一进屋，伊兰就气哼哼地冲他说："以后我的东西你别乱翻，别给我瞎挪地方！"

阿黄不但不检讨自己的过错，还挑伊兰的毛病："我可没乱翻你的东西，是你自己放得不是地方。我要不及时发现，非叫药水全给泡了不可。"

伊兰怒火中烧,事情明明是他的错,他还强词夺理!她的磁带是先放进去的,那瓶止咳药水是他后放的!伊兰气愤地说:"我放在床头柜有什么不对?我们所有的证件、钱款还有我的首饰不都是放在床头柜里吗?只有你那瓶药水才不应当放那里面!"

阿黄自知理亏,不吱声了。但他这个人就是不愿当面承认错误,其实他若说句软话来安慰安慰妻子,伊兰也就不会生气了。可他却先表现出闷闷不乐的样子,这就使伊兰心里更生气,而且恨他!

两个人都不说话,都思忖着对方的错,越想越极端,越想越觉得失望,心理隔阂常常是这样产生的。他们实际上,也清楚各自的弱点,他们时有争吵,虽说不激烈,看不出明火,但那潜在的火星乱蹿的生烟,早一点一滴地伤及两个人的感情。这从他们上床之后,相背而眠的睡姿,就可以看出彼此心里的裂隙。

## 9

星期五,小城学校里开家长会,伊兰没有去。有位朋友给她找到了迁移户口的接洽人,她必须跟人家当面谈谈,把钱送过去。所以早晨她嘱咐阿黄去给儿子开家长会,嘱咐他和老师认真谈谈,多向老师了解小城的学习情况。

阿黄出门的时候,还记着这件事,可是到了出版社,看到一楼前厅贴出的关于申报职称的通知,心里就琢磨自己这次晋升副高的期望值究竟有多大。编辑室里都谁可能是他的竞争对手,自己的优势和劣势都在哪里。

他回到编辑室,处理案头事务。尔后,打水看报,琢磨评职称的心事——忽然,他想起儿子的家长会,一看表,已经过点了!

阿黄急急忙忙走出出版社大院,招手打了辆出租车,就往小城的学校赶。

到了学校,他找了半天小城班级的教室,楼上楼下,找不到。因为一着急,他把眼镜落在编辑室办公桌上了,他不戴眼镜,就像个盲人。好不容易找到初三(二)班教室。他走进去,看到座无虚席,满屋子男女家长,自是非常尴尬,低头急匆匆走到最后一排,不好意思地跟一位男家长自来熟地点点头,示意跟人家挤一张椅子坐。对方不大情愿地给他让出小半边椅子。他坐下来,已经满脸是汗。过不多会儿,家长会就结束了。他后悔不如干脆不来了。他犹豫着,不知该不该跟冯老师个别唠几句,回去伊兰要问他,免得没法儿回答。许多家长围着冯老师问这问那,他也凑不上前儿。

这时候一直在踢足球的小城返回教学楼,在走廊里见到了他爸爸,惊讶地问他:"爸你来了!我还以为你忘了呢。"

阿黄挺惭愧地说:"我来迟到了。小城,回去你别跟你妈说我来晚了。"

小城不高兴地瞅瞅他。

当冯老师走过来主动和阿黄打招呼时,阿黄慌乱中伸出左手跟人家握手，弄得冯老师措手不及，忙缩回右手换左手。冯老师知道黄小城的爸爸是出版社编辑，而且还清楚她爱人丁铁的网球拍，就是这位左撇子家长的，所以对他格外客气。冯老师不仅宽谅了他的迟到，还理解做编辑的这位家长的书呆子气，认为文化高的人大概都有点木讷。冯老师跟他讲了这次家长会的内容，又婉转地点到黄小城升高中可能挺难。与冯老师谈完话，他才知道，儿子考不上高中已成定论。他得给孩子想出路了！他和儿子一前一后往学校门外走，想批评儿子的不争气，又觉得不仅为时已晚，而且无济于事。他就一个人闷闷地径直朝前走。小城已经猜到了老师跟他爸讲了实情，所以就蔫头耷脑落在后面，和他爸拉开距离走。

晚上回到家，伊兰问阿黄开家长会的情况。阿黄有保留地相告，他迟到的事没说。夫妇俩在儿子升学的问题上，空前团结一致，共同协商了一番。因为伊兰又白跑了一天，所以儿子择校的事已成为他们目前最焦虑的头等大事！伊兰不免有几分埋怨丈夫起初没怎么上心，而阿黄心里却怪伊兰卷进官司无暇顾及，才耽误了事。两个人都有点睡不着觉，各拿一本书在床头灯下，有一搭无一搭地看书。突然，床头柜上的电话响了，伊兰顺手拿起话筒："喂，你好！"

电话是刘旬打来的。他关切地问到小城择校的事跑得怎么样了。

伊兰叹气说："办晚了，手里拿着钱都送不出去。"

刘旬说："我刚参加同学会回来，我们高中同学有位在重点高中当校长，他在酒桌上答应了我！我说是给我直系亲属的孩子办的。"

"是吗！有把握吗？——太感谢了！我们全家人都非常感谢！好，好，一切听你安排。"

伊兰撂了电话，兴奋地对躺在身边的阿黄说："刘旬给找到学校了，他高中同学是一所重点校的校长！"

阿黄说："刘旬真是个热心人，咱们得怎么谢人家呀！"

伊兰随口说道："好朋友嘛，关键时候还得是朋友。"话一出口她就觉得自己有点情不自禁，暴露出她和刘旬之间很要好的关系。她不由瞟一眼丈夫。她看到阿黄脸上隐隐掠过若有所思的神情，便故作玩笑地说："想不到陷进一场官司，也交了一个朋友。"这句补充自然得体，而且也很必要。

小城在刘旬的帮助下，顺利地进了重点高中。伊兰只花了一万元，给刘旬的同学——那位校长，买了点儿礼品。买礼品的一万元用的是自家的钱，朝刘旬借的十万元一分未动，完璧归赵。伊兰领着儿子去学校报到那天，巧遇丁铁律师打校门口骑车路过。丁铁挺礼貌地下了自行车，和伊兰母子打招呼。他没有想到他爱人的学生黄小城，就是他受理的一桩案子的被告的儿子。而他此时背着的网球拍，就是他爱人朝黄小城借的。他想，爱人冯晶以及她的学生黄小城，肯定不知道他作为原告辩护人，在法庭上将伊兰置于尴尬和失败的境地。他在家里，从不和爱人谈受理案子的事儿。伊兰也不大可能了解到她孩子的老师的爱人，就是法庭上击败她的原告辩护人。有时，他到冯晶学校找冯晶，让她班里的学生们看见过，冯晶还指着当时向老师敬礼问好的黄小城,告诉他就是这个同学借他的网球拍。现在面对他们母子,他的微笑和点头致意,分明有几分歉意。

黄小城看出了母亲和冯老师的爱人认识,好像不需要他给介绍了。丁铁先开口说:"我一点儿也不知道,你是我爱人学生的母亲,我很抱歉。"

伊兰淡淡一笑:"知道与不知道,对你处理问题难道会有区别吗?"

"当然不会有区别,但至少我可以不接受原告的委托。而且,我也可能成为你的辩护人。"

伊兰不卑不亢地说:"谢谢。但我以为最终胜负取决于案情真相,而不是辩护人的巧舌。"

丁铁瞅瞅伊兰严正的脸色,笑了:"伊兰,有一点,我作为律师,愿意提醒你——事实无法重现,重要的是要拿出证实事实的、在法律上生效的证据!"

"谢谢!我会拿出证据的。"伊兰自信地说,"我也会最终讨回公道!"

"祝你成功!"丁铁向伊兰伸出手来。

伊兰和他握别时,觉得丁铁这个人也是一位具有绅士风度的男人,而且气宇轩昂。但是他却名正言顺地帮方向明一伙鸡鸣狗盗之徒陷害她。当律师的是不是只讲法律和证据,而不讲感情,甚至不讲良知?她倒要看看,他辩护失败时是怎样的情状。

距法院开庭还有一周时间,伊兰细致周密地准备着答辩状。伊兰的文字功底和刘旬为她新找的辩护律师的逻辑推理,相辅相成，珠联璧合，特别是手中掌握着有力证据，他们信心百倍。刘旬还是不能肯定，他们的案头工作就万无一失，失败的经验让他宁肯多往坏处想想，所以他在暗中紧密监视着保外就医的徐友。他像一个私人侦探似的，一刻也不敢放松。这个有力的证人必须在开庭时如期到庭。这段时间他可不能外出或者藏匿起来。徐友这个人很不靠谱，他为一己私利是什么都能做得出来的。虽说手中有他的录音磁带，可是他徐友若是不到庭、庭审大家听不到他的声音，又何以证明那盒磁带所录的证言就是徐友的呢。刘旬为了控制住徐友，监视他的动向还雇了人在徐友家附近设了暗哨。他亲自日夜监督，自己的手机24小时开机，随时准备一旦出现意外，立即驱车前往。

一天晚上，刘旬安插的暗哨发现一辆吉普车停在徐友家门前，从车上下来两个人进了徐友家。刘旬开车赶到现场时，那辆吉普已经开走了。刘旬十分不放心地敲开徐友家的门。开门的正是徐友，刘旬舒了一口气。他警告徐友老老实实在家待着，随时准备听候法庭的传唤。他问徐友刚才是谁找过他，徐友说是过去的两个朋友来看望他。刘旬出了徐友家，把车开到去徐友家必经的路口停下来，熄灭车里的灯，坐在车里守候着，生怕出什么意外。因为据他的暗哨讲，那辆吉普车车牌号是北山市的，他怀疑原告在悄悄和徐友接触，一旦他们串通一气，订立攻守同盟，就麻烦了。刘旬在徐友家附近监视了两个晚上，未见那辆吉普车再来过。他在自己的捷达车上睡了两个晚上。第三天早晨，他开车去"出水芙蓉"洗浴中心洗澡时，接到伊兰的电话。伊兰告诉他，次日上午十点法院开庭。刘旬立即处于戒备状态,匆匆离开洗浴中心,连内衣都没回家换,就开车返回徐友家门前,紧密监视徐友。

上午九点多钟,当徐友从家门走出来时,刘旬迎上前去,徐友一愣,刘旬眼睛盯着徐友问:"老徐呀,你是不是去法院哪?我是特地来接你的。上车吧。"

徐友明白了,刘旬原来一直在密切监视他!他怎么就缺乏警惕性呢?刘旬的车大概一直停在这附近,稍微留意一些是能发现点异常的,自己太大意了!现在,要想溜掉是不行了。刘旬这小子可不是好糊弄的人,只能乖乖跟他去法院出庭作证了。到时候,他再随机应变吧。徐友决意,怎么对自个儿有利怎么应付。他想,最坏的结局就是把那5000元好处费退给酒厂。但他绝不愿把钱退回去的,除非刘旬能给个数,最好刘旬能明白这一点。他本来想照实说话,可人家酒厂的人就是明白事儿,就懂得用钱能堵住他的嘴。他也不是不想说实话,可他这辈子就是经不住钱的诱惑,为了钱办昧良心的事儿、说昧良心的话,他都不犹豫,也不怕冒风险。

徐友上了刘旬的捷达车。刘旬瞅瞅他的表情,明白了这小子原来是想溜掉的,幸亏看住他了,不然事情就不好办了。刘旬横他一眼,警告性地说:"你接到法院的传票了吧?法律可不是闹着玩的,你不出庭不行,不说实话也不行!"徐友没吱声。

庭审进行到最关键的时刻,法庭传证人徐友到庭作证。徐友顾左右而言他。法庭向他核实到关键性情节,他不是说记不清了,就是讲模棱两可的话。当伊兰说出具体时间地点,逼问他当时是怎么向她交代的,徐友竟然矢口抵赖,不承认他在"出水芙蓉"洗浴中心跟伊兰和刘旬说过那番证实方向明受贿的话。伊兰冷冷一笑,然后面向审判长说:"我们料到徐友会因某种利益,出尔反尔。所以,我当时在衣兜里揣了袖珍录音机,把他的话全录下来了。我请求法庭允许我放出他的录音。"

审判长表示同意。

徐友立时惊惶失措,脸色变白了。他万没想到伊兰留了一手。

伊兰拿出袖珍录音机,拨到最大音量,按下播放键。徐有和伊兰的谈话录音一开始还挺清晰,不多会儿,录音就有杂音了。

徐友溜一眼原告,现在面对他始料未及的录音证据,看来不说实话不行了。但不打算说出酒厂派人送钱贿赂他的事,这个情节对他不利。他心想,原告一方肯定也不敢把这事儿捅出来。回头他们还敢管我要行贿的钱吗?我本来是想帮这个忙,可是活该你们酒厂的头儿不顺,我不能打自己嘴巴,就得以录音为证词了。这么一想,徐友倒平静下来,他支棱着耳朵认真听着自己那天是怎么说的。

录音放到徐友刚切入正题时,出现了杂音干扰,声音时断时续,根本听不清什么,之后声音全哑了!伊兰拿起录音机调来调去,就是不出声,她换了一盒别的磁带,播放出的声音清晰而完整,显然不是录音机的毛病。她仔细端详那盘至关重要的磁带,这才发现从里往外有不易觉察的浸过的痕迹,磁带被阿黄那瓶该死的药水损坏了!伊兰惊骇得张口结舌,她仿佛失去了知觉——她又一次败给对手,而且,是自己的丈夫无意中帮了对方的忙!当她神情恍惚地走出法庭,来到阳光灿烂的大街时,她没有让跟上来的刘旬搀扶她,也没有上他的车,一个人茫然地径直朝前走着。刘旬慢慢开车缓缓地跟在她身后,但是在车水马龙的大街上,一直缓慢行驶是不行的,他就把车停在路边,下了车跟踪伊兰,前后拉开一段距离,不放心地跟着她。

本以为稳操胜券却当庭大出意外,这对伊兰的精神是个沉重打击!但她绝不屈服,正义怎么能够向邪恶屈服?让她心里最恼火的是丈夫阿黄,给他制造的麻烦!而且他自始至终对她打官司丝毫都不关心,完全是事不关己的淡然态度。这一次庭审,她本来告诉了他,可他仍然没有去旁听。他说出版社有事脱不开身,只是当天早晨对她说了一句鼓励的话:你一定能胜诉!可是她制胜的撒手锏让他给毁了!伊兰对阿黄的积怨已然越来越深,她觉得不能原谅他!伊兰当晚不动声色地对儿子说:"妈妈这段时间,要集中精力写东西,所以要自己睡一个房间,让爸爸和你睡一张床好吗?"

"妈,你要写很厚的大书吗?"儿子不知底细,好奇地问妈妈。

伊兰未置可否,淡淡一笑,她不想让孩子知道父母之间在精神上、心理上已然有了隔阂。的确,在这短短几个月时间里,她的生活发生了很大变化,过去平静的日子开始波澜起伏,内心世界也从未有过不可平复的微妙变化——她要认真想想这一切。是啊,匆匆生活有时来不及思索,每个人的生活真像一部作品,潦潦草草地写下来,有时该回过头来审视一下,看看是否应当修改。

伊兰把床单撤下来，换了新的，将丈夫的被子抱到儿子房间里，然后关紧门，压低声音给丈夫打了个电话，索性就说自己要独处一室写作，让他和儿子小城先睡一段时间。她语气平和，而且是商量的口吻。阿黄信以为真。

当晚，一家三口还和平常一样共进晚餐。阿黄忽然想起来似的问到妻子的官司，伊兰不愿细说，更不想把苦衷和埋怨，向浑浑噩噩的阿黄倾泻出来。特别是当儿子的面，她不想说什么。伊兰简单地告诉他说："双方取证都不充分，没有最后判决。休庭。"

阿黄说："没有过不去的火焰山，没啥了不起。别把它太当回事！"他依然有滋有味地喝他每日晚餐的一杯酒，又蛮有兴致地问："对了，你要关起门来写作，写什么？大纪实？"

伊兰敷衍地漫应道："啊，我需要安静——好多事需要认真想想，理出头绪。"

饭后，伊兰照例刷碗收拾房间，阿黄还是没心没肺地看电视。干完家务活，伊兰就进屋休息。她关上门，心酸地躺在床上，无声地哭起来，越哭越伤心，她用被捂着头，怕自己忍不住哭出声来。

床头柜上的电话响了两遍，她都没接。响第三遍时，阿黄在厅里拿起那边的分机话筒："喂，你好。请等一下。"

阿黄隔着门，冲屋里大声说："伊兰，电话！找你的！"

伊兰本不想接这个电话，她知道大概是刘旬来的电话，但是此时她心情不好，谁也给不了她安慰。可是阿黄试探地轻轻敲敲门，在听她的反应。她不想让阿黄进来看到她悲伤的样子，忙从床上爬起回应说："我听到了。"然后，就操起床头柜上的电话听筒。

果然是刘旬的电话。刘旬关切地问："喂？是不是身体不舒服？休息了？我打扰你了。"

伊兰调整一下情绪，淡淡地说："没有。"

"伊兰，别灰心！既然用钱可以让徐友说假话、作伪证，那么我可以出更多的钱让他说真话，就是倾家荡产我也干！我就不信李逵打不败李鬼！"

"我没有灰心。是别的事让我心情不大好——与你没关系。"

"什么事？能告诉我吗？"

"……"

"那好，我不问了。记住，别跟自己过不去，不管什么事，情绪不好也改变不了什么，那为什么不让自己有好心情呢？生活很不容易，我们得善待自己。"

和刘旬在电话里聊这么几句，伊兰心情好了一点。她觉得刘旬快成她的精神导师了，无论什么事，他怎么就能给我理顺呢？如果从今以后，刘旬就在她的生活里消失，她都不知道自己还能不能找到内心的平安，她还向谁寻求抚慰？她想到此便心慌意乱，怎么最亲近的人，反而离你很远，形同陌路；一个不管怎样都与你有距离的人，却仿佛离你很近。她害怕这种感觉，可她又不知不觉地跟着这种感觉走。

伊兰自己睡在那张双人床上，辗转反侧，思来想去。她觉得她和阿黄虽然没有达到同床异梦的程度，但是两个人的婚姻却已了无生气，爱情也渐渐随风而逝。他们各忙各的，就一早一晚在一起食宿，其余都互不相干，这就是一对夫妻吗？这就是我们都得认可的家庭吗？如果没有儿子小城，这个家，还有什么让她爱意萦回呢？不行，必须和阿黄认真谈谈了。她不想这样下去。

这天晚上，伊兰经过深思熟虑，打算和丈夫阿黄推心置腹地谈谈。她决意向阿黄坦白一切，包括她对刘甸的真实想法。她觉得唯有这么做才真诚，才对谁都公平，才是对她和阿黄两个人的爱情与婚姻的真正考验。

她和阿黄坐在沙发上，只开了暗淡的吸顶灯，没有拉上窗帘，一任皎洁的月光漫过窗口洒在厅里。伊兰就像说别人的故事那样平静，心如止水。初始，阿黄心里还有点意外，有点波动，甚至想追问什么，随着伊兰越发至真至纯的剖白，他感觉到自己以往是忽略了妻子的存在，没有尽心尽意地做一个好丈夫，甚至没尽到做丈夫的责任和义务。他知道，伊兰之所以向他坦白这一切，正是说明她希望挽回他们相互间的感情，并把自己重新全部给予他。这说明她对他心中依然有爱，这说明他们的生活可以重新开始。作为出版社的编辑，阿黄感到他经手的那些所谓的言情小说，都写得不真实，矫情，特别是把女人写得有点假。而自己身边的女人，才是一位真正感情丰富而又懂得爱、知道珍惜的忠诚爱人。此刻，阿黄的理智与情感的清明和纯度，廓清了他的灵魂。他感到自己同伊兰相比真是无地自容！他内心的不洁，情感的粗糙，都让他觉得非常惭愧！面对始终纯洁而忠实的妻子，他此刻内疚得连拥抱一下妻子的勇气都没有了，因为他的隐私属于罪错，他不敢坦白自己对妻子曾有过背叛,虽然只是一夜。他害怕一旦说出这种性质严重的背叛,伊兰会感到震惊,之后是鄙弃。可是面对真诚的伊兰,他心里有所隐瞒又让他感到卑微而虚伪,对不起妻子的坦诚。他进退维谷,愧悔交加,从心灵深处流淌出感激和惭愧的热泪:"都怪我——是我不好——"语声里满是悔恨。

清朗的月夜让一对一度意乱情迷的夫妻,受到一次真爱的洗礼。阿黄想另找一个适当的时机向妻子坦白他和一个叫小曼的女人的一夜风流。

阿黄是在一次饭局上认识小曼的。那次是"出水芙蓉"洗浴中心的牛老板请客,所请的人就是开业时找的那几位:除了他还有他们出版社文艺编辑室的老李,还有那个名字他一直没记清的瘦子处长。那回牛老板没带他那个领班兼情人,而是带去一个叫小曼的女人。他向大家介绍说,小曼是他新的合伙人,他们正准备在郊区公路边,开一家洗浴中心分店。牛老板是答谢阿黄对他们洗浴中心宣传上的贡献。上回求伊兰作报道被拒绝后,阿黄就把一本他责编的畅销书《都市言情》的封面设计用上,虚化地用了"出水芙蓉"洗浴中心一个小画面。明眼人一看就知道是"出水芙蓉"洗浴中心大堂的摄影照片,这不啻是一则软性广告。所以,牛老板十分感谢,此前已塞给阿黄红包了,这次是连中间人和有关人员一道小饮作叙,进一步联络感情。席间,那个叫小曼的对阿黄格外高看,喝酒唱歌,单独交谈,总不离阿黄左右,亲近得不行。牛老板就公开开他们玩笑,说小曼是一见钟情,二见就可以开房了!真让这位牛老板言中,不久之后,也就是"出水芙蓉"洗浴中心分店试营业之际,阿黄就晕晕乎乎进了洗浴包房和小曼共浴同寝了一夜。

有了那一夜风流，阿黄就觉着自己堕落了，但也满足了他的某种好奇心。不久，小曼又打电话找他，要单独请他吃饭，他犹豫再三还是经不住诱惑，便如约而去。那天他们都喝了很多酒，小曼有点醉了，就向他倾诉了自己的身世，说到了他熟悉的一个人，那就是伊兰也非常熟悉的刘旬！原来小曼曾跟刘旬姘居过！这事让阿黄很吃惊，世界真是太小了，转来转去就撞上熟人了。他唯恐继续和小曼来往，将来有一天会被伊兰知道，那可就糟了！所以他就不敢再与小曼来往了。可是小曼穷追不舍，并向他提出帮她出一本自传，纪实、小说都行。他只好答应给她买个便宜书号，这才暂时摆脱了小曼。因为小曼的计划，原本也是个即兴的幻想，一时半会实现不了，而小曼也看出他的胆小和退缩，就不大和他联系了。

阿黄斩断这件风流案之后，和牛老板也不敢来往了。牛老板若了解了底细，嘴大舌长不定如何张扬呢。现在他听了妻子的坦白，自己一时冲动就想对等地把这一隐私告诉给伊兰。后来他就感到不妥，毕竟他跟小曼睡过，伊兰能接受这个事实吗？还是神不知鬼不觉地埋在心里吧。

曾经发生过的事情，是磨灭不了的。就在阿黄都有点忘了小曼的时候，小曼又找到他，而且是亲自到出版社里找他。阿黄心惊肉跳，很是不安。风月场上的高手小曼，故意在人前表示和他无限亲密，还说她常回味他们在一起的事。阿黄就假借请她出去吃午饭，把小曼领出单位，招手打的把她拉到离出版社远一点的地方，进了一家酒店，两个人在包房里秘密交谈。

他生怕让熟人看见。他想和小曼认真谈谈,帮她把书出了,然后与她彻底了断。

他们谈得挺融洽,其实小曼这个人,只要对方明白事儿,她愿意一次性把事情交割清。两个人毕竟有过一夜之欢,这回私下的交易又挺顺利,所以二人差点又要假戏真做。就在两个人都有点把持不住的时候,服务员敲门上菜来了。谁也没有想到服务员打开包房门的那一瞬间,对他,对伊兰,对刘旬,对小曼,都可以说是历史性的时刻!

刘旬、伊兰、徐友三人,刚好从包房门口一走一过,清清楚楚地看到了阿黄和小曼坐在包房里。伊兰愣在那儿了,很吃惊!刘旬也很惊诧。被刘旬请来的徐友,看出是一幕尴尬的相遇。阿黄还强自镇定地向伊兰介绍说:"伊兰,这是我的作者周小曼。她有个不错的选题,我们想好好策划一下。"他又转向小曼说:"这是我爱人伊兰。这位是刘经理。"他不认识徐友,礼貌地冲徐友点点头。

小曼先跟伊兰握握手,然后冲刘旬嘲讽一笑:"老相识了,就不用握手了吧?刘旬,你了解我,我不会写什么,黄编辑跟你开玩笑呢。"

阿黄立时满脸绯红,谎言被当场戳穿,他简直无地自容。他觑一眼伊兰,心想自己弄巧成拙了,只好回家再向伊兰解释吧;干脆和盘托出也罢,反正刘旬会告诉伊兰这个周小曼是什么人物!看来谁也骗不了谁了。

刘旬一眼就看出了小曼和阿黄之间的暧昧关系,他知道这个尴尬局面怕是得他出来圆场了。他便从容说:"我知道黄编辑不会开这样的玩笑,是你谦虚,现在哪个人突然出本书并不奇怪。你不用掩饰嘛。你们谈你们的,我们和这位徐先生有事要商量。"

"好,你们请便。"阿黄顺水推舟,把三人立马支开,僵局总算化解了。

那天,刘旬和伊兰请徐友去酒店,是因为徐友迫于刘旬的心理攻势和受利益驱动,答应再出庭时如实作证。他们在酒店巧遇阿黄和小曼,对于刘旬、小曼和伊兰来说就像碎了的陶罐,里面装有什么,大家一目了然。

刘旬对阿黄和小曼的接触未加任何评论,还劝伊兰不要想太多。他说小曼这个人可能有求于阿黄办什么事,拉阿黄进酒店肯定是花言巧语行贿。刘旬告诉伊兰要策略一点,叮嘱阿黄别上小曼的当。他没有直说的意思是,别把他和小曼的事告诉阿黄。

伊兰对阿黄也认识小曼这件事非常震惊,她相信阿黄,但不放心小曼这个人,他俩会有什么交易呢?小曼倒直率,阿黄心虚得很,他撒谎,心里肯定有鬼!而刘旬对此事的态度,让伊兰也无语。从某种意义上,刘旬对阿黄和小曼不说三道四,还很关心阿黄,叮嘱别上小曼的当。刘旬说话办事,毕竟是有操守的。阿黄就显得很不坦荡。

回到家后,阿黄越向伊兰解释,她越觉出他有所隐瞒。伊兰还没有想到他和小曼会有越轨行为。她没有劝阿黄什么,她觉得阿黄是个成年人,该怎么做不该怎么做,他应当明白。刘旬是好心,但夫妻怎样处理问题她有自己的做法。如果一个人误入歧途的话,往往不是规劝所能阻止的。所以伊兰没有把阿黄和小曼的事看得太重。不论是什么性质什么结果,都只能随它去。因为阿黄这一辈子,大概不可能变成一个她乐于接受的那种坦荡无畏、真诚执着的人。她甚至后悔自己向阿黄毫无保留地坦白心迹,也换不来他的真诚。阿黄做人做事总是瞻前顾后、畏首畏尾的,连和妻子相处也做不到亲密无间。

阿黄无论如何也没有勇气向伊兰彻底坦白他和小曼之间的事。他也没有胆量继续和小曼藕断丝连。他不会有深度生活,他总是浮在生活表层。

小曼现在虽然和刘旬已然断绝关系,但是她这人嫉妒心特强,哪怕是她已经忘掉的男人,跟别的女人好上了,她看着心里也酸酸的,何况她忘不掉刘旬这样的男人,而且他们分手是刘旬抛弃她的,她心里就更难平衡。那天她和黄编辑的爱人伊兰握手时,就特用心地剜了一眼对方,她想望穿那双温润和善的眼睛,看看里面有没有躲躲藏藏的东西。她没看出什么异样来。不过,她却毫无来由地认为,刘旬离开她不惜用重金一次了结,与伊兰这个女人肯定有关!她凭直觉这么认为。但她暗自得意,认为伊兰这样的女人,绝不是她的对手,她要让伊兰赔了夫人又折兵!她既然已和伊兰的丈夫有染,就已然赢了一步棋,现在黄编辑依旧是她想吃就吃的一块肉,只要她稍微主动点,他就能上钩。想不到刘旬喜欢的女人的丈夫,却倒在她周小曼的石榴裙下。小曼认为自己在刘旬那儿也占了上风!她因此更想牢牢套住她并不中意的黄编辑。她开始主动约黄编辑出来,对方越是对她躲躲闪闪,她越紧追不舍。终于有一天中午,黄编辑再次束手就擒。那是在小曼借的一个女友家的空房里,两个人欲火中烧，一番云雨之后，小曼故伎重演，一边爱抚着阿黄的胴体一边看清了他私处的特征，牢牢记在心里。然后，她就给伊兰写封信，倒打一耙，直斥阿黄与刘旬是一路货色，玩弄女性。她小曼为了求得黄编辑的帮助，违心地做了他的牺牲品。为了黄编辑的声誉，她想和伊兰谈谈，尽量妥善处理此事为好。

伊兰收到这封信，起初根本不相信小曼的话。她知道小曼是什么人，只是觉得自己没听刘旬的话，没及时劝阿黄小心。她有点后悔。直到小曼又写了第二封信，详细写了她和阿黄在床上的整个经过，点出阿黄私处的特征，伊兰才明白，阿黄已经不是过去的阿黄了！他变了，变得让她吃惊！十多年的夫妻情爱，就这么毁了！他背叛了她！他这么做，就不想想后果吗？如果不是这个不要脸的小曼，他阿黄就这么无事一样地永远欺骗她？难道他们的爱情、他们的婚姻就这么脆弱，就这么一无神圣可言吗？这太可怕了！伊兰把信递给阿黄时，手都有点颤抖，她盯着还不知是怎么回事的阿黄，绝望地说："我们应当分手了！能在一起共同生活15年，这缘分也不算浅。现在是缘也尽了，情也断了！我们是该分手了。我今晚就不回来了，什么时候办离婚手续，我们电话里定吧。我们的事先不要告诉孩子。这是我对你唯一的请求。"伊兰一口气说出她的最后通牒，显得异常平静，没等阿黄缓过神来，她已转身离去。

阿黄看完那封信狠狠地把信撕得粉碎，如梦初醒地大声喊起来："伊兰！伊兰!! 伊兰!!!"人去屋空，他恐怕再也唤不回与他牵手走过15个春夏秋冬的伊兰了！他丢失了他过去不知宝贵和珍惜的。永远丢失了。

## 10

伊兰从家里搬出来，暂时住在娘家。她只告诉父母她和阿黄要分手，没有跟家里人讲到阿黄的背叛，即使分手她也不愿说出阿黄的堕落，不愿让父母对阿黄失去好感。毕竟做了那么多年的夫妻，好离好散，她不想和阿黄反目为仇。伊兰的父母不知底细，以为小两口打仗没几天就会好的，母亲还背着伊兰给阿黄打电话，让他接伊兰回家。阿黄知道事情恐怕无以挽回，做父母的总是一厢情愿，伊兰不是那种感情脆弱的人，她做事从来极讲原则，这一次她轻易不会原谅他的。果然，第三天伊兰就打电话约他去办离婚手续，口气十分坚决，没一点回旋余地。阿黄知道他拒绝是没有用的，只能忍痛分手了，他也知道伊兰内心也会很痛苦，但她不会屈从痛苦而委曲求全，她是宁为玉碎不为瓦全。如果他们的婚姻还有一线希望的话，也不是在现在，只能等分开之后，他再做努力，有孩子这个纽带，伊兰也许会最终原谅他。只是，让他担心的是，刘旬会不会取而代之，刘旬和伊兰毕竟情投意合，这他看得出来。

法院经过进一步深入细致的调查，再次开庭审理时，确认伊兰所谓侵害酒厂方向明名誉权一案不能成立，伊兰终于胜诉。几个月来，为这场官司弄得筋疲力尽的伊兰，终于松了口气。

当丁铁律师在法院门口主动跟他握手时，她只是苦笑，什么也没说。她已是满怀疲惫，而且觉得自己仍然像一个失败者。在婚姻、情感、事业上，她都很不如意。因这场官司她耽误了评职称，一连数月都没正经上班，还出一次大差错，受到报社通报批评。她和刘旬除了情投意合，只在心底汪洋一片深情，恐怕只能永远隔岸相望。无论如何，两个成熟而富有责任感的男女，不会什么也不顾及地走到一起。遗憾也许将伴随他们一生。她和阿黄的婚姻，虽然早已不和谐，但她万没想到丈夫会背叛她。其实，不仅是这个意外让她不能原谅阿黄，而是他们之间越来越苍白的感情生活，使她的心离他越来越远。继续维持婚姻关系，不仅毫无意趣，而且也虚伪。这是她无法迁就的。

伊兰跟丁铁握手时，瞥见刘旬在不远处等着她呢。她装作没看见。她想回避刘旬，她不想在她迷惘和痛苦的时候，与刘旬单独在一起，她怕自己没那么坚强，控制不住扑向他怀里。无论如何，她不愿在受挫折时靠近他，她喜欢刘旬并不是想寻找依靠，只是心神比较和谐相融，感情清洁而纯粹。她也知道局外人、或许也包括阿黄，大概都认为她有傍大款的嫌疑。对此她心里很烦。伊兰害怕刘旬走过来，那她就躲不了。她突然问丁铁："丁律师，我能搭你们的车走吗？"丁律师满口答应。

刘旬看到伊兰上了律师事务所的吉普车，以为伊兰没看见他在等她，想开车跟过去又觉得不妥，便抄起手机给伊兰打电话。伊兰居然关机。怎么回事？他感到事情蹊跷，心里悬悬的。他想了想，便启动车，去追那辆吉普。

驶过两条马路，才看见那辆吉普，他稍微拉开点距离跟踪着。吉普车在律师事务所门前停下了。刘旬也刹住车。吉普车里的人都下来了，却不见伊兰。大概伊兰中途下车那会儿，他还没追上来呢。他决定过一会儿，等她到家后，往她家里打电话。

官司到底打赢了，虽然是在意料之中的事，但也很不容易，他觉得应当找伊兰喝杯咖啡。他不由自主地把车开到侬本多情酒吧。他走进包厢座，先要了一杯啤酒。喝了一杯啤酒之后，他点上烟，稍事休息一会儿，就往伊兰家里打电话。

接电话的是伊兰的丈夫。黄编辑好像情绪不大好，说话挺生硬："她不在，一会儿也不能回来。我知道你是刘旬——她胜诉了跟我有什么关系！"

刘旬觉得黄编辑火不小，他感到莫名其妙，不知说什么好，撂电话吧又不是那么回事，正尴尬着，黄编辑又没好气地说："以后，请不要再打这个电话了，她搬出去了！"

"搬出去了？"刘旬自言自语似的问。

"这不更合你意吗。离婚了，我们还能住在一起么？这回你们自由了。"

刘旬听黄编辑这么说，很气愤："你怎么能这么说话！你是有文化的人，应当知道尊重别人！"他生气地挂了电话。

伊兰和她丈夫离婚了，刘旬感到很突然。这么重大的事情，伊兰为什么不告诉他？他觉得伊兰是有意回避他。这就是说，她有所顾虑，不想离婚后与他还像过去那样来往。对此刘旬能够理解。他这才明白在法院门口时，伊兰肯定看见他了，她是躲避他。刘旬知道，这个时候无法给伊兰安慰，还是让她平静平静好。他决定过些时候再找她。刘旬又要了一杯红酒，神不守舍，半天也不喝一口，只顾想着心事。

过了一星期，刘旬实在忍不住了，他想了一晚上如何安慰伊兰，应当跟她说些什么。无论如何，任她这样无声无息地推拒下去,他是难以接受的。

次日早晨五点钟,他在床上给伊兰打电话。伊兰的手机仍然未开机。他只好发一条短信留言:"我都知道了。就是你不想说什么,我们也该见一面。我很惦记你。"

刘旬坐在床上等了很久,不见回音。他下床洗漱,把手机拿到卫生间里,手机也一直悄无声息。她要与世隔绝吗?不行,得去找她!刘旬匆匆喝了杯牛奶,连块面包都没吃,就离开住处,驾车直奔报社。车开到报社门前,他才意识到自己有点意乱情迷,现在才是早晨五点四十分!他没必要在报社门前等两个多小时,七点半来就能堵着伊兰,如果她来上班的话。刘旬此时不知到哪里去好,他就信马由缰地开着车在大街上逛。

七点二十分,刘旬又回到报社门前。他在车里听了一个小时的交通台广播节目。知道上班高峰期,堵车现象挺严重。塞车是让人烦恼,有时很误事。他觉得,一个人如果太在意什么,思想感情也会发生塞车现象,伊兰现在脑子里肯定"塞车"了。

刘旬看到陆陆续续走进报社大楼的人们,但不见伊兰的影子。刘旬摇下车窗,目不转睛地盯着报社门口,进进出出的人中就是没发现伊兰。他又给伊兰办公室打电话,接电话的人告诉他,伊兰已经半个月没上班了,听说她正在办调动。刘旬马上问伊兰要调哪里。对方说具体去哪儿不知道,可能是去深圳、海南吧。刘旬很惊慌,伊兰怎么了,离婚对于一个女人,真就是生命不能承受之重?不行!我必须劝阻她。为什么要退居远方?你什么错也没有,而且你很优秀,你难道就不能挺然屹立在熟悉的地方吗?刘旬紧锁眉头思索着,怎么样能和伊兰接上头呢?

他甚至打算在报上登寻人启事！最后，他觉得还得求助于伊兰的前夫黄编辑，就说有关官司的事急于要找伊兰。伊兰的前夫虽然对刘旬心怀敌意，但是事关结案的事，他就告诉了伊兰娘家的电话号码。刘旬当晚给伊兰娘家打电话，接电话的正是伊兰：

"喂，你好！请讲话。"

"伊兰，你好吗？是我，你让我找得好苦！"

"……"

"喂？喂？你怎么不说话？你不该回避我！"

"刘旬，我只能这样。真对不起。谢谢你为我所做的一切。我很感谢你，真的很感谢。"

"伊兰，你出来一下好吗？我们找个地方好好谈谈。"

"刘旬，请你原谅，我不能——至少现在我们还是不见面的好。你应当明白，我心里很乱，我需要平静。"

"伊兰，你听我说，不管怎样，至少你现在不该调离报社！"

"谁说我要调离报社？"

"你们单位同志说的。"

"造谣！太无聊了！想撵我都撵不走！我有什么挺不住的？你知道我非常热爱新闻事业！不管我个人遇到什么挫折、不管生活里出现多大风浪，我都不会离开报社！"

"你这么坚强不屈，我非常高兴！"

"希望你多理解我，我现在真不能见你——我想我不用多说什么，你能明白——再见。"

伊兰挂了电话。

刘旬陷入沉思。

## 黑山屯传奇

1

鸡叫头遍的时候,七姑她娘就叫醒了七姑,催她赶快梳洗打扮。她娘把一盆黏稠的水端到七姑面前,用缺齿的木梳帮女儿梳头。那盆黏稠的水是用榆树皮泡制的,黑山屯的女人都用这种水梳洗头发,使梳洗过的头发看上去黑又亮,如同焗了油似的。

七姑的头发又浓又黑。她娘细致地梳理着七姑的头发,帮她编一根又粗又长的独辫。她娘站在七姑身后悄悄掉泪。她舍不得女儿出嫁。虽说七姑远嫁到城里去当官太太是七姑的福气,但做娘的心里还是悬悬的,不落底。姑爷长得什么样、当啥官,她娘跟七姑一样一点都不知道。

这门亲事简直就是从天上掉下来的!打春那天,一伙带枪的人押着老吴家的二愣子闯进七姑家。领头的是个佩短枪的大胡子，他瞄了瞄七姑，问二愣子："这就是七姑吗？"二愣子点点头。大胡子转身冲七姑的爹娘说："我们老爷看上你家姑娘了，这是你们全家的造化！我奉命送来十块大洋聘礼。"说着就把白花花的大洋叮当响地撂在黑黢黢的饭桌上。"老爷说秋后选个好日子来接七姑进城成亲！"大胡子又甩了句没头没脑的话。七姑爹娘和七姑的两兄弟全惊呆了，木讷讷地谁也说不出什么话来。大胡子好像也不需要七姑一家人回答什么，这一干人便呼啦啦离去了。全屯子的男女老少远远地瞪着惊恐的眼睛，望着这伙带枪的人从七姑家低矮的破草房里出来，坐上二愣子赶的马车消失在村路尽头。整个黑山屯被这突如其来的事件给镇住了，鸡也不飞狗也不叫，躲躲闪闪的人们小声细气地议论着。这个偏僻的小山村好像突然蒙上了一层灾难似的不祥之气。

七姑她娘瞪着桌子上白花花的大洋，使劲拧了自个儿大腿一下，感觉到了疼，才相信不是白日做梦。七姑她爹不知所措地戳在地当间儿木头人似的一言不发。七姑的哥哥慌慌地关紧房门，放下门闩，又用锄头牢牢地顶住门板，好像唯恐突然闯进人来抢走那白花花的大洋。七姑的弟弟瞪着圆溜溜的小眼睛瞅着低头坐在炕沿儿上的姐姐，不明白姐姐惹了什么祸。七姑更是慌得不行，她直想哭，可是又哭不出来，心里像一团麻。这一家人惶惶不安，一夜都没睡。

十八岁的七姑只知道出嫁就是要离开家离开父母兄弟，到别人家里过日子。她家虽说很穷，可她舍不得父母兄弟，愿意和他们一道劳作吃苦。她也想过嫁人，曾经很想嫁给二愣子，因为二愣子有出息，常常跑到城里去做些神秘的事。二愣子比黑山屯其他后生办事精明。二愣子地里的活儿也做得地道,嫁给这样的男人大概就会有好日子过。可是二愣子神出鬼没的,总也看不见他的影子。这一回倒好,二愣子带了一帮人,长枪短枪的,好吓人!看上去他在那伙人里只是个带路的小喽啰,终究没出息到哪里去!二愣子让七姑很失望。七姑就想,城里的官人怎么知道黑山屯里有她七姑这么个大闺女呢?又为什么偏要娶她呢?是二愣子保的媒么?事前他怎么一声没吱呢?谁能告诉她这事儿是福是祸?她和懵懵懂懂的一家人只有稀里糊涂听天由命。

  转天,二愣子欢欢喜喜地来到七姑家才把事情说个端详。

  事情还得追溯到十年前。当年军阀割据天下兵荒马乱,可十分偏僻的黑山屯因地理原因却是远离战乱的世外桃源。有一天,一伙溃不成军的兵马被追赶得精疲力竭,也不怎么就窜到了大山峡谷里的黑山屯。领头的是个骑枣红马的大汉。那马瘦骨嶙峋,饿疯了似的把头伸进山间小溪水里打着响鼻畅饮。溃兵向他们的头领请示,要在黑山屯大开杀戒,掠光粮草以便在此安营扎寨。领头的大汉沉思良久,命令说:"大家只许要吃的不许杀人!天不灭我等,全靠这个小屯子,这里的山民都是咱们的贵人!恭敬还来不及呢,一丝头发都不能动!"这伙人马在黑山屯逗留两天一宿,朝山民们要些吃的和马草料,他们虽然人困马乏但并没有怎样骚扰黑山屯,而是悄悄睡在房后山墙。山民们从未见过这样的仁义之师,所以这伙人马走时大家都大着胆子出来目送他们。领头的大汉回头看到一个小姑娘跟在队伍后面,就翻下马蹲下来劝小姑娘别跟着他们走远了,会找不到家的!那个小姑娘就是七姑,当年只有七岁。七姑不厌生,冲大汉笑了笑，大汉就把她抱起来坐在马上驮她往回走了一段路再把她抱下马，然后策马挥鞭扬长而去。那大汉是土匪的大当家的，日后东山再起，发展壮大起来，后来被官军招安，大当家的当上了旅长。

旅长连续娶了三房太太，却没给他生个一儿半女，三房太太不到五年间相继死去两房，而旅长也得了肺痨。一位高人为旅长指点迷津，指出他十年前落荒而逃曾遇见一小女子，此女子乃是他命中注定的压寨夫人，也是他将来发达的神助。旅长冥思苦想才想起当年避难黑山屯的事，忽然记起曾有个小姑娘怪怪地跟在他马后，他还抱起那小姑娘坐在马上走了一段路——莫非当年坐过他枣红马的小姑娘就是他命里注定的女人？想来那小姑娘已有十七八了，他想不管现在她是否出嫁了，他非娶过来不可！他便派人去查访。手下人很快就有了回信儿，因为伙房里有个常送菜蔬的山里人二愣子正好是黑山屯出来跑单帮的，一切很快就弄清楚了，当年那个大胆地跟着队伍看热闹的小姑娘叫七姑，现在已经长成水灵灵的大姑娘了，这姑娘就是为旅长准备的小娘子。旅长喜出望外，立马派副官大胡子带几个弟兄送定亲银圆。高人说旅长宜于秋天迎亲，但旅长心急必先扣下七姑方可安心。大胡子副官就令二愣子当向导，带着旅长的指令来到黑山屯定亲。

二愣子万没想到，让他心里老早就惦记的七姑原来竟有这么大的造化！大胡子副官说起旅长的这段姻缘，有鼻子有眼的，不由他不信。这七姑原来打小就与大官人命里有约啊！二愣子不能不对七姑刮目相看，觉得七姑小时候的事就是个预兆，幸亏自己暗恋七姑的心迹谁也不知道，否则不是冒犯大官人了吗？二愣子当着七姑的爹娘好一顿夸七姑是富贵命，说七姑是整个黑山屯的荣耀！

草枯叶落的秋天很快就降临到黑山屯，旅长要接七姑进城享受荣华富贵了。在迎亲的前一天，是二愣子来报的信儿。二愣子一副谦卑的样儿，连正眼瞅一下七姑都不敢，而且心里还怪自己曾经癞蛤蟆想吃天鹅肉，有点冒犯和负罪感。七姑对二愣子感到陌生了许多，连她的父母兄弟也让她觉得一下子都像外人似的了，乡亲们更是像敬神似的对她缄口不语，低三下四。七姑觉得黑山屯的人太自馁了，她不习惯大家突然的敬畏，她不愿意离开黑山屯。她觉得自己从来也没有像现在这样孤独。

窗户纸渐渐发白，七姑她娘吹灭了油灯。七姑越来越惊恐不安。这会儿她是多想有一面镜子啊，长这么大她还不曾真真切切地看清自己的面容，只能在盛水的瓦盆里端详自己模糊的影子。穷困的黑山屯人家都没有镜子。七姑俯身向瓦盆里的清水照了照。瓦盆里的水是哥哥特地从远处的山泉挑来的清水。七姑照了一阵仍然看不真切自己的容貌，她就搅破水皮儿，拿起圆球猪胰子认认真真地洗着脸和脖子。一滴怪凉的水珠顺脖子一直流到两坨奶子之间。七姑胸脯起伏着，两坨奶子仿佛是活物，每一颤动都让她担心像脱兔那样逃走，她双手不由捂住胸口，忽然想到夜里娘把爹和兄弟撵出屋为她擦洗身子时说的话："你这辈子能生七个儿女，所以娘才给你起名叫七姑。你看，你奶头上有七个斑点——"娘说得她心惊肉跳。十八岁的七姑已经来潮，可还不清楚男女间生儿育女的事。一想到要跟一个当年骑大马的男人生那么多孩子,她不知是喜是忧,心慌得很。这时娘把城里大官人派人送来的红衣红裤拿到她眼前,催她穿上。她穿衣服时手在发抖,心跳得很快。七姑从来没穿过这么新鲜的衣服,而那红红的颜色有点让她头晕。

## 2

许旅长娶了十八岁的黄花大姑娘,自是门庭荣耀,连他鬓角的白发都闪出光泽,小眼睛湿润润的,放着亮光。许宅三进的四合院张灯结彩,高朋满座。小城有头有脸的官绅商富和城防官兵许旅长的手下,都来贺喜,直闹到午夜,宾客才散去。许旅长吩咐卫兵不必在庭院里走来走去,只管站到大门外守卫,他要过个清静安乐的新婚夜。

外边倒是安静下来了,新房里却不平静。从偏僻山村走出来的七姑,对那山梨似的发光耀眼的东西非常惊奇,她不知那东西叫电灯。她仰着脖子观看这个稀奇物,竟不知宽衣解带侍候官人上床。七姑嘴里喃喃自语:"咋这怪呢?真怪!这屋子里还长了亮光光的梨!咋看不到结'梨'的树呢?"

许旅长不知新娘子在发什么愣,急不可待地扑过去搂抱新娘子。这个十年前他曾经抱过的小姑娘现在如花似玉,竟成了他的新夫人,这难道真是命中注定、上天安排?他得意地从头到脚欣赏七姑,嬉笑着凑过去要啃七姑的脸蛋。七姑哪见过这阵势,尖叫着躲闪开去。许旅长哈哈大笑,这更使七姑害怕,有如惊弓之鸟,扑扑棱棱地就弄翻了桌子上的水果盘子。屋子里的声响让外边站岗的卫兵们挤眉弄眼地捂嘴窃笑，他们以为旅长和新娘子正快活着呢。

没见过世面的七姑竟被旅长戏弄得吓尿了裤子。七姑这一泡尿憋了挺长时间，泄洪似的淌了一地。旅长不由失去了狎昵的兴趣，手足无措地瞅着汪了一地的尿不知如何是好。他不想让下人知道他娶了这么一个蠢笨的乡下姑娘，所以没召唤下人进来打扫，就自顾自地脱衣睡下了，搁下傻愣愣的七姑眼睛瞪着灯泡在洞房里枯坐一夜。破晓时分，七姑还盼着鸡叫呢。可是院子里静悄悄的无声息。她哪里知道堂堂的旅长官邸怎么能像庄稼院还养鸡鸭什么的。旅长醒来之后发现她一夜没睡，就命令她："你换上新衣服！尿湿的衣服交给吴妈。"

许旅长新婚第二天没有和新人一道用早饭，下人们都觉着这事儿很奇怪。吴妈虽然略知一二但她不敢把新娘子尿裤子的事说出去。许旅长没和新娘子圆上房，次日下午上司就派他去奉天出公差。这一去就是三四天。这些天里七姑吃穿都有人侍候，她就像木偶似的一举一动都很机械，好像一直在梦游。

许旅长在奉天病倒了！据说还是肺病发作，大口大口地吐血，已经住进日本人开的医院。旅长家上下一片慌乱，大胡子副官匆匆去了奉天，家里只有大太太主事了。山中无老虎猴子称大王，大太太对下人突然变得凶恶起来，非骂即打，也不把七姑放在眼里，当面就骂七姑是狐狸精，坑害了老爷。大太太六神无主，忽然想起那个阴阳先生。她吩咐下人把那个所谓的高人找来，她要让他给解释解释许旅长听他的话娶了这么个败家的女人，到底是福是祸？阴阳先生听说许旅长自从娶了他给算的命中女人反而倒运了，颇为惊惶失措，两道长寿眉像饱蘸墨水的狼毫一挑一挑地直跳。他心惊肉跳地听了许旅长的大太太的叙述，疑虑重重，提出要见见七姑，看是不是他先前算出的那女人。其实这个所谓的高人心里很发虚，他怕许旅长怪罪他，心里打着算盘：上一次本来是察言观色，顺藤摸瓜，按着许旅长的话头扯出个什么压寨夫人之类的天方夜谭。许旅长居然深信不疑，真把他当年落难中巧遇的女人娶进了家门。现在家宅不安，许旅长病在了奉天。阴阳先生为了推卸责任，只好阴一套阳一套瞎说一气了，他想巧妙否认这个乡下女子绝非他卦里所算的吉人天相，而是阴差阳错，娶错了人。大太太领这位阴阳先生来到七姑所在的下屋。虽然七姑惊魂未定，又见大太太领来个陌生人，不免一脸苍白和惧色，可是看上去还是个鲜鲜嫩嫩、朴朴素素的年轻女人，不由触动阴阳先生的怜香惜玉之心。他眉头一皱，计上心来。当即若有其事地端详一番七姑，合掌闭目念念有词。出了下屋他就言之凿凿地说："旅长所娶新人正是卦中吉人！这女人必给府上带来齐天洪福！只是娶亲的日子没选好，她是骑着水怪来你们家的！所以才招来点灾难，只要请一回神驱逐一下，就会平安无事了。"阴阳先生是根据大太太所言之事即兴发挥出来的说辞。为了家宅安宁，主事的大太太就听凭阴阳先生的安排，请神驱妖。

是夜，阴阳先生点上香火，煞有介事地做着降妖驱魔的动作。七姑被吓得大气不敢出，觉得自己犯了罪似的。大太太主持请神布道，满宅烟雾腾腾。卫兵们因为旅长不在家，家里又这么混乱，就有点放松了，躲到东下屋里喝酒赌钱。等那阴阳先生闹完了神,下人们都困得不行了,也没怎么收拾就都散去了。不料留下了明火隐患,半夜里宅院忽然起火,夜黑风高,不多时就熊熊腾空,势不可挡。满宅院的人抱头鼠窜,纷纷逃命,只有七姑不知所措,被困在着火的屋子里——

## 3

许旅长家着火时,二愣子刚好住在旅部伙房里。白天他和伙夫商量买卖柴草的事儿,为了省个住店钱,晚上他就留宿在伙房里了。半夜里他被惊醒,知道不远处的许旅长家失火了!他立刻就想到了七姑。七姑爹妈还托他打听七姑的情况呢。他冲出门外急慌慌地向火光冲天的许宅跑去。跑到许旅长家门前,只见眼前一片火海!二愣子也顾不得什么了,一头就冲进火海,盲目地东闯西撞,扯着嗓子一声声地喊着"七姑!七姑!你在哪里?"

晕倒在西房门槛下的七姑突然听到喊声,一下子来了力气,手抠着地皮爬着想站起来,但是浑身无力,支撑不起来。她又试着举手应答,可胳膊却不听她使唤。她想喊,也发不出声音。眼看七姑就要被浓烟所窒息,她猛地一使劲终于摇摇晃晃地站起来,但是只站了一瞬间又倒下了。就在她站立起来的那一瞬间,二愣子看见了,急忙向她奔去。二愣子连拖带拽把七姑救出火海。

大火终于被扑灭了。二愣子搀扶着惊魂未定的七姑,茫然四顾,怯怯地说:"你到底是命大福大造化大——"

七姑却喃喃地说:"二愣哥,我要回家!我想我娘想我爹他们!"

二愣子愣住了："你说什么，七姑？你是许旅长的人哪，怎么能说回家就回家呢？再说刚着了火回家算怎么回事啊？"

七姑哀求说："他们说我身上有妖魔水怪，你带我回黑山屯吧！我不愿意在这儿。"

二愣子不知所措，他没有胆量私自带走七姑，哪怕七姑答应嫁给他，他也不敢带走她。谁敢带走许旅长的姨太太？他似乎看到了黑洞洞的枪管顶在他的胸口，他吓坏了，满脸是汗，哆哆嗦嗦地说："不行——不行——我不敢！"

七姑失望地瞅着二愣子。他们就站在那里无言相对。这时候来救火救援的部队将许宅围住了。二愣子忽然醒来似的忙劝七姑说："你快回去吧。你平安无事就好，我回去告诉你爹妈，省得他们惦记你。"说着他转身就走。七姑哭了，她实在后悔嫁到大官人家里，他的男人原来又老又丑，让她十分害怕。她想趁着大官人外出还没回来的时候，趁着宅院着火一片混乱之际，逃离这所深宅大院，回到黑山屯嫁给二愣子！她没想到二愣子这么胆小！这么无情！她绝望了，傻愣愣地站在那里一动不动。二愣子一回头见七姑还站在那里，他怕七姑追过来，再缠着他让他带她走，就慌里慌张地撒腿跑起来。突然，黑暗里划过一道流光，同时响起一声清脆的枪声，七姑清楚地看到二愣子身子一歪，摔倒在地上了。七姑不知发生了什么事，她想跑过去看个明白，一帮带枪的兵蜂拥而上围住了倒地的二愣子。七姑听到那群人乱糟糟的说话声：

"大概是这小子放的火吧？"

"他从哪儿跑出来的？心里没鬼瞎乱跑什么？一定不是好东

西！押回去审问！"

"报告！他已经没气了，死了！"

"死了？谁打的枪这么准？"

七姑怔怔地挪不动脚步，这时那伙人回头看见了她，一排子弹叭叭叭地射向黑暗的夜空，就像烟花那么光鲜美丽，这是向她发出的警告！幸而她呆愣愣地傻傻地望着天上的弹道火光，没有被吓跑，不然非被乱枪打死不可。

守卫许宅的卫兵认出了被捆绑押回宅院的七姑，大吃一惊！怎么这些有眼无珠的家伙把旅长新娶的姨太太五花大绑起来？这还了得！许宅卫兵上去就给七姑左右两边的士兵一记大耳光，狗仗人势地吼道："混蛋！这是许旅长的新人！你们吃了豹子胆啦？还不快给松绑！"被抽了耳光的士兵吓得腿都软了，其余士兵也都怕担责任，呼啦一子全散去了。这时候，大太太突然出现在众人面前，指着七姑说："她是个灾星！绑起来就对了！把她给我看押起来！等老爷从奉天回来再发落她！"

可是老爷再也没有回来！许旅长肺部穿孔大咳血，死在了奉天的日本医院里。这么一来，许家宅院里可就树倒猢狲散了，大火已把家产烧了多半，剩余的值钱东西也早被大太太偷着运走了。大胡子副官和大太太密谋要把七姑卖到窑子里去！七姑落在这两个歹人手里，怕是要遭殃了。

## 4

七姑曾经想以身相许的二愣子是个窝囊废，七姑被迫嫁给的许旅长又是个痨病鬼，现在这两个人永远消失了，七姑不知前面还有什么噩运在等待她。她是多么想立刻回到父母兄弟身边，过从前那种清苦但平静的日子！可是七姑自从来到这个县城进了许家大院就辨不清东南西北了，现在她不知往何处去。而一个可恶的阴谋正算计着她。

大胡子副官在把七姑卖到窑子之前，原想和七姑上床，反正也是准备卖出去的窑姐，自己先玩玩也未尝不可。但是马上又打消了这个念头，他蓦地想到七姑已和许旅长圆了房，并且还尿了裤子，那么这个乡下大傻妞准会染上许旅长的痨病！这可不是闹着玩的，看来碰不得七姑！给她扔窑子里去坑别的风流鬼去吧。

其实，七姑还是个清白身，这都幸亏了那泡洞房里吓出来的尿。

大胡子副官用拉粮草的军车把七姑拉到另一座县城，被骗的七姑一下车就看出那地儿不是黑山屯，就当街哭喊着要回家！大胡子上去就是一阵没头没脑的毒打。但是七姑已经不是刚离开黑山屯那会儿的七姑了，她在极短的时间里经历了太多的人生变故，特别是二愣子的见死不救和他一瞬间就惨死在枪下的一幕，让她琢磨出她什么都只能靠她自己了，也让她更坚定了要回黑山屯。活着的决心使七姑顽强地爬起来，撕心裂肺地哭喊："我男人死了，你为什么不把我送回娘家？我要回娘家！我要回家！"

大胡子副官见打不服七姑，就变了招，糊弄说："你怎么这么不懂事呢，我们得在这儿住一宿才能再赶路，不就是去黑山屯么？旅长都没了，我们还要你这个累赘干吗？真是的！"他害怕七姑吵嚷，万一让人听明白是怎么回事，事情就坏了。卖不成这个女人不是把到手的肥肉丢了吗？大胡子副官忙掏出手绢替七姑擦掉嘴角的血。大胡子副官没想到这情景已经被一个知情者尽收眼底。这人正在街对面茶楼上注视他们。这个人就是凭一句胡言乱语带给七姑噩运的那个阴阳先生。许家失火是他惹的祸，所以当夜他就逃跑了。后来听说许旅长已客死他乡，他就没往太远的地方跑。阴阳先生心里琢磨，大胡子副官挟持许旅长遗孀来这个小城镇干什么呢？估计可能是要把七姑贩卖给妓院！想当初听说许旅长落难黑山屯遇救，他迎合对方心理，装神弄鬼扯出一段姻缘，实为害了一个无辜的乡下姑娘，现在许家已经人死家败，七姑还要遭殃？阴阳先生忽然良心发现，决定设法救助七姑。

阴阳先生下了茶楼悄悄跟踪着大胡子和七姑。见大胡子把七姑带到玉香楼附近的一家小客店，他心里就明白了几分。果然，到了晚上，大胡子从客栈里溜出来就钻进玉香楼。阴阳先生尾随其后，躲在玉香楼老鸨子的窗外，听清了大胡子向妓院老鸨讨价还价出卖七姑的事。老鸨子提出要看看"货色"，大胡子说人就在附近的小客栈里，一手交钱一手交货！阴阳先生听到此处，觉得事不宜迟，必须走在这两个歹人的前头把七姑救出来。他转身走出玉香楼，急忙来到七姑住下的小客栈。他找到七姑说明了要救她的意思，七姑虽然不认识这个阴阳先生，但她愿意相信这个人说的是真话，因为大胡子突然变得凶狠让她很害怕，眼下她又无依无靠，但愿这个看上去面相和善的陌生人是她的救星，所以她就跟他悄悄溜出了客栈。可是阴阳先生一时也不知把她带到哪里好，他自己还暂栖在一座破庙里呢，也不能把她带到庙里啊,庙里的和尚主事不会容留女人留宿佛门的,黑灯瞎火他们可往哪儿去呢?阴阳先生想来想去,只好带着七姑连夜赶路,走到哪儿算哪儿,然后再做打算吧。

他们走了一夜,天蒙蒙亮时,他们已经走出小镇上了乡路。七姑看到了田野以为回到了黑山屯,以为就要到家了,高兴得直流泪。七姑对莫名其妙的阴阳先生感激地说:"大哥你是我的救命恩人!我就要和家人团聚!"说着七姑就要给阴阳先生跪地磕头。阴阳先生忙扶起她,真不想扫她的兴,可又不能不如实相告——他们离黑山屯还远着呢。两个人都已疲惫不堪,又很饥饿,此地前不着村后不着店,他们完全陷入了困境。可是七姑并不气馁,她哀求说:"再远我也能走到家,咱们走吧。"阴阳先生劝她说:"我一定送你回黑山屯!可是我们就这样恐怕会昏倒在野地里,要是遇到狼就坏了。我们还是先歇歇,找点吃的喝点水,然后再赶路。"七姑这才觉得又饿又累,是得歇歇。他们坐下来茫然四顾,远近一片荒凉,除了草就是杂树,连一条小溪流都没有,喝的吃的到哪儿去找啊?阴阳先生有点后悔半路搭救七姑,他兜里虽说还有几个铜钱,可是在这片荒野里却派不上用场。怎么办?看来只有就地想办法了,他和七姑不约而同地想到了挖野菜!野菜既可解渴又可充饥。七姑生在山里长在山里,对野菜再熟悉不过了。他们没有任何工具只能用手来薅。这里草长得太茂盛太高,野菜也难以分辨,而且很稀少。但是七姑还是薅到一些,咽到肚里凉丝丝的,缓解了一点干渴。阴阳先生在七姑指导下也薅了点野菜吃,但他希望碰到点更好吃的东西,比如野果子鸟蛋什么的。鸟倒是有,可是飞来飞去的鸟也不知把蛋都下在哪儿了！野果子也只山丁子，不能吃！忽然他发现一棵小树下长着朵白蘑菇，惊喜得瞪大了眼睛，蹲下身薅下来就往嘴里送。他实在是太饿了，四五朵小蘑菇滑溜溜地就吞进了肚里。他吃完了才想起应当把这"美味"与七姑分享，此时此地两个人毕竟是同患难。他就把树下仅有两个小蘑菇薅下来准备给七姑吃，他继续往前探寻，希望还能找到些蘑菇，他觉得蘑菇确实比其他野菜好吃。他走着走着，突然肚子火燎似的疼起来，一步也迈不动了，他想喊但是发不出声音。

七姑吃了些野菜觉得好受多了，似乎也有了些力气。其实是她归心似箭、精神兴奋才觉得还有足够的力量走路。她恨不得一步迈进家门。七姑四下里踅摸阴阳先生，刚才两个人相距不远哪，他跑哪去了？她想喊他，可是她还不知道这个恩人姓甚名谁，她还没顾得上问他呢。她只好大声叫喊："喂！喂！你在哪儿？"她喊了许多声也没有回应，她慌了，忙四下里寻找。在距离长着白色小蘑菇的那棵树不远的地方，七姑找到了阴阳先生。他背朝天地趴在那里，不省人事。七姑大吃一惊，搬过来他的身体，发现他手里还攥着两朵白色小蘑菇。她立刻明白了——他吃了毒蘑！她惊慌失措地摇动他，哭喊着。阴阳先生无知无觉，什么也听不到了。七姑顿时陷入极度孤独恐惧中，一只蚂蚁爬到阴阳先生的鼻孔里他竟一点反应都没有，七姑知道这个救助她的好人就这么突然离她而去了，她看过山里不懂事的孩子吃了毒蘑之后很快死去的情景，知道阴阳先生已经没救了。她只好扔下他独行而去，她走出几步之后又返回身，薅了许多蒿草把阴阳先生的尸体掩盖起来，她想这样大概不会被经过的野兽发现。她希望上天为这个好人保存一副完整尸骨。七姑抬起凄惶憔悴满是汗水的脸,望望头上的太阳,辨清了方向,一直朝北走去。因为她记得黑山在北面。

## 5

七姑望见那座黑沉沉的山影时,已是又一个五更时分,破晓前的黑暗把大山笼罩得像一个横亘天地间的怪兽,一动不动在耸立在那里,而它的脚下就是只有十几户人家的黑影幢幢的小屯子!她终于回到了黑山屯,回到了家!冷露打湿了七姑又脏又破的衣衫,她含着微笑倒在了黑山屯通往山外乡路的始发点,那棵千年古树下。即使白天里,这棵树下的浓荫也如同黄昏一样暗淡。当许多天后,又一个类似二愣子那样敢于外出闯荡的年轻后生,发现七姑的尸体时,一道奇怪的光晃得他不敢逼视。他回屯子里叫来许多人,其中也有七姑的父兄,大家来到七姑身边,确实看到仰卧在那里的七姑,手中那一点亮光。人多势众,大伙胆量就大了,逼近七姑尸体,才发现她手里攥着个山梨样的亮晶晶的东西,反射着太阳的光芒!大家谁也不知道那是什么,也不明白七姑为什么带回一个梨一样发光的东西。他们都悚然伫立在那里,感觉七姑的回归和手里攥着的东西,好像是某种预兆。

那么,七姑手里到底攥个什么东西呢?她紧紧攥在手里的,就是她迈进许旅长家,让她感到万分惊奇的玻璃灯泡。

黑山屯当年那一代人,还无法认识这个"天外之物"。

## 问君酒醒何处

1

千禧年第二季度,厂子产量翻了一番,主打品牌"一口干"杂粮酒,市场供不应求。厂长李贵喜不自胜。全厂上下一片喜气洋洋。

厂长办公室主任李红,夸赞厂长李贵是棵摇钱树。她说,她是靠定这棵树了!李红坐在大班椅上,摇晃着上身,欣赏着自己的红指甲。她和李贵厂长里外屋办公,李贵厂长在里间,她在外间。凡是找李厂长办事的人,都得从她眼皮底下经过,遇有女人找厂长,在里间耽搁时候多一点,李红就要进去晃一晃,送份报纸或者倒杯水。

刚才进去一位电视台的女记者,跟李贵厂长谈了半个小时了。那女记者很年轻,也挺漂亮,还穿着短裙。李红心里就不大自在,借故进去两趟,拿眼角余光瞄了瞄女记者,瞅瞅厂长的神态。看到李贵那兴致勃勃的样子,她心里就酸溜溜的,抛给李贵不悦的眼色,出来回到她的大班椅上,就有点神不守舍。她后悔让那女记者进里间面见厂长,撒个谎把她打发走就好了。

李贵厂长终于把那位年轻的女记者送出来了,李红装作整理手头上的文件,没有起身打招呼。

厂长就唤她:"小李呀,你带这位记者到财务科开张支票。"然后转向女记者满脸笑容地恭维说,"你们'生活浪花'节目办得不错,我每期都看,以后咱们常联系,用得着我们的地方,我们厂子全力支持!"

李红明白了,这小女子是来拉赞助的,她不大情愿地领着女记者去了财务科。因为这档子事,李红一下午也没进李贵的里间。她生李贵的气了,厂子的经济效益刚有好转,他就忘乎所以了。那小女子一席话就要去三万元!李红心想,看厂长他这个月的奖金怎么给她!哼!李红越想越气,就暗下决心要冷淡一下李贵,不搭理他。

李贵打发走了电视台的女记者,接了几个催发"一口干"杂粮酒的客户电话,颇为踌躇满志。厂子扭亏了,连电视台的都不请自来了!过去红粮酒厂生产的"一口干"杂粮酒,销量不怎么样,现在情况大有好转,全厂三班倒都供不上客户的需求!形势真是喜人哪。

厂子目前的大好形势,厂长李贵一直以为是仙桃广告公司给做的广告起了作用。其实,"一口干"杂粮酒骤然在市内畅销的真正原因是:仙桃广告公司老板严伟为争取客户、让李贵相信他们公司的广告做得好、有效果,从广告制作费的赚头里,抽出1万元送给工商局的小头目,经由小头目周密运作之后,全市个体中小型饭店餐桌上,就都摆上了红粮酒厂的"一口干"杂粮酒。李贵不知底细,他只感激严伟,一直想好好请请他。这几天,他刚好晚上有空。李贵把副厂长王朝叫到办公室,说要请仙桃广告公司严经理吃饭,让他安排个好去处。王朝起初没弄明白李贵的私下意图,只问:"厂长打算订多钱一桌的?"

李贵说:"多少钱无所谓,主要是要够档次。"

王朝立刻说出一串大酒店的名字。

李贵装作漫不经心地说:"仙桃公司的老严是个风流才子,没有陪酒女人挑不起情绪来。"

王朝笑了笑,说:"找陪酒女郎没问题,我肯定安排好。有个地方挺实惠,不过档次低点儿。"

李贵问:"有KTV包房吗?"

王朝说:"当然有,全封闭的,店面小点儿。"

李贵又问是哪儿,王朝说鸡尾酒店。李贵忍不住哈哈大笑:"就去这破地方!"

王朝问请几个人。

李贵说:"严老板,还有他的哥们儿个体协会的王秘书长,加上你我,再请四个陪酒的。"

王朝说:"八个人整好一桌。"

李贵说:"八个人一个包房太挤,得让客人玩个痛快嘛。订两个包房,一个屋吃喝,一个屋……唱歌。"

王朝心领神会,点头应诺:"对对,得专有一个唱歌的屋。"

去鸡尾酒店那天,仙桃广告公司的严伟穿了一身迷彩服。

严伟的铁哥们儿王秘书长穿的是工商局的制服。王朝穿的是派出所小周送给他的那套新警服。只有李贵西装革履，像个大款。白白胖胖的鸡尾酒店女老板一看他们这伙人的行头，心里就有了底数，喜笑颜开地把四位让到一间包房里就座，亲自端上来一壶热茶，给四位斟上。

包房不大，装潢很一般，隔着餐桌相对的两张车厢座，坐上去一点儿弹性没有，倒是挺宽，挤着能睡下两个人。门是日本式的拉门，门里贴了一张泳装女郎黑白摄影画，上面有后写上去的 KTV 三个字母。李贵稍觉失望，不免觑一眼两位客人。两位客人脸上没什么表情。身着无袖黑旗袍的女老板，肥白的胳臂不知怎么就碰到了李贵的脸颊上，凉丝丝的，一种愉悦的触及，让李贵很受用。王朝站起身和女老板一阵耳语，女老板心领神会，喜滋滋地说："我马上传陪酒女郎！"

女老板出去之后，王朝一边给大家点烟一边笑着说："咱们今天都放松一些，玩个痛快。人生难得几回醉，不欢更何待？"

李贵说："两位都是我们酒厂的有功之臣，本来想请二位到星级酒店，但是那里肯定没有此处有内容。啊？是不是？"他冲王朝一笑。

王朝笑说："那是，那是，这是我们李厂长精心安排的。"

李贵挥挥手，挺仗义地说："什么厂长，今儿没有厂长，都是哥们儿。"

王秘书长摘下大盖帽，把耷拉到额头前的一绺头发捋顺，亲热地说："李大哥，你厂子兴旺起来了，也该宣传宣传你的功绩。等哪天我请客，把我那个报社记者朋友请来，让他给你写篇报告文学!"

严伟也附和说:"我也早有这个想法;省报新闻部的胡朋是我的铁哥们儿。文章写得漂亮,省里也走得通。"王秘书长猛吸一口烟,忙说:"我说的就是胡朋。瞧,哥们儿都撞一块儿了。真没说的了。"

王朝立刻建议:"何不把胡记者也请来一块乐乐,让我们厂长认识一下,大家交个朋友。"

李贵就说那太好了。王秘书长立马起身要去打电话。李贵突然想起点儿什么,又改变了主意:"我看还是改天吧,记者在场咱们说话怕不太方便。"

严伟明白李贵的心思,笑说:"李大哥你放心,胡朋没说的,随和得很,而且和你老兄一样,也有小秘——"

李贵笑了,掩饰说:"我不是这意思。既然你们要请,那就请吧。"

王朝说:"那我得告诉老板娘再传来一位,按人头分配,每人承包一位嘛。"

王朝说得举座哈哈大笑。王秘书长便在笑声中走出包房,去给胡朋打电话。

2

姗姗来迟的胡朋满面春风,一进包房就冲大伙抱歉说:"让诸位久等了,不好意思,不好意思。"

王秘书长站起来,把李贵和王朝向胡朋介绍一番。胡朋一边笑着说"幸会，幸会"，一边掏出名片分发给李贵、王朝。

菜上齐了，陪酒的却只到了两位。女老板看出王朝的不悦，忙道歉说，另外三位一会儿就到。眼下不够分配，就得可着重要客人陪。王朝就让一位女郎坐在李贵和王秘书长之间，一位坐在胡朋和严伟之间。王朝首先举杯，说是代表李贵厂长敬新老朋友干一杯，还望大家今后多支持红粮酒厂的工作。李贵截住王朝的话头大咧咧地说："老王，你别打官腔了，今儿咱们是朋友相聚，喝好玩好！来来来，这第一杯大家都干了！"

大伙都乐了，纷纷相互碰杯，全都一饮而尽，气氛一下子就挑起来了。大家边喝边唠，海阔天空，兴致勃勃。胡朋见多识广，谈吐左右逢源，滔滔不绝，说着说着就扯到了某个沿海城市不久前盛况空前的仙桃节。他绘声绘色地讲起与桃有关的种种新奇独特的系列活动，诸如万枚仙桃长卷书画笔会、桃园百名新人新曲大赛、桃花运浪漫七日游、万人通宵歌舞大联展……大家听得津津有味，李贵却心不在焉，手在桌子底下开始探索三陪小姐肉乎乎的大腿。

胡朋讲了仙桃节之后，又说到冬瓜节、鸭梨节、苹果节……说差不多每个月全国各地都有这儿或者那儿举办这样名目那样名目的节，都想用文化搭台经贸唱戏的办法提高本地知名度。严伟擦擦满嘴丫子的啤酒沫，说这里面有奥妙，全是为了赚钱！他举例道："去年咱们广告协会举办一次广告创意大赛，凡参赛的广告公司需交参赛费两千元，广告协会又向名优产品厂家拉了五十多万赞助费。我们公司得了个金奖，不过只是个烫金的获奖证书而已，什么用处也没有。整个活动收上来一百多万，也不知都花到哪儿去了，反正也没人查账，都让大赛组织者们私分了。你们想想要是举办个什么艺术节，规模更大，搂的钱能少吗？"

李贵只顾和陪酒女郎说笑，大家的话他一句也没听进去。再次举杯时，王秘书长把话题扯到红粮酒厂，严伟说到目前市内很畅销的"一口干"杂粮酒，王朝讲到要请胡朋给李贵厂长写篇报告文学。胡朋慨然应允。严伟灵机一动，向王朝建议说："你们红粮酒厂何不举办个酒文化节，造点儿影响。让胡记者好好给你们报道报道。"

王秘书长立刻兴奋起来，忙说："老严的点子提醒了我。我看不妨搞一个全市性的酒文化节。咱们市加上市管各县的大小酒厂恐怕有三四十家。你们红粮酒厂挑头发起倡议，举办一个市级酒文化节！"

胡朋来了兴致，掐灭烟头，很权威地推论说："根据外地各种文化节的举办情况，同行业范围内的大型活动由一家挑头搞不起来。同行是冤家，谁也不愿意承认别人是老大、自己屈居小兄弟的地位。"

严伟接话说："胡记者说到点子上了。搞什么活动都得考虑它的可操作性。举办全市性质的酒文化节，必须先成立一个组委会。"

胡朋沉吟道："这事要是以我们报社名义联合烟酒公司和消费者协会以及工商部门，共同发起就能搞得轰轰烈烈！酒文化节只要搞评奖和展销，大小酒厂一定会趋之若鹜。"

严伟击节赞叹："这个创意太好了！"

李贵听了个囫囵半片,就问王朝,王朝便与他耳语一番。李贵立马向大伙表态:"我说各位,我们厂子支持这个活动!我们拿赞助费,评奖时多关照一下就行。"严伟还是向着他的客户,就说:"你们也是发起单位之一嘛,酒文化节组委会应当有李厂长一席位置。"

大伙越说越兴奋。胡朋、严伟、王秘书长都来了尿,就一块去卫生间,在卫生间里他们主要议论了酒文化节的参赛费、赞助费问题。三个人既是朋友就都不忌讳什么,商定活动由三个人共同策划实施,所得利益三三制分成。三个人回来只见王朝和女老板在喝酒,两位陪酒女郎已经和李贵到另一间包房里卡拉OK去了。三人便向王朝告辞,也没去打扰李贵,都说有要紧的事要办,就离开了鸡尾酒店。

## 3

胡朋、严伟和王秘书长三个人不到一周时间,就开始具体运作了。市首届酒文化节组委会公章刻好了,是王秘书长一手办理的。酒文化节节徽也搞出来了,是严伟设计的。三位策划人定下的原则是速战速决,尽量节约开支,最大限度地创收经济效益。但是,酒文化节的广告是必须要做的,而且要在本地晚报上套红刊出。三个人在王秘书长办公室里商议筹集广告费事宜。议来议去,最后还是决定找红粮酒厂的李贵想辙。王秘书长立刻给李贵打电话,声称打算到红粮酒厂召开市酒文化节组委会主任会议。王秘书长说之所以把这次重要会议拉到红粮酒厂召开，一是觉得红粮酒厂的会议室还算够档次，二是想给李贵造造影响，提高一下厂子的知名度。

李贵在电话那边连声称谢，有点儿受宠若惊。他说他马上派人收拾一下会议室，备好烟茶水果，还问晚餐得安排几桌。王秘书长就问站在一边的胡朋，胡朋夺过话筒直接跟李贵说："李厂长，我是胡朋。组委会给你们添麻烦了。这次会议主要是向大家通报一下文化节的筹备情况，会议时间不会太长，就不用准备饭了。我代表组委会向你表示感谢了！"

李贵说："组委会主任们来到我们厂不招待招待哪行！"

胡朋说："李厂长，咱们都是朋友，来日方长，该让你破费的时候肯定不客气。这次就免了吧。等你们'一口干'杂粮酒荣获特别金奖时，你再好好请请评委们吧。"胡朋末尾这句话是故意抛出的诱饵。

临时策划出的这个组委会主任会议，开得很成功！胡朋临时拉来了工商局的一位副科长、市消协的一个办事员以及报社副刊部的副主任，连同严伟、王秘书长，加上李贵厂长一共七人。这七个人聚集一起，召开一次组委会主任会议。会上，工商局的那位副科长还提了一条好建议，说是何不把各饮料厂也吸引到酒文化节活动中来，搞个饮品博览会什么的。据此，会议当即修改了原方案，确立了市"首届酒文化节暨饮品博览会"新的定位。这位很有点儿灵气的副科长也被纳入策划人的行列。革命不分先后，只要创意可取，理应共享胜利果实！这位副科长的点子不仅扩大了酒文化节的规模，而且将大大增加经济效益。整个市国有、合资、私营汽水饮料厂有二十三家，汽水饮料市场竞争很激烈，一些汽水饮料卫生检疫常出问题，一旦有机会评金奖银奖谁肯落后？

　　副厂长王朝没被邀请列席在本厂会议室召开的酒文化节组委会主任会议，心里多少有点儿不大自在。他认为李贵作为厂子一把手主要应当抓生产，对外宣传活动该由他王朝负责才对呀。李贵也太揽权了，出头露脸的事儿他从不放过。王朝回家跟老婆说起厂里的事，就骂李贵草包，好大喜功，非把厂子搞垮不可！老婆就劝他："你生这么大气干吗？你是二把手，厂子倒闭了也没你啥责任。管好你那摊儿就得了！"

　　王朝说："你不知道，李贵又甩出去五万元打水漂儿，赞助什么酒文化节。前些日子还给电视台'生活浪花'专题节目扔了三万元。拿厂子的钱可大方了，他还把我们俩的桑塔纳也借出去了，不知跟那几个山货搞什么名堂！开会还不让我列席！"

　　但王朝的老婆却另有见解："他不让你沾边儿更好，出娄子罢他的官才好呢，那你不就是一把手了吗？"

　　王朝瞅一眼老婆，觉得自己有点儿小心眼儿，光顾生气了，不如贤内助考虑问题深一层。他笑了，拍一把老婆的肥臀夸她说："还是我老婆精明！你说得有道理！"他忽然有了好心情，"好老婆，去把我那瓶老窖拿来，咱俩喝一盅，晚上好好乐乐……"

4

　　首届酒文化节暨饮品博览会组委会办公室设在富豪宾馆908号客房。严伟和王秘书长日夜驻守在组委会办公室。胡朋一天至少也要跑来两趟。三人紧锣密鼓地推进酒文化节的进程。广告在晚报上套红刊出之后，严伟和王秘书长就带上临时雇来的两位公关小姐跑厂家，征求厂家参加酒文化节暨饮品博览会活动。产品销量尚可的酒厂最初都不大热心，多亏两位公关小姐法力无边，先攻下两家啤酒厂和三家饮料厂，而后形势急转直上。后来竟出现各厂家之间横向攀比的势头，都唯恐落后于同行而坐失获奖机会，出现争相报名的可喜局面！第二白酒厂马厂长当着严伟的面拍桌子狠狠地说："就他红粮酒厂的产品还想评金奖，我们冤头大曲都得评金奖的金奖！他赞助五万？我们赞助六万！"

连续攻下十家酒厂和饮料厂之后，剩下的厂家都没有用公关小姐"攻关"，全主动打电话给组委会报名参加酒文化节暨饮品博览会活动。有三家亏损厂子一时拿不出上万元的赞助费，还都打了欠条。一时间，各厂家参展的样品酒和饮料堆满了组委会办公室。

这天，胡朋、严伟和王秘书长闩上门正在组委会办公室里用袖珍电子计算器算账，突然一瓶汽水爆炸，吓了他们一大跳。王秘书长就骂，生产汽水偷工减料，还往里猛灌二氧化碳！严伟就打电话给各啤酒厂，告诉他们别往组委会办公室送样品酒了，到时候直接送往博览会场地就行了。他怕啤酒爆炸的威力更大。他放下电话，腰间BP机响了，是王朝呼他。王朝的二小舅子在大小舅子的饭店里喝醉了，肝病突发，急着要送医院，请他们让司机把桑塔纳开去。胡朋觉得王朝毕竟是李贵的副手，应当跟车去看看，表示一下关心。他决定陪司机一块儿去，便跟王秘书长、严伟说:"把转账支票兑现金另行存好。"

出了医院,桑塔纳又开回富豪宾馆。胡朋就邀王朝到组委会办公室里坐坐。王秘书长和严伟见了王朝也少不得关心地问几句王朝二小舅子的病情。王朝说他二小舅子活该!谁让他一喝酒就逞能!不过也怨他大小舅子,临上医院之前胡乱给灌了一瓶子醋,不但没解了酒,倒给灌趴下了。胡朋就跟严伟和王秘书长说:"咱们酒文化节可别在群众中掀起一个喝酒新高潮啊。那样酒文化节的社会效益就不大好了。"记者的职业守则,总让他忘不了社会效益。

王朝说:"我们厂子过去倒是研究过一种醒酒的饮料,叫醒酒玉液。小批量生产了一点儿,销路不好,后来就没再生产。"

胡朋忽然受了启发,眼睛一亮,兴奋地建议王朝说:"王副厂长,我看你们厂子借此机会不妨上这个项目,生产醒酒玉液!在酒文化节期间推出,我们可以考虑在饮品博览会上用显著位置展出醒酒玉液。我们一边搞酒文化节一边推出醒酒玉液,说明我们对消费者考虑得周到。这就是社会效益。"他这一番模糊推论还真把王朝给蒙住了。但王朝明白,腾出厂子现有的一条白酒生产线转而生产醒酒玉液,厂子经济效益肯定受损失。一瓶醒酒玉液能卖几个钱儿?况且大批量生产一旦积压,那样厂子的损失可惨了!王朝觉得这事无论如何不能冒险。可转念一想,如果生产醒酒玉液这种破中药汤子一下子把厂子搞垮,势必要追究主要领导者的责任。要是自己反对,李贵坚持,捅出娄子,罢了李贵的官,自己就可能晋升为一把手!他心跳不由加速,忙点燃一支烟平静平静心情。他心里琢磨,自己是李贵帮忙从食品厂调到红粮酒厂的,又由科长提拔为副厂长。他有这样的阴暗心理,不是有点儿恩将仇报吗?可是他王朝调进酒厂也没捞到什么实惠。李贵独揽大权,完全把他王朝当成一个陪衬人物。王朝推荐他的大学毕业的小姨子出任厂长办公室主任,硬是让李贵给顶住了。李贵毫不避讳地把他的情妇李红安插到厂长办公室主任的位置,两个人常在办公室里亲热甚至留宿。王朝当然心里憋气窝火。李贵是初中文化水平,"文革"时期靠嘴皮子上来的政工科员,还是个工人编制,后来也不知怎么就当上了厂长。他王朝大学本科毕业,屈居李贵手下总有点儿不甘心。要是酒厂由他王朝说了算,厂子的局面肯定会焕然一新,而自己家的住房也会焕然一新。他想只要事情做得巧妙,让李贵蒙在鼓里,把他整下去,自己就能更上一层楼!这年头做事,就不能太讲道义,竞争本来就是残酷无情的。想到这里王朝就漫不经心地说:"胡记者,你的建议很好!但是我们停下一条生产线做醒酒玉液,恐怕有点儿冒险。我是不敢做主的,除非李贵厂长同意这么干。"

胡朋说:"我去跟李厂长说,他要不干我们找别的厂家。"

王朝故意说:"我看你们还是找别的厂家吧。要是厂子领导班子举手表决,我是不同意生产那玩意儿的,生产酒还生产不过来呢!不过,你们和别的厂家可别提醒酒玉液,恐怕他们还没想到过研制醒酒饮料呢,这是技术专利,我本不该说的。"

胡朋说:"王副厂长你不能先打退堂鼓呀!"

王朝笑说:"那好,我保持中立。只要你们能说通李贵厂长就行。"

5

  星期一早晨，胡朋不得不到报社打个照面。他想处理一下通讯员来稿，就去红粮酒厂找李贵谈生产醒酒玉液的事。但他却被意外地阻留在编辑部了，新闻部主任指派他次日赶赴抗洪一线采访，说这是总编定的，有困难直接去找总编说。胡朋一时编不出充足理由拒绝，再说他觉得这也是一次展示自己的机会，他就答应了。好在酒文化节的准备工作都已基本就绪，而且像新闻发布会、开幕式这类抛头露面的事他还是回避一点儿好。

  胡朋从报社出来，就直接去组委会办公室，找严伟和王秘书长。三位策划人临时召开了一次碰头会。严伟和王秘书长向胡朋汇报了新闻发布会和开幕式各项工作的准备情况。胡朋嘱咐他们一定要招待好电视台的记者，要塞给他们红包，他又问开幕式请了哪位市领导。王秘书长说请了市委办公厅的一位处长。严伟解释说托人请市委副书记、副市长、宣传部部长，都没搬动。

  胡朋不无责备地说："这怎么行？开幕式、闭幕式都必须请两位群众熟悉的市级领导出席，不然压不住阵脚。再说闭幕式颁奖由谁颁？没请来市领导咋不早跟我打招呼？我明天还得去抗洪一线采访，时间这么紧，让我怎么办？"

  王秘书长和严伟蔫了，一时不知如何是好。在他俩心目中，有个当官的出席会议就行，没想这么严重。

  严伟急了："临时抱佛脚，多烧香往上加钱吧！"

王秘书长说："咋加？整不好捅了娄子更糟糕。"

胡朋没吱声，只顾闷头抽烟，皱着眉头想辙。他琢磨请不来市委书记，可以请退下来的原市委书记嘛。老干部离休后无官一身轻，没有很多的顾忌，估计做点儿工作能请到。再说群众熟悉老干部，在职的领导也都尊重老干部。退下来的市级老干部，能把酒文化节的门面撑起来就成！但他绝对不放心再让眼前这两个笨蛋办理此事。他必须亲自出马，而且必须在今天落实，不然他明天能放心地走吗？

胡朋认识原市委书记张一帆。他忽然记起张一帆喜欢收藏名人字画，就立马回家翻找去年采访省画院时从老书法家金人手里要下的那幅狂草墨迹。他又在家里给李贵挂了电话，约他陪同一块儿去原市委书记张一帆家，顺便和李贵把生产醒酒玉液的事也敲定了。李贵受宠若惊，在电话里提出要给张一帆带点儿好酒好烟，胡朋说先不用急，以后再说，让李贵只管带车来接他。

李贵带着桑塔纳来到胡朋家，胡朋已经等在楼下，腋下夹着一轴字画。胡朋见李贵穿了身高档毛料西装，拎着金利来皮包，腰间别着汉字小精英BP机和大哥大，他以为李贵还有别的公干，是要见外商谈判什么项目吧？就问李贵："李厂长今天还有业务要办吧？"

李贵笑说："跟你见市里领导，不得有个当代企业家的样儿吗！"

胡朋认真说："你大可不必这样。张一帆是原市委书记，离休老干部不认这一套。你是以组委会副主任身份拜访他的，尽量朴实一点儿,把皮包扔车上吧。"

两个人走进原市委书记张一帆家时,张书记正和原省人大副主任赵拓在小客厅里下围棋。听说是报社记者来访,张书记的老伴儿就主动出来给倒茶。

胡朋不认识原省人大副主任赵拓,但对赵拓这个名字还是熟悉的。因为赵拓当时是主管文教的,胡朋负责经济口的报道,所以没有直接接触过。经张书记一介绍,胡朋和李贵立刻表现出敬意来。胡朋心想,如果赵拓也能参加酒文化节的开幕式,省市级领导都有了,无疑会给会场增添隆重气氛。赵拓的知名度和风度都比张一帆高一档,他当即决定也把赵拓邀请赴会。

李贵从未和省市领导人对面而坐,有点儿拘谨,但还没忘了献殷勤,挺笨拙地掏出一盒云南极品烟,敬献两位领导。两位从领导岗位上退下来的老干部,已经很少抽到极品烟了,心里琢磨,眼前这个人不是搞房地产开发的,就是合资企业的董事什么的,不由用宽容的目光抚慰李贵一眼,这一眼看得李贵好舒服。

胡朋过去和张一帆常接触,挺熟。张一帆离休之后他还是第一次登门造访,少不得说点儿慰问客套话。然后就问张书记去不去老干部书画院听课了。张书记乐于谈书法绘画,有点儿附庸风雅。胡朋就势挺自然地说:"我知道张书记喜欢书法,我刚好有一幅金人老先生的四字斗方,顺便拿来送您欣赏。放我那儿等于明珠暗投。"

张书记果然喜不自胜,马上展开来欣赏,嘴里一迭连声地夸赞金人老先生的书法。李贵暗自佩服胡朋真会投其所好。胡朋又绕了一会儿圈子,终于说到了正题,讲起市里要举办首届酒文化节暨饮品博览会,说到文化节的宗旨和规模、意义,最后十二分诚恳地邀请两位老领导出席酒文化节开幕式。两位领导婉言谢绝,还指出市里这么隆重的一个酒文化节还是应当请现任领导出席为好。胡朋眼看没戏,就顺水推舟说现任市领导当然也要请。原市委书记还是推辞,胡朋退而求其次,说闭幕式文艺晚会将推出一台传统京剧折子戏,请两位领导去观看。原市委书记张一帆是个戏迷,赶巧原省人大副主任赵拓也是个戏迷。二位老领导都表示晚会倒是可以去看看的。

从张书记家出来,胡朋情绪有点儿低落。李贵就建议说:"胡朋,咱们去吃点儿东西吧,醉八仙酒店的粤菜很地道。"胡朋漫不经心地点点头。他确实有点儿一筹莫展。时间这么紧迫他明天又要赶赴抗洪一线采访,靠严伟、王秘书长办这件事怕是不把握的,推迟开幕式时间等他回来再做计议,又怕夜长梦多中间出什么岔子。他想来想去,觉得还是按原计划进行!到闭幕时他也就赶回来了,到时候把张一帆、赵拓接到会场,请两位领导到主席台就座,让主持人最后宣布由省市领导赵拓、张一帆向获奖单位颁奖,两个老家伙想拒绝也不成了。对,就这么办!只要奖杯从张一帆、赵拓手里一过,分量就不同了,酒文化节活动也就算画了个很圆的句号。想到这里,胡朋又有了信心,上来一股决胜千里之外的气概。李贵讨好地说:"胡朋,你对酒文化节真是尽心尽力,我很感动。"

胡朋笑了:"我这个人办什么事,要么不干,干就得干出点儿名堂来。为达到目的,辛苦点儿,做点儿必要的牺牲都在所不惜。"

李贵想起胡朋送给张一帆那幅字画，就问："胡朋，你那幅字画很值钱吧？不能让你白搭进去，回头我们厂子给你报销。"

胡朋说："那幅字画是金人老先生一天午睡梦醒之后一气呵成的珍品，至少值个万八千。真便宜了张一帆那老家伙。"

李贵忙说："我给你两万。"

胡朋说："李厂长真仗义。我领情了。只是这事是为组委会办的，应当从文化节活动经费里支出，你能做个证明就行了。"

李贵觉得胡朋办事有章有法，这样的朋友值得深交，就换了更亲切的称呼："胡老弟，我看你这人值得交！今后你个人有什么用得着你李大哥的地方尽管吱声。一句话、一个条子都成，报销点儿什么票据没问题。"

胡朋笑说："先谢谢你，李厂长。"

李贵说："别叫厂长，今后就叫我李大哥！"

"好，李大哥。"胡朋把手放在李贵手背上拍了一下，以表示真诚。

两个人越唠越近乎，进了醉八仙酒店吃粤菜时，三杯进肚，已经无所不谈。两个人说着说着又扯到酒文化节上了。胡朋适时地建议李贵厂长快些生产醒酒玉液，说这是名利双收的好事，具有开创意义的举措。李贵很容易就被胡老弟给说服了，当即决定迅速生产试销品醒酒玉液，还答应用这种产品利润的百分之十作为酬报胡朋的新产品创意奖金。胡朋投桃报李，也表示要给李贵写篇报告文学，直接寄给一家国家级报纸，说他有个朋友是该报副总编。

两个人从醉八仙酒店出来时,都有点醉醺醺的了。李贵还想拉胡朋去洗桑拿浴,说有家夜总会的桑拿按摩女郎如何如何性感。胡朋因为酒文化节的事奔波操劳,已经没精力拈花惹草了,况且明天还要赶赴抗洪一线去采访,就婉言谢绝了。

6

市首届酒文化节暨饮品博览会新闻发布会和开幕式,是合并召开的。因为是在露天广场举行的,自然能吸引一些路人看热闹。广场四周彩旗飘扬,湛蓝晴空高悬两个硕大的彩色气球,气球扯起两条巨幅标语——"热烈祝贺市首届酒文化节暨饮品博览会隆重开幕!""向热情支持本届酒文化节暨饮品博览会的企业致敬!"

主持开幕式的严伟,胸前佩戴印有主席团字样的小红布条。早晨老婆帮他用摩丝定型的头发,风吹不乱,显得精神饱满。在宣布开幕之后,他庄重地说:"现在,由博览会主席团成员李红同志,代为宣读开幕词。"

开幕辞很简短。台下观众也大不在意。宽阔的露天广场,红旗招展,红黄蓝气球扯着长条标语,悬浮晴空——节庆气氛,热烈场面,都还赏心悦目。

红粮酒厂厂长李贵,副厂长王朝胸前也挂着红布条,坐在两辆平板大卡车临时搭起的主席台上。李贵把他办公室主任李红举荐到开幕式上宣读开幕词,心里美滋滋的,好像比李红本人还得意。他想:待到电视新闻一播放,全厂上下都会明白是他李贵的威力让李红这么风光的。那么，大伙就得认一个理儿：顺我者就能让你得到好处、出尽风头；逆我者嘛，连自费上夜大都不行，三天事假扣除全月奖金！最近厂里有个新寡女工不上他的套儿，他就不准假。李贵一脸威严，扫了一眼台下红粮酒厂参加开幕式的工人群众。坐在李贵右首的王朝，偶一回首，看见坐在主席团二排座位的李红，紧挨着"冤头大曲"酒厂的老马，交头接耳，两个人都面带微笑。王朝心想，李红是看中老马的派头了吧？老马英俊潇洒，比起怎么瞧都有点儿土气的李贵，当然更能讨女人喜欢。王朝瞥一眼李贵，暗自嘲笑李贵，怕是不仅要丢掉情人，仓库里存放的一千箱醒酒玉液也是"定时炸弹"，不出一个月就有你李贵好瞧的！乌纱帽怕是也保不住！王朝早已把向李贵发难的上告材料写好了，只待厂子的生产出现大混乱、工人开不出工资时，就把材料递到区工业局去。他觉得把李贵推下台不过是迟早的事。王朝瞧着李贵自己掏出极品云烟悠哉游哉地吸着，让他一下都没让，心想瞧你还能神气几时！但他表面却装出二把手对一把手应有的殷勤劲儿，及时给李贵打着打火机点烟。李贵那盒极品云烟已经没几支了，他还得靠这个显派头呢，所以就没舍得让一支给王朝。王朝装作挺自然地拿起矿泉水一口接一口地喝，表明自己的嘴占着呢，不好抽烟。王秘书长离李贵的座位还隔着一个人呢，但他眼睛挺尖，瞅见李贵面前的那盒烟是极品云烟，就伸过手来向李贵要烟抽。李贵拾起烟盒本想抽出一支扔给王秘书长，可觉得当众这么做有点儿小气，就硬充大方地把半盒极品云烟连盒全扔过去了。他这么做当然让王朝心里更不自在了。王朝就瞅个机会溜下主席台，摘掉胸前的红布条，混进人群里向广场花坛附近的饮品展台走去。

王朝看见醒酒玉液虽然摆在展台的突出位置，却很少有人问津。有个小伙子品尝了一口立马吐出来了，还说："一股中药味儿，比矿泉水还贵，值吗？"

王朝伸手拿过一瓶醒酒玉液细瞧瞧，看出里面已经开始起沫，心里不禁暗自高兴。这时，开幕式的最后一个节目大秧歌表演开始了，会场有点儿混乱，王朝趁这机会溜出广场，买烧鸡去了，今晚他还要和老婆好好喝一顿。

# 7

胡朋在抗洪救灾一线待了五天，发回报社三篇稿子。其中一篇长稿是和县委宣传部李干事合写的。虽然是李干事执笔的，但是李干事还是觉得沾了胡朋的光，才在省报一版露了名儿，尽管名字排在胡朋记者后面，但他自觉也很风光了。所以，胡朋离开抗洪一线时，李干事恭而敬之地一直把胡朋送上火车。依依不舍地对胡朋说："胡老师啥时候还来啊？"胡朋敷衍地说："后会有期，以后会来的。"但他心想，除非再发大水，不然这个穷县谁稀罕来？

当日下午三点钟，胡朋就回到了市里。他没有直接回家，而是先去了富豪宾馆。他心里惦记着酒文化节活动在他离开市里这几天的情况，他也想顺便在宾馆洗个澡，组委会办公室客房里有卫生间。胡朋没敲门就推开了908号房间的门。严伟、王秘书长都在，王朝也在屋里。还有一个女人，胡朋不认识。四个人正在搓麻将，满屋子烟雾腾腾的，空啤酒瓶、易拉罐到处都是。写字台当了麻将桌，大彩电放在小茶几上了，彩电上边苫一张报纸，报纸上是一堆吃剩的花生米、鸡骨头，挺好的一间高档客房造得不像样子。

严伟和王秘书长见胡朋突然进来有点儿始料不及，他们看出胡朋有几分不悦，赶忙解释说这几天活动开展得挺顺利，我们也都累得够呛，今儿轻松轻松，打圈麻将。王朝关心地问胡朋："你还没吃饭吧？我打个电话，先订一桌，一会儿咱们下去为你洗尘。"说着抄起电话。胡朋说："我现在就想洗澡。"严伟这才想起向胡朋介绍那个陌生女人："这是咱们新聘的公关小姐李斯斯。"胡朋听成李师师，不由认真瞅一眼这个"历史人物"，果然风骚老练，像个名妓。李斯斯已经知道这个戴眼镜的白面书生，是严伟和王秘书长跟她提起过的省报记者，这次酒文化节活动的总策划。她一时不知怎么称呼胡朋，心想既是总策划，那就唤他胡总吧。她献殷勤说："胡总，我去卫生间给你放水，先洗洗一路风尘，休息休息。"李斯斯进卫生间为胡朋放洗澡水去了。

严伟和王秘书长，简明扼要地向胡朋汇报了这几天酒文化节活动的盛况。王秘书长说就剩闭幕式了，发发奖就算万事大吉。严伟说奖杯明天就可以取回来，是一家个体装潢厂承做的。王朝插不上话，就说下楼买烟去，避开了。胡朋问严伟，王朝来组委会办公室有什么事。王秘书长接过来话头说："王朝血压高休病假闲着没事，就来这里坐坐。"胡朋说："以后，白天可不能在组委会办公室里玩麻将，让外人碰见影响不好。"严伟和王秘书长嘴上没说什么，可心里都怪胡朋装正经，好像他真成了领导，跟哥们儿也扯上正经了。组委会办公室只不过是个临时机构，活动一结束就撤摊儿。再说只是打麻将，又没在房间里嫖娼，怕啥影响？胡朋又说："明天我过来，把评奖的事定好，后天就举行闭幕式颁奖活动。京剧折子戏晚会筹备好了吗？"严伟说："京剧团像散伙了似的，总找不全人。我们还是找几个歌厅伴唱的，整一台轻音乐吧，花钱又少，又受欢迎。"胡朋突然火了："你们怎么搞的！我走之前不是已经定好了要在闭幕式上搞一台京剧折子戏晚会吗？你们这些天都干什么了？不是定好让张一帆、赵拓两个老干部来颁奖吗？不搞京剧晚会怎么把他们骗来？你们真糊涂！布置好的事全忘在脑后了！"王秘书长急中生智，献策说："我去工商联把那些京剧票友请来演出，他们自己都有行头，琴师也有。我看过他们的演出，水平正经不赖。"胡朋不满地瞅一眼严伟，决定说："事情也只能这么办了。"又对王秘书长叮嘱说，"这事一定得落实！"

　　胡朋洗完澡，浑身清爽，肚子也觉得饿了，五个人就一块儿下楼去餐厅吃饭。席间，胡朋问王朝厂里生产醒酒玉液的情况。王朝撒谎说："基本上是供不应求。具体情况我也不大清楚，我在家休了一周了，血压高得厉害，不敢多操心厂里的事了。"其实厂里的醒酒玉液已经在发酵，他故意泡病假就是为了避开干系，将来上级来厂调查，他这段时间没上班，摊不上一点儿责任，到时好理直气壮地抨击李贵的失误。王朝很鬼，不愿多谈此事，看看表又撒谎说："哎哟，我忘了，老婆让我五点钟务必去她娘家给我老岳母过生日。真不好意思，我得告辞了。"严伟挽留说：

"老兄,你看,酒还没喝好呢,你就走?"王朝抱歉说:"实在对不起,失陪了,失陪了。"他冲大伙一劲儿抱拳,急忙离席而去。

## 8

酒文化节暨饮品博览会闭幕式在金星大剧院举行。入场券全部赠送。台下大多数观众是喜欢看京剧的老人和一些跟随老人而来的小孩子。一千多座席空了三分之二,楼上的座席全空着。空荡荡的舞台上摆着一溜苫着台布的桌子。桌子上摆着获奖证书,十多个镀铜的薄铁制的奖杯闪闪发光。在侧幕忙来忙去的四位礼仪小姐穿着又旧又长的旗袍,看上去毫无生气。

胡朋把张一帆和赵拓两位老干部请上主席台就座。他看见四位穿旧旗袍的礼仪小姐不禁皱了皱眉头。细瞧她们还都不丑,他就小声冲严伟埋怨说:"怎么借这么旧的旗袍,穿上跟寿衣似的。"严伟也觉得逊色,就说:"要不让她们脱了,换便装吧。"胡朋不满意地说:"早干什么了?算了!你快上去宣布开会吧。"他又叮嘱说,"王秘书长念完闭幕词,就进行颁奖,两位领导的排名顺序千万别搞错,原省人大副主任赵拓在前,颁发一等奖;原市委书记张一帆在后,颁发二等奖。"严伟点点头,刚要走出侧幕,胡朋提醒他,"你领带歪了!"严伟稍停一下,整理整理领带,就向舞台走去。胡朋像舞台监督似的站在侧幕,按程序指挥着闭幕式进程。

严伟走下来,王秘书长推推鼻梁上的眼镜,挺挺腰板,走上台宣读闭幕词。他搞过演讲,声音洪亮、语调抑扬顿挫。台下掌声经久不息。因为有一群小孩儿愿意鼓掌，他们跟着大人来就是为了看热闹，戏还没开锣呢，他们就自己制造点儿热闹，一个个小手都拍疼了。严伟又去宣布颁奖。台上有点儿混乱：获奖单位代表从舞台左侧登上去领奖，然后由舞台右侧下来。可是由于事先把一等奖证书放在了原市委书记张一帆跟前，而把二等奖证书放在了原省人大副主任赵拓跟前，让两位老干部措手不及。严伟不得不跑上去像买书似的翻来翻去，然后才分别递给两位老干部，请他们发奖。四位礼仪小姐也乱了阵脚，还拿掉地上一个奖杯，摔坏了底座。台上一乱，台下就有人起哄。冤头大曲酒厂的马厂长因为自家冤头大曲得了个二等奖愤愤不平，随从人员突然向台上高呼："评奖不合理，搞的什么名堂！"说着当众把破铁片子做的奖杯摔在过道上了。几个不知趣的小孩好奇地去捡，又让他们给喝住了。好在场内音乐的音量大，两位老干部又忙着把获奖证书和奖杯拿来递去的，也就没注意到台下到底发生了什么事。胡朋当机立断，从侧幕蹿到台上，匆忙宣布："颁奖到此结束，获三等奖以下的单位会后到组委会办公室领奖。下面休息十分钟，然后请大家观看京剧折子戏。"讲完忙向侧幕的工作人员打手势，意思是让他们快落幕。对方没弄明白他的手势，他着急喊出声来："拉幕！拉幕！"不想，慌急声通过麦克风传出去了。这更激起了台下一部分人的不满情绪，有人喊："我们厂子的啤酒是部优产品，怎么在这地方就得了三等奖？评奖有问题！"又有人站起来大声质问："你们根据什么评的奖？纯粹是骗局！"冤头大曲酒厂的老马见此情景，就鼓动台下的人："上台抢麦克风揭露他们！"一时间台下大乱。胡朋一看情况不妙,赶紧和四位礼仪小姐护送两位老领导从后台化妆室撤走了。然后他又返回台上收拾残局,他刚从侧幕露出脑袋,就见有人把主席台桌子上的饮料瓶子当武器横飞起来。他眼尖,看见冤头大曲酒厂的人直奔麦克风,就喊严伟快切断电源,不能让那小子乱讲话!王秘书长正组织台上的人从后台撤退,忽然灯灭了,全场一片黑暗,呼叫声口哨声响成一片。胡朋拉住严伟叮嘱说:"你快打车把两位老干部送回家,千万注意安全。你跟他们解释一下,就说临时停电,京剧晚会演不成了。"然后他又叫过来王秘书长,让他去化妆室向那些已经穿好戏装的业余演员们解释,告诉他们虽然戏演不成了,劳务费过后照付。

　　胡朋在混乱中镇定指挥,又趁场内黑暗中看不清谁是谁,有步骤地导演了一场"胜利大逃亡"。待到他们这一伙人分乘两辆的士逃回富豪宾馆908号房间时,胡朋把客房门上的"市首届酒文化节暨饮品博览会组委会办公室"的牌子摘下来,把"请勿打扰"小挂牌挂在门外把手上。这一伙人在客房里待到晚上十点钟,见没有人上门来闹,才一个个疏散出去,约定第二天上严伟仙桃广告公司摄像棚里分劳务费。

9

　　幸亏闭幕式忘了请新闻界的哥们儿,不然让电视台的"曝光台"记者拍下那场闹剧,非惹出麻烦不可。胡朋第二天正在编辑部独自庆幸地想着,突然电台的一个哥们儿打来了询问电话,说开幕式都报了消息,闭幕颁奖结果咋不报了。没通知他们参加闭幕式,是不是把电台的哥们儿给拉下了。胡朋解释说,闭幕式没打算请新闻界朋友,这是大会定的。因为评奖有点儿矛盾,不便公开。晚报的一个哥们儿消息灵通,已经知道闭幕式的情况了,在电话里问胡朋:"咋搞的?听说打起来了。这事我要赶上准能抓一条好新闻!"胡朋假装说:"可不,我稿子都写了,无奈这事牵涉几位企业界的老朋友,组委会特别关照我别捅出去,我就没发稿。"他又宽慰对方,"行啊,咱们各新闻单位都没发颁奖结果,这本身就是冷处理,就是一种否定态度嘛。组委会的老严说了,改天要好好请请咱们新闻界朋友,还要给咱们每人几箱啤酒。"胡朋硬是把新闻界这边全给安抚住了。

严伟跑到兔头大曲酒厂,跟马厂长密谈了一个钟头。主要是向马厂长解释,这次评奖因为不是专家评议,所以出现了偏差。其实评奖结果不登报也没多大影响,市面消费者还是认兔头大曲。他又把赞助费的回扣给厂长提高了一倍,还答应过段时间负责请报社记者来兔头大曲酒厂采访。严伟还故意跟马厂长说,红粮酒厂在这次酒文化节中搞了一些机会主义活动,组委会对他们很不满意。他们推出的醒酒玉液完全是哗众取宠,质量低劣,所以组委会没把它列为酒文化节的指定产品。严伟好话说了一筐,到底把老马说服帖了,还请他吃了一顿饭。

王秘书长负责安抚票友们。但是票友们可没给他面子,还告到了工商联主席那里。工商联主席就气愤地说以后个体协会在工商联这边办什么事都不好使!王秘书长虽说受了点儿窝贬,但他也因祸得福,他把人家没要的劳务费全揣自己腰包了。

李贵虽说在这次酒文化节活动中出了风头,也拿了一等奖,可厂子的生产情况却一天比一天糟。盲目生产的醒酒玉液不仅没搞出什么名堂,倒把一条生产线给弄砸了,重新生产杂粮酒竟混进了杂质,弄得不少经销单位打电话提意见,有的甚至干脆拒交货款。又赶上外地一种新牌子白酒挤进本市市场,杂粮酒一下子积压了好几吨,厂子职工的工资都要开不出来了。区工业局局长还把他叫到局里批评一顿,说有人告李贵渎职。局长把一沓上告材料摔在桌面上,李贵溜了一眼,也没看出是厂里谁人的笔迹,也不好当着局长的面拾起来辨认。他挺窝火地回到厂里找李红商量对策,李红却心不在焉,只顾用牙膏擦拭手上的金戒指。李贵看她戴了一只新戒指,而且不是他给买的,心里怀疑她别有新欢了,就暗示晚上想要和她在办公室里过夜。李红竟然没答应,说这几天刚来例假身子不方便。李贵忽然有种众叛亲离的孤独感,他有点儿郁郁不乐,就打电话找严伟想邀对方洗桑拿浴撒撒心火,可严伟不在。他又打电话找王秘书长,王秘书长外出旅游去了。他传呼胡朋,胡朋婉言谢绝了,说手头有篇稿必须写,抽不出空。李贵很扫兴,就自己去鸡尾酒店吃夜宵,半夜才醉醺醺回到家。

　　王朝在家里休了一个多月病假了,厂里的情况他也知道,但他对取代李贵的事已经没多大兴趣了。觉得李贵很难搬动,那一沓子上告材料好像也没起什么作用。李贵还是厂长,他还得听李贵瞎指挥。可他没有料到,正当他心灰意冷时,区工业局下令撤掉李贵厂长职务,任命他为红粮酒厂厂长。这是局长在局里还没正式下文之前先告诉他的。局长找他谈话,给他鼓劲儿,让他把厂子振兴起来。王朝少不得发发牢骚,说了不少李贵的坏话。局长听后居然说了一句肯定李贵的话:"李贵同志这些年也做出一些成绩,醒酒玉液的失误也有客观原因嘛。市场经济很复杂,也是在所难免。"王朝突然觉得没话可说了,也没有受重用的兴奋劲儿了,像得了感冒似的浑身不自在。

从局里出来,王朝就去李贵家拜访,想把这个消息抢先告知李贵,表示一下自己不得已而为之的态度,免得让李贵对自己生出怀疑。一进屋,见李贵正在自酌自饮,以为他已经知道了坏消息在借酒消愁呢。可一看李贵喜滋滋的神色,又不像是那么回事。李贵忙吩咐老婆再炒两个菜,说要和王朝兄弟好好喝一顿。王朝心想,李贵还不知道他被免职的事,他想若把这盆冷水泼过去,李贵不气得摔杯子才怪呢。他抿了一口酒,心里琢磨如何把话说得婉转点儿,别太刺激李贵。李贵也好像有什么话要告诉他,笑眯眯地瞅着他,

俩人扯了一阵别的话题,最后还是李贵先谈到厂子的事:"咱厂子目前的困难是暂时的。前一段时间在管理方面有些小失误,主要是我的责任。你们得接受教训,还得好好干,红粮酒厂一定能红起来!你说是吧?"

王朝不明白李贵这番话到底是啥意思,就应酬说:"大哥,你放心,到什么时候我的心里都是向着你的。你一手创出的基业我们是珍惜的。"他喝了一口酒,挺近乎地说,"你知道不,局里对你的工作还是肯定的。"

李贵笑了,说:"你是不是也知道点儿信儿?"

王朝挺奇怪,这么讲,李贵对自己免职的事也知道了,他

怎么毫不在意呢?

　　李贵给王朝满上酒杯忍不住开诚布公地说:"我先告诉你一个消息,你可别外传。局里调我去企管处,由科级提为副处级,厂里的事今后就由你主持了。你今儿不来我也想找你,跟你打打招呼,让你有点儿思想准备。当一把手不比当二把手,担子重了。"李贵仍像过去关怀下级那样教诲着王朝。

　　王朝怔了好一会儿,好像自己中了谁的圈套似的,心里很不是滋味。但是表面他还得装作挺高兴的样子,反客为主地为李贵斟酒,祝他高升。

　　李贵又说:"你也算上了一个台阶。"

　　王朝苦不堪言,却逼出一个谦逊的笑,装作兴奋的样子说:"来,干了!"他举起酒杯一扬脖子喝干了。

　　李贵特别高兴,频频举杯。两个人你一杯我一杯地喝了一瓶子孔府宴。李贵微微有点儿醉,王朝已经烂醉如泥,嘴里喃喃地不知说些什么。李贵就打电话叫司机把王朝送回家去。

## 10

　　尽管王朝有种人家牵驴他拔橛子的感觉,但是能拔个橛子,也算是有收获。王朝的老婆倒是挺高兴,不管怎么样,自家的老头子终于当上了酒厂的一把手。她第一件事就是要王朝把她妹妹调进酒厂的办公室里。王朝表面点头应诺了,但他心里却不想让小姨子坐到李红的位置上。小姨子虽然是个老姑娘,却瘦得一把干柴似的,比不上李红漂亮、性感。虽说什么都是拣李贵这王八蛋的剩儿，可是到嘴边的回锅肉尝尝怕也有点儿滋味。

王朝搬进李贵的办公室，第一件事就是让李红把房间里的值宿被褥换套新的。李红送审有关票据让他签字时，他摸过李红的小手。李红只是笑笑，也没异样的反应。王朝就觉得有门儿。有天快下班的时候，王朝把一沓材料交给李红，让她加个班，晚上把材料抄写清楚。王朝暗示她，他可以陪她加班。李红当然明白他的意图，就直截了当地说："王厂长，你也知道我和李贵的关系。他还是你的上级，咱俩搞在一起，你就不怕他在上边给你小鞋穿？再说，咱俩也不能共事几天了，李贵正在往局里给我办关系呢，下月我就调走了。我不能做对不起李贵的事。"

王朝很尴尬地笑了："李主任你想哪儿去了，我陪你在这儿加班可没别的意思。要不我先走了。"

李红说："没有别的意思就好。我想你也不能，李贵毕竟对你有恩。男人嘛，得讲点儿义气。宁穿朋友衣不占朋友妻嘛！"她笑着望一眼王朝，又瞅瞅自己的红指甲。王朝来气了，心想：贱货！还把自己看成是李贵的人了，真是不要脸。他嘲讽地说："你对李贵倒挺忠实，但他也许不知道你对冤头大曲酒厂的老马也挺有情呢。"

李红脸不红不白，冷冷一笑，说："老马跟你不同，他和李贵冤家对头，你可是李贵一手提拔起来的，你打我的主意就有点儿不仗义了。再说，李贵现在仍然是你的顶头上司，这你应当清楚！"

王朝从李红那里讨个没趣，心里不是滋味，就去鸡尾酒店找那位女老板消遣。他一进门就直奔KTV包房，刚好与打里面往出走的女老板撞个满怀。王朝从女老板身后没拉严的门缝瞧见里面坐着的客人是胡朋、严伟、王秘书长和冤头大曲酒厂的老马。他触电似的缩回身，拉着女老板小声说："尽碰见熟人，我就不进去打扰了。我是来向你订桌的，明天这个时候我们来这儿欢送高升的李贵厂长，他调局里了。"

女老板笑着说："好的，好的，我会安排好的，你放心吧。"